Larissa Boehning

Das Glück der Zikaden

Roman

Galiani Berlin

Alle Charaktere in diesem Buch sind frei erfunden. Ähnlichkeiten oder Übereinstimmungen mit lebenden oder verstorbenen Personen sind rein zufällig und von der Autorin nicht beabsichtigt.

FSC
www.fsc.org
MIX
Papier aus verantwortungsvollen Quellen
FSC® C014496

Verlag Kiepenheuer & Witsch, FSC-N001512

1. Auflage 2011

Verlag Galiani Berlin

Umschlaggestaltung: Manja Hellpap und Lisa Neuhalfen, Berlin
Umschlagmotiv: © plainpicture/Strothenke
Lektorat: Wolfgang Hörner
Gesetzt aus der Adobe Garamond
Satz: Felder KölnBerlin
Druck und Bindung: GGP Media GmbH, Pößneck
ISBN: 978-3-86971-039-6

Weitere Informationen zu unserem Programm finden Sie unter www.galiani.de

Für Paco und Greta

Prolog

»Früher träumte ich häufig davon«, sagte Katarina zu Gregor, »daß ich auf meine Mutter treffe, und obwohl in den Träumen immer andere Einzelheiten vorkamen, blieb die Überraschung gleich. Manchmal traf ich Senta in unserer alten Küche im Eckhaus, vor der Renovierung, als alles noch holzgetäfelt war, dunkelbraun, mit grasgrünen Gardinen. Ein anderes Mal traf ich sie auf dem Mittelstreifen des Kurfürstendamms. Und dann auf einer zusammengezimmerten Bühne, vor einer Menschenmenge, und sie hielt eine Rede. Sie wirkte immer herzlich und zugewandt. Ich sagte ihr dann, es täte mir leid, daß ich mich so selten blicken lasse. Daraufhin bekam ich von ihr – der Frau, die den Eindruck erweckte, ihr Leben lang irgendwie auf der falschen Seite gestanden zu haben – eine Antwort, die mich erstaunte und beglückte. Ach, sagte sie, du bist auch hier. Das ist aber schön. Alle Träume hörten da auf, vermutlich weil meine Hoffnung zu sehr durchschimmerte, der Wunsch nach Versöhnung zu einfach war. Irgendwann kam mir der Gedanke, daß ihre Träume in bezug auf ihre Mutter vielleicht gar nicht unähnlich waren – meine Großmutter, Nadja, die sich selbst ein russisches Revuemädchen genannt und ihren Walroßbart-Diktator ins Herz geschlossen hatte. Keinem anderen Menschen mehr Zutritt zu ihrem Paralleluniversum gewährte, so hieß es. Natürlich wünschte ich mir prompt Träume herbei, in denen wir drei Frauen uns auf der plötzlich wunderbar richtigen Seite trafen.« Katarina versuchte, ihre Verlegenheit mit einem Lächeln zu überspielen. »Daher erzählen wir uns Geschichten, nicht?«

Gregor saß neben ihr auf der niedrigen Marmorstufe, hinter ihnen wurden gerade die Eingangstüren geöffnet. Im Foyer sammelten sich die Besucher. Ohne lange nachzudenken, hatte Katarina das Theater als Treffpunkt ausgesucht. Es schien ihr wie ein neutrales Terrain. Es wäre zu seltsam gewesen, sich bei Gregor einzuladen, unvermittelt seine Wohnung zu betreten. Genauso hatte sie ihn nicht ins Eckhaus bitten wollen. Wie zwei Pole, lagen diese Orte weit voneinander entfernt, und es war gut, sich in einer undefinierbaren Mitte zu treffen.

Er schien auf seine Knie zu schauen, oder auf die Spitzen seiner flachgelaufenen Segelschuhe. In Jeans und schwarzblauem Troyer wirkte er auch sonst wie jemand, der besser in einen Hafen paßte als in das Foyer eines Theaters.

»Deine Mutter«, sagte er, ohne Katarina anzuschauen, »die sich so beharrlich weigert, sich lieben zu lassen.«

Sie folgte einem Impuls, aufzustehen, denn ihr Mut schwand und Bewegung half gegen das unangenehme Gefühl. Gregor drehte sich zu ihr, er hatte wieder diesen offenen Ausdruck in seinem schlichten Gesicht. Vielleicht eine rudimentäre Anmut, die jede Form von Anpassung überlebt hatte.

Katarina war sich mit einem Mal sicher, daß ihre zur Verschwiegenheit neigende, weltabgewandte Mutter ihm nicht gesagt hatte, was sie beide verband. Daß Katarina seine Tochter war. Aber wollte sie wissen, warum Senta die Wahrheit gescheut hatte? Wer ihre Mutter mit ihrem verborgenen Leben war? Wer das Spiel, eine andere vorzugeben, als die, die man war, in die Familie gebracht hatte? Nadja, ihre Großmutter, das Revuemädchen, das viele Frauen gespielt, aber die, die sie selbst war, gut verborgen hatte. War es nicht besser, diese Geschichten nicht zu kennen, sie ruhen zu lassen? Was änderte es, und wer hatte schon großes Interesse an grundsätzlichen Einwänden. Und überhaupt, wie sollte das aussehen für Gregor, die plötzliche Erkenntnis: Ich hab eine Tochter. Ich gehöre zu dieser Familie. Vielen Dank, und jetzt?

»Ich glaube, wir sollten reingehen, das Stück anschauen«, sagte Katarina und drehte sich zum Gehen.

»Nein«, sagte er bestimmt und zeigte ihr, daß sie sich wieder setzen sollte.

I

Der Himmel war weißblau wie der Schnee, und mit jedem Schritt eroberte Nadja sich ein unbetretenes Feld. Das Pferd kam nur noch langsam voran, es blieb wiederholt stehen, schnaubte, dampfte aus den Nüstern und winkelte abwechselnd die hinteren Hufe zur Entspannung an. Es war noch ein Stück, der Weg durch den Wald bis zum See. Eine weiße Schneise zwischen den graubraunen Bäumen, die Büsche am Rand sahen aus wie Fontänen, deren Wasser plötzlich zu Eis gefroren war. Nichts war zu hören, nur sie und das Pferd, dessen Schnaufen, dessen Geruch sie so mochte. Es war ein eigenwilliges, verläßliches Pferd, es war das Pferd des Nachbarn; immer, wenn sie draußen war, aus der Stadt, hier auf der Datscha, dann hatte er es ihr überlassen. Wie auch jetzt. Er hatte es ihr überlassen, und sie hatte entschieden, es so zu machen.

Sie hatte ihm nie einen Namen gegeben, der Nachbar war Nutztierhändler, er gab seinen Tieren generell keine, sie spürte die Macht, die darin lag, einem anderen Lebewesen einen Namen zu geben, es zu seinem zu machen und doch zu etwas anderem, und in einem kurzen Augenblick von Wehmütigkeit begann sie, sich Namen auszudenken. Sie dachte an Otto, ihren Direktor, Regisseur, Spielmacher, wie er sich selber nannte. An Anton, ihren Mann, der, was seine Zuverlässigkeit und Hilfsbereitschaft betraf, doch auch was mit diesem Pferd zu tun hatte, wobei die ursächlichen Impulse seines Handelns im Dunkeln lagen. Sie dachte an den Moment, da sie sich für die Namen ihrer zwei Kinder entschieden hatte, aber darauf war sie nicht stolz, denn ihr Mann hatte sich durchgesetzt und ihnen deutsche Namen gegeben, um sie zeitlebens daran zu erinnern, wo ihre Vorfahren väterlicherseits einmal hergekommen waren. Das Pferd, das wohl keinen Namen mehr bekommen würde, setzte sich von allein wieder in Bewegung, Nadja flüsterte ihm Mut zu, einen Rest Durchhaltevermögen, eine Kraft, von der sie sich im Übermaß erfüllt wußte, gepaart mit der Überzeugung, alles meistern zu können, selbst diesen Weg hier durch die Nacht, an dessen Ende eine traurige und doch auch erlösende Erfahrung stehen würde.

Sie kamen am See an, die Nacht war gleichbleibend hell, und ihr schmerzten ein wenig die Augen. Das Pferd stand da und dampfte, Nadja zog ihre Lederhandschuhe aus und strich über sein Fell, vom Hals über den Bauch, über den Rücken, ein Eintauchen in die Mulde unter dem Kopf. Sie verbat sich jeden nostalgischen Gedanken, nur das ruhige Streichen über das Fell, die festen Muskeln darunter, die Barthaare am Maul. Es schnappte nicht mal mehr nach ihrer Hand. Es senkte nur den Kopf, Nadja forderte es auf, weiterzugehen, noch ein bißchen weiter, raus aufs Eis. Sie tat das für sich, natürlich auch fürs Pferd, aber dem Pferd schien alles gleichgültig zu sein. Einem kurzen Impuls folgend, begann Nadja zu summen, das Gutenachtlied der Kinder, und das Tier drehte ein Ohr in Richtung ihrer Stimme, dampfte sonst bewegungslos weiter. Während man singt, dieser Satz von Otto fiel ihr ein, kann man weder befehlen noch weinen. Das sei die politisch-soziale Dimension des Singens. Hier draußen, im Endlosweiß ihrer Heimat, in der Grenzenlosigkeit, war ihre Stimme sehr klein, filigran, nur eingebettet in die schönste aller Sprachen.

Plötzlich ging es weiter, Schritt für Schritt ging sie neben dem Pferd weiter aufs Eis, der frische Schnee stob auf, tiefer unten knirschte er. Als sie zurückschaute, waren sie fast auf der Mitte des Sees. Es ging ein Zucken über das Fell des Tieres, es schnaubte, knickte dann die Vorderhufe ein, kniete und ließ sich zur Seite fallen. Sie versuchte, es noch einmal zum Aufstehen zu bewegen, aber scheinbar sollte das hier der Platz sein. Nadja schoß einmal in die Luft, um dem Pferd die Schreckhaftigkeit zu nehmen. Es machte keine Anstalten, wieder aufzustehen. Dann schoß sie Löcher ins Eis, graue Schmauchspuren am Blütenweiß, und der gestaffelte Nachhall zerstob zusammen mit meckernden Vögeln. Mit ihren Fellstiefeln wischte sie den Schnee so gut es ging zur Seite. Etwas Wasser schwappte aus den Löchern. Sie trat in den Ring, den sie um das Pferd gemacht hatte, und sprang mehrere Male auf, unter ihr knirschte und knarrte es, kam in Bewegung. Das Pferd versuchte wieder von der Seite auf die Knie zu kommen, blieb dann liegen. Nadja schmolz ihm ein Stück Eis in den Händen, klaubte den Zucker aus der Manteltasche. Es leckte ihr die Hände ab, die rauhe Zunge an der handschuhwarmen Haut, ein kurzer Moment des Zweifels, ob das, was hier passierte, wirklich richtig war. Aber es war wie ein Versprechen, das sie gegeben hatte, ein Schwur, wie sie ihn immer voller Überzeugung gab, auch die Schwüre, über die die anderen der Compagnie heimlich bis offen zu lästern begonnen hatten, ein dreifaches Hoch auf den Genossen. Sie würde nicht damit anfangen, halbe Sachen zu machen, sie akzeptierte kein Durchlavieren, sie stand ein für das, was sie versprach. Sie lud das Jagdgewehr des Nachbarn nach und schoß weitere Löcher in die Fläche. Es knackte mit einem Geräusch, als zerreiße jemand ein langes Stück Taft in einem Rutsch, sie spürte, wie sich der Boden unter ihr senkte, sie sprang zur Seite, stolperte, griff in den Schnee, rollte sich in Sicherheit. Das Pferd hatte den Kopf gehoben und schnaufte, wie in Verwunderung über den rätselhaften Hechtsprung, den sie gerade vollführt hatte. Es war auch zum Wundern, nur hatte sie jetzt diesen Rahmen geschaffen, sie sah den Nachbarn vor sich, der ihr versichert hatte, der Abdecker leiste gute und schnelle Arbeit, ein Schnitt durch die Kehle des Tieres, danach erst die Hufe, und außerdem sei Pferdefleisch noch immer das nahrhafteste Fleisch, was sie als Stadtmensch natürlich nicht wisse. Selbst die Innereien, die Knochen, alles könne man hervorragend verwerten. Aus dem Pferd wird keine Wurst, hatte sie erwidert, und er hatte mit den Augenbrauen gezuckt, über ihre Verve gelächelt und ihr sein Gewehr ausgeliehen. Sie war immer hier rausgeritten, sommers wie winters, hatte mit dem Pferd die Einsamkeit geteilt, Glücksmomente nach gelungenen Aufführungen, Wut über die oftmals so realitätskonformen Entscheidungen ihres Ehemannes, kleinliche Aufregungen, die sich hier draußen sofort in Luft auflösten. Natürlich war es Einbildung, und sie gestand dem Pferd eine Wahrnehmung zu, die es nicht hatte, aber ihr Gefühl war gewesen: Sie hatten die beruhigende Schönheit hier draußen geteilt.

Sie rappelte sich erst auf, als sie durch das Fell ihres Mantels die Kühle zu spüren meinte, es war der Schweiß auf ihrer Haut und die Bewegungslosigkeit, in der sie zu frieren begann. Sie wollte keinen Abschied, das hatte sie sich vorgenommen, das wäre nur selbstmitleidiges Zögern gewesen. Sie warf die Zuckerstücke so nah wie möglich vor sein Maul, sie fielen ins Weiß und verschwanden. Das Pferd schnupperte und schnappte, im Liegen, Schneeflusen flogen auf. Nadja kroch an den Rand, reichte dem Pferd von dort aus noch Zuckerstücke auf ihrer Hand. Es hörte auf zu kauen, lag nur im Pulverschnee. Sie stand auf, griff nach dem Gewehr. Sie entfernte sich, drehte sich nicht um, hörte nur plötzlich das Knacken, das Reißen des Eises, rannte los, so schnell es im Schnee ging, meinte, das Plätschern des Wassers zu hören, in ihrem beschleunigten Herzschlag, im Rauschen in den

Ohren. Sie drehte sich um, das Pferd war verschwunden, und sie spürte, wie etwas Unkontrollierbares in ihr ausbrach, womit sie nicht gerechnet hatte, eine Lust, dem Verschwinden etwas entgegenzusetzen. Sie schoß mehrere Male in die Luft, schrie zum Salutieren und war zugleich glücklich darüber, hier allein zu sein. Wie gut war diese Einsamkeit. Wie groß die Freiheit, die es nur hier gab, in ihrem Land, wo Leben und Tod nah beieinanderstanden, Schönheit und Grausamkeit, und der Schmerz darüber, weil er spürbar blieb, eine so lebendige Kraft entfalten konnte.

An einem Tag im folgenden Frühjahr nahm Nadja morgens den Weg am Fluß, der beidseitig durch hohe Steinmauern gehalten wurde, ein Lastkahn rührte den Glanz der Fläche auf, zog eine Schleppe aus Wellen hinter sich her. Der Himmel war klar, ein silbriges Licht, das Mauerwerk neben ihr noch dunkel vom Regen der Nacht. Die Hacken ihrer Absätze knirschten auf dem Stein, sie ging nicht, sie eilte so schnell es der knielange Wollrock ihr gestattete. Schon als sie den Bürgersteig betrat, nur noch einige Meter zur Souterraintür des Theaters, sah sie, daß kein Siegel daran klebte. Sie sah die schiere Tür, unbeschmutzt von aller Willkür, und sie schloß die Hand zur Faust, als habe sie einen Sieg errungen. Keine Troika war erschienen, alle Befürchtungen, die die anderen nach der gestrigen Vorstellung geäußert hatten, alle Ängste waren nur herbeigeredet worden. Und das war es, was die erreichen wollten. Daß die Angst siegte und die Menschen das Flüstern begannen.

Otto, ihr Regisseur, durchquerte den Zuschauerraum, sein üblicher, bedächtiger Gang; da konnte weiß der Himmel was passieren, Otto würde das Schreiten nicht aufgeben. Nadja erschien am Zwischendurchgang, sie legte eine Hand an den Türrahmen. Otto blieb vor ihr stehen, zog sein Jackett in den letzten Zügen an. Sie beruhigte ihren Atem.

»Was soll das hier werden?«

»Was meinst du wohl.«

»Bitte«, sagte Nadja, »du hast's doch draußen gesehen.«

»Niemand wird uns verschonen.« Otto schloß den letzten Knopf in einer Langsamkeit, als hätte er noch nie einen Knopf geschlossen.

»Wenn ich eine Sekunde zweifle«, entfuhr es Nadja, »dann kommen sie. Rein in den Spalt, wie eine Schabe. Und dann sind sie da. Aber nur, weil ich zweifle.«

Otto schaute an ihr vorbei, eine Nuance. Früher, als alles Aufbruch gewesen war, als das Gefühl sie trug, alles zu dürfen, da hätte Otto ihre Schärfe mit einer Hand aus der Luft gewischt, Papperlapapp, red keinen Unsinn, aber diese Bestimmtheit war seit Wochen, Monaten, mit jedem Tag geringer geworden, bis, wie jetzt, nichts mehr davon übrig schien. Sie war nicht bereit, schwindende Illusionen zu teilen. Im Gegenteil.

»Ich bin es gewohnt, Entscheidungen zu treffen«, sagte er mit dem diffus an ihrem Kopf vorbeigehenden Blick, »und nicht, daß andere einen Plan für mich haben, von dem ich nichts weiß.«

»Wir haben nie etwas gemacht, was gegen sie war.« Sie spürte die rundgeschabte Kante des Holzrahmens in der Hand.

Er lächelte, fast wie schlaftrunken nach einer zu kurzen Nacht. »Ein Wahn ist keine fixe Idee. Er ist eine Überzeugung. Viel mehr als Ohnmacht führt der Verlust von Macht zu Gewalt.« Er flüsterte, das bemerkte Nadja.

»Es ist besser, wenn du auch gehst.«

Trotzig war ihre Wut, und sie wollte nicht, daß Otto diese Reaktion an ihr sah. Sie wollte seinen Enthusiasmus sehen, seine Ideen hören, seinen Wahnsinn und diese Leidenschaft teilen, immer noch weiter zu gehen, längst jenseits aller Beherrschung, aller kleinlichen Angst. Sie stieß sich mit der Hand vom Rahmen ab, ging an Otto vorbei, betrat den dunklen Zuschauerraum, nur Stühle, keine Menschen. Sie spürte deutlich, wie Otto ihr weiter seinen Rücken zukehrte.

Sie atmete tief ein, das Staubige, den kalten Rauch. In die Stille mischte sich eine reuige Scham wie Sand in Wasser.

Otto hob nur die Hand, so, daß sie seinen Handrücken sah, ein Gruß, nachlässig wie ein Mann, der am Bahngleis steht und eine alte Tante verabschiedet. Sie stampfte mit dem Fuß auf, hätte sie etwas zum Schmeißen gehabt, sie hätte es geschmissen. »Das ist Verrat.«

Otto drehte sich um, schaute sie an. Zwei schwarze Kreise, die Hornbrille. »Es stand dir noch nie gut, solche Wörter in den Mund zu nehmen.«

Im Halbdunkel wirkte sein drahtiges, aschbraunes Haar wie das kurze Fell eines Schafes. Ein dichter Pelz für den Mann mit den klaren Gedanken, den schärfsten Ideen, etwas Weichheit für den mit der unerbittlichen Fähigkeit, seinen Schauspielern Flausen auszutreiben und so nah wie möglich an die sonst sorgsam gehütete Wahrheit herauszukommen. Denn auch jetzt stimmte, was er sagte. Sie hatte das nicht sagen wollen, viel zu große Worte. Mit Pathos ein schlechtes Gewissen erzeugen, was für ein schlechtes Spiel. Aber sie konnte es sich nicht verkneifen. »Wenn du gehst, dann ist es hier vorbei.«

»Leb wohl«, sagte er und verschwand im dämmrigen Licht des Vorraumes.

Sie schritt über die Bühne, riß die Tür zum Garderoben-Kabuff auf, feuerte sie zu, hob das flügelschimmernde Kleid auf für die Nummer mit den stummen Weibern, warf es über die Garderobe, ein taumelnder Flug, das Schimmern wurde grau, ein Lappen, der über Seide, Taft und Pailletten hing, sie trat nach einem Schuh, der im Weg lag, sie hob ihn auf und blieb so, mit seinen Riemchen in der Hand, stehen. In diesen Räumen konnte sie sich neu erfinden, sobald jemand sie zwingen sollte, sie zu verlassen, gäbe es das nicht mehr, was sie im Leben am allermeisten erfüllte: die Illusion eines anderen Lebens. Das Gefühl, es weit hinaus geschafft zu haben, die Entfernung zwischen dem hier und der Mutter, dem zugigen Elternhaus und dem Jaroslawler Hinterland konnte nie groß genug sein. Wenn sie auf der Bühne stand, dann war sie in Sicherheit. Daß sie ihre kräftige Stimme von dieser Mutter geerbt und das Singen selbstverständlich und nebenbei als Kind bei der Arbeit gelernt hatte, das behielt sie für sich. Sie hatte den anderen gegenüber ihre Herkunft in ein Stadthaus verlegt, sich manchmal was bei Tschechow, manchmal bei Maxim Gorkij geliehen, und sich – weil sie sich in diesen anderen Leben nicht so gut auskannte – gelegentlich in Widersprüche verstrickt. Daher verlor sie am liebsten kein Wort über den ganzen Schlamassel und sagte zu ihrem Gegenüber, wenn er sie fragte: Wo ich herkomme? Nirgendwo, ich bin hier, hier und jetzt. Das ist unser Leben, Genosse, könnte es spannender sein als jetzt? Der Aufbruch, die Kunst, das Wir. Dann lachte sie ihr Mädchenlachen mit dem Grübchen in der rechten Wange, wischte mit der Spitze des kleinen Fingers ihren linealgeraden Pony aus der Stirn, der sich wieder schloß wie ein Feinhaarpinsel, die Zigarette zwischen Zeige- und Mittelfinger, und kniff ein Auge zu, wenn der Rauch wie eine beißende, aber sich verflüchtigende Erinnerung vorbeizog.

Dann hörte sie ein unrhythmisches Stampfen auf dem Flur. Sie drehte sich um, nichts geschah, es war still, sie mußten vor der Tür stehen, keine Stimmen, nur Nadjas Puls in ihren eigenen Ohren, so laut, daß sie einen Augenblick dachte, aus seinem Schlag sei das Geräusch von Schritten entstanden. Die Tür wurde geöffnet. Nadja spürte das Weiche der Lederriemchen in ihrer Hand, den plötzlichen Schweiß darin, ein Brennen unter den Achseln, die Kürze ihres Atems. Flitter und Federn umgaben sie, die blauen Blusen auf beschrifteten Bügeln, kein Schutz, nur Stoffe. Ein kräftiger Mann mit hoher Stirn und großen Händen trat ein. Dann ein dicker, korpulenter, seine leichten X-Beine gaben ihm den Anschein von Unbeholfenheit. Er stand sehr nah hinter dem mit der hohen Stirn, ein echter Nahesteher, wahrscheinlich zu harmoniebedürftig, um diese Arbeit machen zu können. Als letzter trat ein Dunkler mit Spitzbart ein, eine weichere Variante von Lenin, der Nahesteher versicherte sich mit einem Blick, daß sie es nur mit einer Frau zu tun hatten, der mit der hohen Stirn machte einen Schritt auf Nadja zu, sie wich nicht zurück. Mit ungeduldigem Zucken hielt er ihr einen Brief entgegen, daß sie ihn endlich nehmen mußte. Der Leninbart blieb in der Tür stehen.

»Warum schriftlich?«, fragte sie.

»Willst du noch etwas von dem Tand mitnehmen?«, fragte der Nahesteher.

»Nix da«, sagte der Leninbart, »wir vertrödeln hier nicht unsere Zeit.«

Sie hielt den Brief, faltete ihn auf, provokativ langsam, überflog nur den hingehauenen Befehl, Direktive Nummer, Genrich Jagoda, Volkskommissariat für Innere Angelegenheiten, Unterschrift. Noch nicht einmal von Stalin persönlich ausgestellt war dieses Ding. Sie schaute die drei Männer an, den Nahesteher, die Hohestirn, den Leninbart.

Der öffnete ihr freundlicherweise noch ein Stück weit mehr die Tür.

»Ich danke für eure Mühe, Genossen, aber ...«, da salutierte die Hohestirn und befahl: »Wir ergreifen ungern direkte Maßnahmen, in diesem Lokal«, »Theater«, unterbrach Nadja ihn. »In diesem Schuppen.« Der Nahesteher lächelte, das Unbeholfene an ihm blieb, dazu aber eine unberechenbare Untertänigkeit. Sein Gesicht war zu weich.

Sie legte den Brief neben sich auf den Tisch, zeigte den Männern mit einer Geste, daß sie sich setzen sollten. Ihr Mut schwand. Die albernen Riemchen in der Hand. Der Garderobenstuhl, der Hocker am Schminkspiegel. Keiner der drei Männer rührte sich. »Mit wem kann ich reden?«, fragte sie und prüfte bis zur letzten Silbe die Festigkeit ihrer Stimme. »Beschluß unter Zeugen überbracht«, sagte der Nahesteher.

»Ich dachte, wir sind alle Bürger dieses Landes. Gleichberechtigte Bürger.« Der Leninbart machte einen Schritt auf sie zu, die zwei anderen folgten. Alles gleichzeitig in ihrem Kopf, das tiefsitzende Gefühl, unterlegen zu sein als Frau, nicht im Denken, aber in jeder anderen Hinsicht, und das Unbehagen, hier allein zu sein.

»Menschen«, sagte sie.

»Deutsche«, sagte der Nahesteher, »die wollen wir hier nicht. Ab zurück in euer Land.«

Sie wollte Otto unten in der ersten Reihe sitzen sehen, wie immer, wenn sie eine neue Revue einstudierten, sein unbarmherziges Auge, seinen zermalmender Perfektionismus, seine Ideen, die er wie unumgängliche Forderungen äußerte, obwohl er sie selbst als immer neues Experiment empfand. Seine Härte, die sie antrieb, sein Schweigen, das in die Unzufriedenheit verwies, dann ein kurzer Moment von Entspannung, fast Seligkeit in seinem Gesicht, wenn sie ihm boten, was er hatte haben wollen. Er sah dem jungen Tucholsky ähnlich, er wollte ihm ähnlich sehen mit seinen Hornbrillen-Augen, er sang am liebsten seine Lieder. Nur Rem, der jüngste der Truppe, durfte ihn am Klavier begleiten, Rem, den seine Eltern nach ihrem Glauben benannt hatten – *rewoljuzionny mir*, die revolutionäre Welt –, der nie die Zähne zusammenbiß und immer entspannt und besonnen wirkte. Sie wollte in der Mitte der Bühne mit Blick auf die leeren Stuhlreihen stehen, die Luft ihres Theaters einatmen, Ulitza Twerskaja, Moskau. Kein Name draußen, es hatte sich herumgesprochen. Die Blauen Blusen. Weil sie

Arbeiter waren. ›Ein Hurra auf den Genossen Stalin‹, so hatte es am Ende ihres Programmheftes gestanden. Sie wollte die eiligen Bewegungen, die hektische Gereiztheit haben, vor jeder Revue. Das Zurechtziehen, die Stille, das Verschlossene, das alle hatten, wenn sie sich kurz vorm Auftritt konzentrierten, nur das Atmen und Gehen, und dann das Spiel. Manchmal Annas Kichern, wie sie bis zur letzten Sekunde beim Frisieren saß, stundenlang, wenn nötig, Strähne für Strähne, das Haar im Brenneisen, die richtige Hitze, der Augenblick, bevor es verbrannte, sie hatte die Sekunde im Blut, und damit bourgeoise Locken, wie sie verkündete. Annas Kichern war hier konserviert. Und Pjotrs Rauchen. Im Stehen, den Ellenbogen in die Hüfte gedrückt, wie eine Frau. Und Rems Schweigen, seine demütige Aufmerksamkeit, wenn er vom Klavierstuhl aus die Anweisungen in sich aufnahm, nie an Ottos Kritik zu verzweifeln schien, sie hinunterschluckte und versuchte, sich beim nächsten Versuch selbst zu übertreffen. Sie wollte Ottos Schonungslosigkeit, sie wollte den Raum, in dem sie eine andere sein konnte, sie wollte hierbleiben. Den Dielenboden, das unebene Holz unter ihren Sohlen spüren. Sie wollte alle Kraft in die Beherrschung ihres Körpers legen, dieses raumfüllende Bewußtsein haben, das sie auf einer Bühne hatte, wenn sie um jedes Blinzeln, jede Nuance ihres Blicks, um jede Nähe und Ferne aller anderen wußte. Geschärfte Konturen, kein Verschwinden. Sie wünschte, sie könnte das alles hier zusammenhalten, aus der Kraft heraus, die sie hatte, dem Willen, der Welt so zu begegnen, daß sie gestaltbar war und blieb, inklusive des sich zurückziehenden Ottos und ihres Ehemannes, der mit seinem Protestantismus, seinem pragmatischen, zu bodenständigen Deutschsein oftmals nicht verstand, was die Fähigkeit zur Selbsterfindung aus einem Menschen machen konnte. Er war sich nur sicher, er müßte ihre Kernschmelze auf konstantem, unbedenklichem Niveau halten.

Sie wollte singen, mit der Größe ihrer Sehnsucht sich über Ort und Zeit strecken, es gab keine Einsamkeit, keinen Zweifel, wenn sie sang. Ihr sicherer Alt, das Rauhe, Fragwürdige hinten, kein Glanz, Sandpapier, hatte Otto gesagt, mit dem sie an den mehr oder weniger durchlässigen Oberflächen ihrer Zuhörer schmirgelte. Sie war bereit, einen Pakt vorzubereiten, in den sie ihr Leben, ihre zwei Kinder, ihren Mann, alle Kämpfe mit ihm, jeden Kuß, jedes Lachen und auch das Grenzenlose ihres Wütens einzubringen bereit war. Die Geschütztheit aufgeben, die vermeintliche Sicherheit, etwas zu haben, eine Familie, ein kleines Glück. Keine Rettung in die kühle Distanz, wie ihr Mann das machte, etwas, das sie an ihm bewunderte und zugleich verabscheute. Die Samtfalte im Vorhang, eine Schlucht mit einer Brücke, direkt vor ihren Füßen. Sie griff nach dem Stoff und wußte, daß das Hämmern von draußen kam, von der Straßenseite her, nicht Tucholskys Trommlerin, kein Uhrwerk, nicht Rems Klopfen am schwarzen Körper des Klaviers.

Sie ging über die Bühne, die Treppe hinunter, durch den Zuschauerraum, sie ging, wie sie anfangs gekommen war, wie sie immer gekommen war, sie riß die Tür auf, da kreuzten zwei Bohlen den Eingang auf Augenhöhe, von Türrahmen zu Türrahmen, dahinter standen die Männer, der Nahesteher hämmerte, die Hohestirn hielt die Nägel, der Leninbart rauchte, am Treppenniedergang lehnten zwei weitere Bohlen.

»Vergeßt mir nicht den Hintereingang, ihr Trottel«, rief sie. Nur weitere Schläge, Hammer auf Stahl, der Nagel wurde tief ins Holz getrieben.

»Dafür heben wir uns unser hübsches Siegel auf«, sagte der Bart, ruhig zwischen zwei Zügen.

Sie knallte die Tür, wartete und hoffte wirklich, naiv, kindlich, eine Sekunde lang.

Schlag für Schlag trat sie rückwärts. Sie stand, ohne den

Weg wahrgenommen zu haben, im Freien, am hinteren Ausgang, immer noch der Morgen, die regennasse Luft, sie griff nach der Klinke, hielt sie, zögerte, alle Lächerlichkeit ihres Tuns, das geballte Scheitern kam auf sie zu, auch die Ahnung, daß etwas unwiederbringlich vorbei war, sie ließ die Klinke los und zwang sich, aufrecht und ohne Eile fortzugehen.

Ihr Mann Anton saß im Wohnungsflur auf zwei Koffern und mühte sich, den Stift der Schnalle in das ausgebeulte Loch des Lederriemens zu bugsieren. Er setzte sich mittig auf die Koffer. Er schaute sie nicht an, als sie eintrat.

»Ach, du verreist auch?«, fragte sie und ging in die Küche. Er brachte all sein Gewicht zum Einsatz, samt das seiner hoffnungslosen Gedanken und schob den Stift ins Loch. Senta und Peter saßen in der Küche am Tisch und schoben ein Glas zwischen sich hin und her. Darin schwamm eine Kaulquappe, vielleicht auch zwei, Nadja wollte es nicht sehen. Sie stellte Brot auf den Tisch und schnitt Schinken und saure Gurken, sie goß Milch in vier Becher, und Anton stand in der Küchentür und sagte: »Wir essen nicht mehr, wir fahren.«

»Ich weiß nicht, wo du hinfährst«, sagte sie, »aber ich esse jetzt was.«

»Siehst du, Papulja«, sagte Senta laut zu ihrem Vater, »dann muß ich also doch nicht meinen Frosch hierlassen.«

»Meine Frosch«, versuchte sich Peter in seiner noch rudimentären Sprache.

Anton verließ die sichere Umrandung der Tür und wagte sich aufs offene Feld. Er hatte Augen, die an einen Hund erinnerten, der wagemutige Menschen aus den Bergen rettete, sein Haar war – wie Nadja fand – durch seinen vorauseilenden Gehorsam ausgedünnt, seine Schultern schmal, vielleicht schmaler als der Mittelpunkt seines Körpers, er hatte mehr Gewicht unten als oben am Hals, er sog seine Lippen ein und holte Luft durch die Nase. »Wir könnten ein paar Brote brauchen, das schon.«

Sie trank ihren Becher leer, wischte mit ihren Fingern die Mundwinkel aus. »Du kannst sie gebrauchen«, sagte sie, »nur du hast dich von diesem Wahn anstecken lassen.«

»Waren sie im Theater?«, rief er, wieder im Flur.

»Nein«, rief sie und biß von ihrem Brot ab. Die Kinder zogen die Köpfe ein, Peter schob mit dem Finger Krümel auf dem Tisch hin und her, Senta starrte das Glas mit dem Tier an. Nadja schluckte das Zerkaute und etwas Salziges herunter, einen Kloß, sie goß Milch hinterher, sie schob ihren Kindern die Teller hin.

Peter folgte ihrer Aufforderung. Senta schien sich vom Anblick ihres Frosches zu ernähren. Ein halbfertiges Wesen, das jetzt gerade mit seinen Lippen am Glas klebte, als küsse es dies.

Ihr Mann ging in vorgetäuschter Betriebsamkeit wieder und wieder an der Küchentür vorbei, er stapelte die Koffer in Türnähe. Dabei schien er jedesmal einen Blick in die Küche erhaschen zu wollen. Sie biß von ihrem Brot ab und kaute es durch, wie sie noch nie ein Brot durchgekaut hatte. Sie schnitt sich eine weitere Scheibe ab, schmierte sie, nahm den Schinken, hielt alles fest. »Papulja«, sagte Peter. »Ja, und wohin?«, fragte sie ihren Sohn auf Russisch und mit einer wütenden Arroganz, die ihr selbst wehtat. Im Gesicht ihres Kindes sah sie hilflose Angst.

»Berlin«, antwortete Senta stellvertretend und auf Deutsch. »Und in ein paar Wochen sind wir wieder hier.«

»Wenn wir gehen, dann kommen wir nie mehr zurück.«

»Nie mehr und nie wieder, das gibt's gar nicht«, sagte Senta.

»Wer sagt das?«

»Du.«

»Dann war das gelogen.«

Ihre Tochter hatte ihre geflochtenen Zöpfe gegriffen und hielt sie mit einer Hand unter ihrem Kinn zusammen. Sie zog an ihren Zöpfen wie an dem Band eines Hutes. Die andere Hand lag ausgestreckt auf dem Tisch, nah beim Glas mit der Kaulquappe.

»Wenn du lügst, warum soll ich dir dann glauben?«

Eine kurze, seltsame Freude über die Spitzfindigkeit ihrer Vierjährigen – in einem anderen Moment, unter anderen Umständen, hätte sie gelacht und mit Senta weitergescherzt: Was ist lügen? Wenn man etwas erfindet, was es nicht gibt? Sind alle Märchen Lügen? Nein, Mama, den bösen Wolf gibt es wirklich.

»Ich gehe mit Papulja«, sagte Senta und stand auf. Sie nahm ihr Glas, und Nadja hörte hinter ihrem Rücken, wie ein Deckel aufgeschraubt wurde. Dann rutschte Peter vom Stuhl, umrundete Nadja weiträumig, als wäre sie ein Tier, das jederzeit nach ihm schnappen konnte.

»Mach lieber ein Loch in den Deckel«, sagte sie, »sonst stirbt dein Frosch, bevor er einer geworden ist.«

Im Mantel, mit Hut, die Brosche am Revers gerichtet, als ginge sie in die Oper. Sie nahm keinen Koffer. Anton schleppte vier, zwei unter den Armen, zwei in den Händen. Er zog sein linkes Bein, das von einer Kinderlähmung geschwächt war, kaum nach. Senta umarmte ihre Tasche vor dem Bauch, Peter trug einen Pappkoffer, die kleine Hand am Blechgriff, ein Kinderreiseutensil, in das ein Spielzeug, ein Buch, ein Stück Kreide paßten. Nadja wartete die Prozession ab, zog die Tür hinter sich zu und schloß nicht ab. Sie hielt ihr Kinn hoch, den Hals gerade. Als Anton mit einem knappen Kopfnicken auf seine Manteltasche deutete, darin der Schlüssel, ging sie an ihm vorbei die Treppe hinunter. »Mami«, rief Senta, »Tür zuschließen.«

»Wozu«, entgegnete sie, »wenn wir bald wieder da sind«, und ging Stufe für Stufe dem Ausgang entgegen.

Im Belorusskij-Bahnhof wogte ein Meer aus Menschen, begrenzt von Mauern, einmal darin, bekam man schwer Boden unter die Füße. Überall Rücken in graubraunen Mänteln, Pelzkragen, die Oberwasser hatten, Hutränder, straffes Haar unter Kopftüchern. Der Geruch von nasser Wolle, zu lieblichen Veilchenparfüms und verbrannten Kohlen. Dazwischen die Stakkatostimmen, die eiligen Rufe des Aufbruchs. Und dann ging alles unter, als die Luft zu vibrieren begann und ein Zug einfuhr. Das Quietschen, kurz bevor die Lok zum Stehen kam, zerriß die Halle in zwei Teile. Nadja hatte ihre Kinder im Blick, die sich vor ihr durch die Menge schoben und ihrem Vater folgten, der noch vor ihnen dreien als Bug das Wasser teilte.

Er und seine vier Koffer. Unaufhörlich stieß er mit Passanten zusammen, mit anderen Reisenden und ihren Gepäckstücken, empfing Flüche, entschuldigte sich, machte sich schmaler, als er schon war, drehte sich immer wieder nach seinen Kindern um, bedachte Nadja nicht eines Blickes. Sie blieb stehen, sofort umschlossen von den wogenden Menschen, sie sah ihre Kinder darin verschwinden, dann ihren Mann, blieb weiterhin stehen, schloß die Augen und machte etwas, das sie seit Jahren, vielleicht Jahrzehnten, vielleicht, seit sie Kind war, nicht mehr gemacht hatte. Sie schickte einen Wunsch ins hohe Dach des Bahnhofes, in diese Kathedrale des Aufbruchs, sie spürte förmlich, wie ihr kleines Gebet in den gemurmelten Hoffnungen aller anderen unterging.

Kein Gott hier, noch wer anderes, sie blieb stehen. Schultern rempelten sie an, kantige Körperpartien schubsten sie, vor und zurück. Sie drehte sich um, so weit sie konnte, sie sah das obere Hell des offenen Ausgangs, der auch Eingang war, durch den sie gekommen war und zurückgehen konnte, jederzeit. Zurück in ihr Haus, in ihre Wohnung, ins Theater, die Bohlen von der Tür reißen, weitermachen. Nicht aufgeben. An Stalin schreiben, an Stalin glauben, für die gemeinsame Sache kämpfen, mit ihrer Kunst. Ihre Kinder waren nicht mehr zu sehen, das Meer hatte sie verschluckt. Auch ihr Mann, längst verschwunden. Eine Erleichterung, vielleicht war es für Anton wirklich eine Erleichterung, er mußte ihre Launen nicht mehr ertragen, die abweisende Kälte, zu der sie fähig war. Wie reizbar und verschlossen sie werden konnte, wenn sie zu lange nicht auf einer Bühne stand. Vielleicht war doch die Einsamkeit die Rüstung, die sie zum Leben brauchte. Alles andere nur eine Einbildung. Daß sie für eine Familie gemacht war? Sie sah Anton vor sich, seine genügsame Lebenstauglichkeit, sein verläßliches Funktionieren am Tag, bis er in einen – von durch und durch pragmatischen Träumen – erfüllten Schlaf fiel. Oder war es schon Gleichgültigkeit? Während sie ihren Körper, ihre Stimme, ihre Kraft auf der Bühne verstreut und nicht mehr das Gefühl hatte, daß da noch etwas übrig war für ihn. Aber dann erinnerte sie die Wärme ihrer Kinder, wie sie sich mit allem, was sie waren, anschmiegten, wie ihre Tochter manchmal zu ihr sagte, vollkommen selbsterstaunt: Mama, ich lieb dich so. Doch ein Trug, allein sein zu können, schon jetzt spürte sie den Wunsch, Senta und Peter in den Arm zu nehmen. Sollten die beiden nur von Anton durchs Leben gebracht werden? Er würde das können, ohne Zweifel. Was bliebe, bei den Kindern, war vielleicht nur eine diffuse Sehnsucht nach einer Frau, die wie sie roch. War es so? Sie waren noch klein, es gab doch kaum Erinnerung. Anton wollte sechs, sieben Kinder, er sollte sie haben können, mit einer anderen Frau, in Berlin, mit einer, die gerne Kinder bekam, deren Bestimmung es war, sie zu pflegen, aufzuziehen, bei ihnen zu sein. Eine andere Frau, die ihr Leben hingab für ihre Kinder. Wie sie das bewunderte, wenn eine das konnte. Sie konnte es nicht.

Sie machte einen Schritt vor den nächsten, sie setzte ihre Ellenbogen ein, sie trat auf Füße, ohne sich zu entschuldigen. Bis sie den Mantelkragen ihrer Tochter entdeckte.

»12«, hörte sie die Stimme ihres Mannes rufen, wiederholt von Senta, »12«. »Das Gleis«, rief er dann. »Das Gleis«, wiederholte ihre Tochter. Das Glas mit der Kaulquappe hielt sie über ihrem Kopf. Nichts von allem – Glas, Tier, Tochter – war ausgestattet für diese wankende Welt. Gleis 12. Der größere Teil der Menschen verschwunden. Berlin, stand am Zug. Dickbäuchige Lettern auf weißem Grund. Sie wollten zackig aussehen, hatten aber die Anmutung einer Bratwurst, die sich als Ballerina versuchte.

Ich bin keine Deutsche, sagte Nadja, jetzt erst zu dem Nahesteher, der Hohestirn und dem Leninbart, in Gedanken, zu dieser im Grunde doch nicht wirklich bedrohlichen Troika. Ich bin Russin, ich bleibe Russin, warum soll ich nach Deutschland?

»Mama, Mima«, rief Senta, »wir sind hier.«

Die Lok, mattschwarz, der Rauch, den der Schornstein ausstieß, und ein Fauchen, das unter dem Trittbrett des Waggons herausdrang, eine Zunge, die an ihren Fußgelenken leckte. Der eiskalte Griff am Einstieg, von dem sie sicher war, er würde ihr die Haut abreißen, wenn sie ihn losließe. Sie stieg mechanisch ein – das dunkle Holz, Holz einer Kaschemme, einer Spelunke, dahinter saßen die Fratzen. Sie bestieg eine Attrappe, die wie sie nur vorgab vorhanden zu sein.

Ich erklär's dir noch mal, sagte Nadja zum Leninbart, jetzt, in der Ferne, im anderen Licht, bekam er mehr von den freundlichen Zügen des großen Vaters, mit ihm konnte man doch reden. Schon der Zar hat die Eltern hierhergeholt, um unser Land aufzubauen, Gasleitungen in der Stadt zu verlegen, so war es. So, so.

Der Nahesteher war Kulisse, das sah sie nun deutlich, X-beinig und dünn wie die Holzvertäfelung. Die Hohestirn auch, Pappkameraden, und sie war vor ihnen zurückgewichen. Da griff wieder diese Wut nach ihr, die sie gut kannte, wenn etwas ungerecht war, wenn ein Mensch einen anderen demütigte, dann brach in ihr dieser Eifer aus, ein durch und durch ernster Gerechtigkeitssinn. Wie bei einer beginnenden Grippe, so verspannte sich ihre Nackenmuskulatur, begannen die Schläfen zu pochen. Sie versuchte, sich ihren Opportunismus kleinzureden: natürlich, die Angst. Sie wandte sich heftig um, drängte an den im Einstieg gestapelten Koffern vorbei. Ein Widerstand in ihrer Körpermitte, der Gürtel ihres Mantels schnürte in ihren Magen, Antons Stimme, von gar nicht mal fern, »Was für ein Theater. Vor den Kindern«, und ihre, die erwiderte: »Ein Irrtum, es kann nicht sein, ich muß es klären.«

Er griff fester nach ihr. Er umklammerte sie, hielt sie im Arm, aber es war der Griff eines Mannes, der sich beherrschen mußte und nicht mehr genau wußte, wie das zu schaffen war. Er zitterte in der Umarmung. Dann stieß er sich von ihr los, wohl selbst überrascht von der Heftigkeit seines Griffes, gepaart mit dem Wunsch, ihr weh zu tun. Er ließ mit der gleichen Kraft von ihr ab, mit der er sie umschlossen hatte.

Anton hatte zwei Koffer in die Netze geschoben und zwei auf den Boden gelegt, damit die Kinder ihre Beine darauf ausstrecken konnten. Das Fenster war zur Hälfte heruntergezogen, und noch waren die zwei weiteren Plätze in ihrem Abteil leer. Nadja stand in der Tür, bis Anton den Griff zu sich zog und sie entweder einen Schritt auf ihn zu oder von ihm weg machen mußte. In dem Augenblick sah sie an seinem Gürtel den Beutel.

»Den willst du nicht wirklich mitnehmen.«

»Hör auf«, sagte er. Seine Wangen waren gerötet, die Haut darunter fahl. »Ich trage ihn«, sagte er in einem Tonfall, als habe der Beutel am schwersten von allem gewogen.

Sie verbarg nicht, wie lächerlich sie das fand. Der Unmut darin war noch die Antwort auf ihre Rangelei eben an der Tür. Ihr Wunsch, er wäre ihr nicht so überlegen mit seiner Gefaßtheit, seiner Besonnenheit, seinem Wissen, was zu tun war und was nicht.

»Was ist das, Papulja?«, fragte Senta.

»Erde.«

»Wie wunderbar, für unseren Berliner Balkon«, sagte Nadja und setzte sich auf den freien Platz neben ihren Sohn. Der zwirbelte einen Knopf seines Mantels zwischen zwei Fingern, als übe er das Öffnen eines Tresors.

»Ja, wir werden eine schöne Wohnung mit Balkon finden«, entgegnete Anton.

»Entscheide dich wenigstens«, zischte sie mit der Unnachgiebigkeit einer Frau, die gerade gegen ihre Wünsche handelte, »ob du dieses Land hinter dir läßt oder dich im ewigen Heimweh einrichtest.«

Sie schwiegen, bis der Zug sich mit einem Ruck in Bewegung setzte, das Stampfen und Vibrieren unter ihnen in die Sitzpolster eindrang und die Wände der Bahnhofsburg in Fluß gerieten, aus dem Fensterausschnitt rutschten, den Blick auf Häuserwände, Innenhöfe, Straßen, Oberleitungsbusse, Alleen, schließlich Wiesen freigab. Sie fuhren einige Kilometer unterhalb des Gebiets vorbei, wo die Datscha war, der Nachbar, das Pferd, im letzten Winter, der See, der Wald, die Einsamkeit und ihre Schönheit, die Ruhe der Welt. Sie schwiegen, und irgendwann schienen sie das Unangenehme der Stille zu vergessen, zumindest war sich Nadja sicher, daß es Anton so erging. Sie wandte ihren Blick ab, versuchte, ihre ganze Aufmerksamkeit aus dem Abteil abzuziehen und an die vorbeihuschenden Dinge zu heften, die weißen Strümpfe der Birkenwälder, die endlos gereihten rötlichen Stelen der Kiefern. Aber je länger der Zug fuhr, um so beharrlicher galoppierten ihre Gedanken zurück durch die Wälder, über den See, über die Wiesen, durch die Alleen, an den Oberleitungsbussen vorbei durch die Straßen, Innenhöfe, hinein in den Belorusskij-Bahnhof. Was wäre, wäre sie stehengeblieben.

Sie bemerkte erst nach Stunden, daß ihre Finger ihre Lippen berührten, in unterschiedlichen Positionen. Mal lagen drei zusammengelegt über ihrem Mund, als müßten sie Worte vom Aus-dem-Mund-Fallen abhalten, mal alle fünf, als forme sie einen Tintenfisch. Eine von Ottos Gesten, zusammen mit einer anderen, die er oft machte, wenn er das Spiel während einer gemeinsamen Probe kritisierte oder einen Gedanken beim Reden verfaßte. Dann stellte er die Fingerspitzen aneinander, die Daumen und kleinen Finger wie Querbalken fast, ein Spitzdach, das er vor seinem Mund errichtete und durch das hindurch er sprach. Ein Haus für das Wort, die Ellenbogen auf die Stuhllehne gestützt. Manchmal brachte er diesen Stuhl zum Kippen, das Spitzdach des Hauses aber blieb unverrückbar vor seinem Mund. In seiner Nähe zu sein war manchmal, wie in einem Schwarm Stechmükken zu stehen. Sie hatte das nie als Bösartigkeit empfunden, wie manche andere, sondern immer als Herausforderung, und die Traurigkeit dahinter gekannt. Sie wollte keine bösartige Frau werden, die sich schweigend an allen rächte für etwas, für das sie allein die Verantwortung trug. Das nicht. Und dennoch spürte sie, wie dieses Unbenennbare, dieser Schwarm Bösartigkeit, näher kam.

»Die Kinder haben in den Kesseln geschlafen, Papulja, das

war so«, kam irgendwann einmal Sentas Stimme in ihren Gedanken vor.

»Sie haben kein Zuhause.«

»Aber in Kesseln, warum da?«

Die einfache Neugier in der Stimme ihrer Tochter ließ sie einen Moment lang milder werden. Sie wandte sich der vorbeirasenden Landschaft zu. Sentas Stimme, die weiter erörterte: »Wie können sie auf dem Teer schlafen, der am Tag auf die Straße gegossen wird, der ist doch noch ganz heiß. Nicht mal die Arbeiter treten da drauf.«

»Die Kessel sind leer in der Nacht, Liebes. Der Teer liegt auf den Straßen. Aber in den Kesseln ist es noch warm. Deshalb schlafen die Kinder darin.«

»Aber wie kann er das zulassen?«, fragte Senta.

»Sch«, machte Anton, und Nadja, die gerade mit drei Fingern an ihre Lippen klopfte, hielt inne und sagte: »Daran sind natürlich die Faschisten schuld.« Sie sah das schiefe Lächeln auf dem Gesicht ihres Mannes und das Nichtbegreifen im Gesicht ihrer Tochter, dann sah sie, wie Anton knapp nickte, immer weiter nickte, als schien er sich darin des Schrecks zu entledigen, den das Wort Faschisten in ihm ausgelöst hatte. Sie fuhren ins Land der Faschisten. Ja, dort fuhren sie hin.

»Er läßt das nicht zu«, sagte Anton nach einer Weile, seinen Blick nur auf seine Tochter gerichtet, »Und wenn's passiert ist, wird's nie wieder passieren.« Dann begann er, Sentas Hand zu tätscheln, eine seltsame Geste, etwas, das er sonst nie machte, eine hilflose Bitte an seine Tochter, einfach nichts mehr zu sagen oder zu fragen, denn auf nichts schien es eine einfache Antwort zu geben, nichts war mehr unverfänglich und erklärbar.

Sie schliefen in der Nacht. Die Beine verzwirbelt, Sentas rechter Arm lag über Peters angewinkelten Knien. Antons Kopf war nach vorne gefallen, abgeknickt, daß er auffuhr im

Schlaf und sich zurechtrückte, als ließe er es selbst im Unbewußten nicht zu, haltungslos zu erscheinen.

Sie waren durch Warschau durch, und Nadja saß immer noch aufrecht in ihrem Sitz, den Mantel geschlossen wie im Flur der Wohnung, ihre Füße in den halbhohen Schuhen, ihren Wollrock glatt und faltenfrei bis zur Wade. Die Brosche am Revers, die Hände gefaltet im Schoß. Die Augen auf einen Punkt weit hinter der Abteilwand, weit bis ans Ende des Zuges gerichtet. Ihre stolze Sturheit im Blick, nur etwas Müdigkeit am Rand, wie ein Schatten. Sie hatte sich ihren Tuchschal um den Kopf gebunden.

Anton schob den Mantel in sein Hohlkreuz und machte das, was er in schwierigen Lebenssituationen am liebsten machte, er lenkte sich mit hoffnungsvollen Gedanken ab. »Eine Wohnung am Park«, sagte er leise zu sich, »zumindest, vielleicht, in der Nähe. Nein, am Park. Wo übrigens meine Großeltern mütterlicherseits schon gewohnt haben.«

»Und unsere Sachen?«, fragte Senta, gerade aufgewacht.

»Wir bekommen neue«, erklärte Anton und räusperte sich, »wir mieten sie mit der Wohnung mit. Praktisch, nicht?«

»Auch Mamas Klavier?«

Anton schaute Nadja an, Nadja schien sich auf ihre gefalteten Hände zu konzentrieren. Da erst bemerkte er die Veränderung unter dem Schal.

»Mamas Klavier wird genauso wie ein Schrank und ein Tisch in der Wohnung stehen. Auf einem Teppich, im Wohnzimmer, zusammen mit einem runden Hocker, wie sie es am liebsten hat.« Er versuchte, noch einmal einen Blick auf ihre Haare zu erhaschen.

»Ich will ein Aquadrium«, sagte Senta.

»Ich verstehe.«

»Da soll mein Frosch rein.«

»Mal schauen, was sich da machen läßt.«

»Ich will nicht mit Peter in einem Zimmer schlafen.«

Anton versuchte ein Lachen, es klang sorgenvoller, als er sich eigentlich fühlte. Die Kinder schauten ihn an.

»Auch da werde ich tun, was sich tun läßt.«

»Mama?«, fragte Peter, ohne fortzufahren.

Nadja hob den Blick, schaute ihren Mann an, ihren Sohn, das vorsichtige Lächeln, das Aufmunternde, Peters leicht geneigten Kopf, sein Warten auf eine Reaktion. Sie holte Luft durch die Nase, griff nach ihrer Handtasche, zog ihr in Chinaseide eingeschlagenes Notizbuch hervor und malte auf eine der hinteren, noch leeren Seiten den Grundriß einer Wohnung mit sechs Zimmern, einem Wohnzimmer mit Flügel und Bibliothek, einem Mädchenzimmer, zwei Balkonen, einer Abseite, sie malte mit ihren resoluten Händen ein resolutes Bild, sie malte sogar Fische in ein raumfüllendes Aquarium hinein, und skizzierte damit die Aufgabe, die Anton zu bewältigen hatte.

Senta staunte.

Nadja meinte zu hören, wie er seine Backenzähne aneinander rieb.

»Wir werden auch eines dieser unbezahlbaren Autos bekommen, da bin ich mir sicher, und viel Geld dazu, weil Deutschland so froh ist, daß es uns wiederhat. Hitler kann gar nicht erwarten, daß wir zurückkommen, es ist gut möglich, daß eine Blaskapelle am Bahnhof steht und spielt, wenn wir den Zug verlassen.«

Anton schickte die Kinder auf den Gang, sie sollten sich ein bißchen die Beine vertreten. Senta hielt für Peter die Tür auf, sie warf noch einmal einen Blick auf ihr Froschglas, nahm es aber nicht mit.

»Straf mich nur ab«, sagte Anton, als die Kinder verschwunden waren.

Nadja schaute ihn an.

»Aber darf ich dich daran erinnern, daß nicht ich mir das hier alles ausgedacht habe.«

»Ich wüßte nicht, was Stalin damit zu tun hat«, entgegnete sie mit einer trotzigen Härte, einem unbedingten, kindlichen Verlangen nach Widerspruch.

»Egal«, sagte Anton leise, »es ist mir egal. Mach mich dafür verantwortlich. Schieb es mir in die Schuhe, daß wir hier sitzen, daß wir in einer Hinterhauswohnung hausen werden, daß du auf keiner Bühne stehen wirst. Egal, mach es einfach.« Er schaute demonstrativ aus dem Fenster in die vorbeiziehende polnische Landschaft.

Sie hörten die Kinder draußen im Gang reden und laufen. Eine Sekunde nur gesellte sich zur Fremdheit eine Feindschaft, aber Anton vermied es, Nadja anzuschauen, um die Kluft nicht noch zu vergrößern. Er legte den Kopf in den Nacken. Betrachtete das Gepäck unter der Decke. Rieb mit den flachen, feuchten Innenflächen seiner Hände über die Polster der Armlehnen. »Sch«, zischte er, eher unbewußt, verbunden mit einem Ausatmen.

»Ich mach keinen Mucks mehr«, sagte Nadja.

»Gut.«

»Freut mich, wenn wir uns einig sind.«

Die Kälte tat ihm weh.

Sie öffnete die verschlungenen Enden des Schals unter ihrem Kinn, hob ihn sich vom Kopf.

»Deine Haare«, sagte er nur knapp.

»Hätte ich mir noch eine Frisur machen sollen, bevor wir losgerast sind?«

Er antwortete nicht, preßte nur die Lippen aufeinander.

Sie stand auf, verließ das Abteil, ging den Gang hinunter, zog die Tür zur Waggontoilette auf und sah eine Frau, die sie selbst im ersten Augenblick nicht erkannte. Sie griff in ihre Haare, sie schob sie nach vorn, nach hinten, schaute jenseits ihres Scheitels, drehte sich, sah überall nur das gleiche melierte Grau, zog an allem, was sie zu fassen bekam, als sei es eine Perücke, die nur besonders gut festgesteckt war, sie zog und riß, sie riß sich Büschel ihrer Haare aus, sie starrte die Haare in ihrer Hand an, hielt sie sich wieder an den Kopf, sie ließ das Gewirre los, und die Haare segelten leichtfüßig auf den Boden der Zugtoilette.

Sie kehrte ins Abteil zurück, die Kinder waren noch nicht da.

»Marie Antoinette soll das auch passiert sein«, sagte Anton leise, und während er es sagte, wußte er, daß es besser gewesen wäre, zu schweigen. Er versuchte ein Lächeln. Seit sie zurückgekehrt war, fühlte er sich erleichtert, sein Optimismus war ein unerschütterlicher und treuer Weggefährte, selbst im Zug nicht abzuhängen.

Nadja setzte sich auf ihren Platz, wieder aufrecht, faltete die Hände im Schoß, stellte beide Füße nebeneinander, die Knie im klassischen Winkel. Nach einer Weile sagte sie: »Verschon mich mit deinem Halbwissen. Ich bin erst neunundzwanzig.«

Er beugte sich vor, stützte die Ellenbogen auf die Oberschenkel. Sie schien sich in den Sitz zu drücken. »In meinen Augen«, begann er.

»Soll ich davon leben, was ich in deinen Augen bin?«

»Ich werde eine Arbeit finden, in irgendeiner Redaktion, zur Not als Korrektor, als der Mann für die Überschriften, als Laufbursche. Ich spreche zwei Sprachen, ich bin rumgekommen in der Welt. Zumindest zwischen Berlin und Moskau. Deutschland und die Sowjetunion sind freundschaftlich miteinander verbunden. Es gibt sogar eine russische Schule in Berlin, vielleicht kann ich als Lehrer – man sucht Arbeitskräfte, ich bin mir sicher, wir finden eine Wohnung am Volkspark, vielleicht auch in Schmargendorf, in Friedenau, in Steglitz.« Er bemerkte das Wohlklingende der Namen.

»Es wird Krieg geben.« Ein Tonfall wie eine doppelte Linie, an das Ende einer Aufrechnung gesetzt.

»Es steht alles auf Wachstum. Prosperität. Freundschaftsverträge. Kein Krieg.«

»Du bist wirklich der letzte Mensch.«

»Ja«, sagte er mit fester Stimme, »wenn du meinst.«

Er schloß die Augen, die Sehnsucht nach Harmonie durchzog ihn, wie ein Sommerwind ein schattiges Zimmer durchzieht. Er wußte längst, wie dieses Bedürfnis ihn steuerte, wie er bereit war, sehr vieles dafür zu tun –, vor allem, zu lassen. Aber was sie hier begannen, war, ihre Feindschaft zu konservieren, an der Grenze zur Kriegserklärung. In rasender Fahrt standen sie still, richteten ihre Waffen aufeinander, blieben sitzen und täuschten sich in der Geschwindigkeit des Zuges über ihren Instinkt zur Flucht hinweg.

»Diese Gerüchte«, murmelte Anton, »hier eins, dort eins. Uns interessieren nur Gerüchte, die wollen wir hören, wen kümmert schon die Wahrheit. In Wahrheit wird es keinen Krieg geben.«

In einer einzigen rasanten Bewegung griff Nadja nach dem Froschglas, riß das Fenster herunter und schleuderte es hinaus. In einem weiten Bogen jagte es den Weg zurück und zerschellte irgendwo abseits auf den Steinen der Trasse. Mit einem heftigen Schub knallte sie das Fenster wieder zu.

Die Kinder standen hinter der Scheibe der Tür, Senta legte eine Hand an den Griff. Anton schob die Tür von innen auf, Peter kletterte auf den Sitz neben Nadja, Senta rückte nah zu ihrem Vater.

»Also, wir haben einige Beschlüsse gefaßt«, referierte Anton. »Über meine neue Arbeit und wohin wir zuerst gehen, wenn wir in Berlin aus dem Zug steigen.«

Er schien die aufmerksamen Blicke der Kinder zu genießen.

»Wir gehen zu meiner alten Tante Ingje, sie hatte mir ja geschrieben, daß wir bei ihr wohnen können, solange wir wollen.«

»Wo ist er?«, fragte Senta.

»Tante Ingje«, sagte Anton, »hat einen großen, dunklen Laden, und in diesem Laden kannst du ganz was Besonderes kaufen. Musik. Du kannst alle Noten der Welt kaufen, alle Musik, die je geschrieben worden ist. Sie hatte einen Mann, Rudolf, als der starb, hat sie den Laden geerbt. Rudolf wußte genau, wo jede Note von jedem Komponisten zu finden ist. Er ging ans Regal, zippzapp, hatte er die gewünschte Note parat. Aber Tante Ingje weiß bis heute nicht, wo was liegt. Nur hat sie einen Trick, wie sie das findet, was der Kunde wünscht. Und wißt ihr, was ihr Trick ist?« Er griff hinter sein Ohr, rollte seine Hand ein, schloß sie zur Faust, schüttelte die andere Hand im Ärmel, verdrehte die Augen, gab fremde Laute von sich und zeigte den Kindern, was er unter Einsatz seiner Kräfte hervorgezaubert hatte. Nadjas Chinaseiden-Buch.

»Wo kommt das her?«, fragte Senta.

»Fragt Tante Ingje.« Anton lächelte mit leicht nach vorn fallenden Schultern.

»Wo ist mein Frosch?«

»Ich zeig euch noch einen.«

»Wo, Papulja.«

Nadja spürte, wie ihre Tochter sich ihr zuwandte, von ihr eine Erklärung forderte, wie nur ein Kind sie fordern kann, durch beharrliches Warten. Und sie griff nach dem festen Stoff von Sentas Mantel, faltete ihren Kragen auf Kante, strich mit ihren Fingern das dünne Mädchenhaar zur Seite und hielt plötzlich inne, unfähig zu einer weiteren Bewegung, in der warmen Nähe ihres Kindes, mit dem zusammen sie in eine Welt hineinreiste, die Rudolfs dämmrigen Altherren-Antiquariat ähnelte, vollgestopft mit Ererbtem, Vergessenem, Überflüssigem. Noten, die keiner haben wollte. Ein Mausoleum, aber ohne den nötigen Glanz. Den unbedingten Glauben, daß ein Leben nach dem Tod sich lohne. Nur verschmähtes Künstlertum. Gebrochener Ehrgeiz. Unangenehm durchfärbt vom Gefühl, Rache nehmen zu wollen.

Senta wich aus, stemmte die Fäuste in ein Polster.

Anton schaute Nadja direkt in die Augen. Ihr herzmuschelverschlossener Mund. Die Mundwinkel voll wütender Trauer und Entschlossenheit. So rätselhaft wie es war, aber was war schon rätselhafter als seine Gefühle zu ihr – die Offensichtlichkeit ihres Trotzes nahm ihm die Angst. Ihr Zittern beruhigte ihn. Die Verletzlichkeit ihrer grauen Haare. Die kleine Geste, wie sie Sentas Mantelkragen gefaltet, ihr die Strähne aus dem Gesicht gestrichen hatte. Er sagte: »Ich hab ihn befreit. So ist es besser für ihn.«

Und Senta stieß, fast stellvertretend erleichternd für alle, einen Schrei aus, der wohl bis ans Ende des Zuges zu hören war, denn kurze Zeit später kam einer der Schaffner vorbei und fragte, ob mit ihnen alles in Ordnung sei.

Anton stellte die Koffer neben die Eingangstür des Antiquariats, dann zog er beide Kinder zu sich, als könnte er sie unter den Aufschlägen seines Mantels verstecken. Nadja trat neben ihn, nahm Peter an die Hand, zog Senta auf die andere Seite, womit sie es schaffte, eine Wand zu errichten, die der dunklen Ladenfront etwas entgegenzusetzen hatte. Tante Ingje schloß von innen auf und richtete mit einer nervösen Geste ihr perfekt gewelltes Haar. Anton fädelte sich wieder vor Nadja ein, so war er, ein Faden, der durch jedes noch so kleine Öhr paßte, und schüttelte Tante Ingjes Hand, wobei er einen krummen Rücken machte und unentschlossen schien, ob er nicht doch einfach einklappen und ihr einen Handkuß geben sollte. Sie gingen im Entenmarsch hinein, Anton voran. Das Antiquariat war klein und vollgestopft, wie Anton es beschrieben hatte. Staubiges Papier, eine Tür mit zwei Stufen davor, eine altersschwache Türklinke, Spinnweben in den Stucktrauben unter der Decke. Eine Couch an einer Stirnseite, umrahmt von Regalen und Ablagen, davor ein Beistelltisch, auf dem auch Stapel von Noten, Liederbüchern, lose Blätter lagen.

»Seid ihr endlich da«, plapperte Tante Ingje, »endlich, endlich, ich hab so lang gewartet, ich wußte ja nicht genau wann, sonst hätte ich euch vom Bahnhof, es ist ja nicht weit, sonst hätte ich auch den Herrn Drenner, der kümmert sich um so was, Achtung, hier, eine Stufe, nicht stolpern, ich stolpere hier immer, ich sag euch, seid ihr endlich, Achtung, hier.« Sie blieb unter dem Türrahmen des nächsten Durchgangs stehen, drehte sich um. »Ihr schlaft im Laden, hab ich mir gedacht, dann habt ihr eure Ruhe. Die Kinder können im Wohnzimmer, ja, dachte ich mir, so macht es keine Umstände.«

»Keine Umstände«, wiederholte Anton.

»Ich spreche ja kein Russisch«, sagte Tante Ingje.

»Wir aber Deutsch«, sagte Anton.

»Keine Umstände«, schloß sie und huschte voran durch den Flur, der Laden und Wohnung verband.

Nadja hatte nichts gesagt zur Begrüßung, der Tante nur stumm die Hand gegeben, noch angewidert von Antons Untertänigkeit. Sie sagte den Rest des Tages nichts, setzte sich nur auf die Couch im Laden und betrachtete den Ausschnitt Berlin, den sie von hier aus sah: Fensterrahmen, Rhododendronblätter, mit etwas Abstand der schmiedeeiserne Zaun, Kopfsteinpflasterstraße, wieder ein Zaun, diesmal mit Bajonettspitzen, eine Hecke, dahinter ein Platz, ein Springbrunnen, Sandwege, Blumenbeete. Die Fensterscheibe war frisch geputzt. Die Spinnenweben und den Notenstaub konnte Ingje offenbar ignorieren, solange die Aussicht eine gewisse Klarheit hatte. Ihre Wohnung dagegen war der Inbegriff von Reinlichkeit. Sie wirkte wie ein Zuhause, in dem niemand zu leben schien. Leben wirbelte Staub auf. Leben hieß, daß man Spuren hinterließ. Tante Ingje schien sich von den Unbilden dieses Weltgesetzes befreit zu haben.

Anton kam herein, klemmte sich hinter Rudolfs alten Schreibtisch – er stand viel zu nah an einem Regal – und übte das Inbesitznehmen. Dann blieb er einen Moment vor Nadja und der Ausklappcouch stehen, hob ein Blatt hoch, noch ein weiteres, legte beide zurück. Nadja hörte, wie Senta mit der Tante sprach, ob sie nicht in der Kleiderkammer schlafen dürften? Dort fanden sie es gemütlich. Aber die Tante wollte das nicht, sie sah ihren Satin, den Chiffon und die Wolle Schaden nehmen. Ingje residierte selbstverständlich in ihrem Schlafzimmer. Selbstverständlich. Sagte auch Anton, bevor er aus dem Laden ging.

Nadja umschritt mit wanderndem Blick den Ort, an dem sie saß, das Karree des Neuanfangs. Noten, kein Gesang. Papiermusik, nur dazu da, die Erinnerung zu erhalten.

Sie griff nach ihrer Handtasche, schrieb in ihr Chinaseiden-Buch: In Rußland überläßt man den Gästen das größte Bett. Man gibt ihnen die letzte Roulade, das letzte Piroschki, den letzten Schlag Sahne. Man zieht sich in die hinterste Ecke seiner eigenen Wohnung zurück, die Gäste sollen es schön haben. Notfalls liegt man nur unter einem Laken, Hauptsache alle anderen haben es warm. Tante Ingje zeigt ihre Sammeltassen vor, wobei sie einen Klaps auf die Hände der Kinder andeutet, falls die ihr Hutschenreuther berühren sollten. Ich nehme mir eins vor, jetzt und hier, und ich schreibe es auf, um mich immer wieder daran zu erinnern. Ich rede mit Tante Ingje kein Wort. Soll sie glauben, ich sei stumm. Und taub. Oder beides zusammen. Schweigen ist die vollkommenste aller Lügen. Die schärfste Waffe. Hat Otto immer gesagt.

Sie schrieb das Russische in ihrer geschwungenen, mädchenhaft verzierten Schrift, sie genoß jeden Buchstaben. Sie schrieb weiter, die Buchstaben waren eine Wohltat, die Bögen, die Schwünge, sie zwiebelte sich ein in ihre Ornamente, sie rüschte, verschmückte, sie vergaß den Rest.

Sie fand eine Reißzwecke, riß die Seite aus dem Buch und befestigte sie an der Kopfseite des Bettes, wie ein hübscher, für Ingje unentzifferbarer Morgenappell.

Die Tante ließ am nächsten Tag mit geschäftigem Rattern das Gitter vor ihrer Ladentür hochfahren und fegte in kantigen, kurzen Strichen den Weg davor. Sie hielt mit der Nachbarin einen Snack, wie sie betonte, um ihre Hamburger Herkunft herauszustellen. Anton ging auf die Pirsch. Nadja zog die Kinder an und wanderte mit ihnen hinüber zum Platz. Dort saß sie den Vormittag über und beobachtete beide bei ihren Spielen.

Ein paar bürgerliche Frauen mit ihrer Entourage aus Kindern und Kindermädchen. Ein paar eilig den Platz querende Männer in Hut und Mantel. Spatzen, die aus den Buchenhecken hüpften und sich im Sand der Beete wuschen. Die Stimmen der Kinder, das Rattern der Straßenbahn vom Korso, das Quietschen der Züge von der Ringbahn, es war noch hier zu hören. Sie igelte sich ein in das Gefühl emanzipatorischer Überlegenheit. Sie hatte immer gearbeitet, ihr Geld verdient, sogar ihre Talente dafür einsetzen können, weil sie in einem Staat lebte, der Frauen als wahrhaft gleichberechtigt betrachtete. Sie war eine Künstlerin. Hier, auf diesem Platz, im großen Berlin, nicht weit entfernt vom Kurfürstendamm, wo es mal die *Wilde Bühne, das Schall und Rauch* gegeben hatte, lange her, nichts mehr von übrig, hier schien es jetzt nur noch Frauen zu geben, die ihre Mutterschaft zelebrierten, Kinderwagen mit Andacht und Stolz schoben, als sei das die alleinige Bestimmung der weiblichen Seite der Menschheit. Hier gab es Bänke, auf denen nur Frauen saßen, im Schatten des vaterländischen Nibelungen-Brunnens, kleine Inseln, auf denen sie ihr Dasein fristeten, weit davon entfernt, eine Stimme zu haben.

Sie hatte gehört, wie Anton sich Tante Ingje gegenüber entschuldigend geäußert hatte: Nadjas Deutsch sei noch arg schlecht. Sie solle Geduld mit ihr haben. Die Tante hatte ein gleichgültiges Schnalzen von sich gegeben, das den Vorwurf nicht kaschierte. Nadja wollte keine Geduld und auch nicht Antons Entschuldigung, beides steigerte nur ihren Unmut.

Mehr und mehr erschien ihr in Träumen, im Dämmern am Morgen, der gutaussehende Mann mit den schwarzen Augen, dem friedfertigen Bart. Der ihr deutlich machte, daß er zu einer Entschuldigung bereit sei. Jawohl, er wollte sich entschuldigen. Ein Irrtum sei es gewesen, sie hatten das Theater nicht schließen, sie hatten die Compagnie nicht in Angst und Schrecken versetzen, zur Demütigkeit zwingen wollen. Sie war eine gut gelittene Künstlerin der Sowjetunion, eine tragende Säule einer wahrhaft gerechten Gesellschaft, des Aufbruchs, ein Teil von allem. Irrtümer waren, bei der Suche nach den wahren Volksfeinden, unvermeidlich. Es gab viele, sie tarnten sich gut. Sie jagten Fabriken in die Luft, brachten Züge zum Entgleisen, sie ermordeten Menschen. Unsere Sicherheit ist ein Trugbild, wir müssen kämpfen, um das zu bewahren, was wir haben. Gegen die Feinde des Volkes. Überall sind sie. Daher muß man sie suchen. Beim eiligen Suchen unterlaufen jedem Menschen Fehler.

Sie saß auf dem kühlen Stein, hinter ihr gurgelte der Springbrunnen, eine Stimme, die sie heraushörte, je länger sie dort saß. Am Rande nur nahm sie wahr, wie ein Mädchen, das bei Peter und Senta stand, etwas fragte. Senta antwortete laut und mit unverkennbarem Stolz: »Hamburg.«

»Hamburg?«, fragte das Mädchen, »Da kommt auch meine Cousine her. Die wohnt an der Alster. Und stolpert immer über den spitzen Stein.«

»Wir haben auch an der Alster gewohnt.«

»Wo denn?«

»In der Straße Nummer 12.«

»So heißt keine Straße«, sagte das Mädchen.

»So hieß unsere Straße«, sagte Senta und schenkte ihrem Bruder einen geringschätzigen Blick.

»Du weißt noch nicht einmal, wie eure Straße heißt«, sagte das Mädchen und ging.

Als Senta ihre Mutter sah, wich sie ihr aus. Nadja wollte nach den Händen ihrer Kinder greifen, aber ihre Tochter stob weg. Nachdem sie ihres Abstands sicher war, trottete sie über den Platz, sie hatte die schmalen Schultern ihres Vaters geerbt, und Nadja betrachtete den Knoten ihrer Schürze im Rücken, ihre geflochtenen Zöpfe, ihre leicht nach innen gestellten Knie. Sie war sehr dünn.

»Ihr kommt aus Moskau«, sagte Nadja laut in den Rükken ihres Kindes. Als habe es kein Ohr mehr fürs Russische, trottete es weiter. »Wiederhole das«, sagte Nadja noch lauter. Senta begann, schneller zu gehen. Peter an Nadjas Hand fiel in einen Laufschritt, das stolpernde Eilen eines Kindes.

»Und das wird immer so bleiben. Seid stolz darauf.«

Senta zog mit beiden Händen die schmiedeeiserne Tür auf, wie eine Antwort das Quietschen der Scharniere. Schon lief sie über das Kopfsteinpflaster.

»Nie im Leben«, schwor sich Senta, als sie das sichere Rechteck der Treppenstufe hoch zum Antiquariat betrat, nur aus den Augenwinkeln einen Blick zurück wagte, wo die Mutter auf der anderen Straßenseite stand, weit entfernt, ihren Bruder an der Hand. Als ginge ihr einen Moment die Luft aus, so stand Senta da. Das Fehlen der mütterlichen Zuneigung stach, wie an einem trockenen Wintermorgen, wenn man auf die Straße sprang, voller Tatendrang, in Erwartung anderer Spielgefährten, und die Luft wie Eis am Gaumen klebte, ein Schmerz bei jedem Atemzug.

Anton kam an einem der nächsten Tage ins Geschäft und verkündete mit strahlendem Gesicht, er habe Arbeit. Die Tante war ganz Ohr, die Kinder auch, Nadja stand abseits und hörte, wie er es sich schönredete. »Es ist die größte und bedeutendste Zeitung in Berlin. Ein Tor von Eingang. Ein Portier. Eine große Treppe. Ich teile mir ein Büro mit vier anderen Journalisten. Wir berichten aus aller Welt. Wir sind die ersten, die die Neuigkeiten wissen. Wir müssen schnell arbeiten, manchmal in größter Eile, wenn noch etwas passiert, das in unsere Zeitung muß. Und ich werde sogar im Impressum stehen, ja, Anton Neudecker, Redakteur, wird dort stehen.«

»Und in welchem Ressort wirst du schreiben?«, fragte die Tante spitzfindig. »Politik, Feuilleton?«

»Aus aller Welt«, sagte Anton, und Nadja empfand einen Augenblick lang Mitleid mit ihm, dem Mann, der lächelnd, zum Frohsinn entschlossen, auf einem leeren Tisch ein Menü sehen wollte.

»Also letzte Seite«, triumphierte Ingje in milder Stimmung.

»Die Horoskope«, sagte er später zu Nadja, als sie in der Abgeschiedenheit des Ladens nah beieinander auf der Kante der Ausklappcouch saßen. »Dafür bin ich zuständig, aber sicherlich auch mal die eine oder andere Meldung, und es ist eine Arbeit. Ich kann jede Woche gekündigt werden, aber ich werde jede Woche bezahlt. Es ist ein Anfang, glaub mir, das ist es.«

Er drehte sich zur Wand, das Sofa knarrte, Nadja betrachtete seinen Hals, den Stoff seines Schlafanzuges, sie berührte mit einem Finger seinen Haaransatz, fuhr daran entlang. Sie war fast erstaunt darüber, wie warm seine Haut war. Er drehte sich zu ihr. »Könntest du jetzt«, fragte er leise, »jetzt, wo ich eine Arbeit habe, ein Wort mit meiner Tante reden?«

Sie schüttelte kaum merklich den Kopf.

»Ich bring's nicht über die Lippen«, sagte sie auf Russisch, so leise und schnell, als habe sie jemanden überlisten wollen.

»Sie hält dich für schwer von Kapee.«

»Das soll sie gerne.«

»Wenn wir eine Wohnung haben, eine für uns, dann reden wir Russisch«, sagte er leise und berührte ihr Haar.

»Wenn du ein Klavier hast, eines für dich.«

Sie betrachtete ihren Mann. »Du wirst singen, wenn du ein Klavier hast.« Sie machte eine unbestimmte Geste, einem

Schulterzucken nicht unähnlich. »Ein Klavier«, sagte Anton leise, »das ist das nächste, was ich organisiere.« Sie schaute ihm in die Augen, er forderte das. Sie hielt seinem Blick stand, dann verlor sie ihn. Sie würde sich nicht ans Klavier setzen, aber warum ihm das sagen. Das Instrument hatte nur eins im Sinn, nach ihr zu schnappen, über sie zu triumphieren, eine Frau ohne Stimme. Sich sprachlos am Schicksal zu rächen war lächerlich, aber im Moment war alles stärker als sie, selbst ein klappriges, angeschlagenes Pianola am schattigen Ende eines Wohnzimmers.

Die Außenminister schlossen den Nichtangriffspakt, und Nadja stellte ein daumennagelgroßes Stalin-Bild so zwischen das gute Geschirr von Tante Ingje, daß nur sie es sehen konnte. Jeden Morgen, wenn sie die Küche betrat, grüßte sie ihren gutmütigen Herrn mit den treuen Augen und dem sympathischen Walroßbart, gegen den Tante Ingjes Hitler eine Karikatur von einem Führer war, blaß, häßlich und mit einem so kleinen Schnauzer, daß es wirkte, als wüchse ihm ein haariger Bremsklotz unter den Nasenlöchern.

Anton brachte nach seinem ersten Arbeitstag die Zeitung mit. »Morgen«, sagte er, »morgen erscheint ein Artikel von mir.« Er brachte die Zeitung wieder mit und las vor: »Der Thronfolger von Spanien gehört zu den reichsten Männern der Welt. Er wird ein Königreich erben. Dennoch ist ihm das Schicksal nicht hold. Seine Angebetete, Prinzessin Alma Isabell von Portugal, fühlte sich von ihm zu wenig hofiert. Und so spielte sie ihm vor, entführt worden zu sein. Die Entführer forderten schriftlich eine hohe Summe Lösegeld. Sie selbst schrieb diesen Brief, ohne daß der Thronfolger ihre Handschrift erkannt hätte, und als er beschloß, einen Großteil des Vermögens zum Freikauf der Prinzessin ...«

»In Spanien herrscht Bürgerkrieg, und du schreibst was

über diesen ollen Monarchen«, unterbrach ihn Tante Ingje, »wenn du das Journalismus nennst, heiß ich Fürst Bismarck.«

Nachdem die Kinder im Bett waren, mäanderte Anton durch den Flur, der Laden und Wohnung trennte, er schritt den Weg ab, als hole er Anlauf, dann kollidierte er mit der Tante auf halber Strecke in ihrem Wohnzimmer und sagte: »Mir brauchst du den Glauben nicht nehmen. Aber den Kindern könntest du ihn lassen.«

»In meinem Haus werden keine Lügengeschichten erzählt«, sagte Ingje kalt, »da hast du in Rußland vielleicht einen lascheren Umgang mit unseren Tugenden gelernt.« Sie warf Nadja einen Blick zu, die am Bügelbrett stand und die Wärme des Eisens mit knappen Berührungen testete. Nadja erwiderte den Blick nicht, murmelte nur einen kleinen Fluch auf Russisch, der das Bügeleisen betraf, das schon wieder zu kalt war, um Leinen zu glätten. »Und bitte, wenn deine Frau schon was sagt«, sagte Tante Ingje, »dann auf Deutsch.« Nadja drückte das Eisen auf den Stoff, mit aller Kraft, eine Hoffnung, Tante Ingje und ihre Reden in gepreßter Hitze verdampfen zu lassen.

»Das ist nicht zuviel verlangt. Daß die Frau Deutsch spricht.«

»Das ist nicht die Frau, das ist meine Frau.«

»Ich weiß, daß das Revuemädchen sprechen kann. Das ist nicht zuviel verlangt, oder?«, sie schaute Anton an, schon jetzt in Reue ob ihres Ausspruchs.

»Keiner lügt hier. Nadja nicht. Ich nicht. Das laß dir gesagt sein.« Er schob eine wütende Sekunde lang die Unterlippe gen oberer, wobei seine Mundwinkel absanken. »Je härter die Zeiten, desto wichtiger ist Unterhaltung. Ich kann auch aus der komplizierten Welt der Politik berichten, aber ich finde es angemessener, daß jeder ab und zu mal was zu lachen hat und seine Sorgen vergessen kann. Das ist unser gutes Recht, wenn wir eine Zeitung kaufen. Also sag mir nicht, ich würde lügen. Ich unterhalte.«

»Wie die famose Schauspielerin. Da seid ihr füreinander geschaffen.«

Nadja kannte Antons Beherrschung, das Gären darin. Er nahm viel hin, er redete sich vieles schön, aber es gab einen Punkt, an dem sein ballonartig dehnbarer Langmut durchstoßen werden konnte. »Bilde dir nicht ein, daß wir deine Hilfe nötig hätten, deine Almosen erbetteln müßten.«

»Es wird klappen«, sagte er leise, als sie im Dunkeln des Geschäfts auf der Couch lagen. »Und wohin?«, fragte sie flüsternd auf Russisch. Er gab keine Antwort, er mußte das Fenster öffnen, heute kam ihm der Raum noch stickiger vor als sonst. Er legte sich zurück auf die schmale Couch, er spürte ihren Körper, die Wärme, er wollte ihr nah sein. »Ein Kollege sagte gestern zu mir, daß wir als Russen und Juden ein Schicksal teilen. Ich bin da nicht ganz seiner Meinung, wir hatten aber keine Zeit, weiter miteinander zu reden, er sagte mir nur, wir könnten in seine Wohnung gehen. Er wird Berlin verlassen. Er werde nicht warten. Er geht, mit nur vier Koffern.«

»Dann sollten wir das auch tun.«

»Ich hab Arbeit, wir haben eine Wohnung, da gehen wir doch nicht wieder«, flüsterte er auf Russisch zurück.

»Was sagen sie über einen Krieg?«

»In Wenigers Wohnung steht ein Klavier, hättest du das gedacht?«

»Was, Anton, was.«

»Nichts sagen sie. Ein Klavier. Das ist doch was.«

Sie setzte sich auf, spürte am Nacken die Scharfkanten eines Notenstapels, griff hinter sich, zog die Blätter heraus, knallte sie auf den Boden. Ein Geräusch wie ein dumpfer Knall.

»Sch!« Er hob den Arm.

Sie rutschte darunter hindurch, sprang vom Bett, eilte quer durch den Laden und quetschte sich am anderen Ende des Zimmers am Schreibtisch vorbei in die Ecke. Dort stand sie. Antons Blick war dunkel, umschattet vom wenigen Licht der Nachttischlampe, zwei Falten zwischen den Augenbrauen, der Mund stand ihm offen, dann schloß er ihn und schluckte so, daß sein Adamsapfel zuckte. Er schob seinen Körper mit einer seltsamen Trägheit unter die Decke.

Von unten zog es kalt an ihr hoch.

Irgendwann wurde sein Atem ruhig und gleichmäßig, ob er es spielte oder wirklich schlief, konnte sie nicht erkennen.

Sie nahm ein Blatt Papier aus der Ablage neben sich, eine uralte Rechnung, sie schrieb auf die Rückseite: ›Ich verabscheute deine Naivität.‹ Sie stockte. Dann schrieb sie darunter: ›Ich verabscheute sie, und ich verteufle dein Schönreden der Welt, denn die Welt ist schrecklich und häßlich, eine einzige Fratze, und Deutschland eine Hölle, in der man nicht leben kann, dagegen ist Sibirien ein Mittelmeerparadies, aber du schließt die Augen und forderst mich auf, es genau wie du zu tun. Mich anzupassen, einzufügen, zu dukken. Wie soll ich das machen? Wie soll ich eine andere werden? Wenn ich es nicht will. Und es macht keinen Sinn, daß ich so werde wie du. Denn, ich liebe dich. Genau für das alles, was ich an dir auch so widerwärtig finde.‹

Ein verschlüsselter Brief wieder, eine Nachricht aus einer Welt, in der Buchstaben Häuser waren, keine Notunterkünfte. Sie näherte sich der Couch, wachsam ob Antons Schlaf, löste den Reißnagel, an dem ihre Selbstermahnung hing, hielt den eben geschriebenen Brief davor und befestigte beides zusammen über dem Kopfende des Bettes.

Sie schlich in die Kleiderkammer von Tante Ingje, breitete dort zwei Handtücher aus, sah dann den Tweed eines Mantels, das Chiffon eines Kleides, nahm sich alles von der Kleiderstange, was sie brauchte, um sich ein Bett zu machen, knüllte ein paar von Tante Ingjes besten Pullovern zu einem Kopfkissen und wachte erst am Morgen auf, als sie die Stimmen der Kinder im Badezimmer nebenan hörte.

Sie zogen in Samuel Wenigers Wohnung, die im ersten Stock eines Vorderhauses lag und die geräumige Wohnung eines Junggesellen war, der geschmackvoll zu leben wußte, ohne an irdischen Dingen zu hängen, denn er hatte ihnen die Kirschbaum-Möbel, die Perser und das kleine Biedermeiersofa, das Klavier und sämtliche Töpfe, Tassen, Teller und Pfannen, selbst Bettwäsche und Handtücher in den Schränken überlassen, ohne auf die Idee zu kommen, dem neuen, noch fremden Kollegen eine Inventarliste zu übergeben oder Anton zum Abschied zu sagen, was er an Miete zu zahlen habe. Nadja betrat die Wohnung noch einmal, nachdem Anton sie ihr gezeigt hatte und dann in die Redaktion gegangen war, sie schloß die eindrucksvolle Tür auf, trat ein, nahm den Geruch wahr, das Fremde, und konnte kurz die Wahrnehmung nicht unterdrücken, sich hier wohl zu fühlen. Die Kinder waren unten im Hof geblieben. Irgendetwas war rätselhaft in dieser Wohnung. Sie streifte herum, sah den Nippes in den Schränken, Nachttischschubladen, den dieser Herr Weniger zurückgelassen hatte, und wußte mit einem Mal, daß es der Geruch war, der sie irritierte, er erinnerte sie an den Geruch des Theaters, ihres Theaters, weit weg und plötzlich ganz da. Als sie das weitläufige Berliner Zimmer betrat, bückte sie sich und rollte den Teppich ein, zog ihn an die Seite, betrat die Dielen. Sie wußte nicht, ob Anton es gewesen war, oder ob Tante Ingje ihren nächtlichen Brief an sich genommen hatte. Wenn er es gewesen war, dann wußte sie, warum er nachgerade bittend-höflich mit ihr umgegangen war, ihr die Tür aufgehalten, die Kinder an die Hand genommen, ihr die Wahl überlassen hatte, wo sie in der Wohnung zu schlafen gedachte. Nur heimlich stolz darauf, daß er es geschafft hatte, sie aus der Höhle des Löwen herauszubugsieren, hier in Sicherheit zu bringen. Das wollte sie ihm danken, das wußte sie, hier, mit festem Stand auf den Dielen. Wenn Ingje es gewesen war, dann säße sie wahrscheinlich jetzt schon mit einem Wörterbuch an der Übersetzung und würde sich an jedem Wort laben, am Widerwärtig und am Schönreden, die Saat des Zweifels zwischen den Eheleuten als ihren Triumph feiern, und den letzten Satz, der für Nadja der entscheidende war – denn das tat sie wirklich, sie liebte ihren Mann und seinen Ozean-Optimismus, seine Fähigkeit zu Ignoranz, uferloser Naivität, all das, was sie in sich nicht erzeugen konnte, nicht kannte, wie es sich anfühlte, die Fähigkeit, wegzusehen, sich abzukühlen, diese ewige Gefühlsbrodelei in Schach zu halten, das Hoheitsrecht der Kontrolle, die alles im Griff hatte –, diesen letzten Satz würde Ingje übersehen können, ihn nicht weiter übersetzenswert finden, ein Bekenntnis der Liebe war zu groß für ihr Leben, es mußte, so Nadjas Gedanken, in einen Brunnen ohne Grund fallen, wie Regen aufs Meer. Sie schwor sich, Anton immer wieder dieses Bekenntnis ihrer Unzulänglichkeit zu geben, denn irgendwie sorgte er weiter für sie, allem zum Trotz, und wenn diese Bitte um Mitgefühl auch noch so verschlüsselt war, das war, was sie machen wollte, und es fühlte sich an wie ein Schnitt, den sie durch die staubfreie Luft in Tante Ingjes Wohnung machte, durch ihren blitzblanken Kosmos, in dem höchstens Sammeltassen und steifgebügelte Küchenhandtücher kreisten, aber keine Menschen mit einem Herz, das ihnen herausgerissen werden konnte. Mit wohltuender Genüßlichkeit stellte Nadja fest, daß sie ihren Stalin zwischen dem Hutschenreuther hatte stehenlassen, ihren Gott auf fremdem Terrain, dessen Blick die Tante einige Zeit nicht würde einfangen können, da sie das Porzellan hinter Glas nicht abzustauben gezwungen war.

Da ging wieder dieses Licht an. Ein sehr schmales, kleines Fenster auf der gegenüberliegenden Seite des Hofes. Es war ihr schon bei der ersten Begehung aufgefallen. Es leuchtete ständig und in einem Rhythmus auf, der sie an Morsezeichen erinnerte. An. Aus. An. An. Sie brachte die Kinder ins Bett, räumte die Küche auf. Sobald wie möglich ging sie wieder ans Fenster. Sie notierte auf einem Stück Papier. Sie wußte, es war ihre Aufgabe, diese Nachricht, die nur für Herrn Weniger bestimmt sein konnte, ihm zukommen zu lassen. Sie notierte weiter. Sie war so beschäftigt, daß sie nicht hörte, wie ihr Mann die Wohnung betrat.

»Bist du noch auf?« fragte er, als er ins Berliner Zimmer kam.

»Natürlich«, sagte sie leise auf Russisch und steckte das Papier und den Stift in die Schürzentasche. »Ich möchte Herrn Weniger für seine Großzügigkeit danken.«

»Das wäre gut, ja«, sagte Anton leise, selbst sofort milde gestimmt ob der Milde in Nadjas Stimme. »Ist nur schwierig. Er hat eine Passage nach New York ergattert.«

Von dort kam eines Tages ein Brief. Darin stand: ›Genießen Sie die Wohnung. Ich bin froh, unbehelligt in Freiheit zu leben, wie man hier sagt, und jetzt, da mir die Sprache weniger Schwierigkeiten bereitet, lösen sich die kleinen Unannehmlichkeiten des Alltags einfach in Luft auf. Ich habe mich an die hohen Häuser, die tiefen Schluchten gewöhnt, die Eile, eine rätselhafte Rastlosigkeit, nach der alle süchtig zu sein scheinen, das weiße Brot, die hochgekrempelten Ärmel, und ich schreibe sogar wieder. Für den Aufbau. Haben Sie davon gehört? Mit kollegialen Grüßen auch an Ihre Frau, Ihr Samuel Weniger.‹

Anton widmete sich den Horoskopen mit einer Hingabe, als seien es Meldungen von Welt. Er schrieb: ›Der Wassermann ist halb Meerwesen, halb Herrscher. Er besitzt somit zwei seltene Fähigkeiten in Union. Er kann schwimmen, wenn nötig, und er kann sich über das Wasser erheben. Er kann sich treiben lassen. Und er kann zugleich die Wellen befehlen. Nur eines bereitet den Wassermännern zuweilen Probleme. Sie sehen die Welt durch immernasse Augen. Das trübt den Blick. Sie beschäftigen sich gerne und zu viel mit den Untiefen, dem Schwarz des Meeres, das in jedem von uns vorhanden ist. Sie haben zu viel Mitgefühl, weinen mit anderer Leute Tränen. Sie sollten lieber wegschwimmen, eine andere Welle nehmen, sich nicht um die Klippen, den Abgrund kümmern. Das lege ich am heutigen Tage den Wassermännern, besonders denen, die ein weiteres Wasserzeichen im Aszendenten tragen, nahe.‹

Er rollte den Teppich wieder aus und schob einen weiteren unter das Klavier, kaufte von einem Wochengehalt einen Klavierstuhl, wie Nadja ihn bevorzugte. Er schickte Samuel Weniger seine Briefe nach New York nach und legte Postkarten aus Berlin bei, auf denen er schrieb: ›Wir sind Ihnen zu sehr, sehr großem Dank verpflichtet. Vielleicht darf ich es so ausdrücken: Meine Frau macht auf mich den Eindruck, daß sie sich hier wohl fühlt. Das trägt zu meinem Wohlgefühl bei. Natürlich währt der Frieden nicht, wenn man draußen auf die Straße tritt. Ja, vielleicht ist es gut, daß Sie aufgebrochen sind in die Neue Welt, aber es ist nicht so schlimm, wie die Zeitungen schreiben. Nur wissen Sie das ja. Wer glaubt schon einer Zeitung.‹

Er erzählte seinen Kindern jeden Abend aus dem Alltag in der Redaktion. Er machte das Tickern des Fernschreibers nach, er schmückte die Geschichten aus, die aus den entlegensten Ecken der Erde über dieses Gerät den Weg in ihr Büro fanden, er erzählte von Prinzessinnen, die Wunderheiler konsultierten, von Löwen im Dschungel, die mit Elefanten in Freundschaft lebten, von Indianern, die graubraune Felle trugen und auf graubraunen patagonischen Steinhügeln lebten, so daß Vorbeireisende nur ihre Feuer brennen sahen und meinten, das Land brenne von ganz allein, weshalb sie es Feuerland tauften. Von chinesischen Kaisern mit Armeen, in denen so viele Männer kämpften, wie Menschen in Berlin lebten. Er erfand Überschriften für Artikel, die ihm selbst gefielen, und als die Kinder ihn fragten, ob er das alles in der Zeitung geschrieben habe, sagte er ja.

Mit dem Einmarsch Hitlers in Polen hörte er auf, die Zeitung mit nach Hause zu bringen. Nadja hatte im Treppenhaus durch das Raunen der Nachbarsfrau, der alten Dame Stachowiak, davon erfahren. Zarte, fein geknitterte Züge hatte Frau Stachowiak und lebte allein mit ihrer Tochter, zwei Stockwerke über ihnen. Nadja brachte die Kinder ins Bett, löffelte Kartoffel für Kartoffel auf einen Teller, Bohnen und Speck dazu, stellte den Teller vor Anton auf den Tisch, setzte sich und schaute ihm beim Essen zu. Er sagte im Flüsterton zwischen dem Kauen: »Das hat gar nichts zu bedeuten. Polen. Nicht Rußland. Wir sind Deutsche.« »Ich bin Russin«, flüsterte Nadja mit einer Schärfe, die Anton unwillkürlich dazu brachte, im Kauen innezuhalten. »Wir sind Deutsche, meine Eltern waren Deutsche, meine Großeltern, ihre Eltern. Den kleinen Ausflug, den sie in die Sowjetunion unternommen haben – daß sie dort begraben sind, das spielt keine Rolle. Auch daß du in Rußland geboren bist – völlig egal, denn wir sind jetzt in unsere Heimat im Herzen zurückgekehrt, um sie in schwierigen Zeiten zu unterstützen.«

Nadja schloß die Augen, atmete heftig aus, hob den Blick an die Küchendecke. Er schnalzte, wie man einem Kind gegenüber maßregelnd schnalzt. Dann angelte er mit dem Fingernagel nach einem Bohnenfaden zwischen den unteren Zähnen.

»Das ist die offizielle Geschichte.«

»Zu wem stehst du?«

Er hob den Blick, schaute zurück auf seine Hände, rechts und links, Gabel und Messer, der vollkommene Ausgleich, keine Seite war besser geeignet als die andere.

»Zu niemandem«, sagte er leise und legte das Besteck auf der Kante des Tellers ab. »Ich will mich enthalten. Das ist nicht zuviel verlangt.«

Sie betrachtete seine Verlegenheitsgeste, er zwirbelte jetzt den Rand einer Serviette zwischen Daumen und Zeigefinger.

»Ich dachte, du liebst die Sowjetunion. Wenn schon die Kinder ihre Herkunft verleugnen, aber ich dachte, du bleibst unserer Heimat treu.«

»Wie soll ich was lieben, was mich am Ende das Leben kostet.«

Sie stand auf, verließ die Küche. Im Berliner Zimmer war es dunkel, die Gardinen zwei gewellte Streifen, in deren Tiefen immer etwas Verborgenes zu schlummern schien. Da, dieser Rhythmus, das Licht im anderen Fenster. Die Enge in ihrem Hals löste sich ein wenig, als sie sah, wie das Morsezeichen morste. An. Aus. An. Das erste Mal seit langem hob sie ihre Stimme und rief. »Auf kurz oder lang werde ich dich das Leben kosten.«

Wie eine Zeile von einer Bühne gesprochen. An. Aus. Aus. An.

Anton hatte die Serviette gedreht und gezwirbelt, den Schweiß seiner Handflächen am Leinen abgestreift, er hatte mit einer Hand seine Stirn gehalten, das Gewicht seines Kopfes gespürt und darauf gewartet, daß sein Optimismus die Leere fluten würde.

Er legte sich schlafen, stand auf, ging in die Redaktion, versenkte sich in seine Arbeit, in jede Geschichte, in jedes Horoskop, wenn die Angst hochkam, tippte er Meldungen einfach noch einmal ab. Das ging gut, wenn er zwischen seinen

Kollegen war, mit ihnen redete, lachte, wenn er Aufgaben übernahm, anderen half, immer ein offenes Ohr für sie hatte, ihnen seine Ideen nannte, bei der Sache war, von einem zum nächsten eilte – dann fiel es ihm nicht schwer, ein Mann zu sein, der nicht das geringste Problem mit seiner Frau oder eine diffuse Angst vor allem Möglichen hatte.

In der Redaktion hatte er sich einen Ruf erarbeitet. Je dramatischer die Tagesnachrichten, desto hoffnungsvoller die Meldungen aus aller Welt. Und die Horoskope. Er ließ den Krieg nicht eindringen. Im Gegenteil, er warf ihn heraus. Natürlich lachte man über ihn. Aber man schätzte ihn trotzdem. Für die Konsequenz, mit der er es schaffte, die dramatischen Veränderungen der Welt zu leugnen.

Nadja ging am nächsten Tag aus der Wohnung, durchs Treppenhaus, durch den Vordereingang, nahm den Hofeingang daneben, öffnete die Tür zum Seitenflügel, stand vor der Tür zu der Wohnung, die das Morsezeichen-Fenster enthielt, und klingelte. Sie fühlte sich stark, in ihren Konturen, resolut und geerdet. Es öffnete niemand.

Sie ging an allen folgenden Tagen in den Hof, sie registrierte die Menschen, zahlreiche, die aus der Seitenflügeltür herauskamen, aus dem Nebeneingang dieser Bühne. Das Rätsel des Stücks, das dort gespielt wurde, würde sie entziffern. Immer andere Gesichter, fast ausschließlich Männer. Junge, alte. Sie begann, das Treppenhaus zu fegen, von oben hinunter und ausführlich zwischen erstem Stockwerk und Parterre, sie fegte noch hinunter in den Keller und beobachtete so immer ein bißchen besser, wer aus der Wohnung mit dem Fenster kam oder in sie zurückging, einmal vergaß sie darüber, die Kinder zum Mittagessen einzusammeln, einmal wurde sie vom Blockwart bemerkt, der sich über ihr Fegen wunderte – sie deutete mit einer Hand auf ihr Ohr und machte eine Geste in der Nähe ihres Mundes, die ihn daran erinnern sollte, daß sie stumm und taub sei und ihm keine Antwort geben könne, er zog von dannen.

Am nächsten Tag sprach sie einen Mann an, der gerade aus der Tür getreten war. Sie gab ihm aus einem Impuls der Verbundenheit die Hand. Er erwiderte ihre Freundlichkeit irritiert.

»Darf ich Sie etwas fragen?« fragte sie leise und in dem akzentfreiesten Deutsch, das ihr möglich war. »Was wollen Sie uns mit dem Licht sagen?«

»Bitte?«

»Die Zeichen.«

Er lächelte, wie man hilflos einem Kind zulächelt, das eine Frage gestellt hat, zu der sich eine ehrliche Antwort nicht schickt.

»Sie wissen schon, mehr kann ich nicht sagen«, insistierte sie.

Er zuckte mit den Schultern, die Entschuldigung in der Geste zeigte ihr, daß er begann, sich in ihrer Nähe unwohl zu fühlen.

»Keine Ahnung, meine Dame, hier wohnen ein Dutzend Arbeiter in zwei Zimmern, was stört Sie am Licht?« Er ging. Das Hoftor fiel ins Schloß.

Ihre Konturiertheit verflüchtigte sich, das Fragile ihrer Inszenierung trat überdeutlich zutage, so, daß ihr einen Moment lang der Boden unter den Füßen schwankte. Sie schlich hoch in Herrn Wenigers Wohnung und vernichtete alle Morsezeichen-Notate im Küchenofen. Das Papier begann an den Rändern zu schwelen, schwarz fraß sich die Hitze vor, mit orangeglühenden Rändern, beides ähnelte ihrem Widerwillen, die Welt als zufälligen Zusammenhang zu sehen, als nackte Realität ohne Hintergrund, Tiefe, ohne ein Mehr an Sinn. Sie wollte ihren Glauben nicht verglühen lassen, nicht die Hoffnung aufgeben, daß dies alles nur ein Teil eines größeren Planes war, der sie auf die Probe stellte, aber Erfahrungen barg, die sich irgendwann einlösen ließen. Sie verweigerte sich der Trostlosigkeit des Mattgraus, zu dem das verbrannte Papier sich wandelte, von den Flammen überdeckt. Wie es zuletzt einen seltsam eleganten Tanz vollführte, bevor alles zu grauweißem Staub zerfiel.

Die Zeitungen meldeten Erfolg nach Erfolg, selbst eine Stagnation wurde in Gewinn umgedeutet, und überall herrschte der Ton ungebrochenen Hochmuts. Schließlich kam der Angriff, von dem Anton so überzeugt gewesen war, daß er nicht kommen würde, dann der ganze Krieg, den er so beharrlich ignoriert hatte. Er führte zum wiederholten Mal sein Kinderlähmungsbein an, das ihn zu einem langsamen Zeitgenossen machte, und es wurde befunden, daß er vor Ort bleiben dürfe.

Obwohl es noch abstrakte Meldungen waren, weit außerhalb ihres täglichen Lebens, traf Nadja jede Nachricht ins Herz. Sie fror, und keine noch so dicke Kleidung konnte etwas gegen dieses Zittern tun. Es kam der Winter, er brach über die Front ein, er half den Russen, denn er steckte ihnen im Blut. Es dauerte unvorstellbar lange, bis der Frühling kam.

Tante Ingje schrieb im darauffolgenden Herbst ein Telegramm an Anton, es erreichte ihn in der Redaktion. Darauf stand: ›Alles kaputt.‹ Er fühlte sich sofort schuldig, direkt verantwortlich. Am Abend wagte er sich zu Ingjes Haus, ihrer alten Bleibe, am Platz. Das Haus war halbseitig getroffen, auf der Seite des Antiquariats. Zwischen dem Schutt, den Holzbalken, dem Stroh und den Steinen lagen Rudolfs Noten wie letzte Friedensfähnchen, weiße Rechtecke im Schwarz und Rotbraun, die über die Schuttberge flogen, in die Ritzen segelten, liegenblieben.

Die Seite des Hauses, in die sich die Wohnung erstreckte,

stand noch. Ingjes Wohnzimmer, ein offener Rachen, nur die Anrichte mit den Sammeltassen war in den Abgrund gestürzt. Die Sitzgarnitur, zugedeckt vom Staub, das Landschaftsbild darüber hing schief. Tante Ingje weinte nicht. Sie wirkte versteinert, kerzengerade, die Strickjacke fest geschlossen unter den verschränkten Armen, und sie sagte kein Wort. Sie ließ sich von Anton, ihrem Neffen, nicht in den Arm nehmen. Sie betrachtete nur von der Straße aus ihr klaffendes Wohnzimmer, sie schien das verschwundene Geschäft keines Blickes zu würdigen. »Du kommst jetzt mit zu uns«, sagte Anton.

»Nur über meine Leiche.«

»Ihr seid solche Dickschädel«, entfuhr es Anton.

»Ich teile mit einem Feind kein Zimmer«, gab Ingje zurück. »Sie ist dafür verantwortlich, daß das Unheil aufs Haus gefallen ist. Mit ihrem Götzenbild hat sie es angelockt.«

Anton verstand nicht ganz. »Du kommst jetzt mit.«

»Ich wußte es«, überging Ingje ihn, »ich wußte, daß das passieren würde. Seit ich ihn zwischen meinem Hutschenreuther entdeckt hatte.«

Sie zog ihren Arm aus seinem Griff, raffte ihren Rock und stieg über den Schutt zurück in ihr Wohnzimmer. Einige Notenblätter flogen auf.

»Da willst du jetzt wohnen?« rief ihr Anton hinterher.

Sie stapfte weiter, drehte sich erst an der Tür zum Flur noch einmal um. Beide ahnten nicht, daß es das letzte Mal war, daß sie sich sehen sollten. Er hob eine Hand zum Gruß. Sie schaute nur von ihrem offenen Hochparterre zu ihm hinunter und verschwand dann mit von Stolz beschwerten Schultern im Durchgang der Tür.

Er ging jeden Tag weiter in die Redaktion. Als die Straßenbahn nicht mehr fuhr, ging er zu Fuß, was eine Stunde hin und eine Stunde zurück in Anspruch nahm, wenn Fliegeralarm kam, brauchte er manchmal mehr als den halben Tag und schlich erst nachts in der Dunkelheit zurück. Die Schule der Kinder war längst nach Süden emigriert, Nadja hatte Senta und Peter nicht mitgehen lassen. Sie trug ihren Sohn auf dem Arm in den Keller des Hauses, Senta durfte die Hand nicht vom Band ihrer Schürze nehmen, der Blockwart organisierte mit schneidender Stimme. Seit einiger Zeit empfand Nadja seinen Befehlston, seinen runden, soliden Kopf, die zusammengekniffenen Augen unter den fliehenden Augenbrauen als beruhigend.

Sie hatte sich einen Platz in der Nähe eines gemauerten Quaders im Zentrum des Kellers gesichert. Hinter dieser Wand verliefen die Rohre, der Schornstein. Zwei Matratzen hatte sie hingetragen, Decken, Kerzen, eine Petroleumlampe. Oft war sie dort mit den Kindern allein, Anton blieb im Luftschutzkeller der Redaktion. Sie hatte zu beten begonnen, seit die Luftangriffe über sie einbrachen, das ferne Beben der Erde und der Luft. Es kam alles näher, immer näher, bis es ganz nah war. Das Beben war in den Wänden, die sie umgaben. Sie betete, vielleicht nicht im üblichen Sinne. Sie rief im Stillen einen Gott an, und sie zitierte all das, was ihr einfiel, und das war vor allem Repertoire. ›Wenn du mal groß bist, Leopold‹, begann sie, ›dann sieh dich um in Deutschland-Preußen. Stell dich auf einen Aussichtsstand, und vor dir liegt dein Vaterland: Ganz oben thront die Schicht mit Geld, die hat die Kohlen, Stahl und Rüben; die lenkt den Lauf der deutschen Welt, die läßt die Reichswehr kräftig üben. Augen gradeaus! Gehorsam harret ihres Winks, das Korps der Rache in Talaren, so lernten sie's auf Seminaren.‹

Sie spürte die Wärme der Kinder neben sich, sie ließ ihre Gedanken weiterstreifen, es half, nichts zu denken, nur zu zitieren. ›Und willst du wissen, wem du das verdankst, dies Reich von kleinen Strebern: dann wein dir nicht die Äuglein naß – dann wandle du zu deutschen Gräbern. Auf jedem ein

Gedenkstein: Da liegen, die zu meiner Zeit aus Angst vorm Volk die eignen Ziele verrieten – taktisch so gescheit! und klug! und überhaupt Schlemihle. Sie machten schon im Umsturz schlapp und saßen ängstlich auf der Banke. Charakter war bei denen knapp. Leg einen Kranz auf jedes Grab und dann sag leise, leise: Danke.‹

Sie schloß die Augen, versuchte sich weiter zu erinnern, den Augenblick abzupassen, wenn der Text auf der Zunge lag: ›Da steht nun Gustav der Verstopfte, aus Eisenguß, die Hand am Knauf. Jedwedes brave Herze klopfte und schlug zu jenem Standbild auf. Und da: Er wackelt auf dem Sockel, man gab ihm einen kräftigen Schub. Die Adler, seine Ruhmesgockel, das kommt nun alles hin zu Krupp.‹

Sie spürte das Kratzen der Wolldecken nicht, sie hörte nur noch vereinzelt das Kreischen in der Luft über ihnen, das dumpfe Grollen unter ihnen, die Detonationen, von denen ein Zittern blieb, das nicht mehr wich und den Geschmack von Kohlenstaub mit sich führte. Sie murmelte weiter ihre unerhörten Gebete, sie spürte die Herzschläge ihrer Kinder, mit ihren Händen und ihren Gedanken schob sie alles, was draußen war, fort, sie überzeugte sich, daß die Wut des Wunsches, das zu überleben, sie überleben ließ. Sie hörte den Atem ihrer Kinder, es wurde ein gemeinsamer Atem. Sie spürte die Wärme ihrer Kinder, und das wurde ihre gemeinsame Wärme, sie preßte ihre Wangen, ihre Lippen in die Haare ihrer Kinder, sie war eins mit den Köpfen, Hälsen, Schultern, mit ihren Körpern. Eins, das nichts mehr spürte. In den Zwischenräumen bohrte die Todesangst ihre Gänge aus, wie ein Preßlufthammer schob sie sich ins Fundament, unterhöhlte den Zusammenhalt. Sentas Tränen durchweichten Nadjas Kleidung, Peters Weinen übertrug sich auf sie wie ein leidiger, elender Schnupfen.

Beim nächsten Alarm bat Peter leise: »Sing wieder, Mama.«

»Was?« fragte sie flüsternd.

Er kletterte unter ihren Arm.

Sie schloß die Augen, sah ihren Mann vor sich, wie er im Keller des Bürogebäudes sitzen mußte, allein, sah die Wohnung von Herrn Weniger vor sich, still und leer, sie verließ ihre Garderobe, betrat den dunklen Gang hinter der Bühne, ging vor bis zu den Kulissen, stellte sich seitlich in den Bühnenaufbau, sah ihre Schuhe, ihre Beine in den glänzenden Strümpfen, sah ihren blauen Rock, die blaue Bluse, ihre Uniform, unter der sie das flügelschimmernde Kleidchen trug, das später zum Vorschein kommen würde, sie hörte Ottos Stimme als Conferencier, trat auf die Bühne ins Scheinwerferlicht, das den Raum dahinter in Dunkelheit abschloß, und sang.

Und als sie nicht mehr wußte, was sie noch singen konnte, fing sie wieder von vorne an und erfand alle Texte neu dazu.

Am Ende dieser Bombennacht Mitte April 1945 sagte Peter zu seinem Vater: »Es war nicht eine Sekunde still gewesen.«

»Die Stadt liegt in Schutt und Asche«, sagte Anton.

»Ich habe keine Angst gehabt.«

»Gut«, sagte sein Vater fahrig und vollkommen fahl im Gesicht.

»Wir alle im Keller nicht.«

»Die Angst ist schlimmer, als wenn's passiert.« Anton konnte seinen Sohn nicht anschauen.

»Einmal kam der Blockwart und guckte komisch. Er gibt immer nur uns die Befehle. Aber weißt du was, Papulja?«

»Was?«

»Niemand kennt das Geheimnis.«

»Welches Geheimnis?«

»Daß Mama aus Rußland ist.«

»Es ist auch besser, wenn das so bleibt.«

»Alle sagen, wenn die Russen kommen.«

weiße Zungen, schwarze Rachen. Soldaten und ihre Gewehre, nicht im Anschlag. Auf den Rücken. Ein alter Mann, mit zwei Kindern, der panische Blick. Ihre Hüfte an der des Erschrockenen, die Knochen unter dem Fleisch, die Stöße des Autos, der magenbittere Atem, das Weiße der Hand am Haltegriff, schwarzgefurchte Fingernägel. Ein sehniger Hals, ein ausrasierter Nacken, die Gradlinigkeit eines Schulterstücks, wie präzis und schön die Naht.

Nicht durch die Hülle der Gleichgültigkeit stoßen, so hielt sie sich knapp unter der Oberfläche auf. Die Hülle, der Mantel. Den Tod spielen, nur spielen, dann überlebte man ihn.

Der Wagen hielt an, und die vier Männer stiegen aus. Sie sah sich, flankiert von allen vieren, einen Torbogen durchschreitend, einen Hinterhof querend, durch eine Tür gehend. Die Glasfenster waren herausgesprungen. Ein Durchgang, ein weiterer Torbogen, eine doppelte Tür, ein Filzvorhang. Der Griff eines Mannes am Oberarm, eine Hand schob sie am Rücken voran.

Sie drückte sich in den Filz, sie umklammerte den Stoff, sie wurde weitergeschoben, sie spürte den rauhen Widerstand, das Borstige des Vorhangs, sie behielt das Gefühl in den Händen und war wieder wach. Ihr Herzschlag, die Kälte. Der Mantel. Hier. Ein langgestreckter Raum mit Tischen, Stühlen, Holz an den Wänden, wenig Licht, eine Art Kantine, seitlich ein Bereich leicht erhöht.

»Ihr wolltet uns besiegen«, sagte der Große ruhig, während er sie in den Raum schob. »Du kannst dir nicht vorstellen, wie gut sich das anfühlt, euch als Matschflecken zu sehen. Wenn ihr noch ein Fünkchen Würde habt, weg damit. Nur ein Idiot fängt ein Kräftemessen mit uns an. Zieh dich aus.«

Nadja blieb stehen. Sie schaute ihn an, diesem Gesicht hatte sie noch das meiste Vertrauen geschenkt. Sie war auf ihn reingefallen. Sie war zu dumm für die Logik des Krieges, immer wieder zu dumm für die Macht der Männer und ihren Genuß daran, einen Schwächeren zu demütigen. Sie hatte gedacht, es sei zu schaffen, das Spiel.

»Sag mir nicht, was unser Stolz ist«, sie betonte jedes Wort, das Russische, seinen weichen Klang, »wenn du hier gewinnst, dann nur, weil ich eine Frau bin.«

Sein Gesicht. Kein Hohn, keine Ablehnung, nichts. Keine Rache. Kein Gelüst. Er war glatt und unentschlüsselbar. Eigentlich freundlich, fast offen war sein Ausdruck. Er hatte den Schmerz, seine Trauer in sich eingeschlossen, irgendwo vergraben, worin auch immer.

»Ihr habt kapituliert. Geh da hoch und zeig es uns noch einmal. Ich will den Moment in Erinnerung behalten.«

Er setzte sich zu den anderen dreien an einen der vordersten Tische, nahe des erhöhten Teil des Raumes. Sie sah die dreistufige Treppe, seitlich dort hoch. Der schwarze Lack, das Holz darunter. Den Mantel umlegen, den Tod akzeptieren. Fünf, sechs Männer kamen auf sie zu. Sie wich vor ihnen zurück, die Treppe hoch, unhörbar erst, dann Absatz aufs Holz, sie ging quer über dieses abgezirkelte Feld, auf einen weiter hinten stehenden Barhocker zu, sie spürte die Blicke, sie ging aufrecht durch sie hindurch. Sie setzte jeden Schritt, als läge die wahre Gefahr darin, zu stolpern. Sie knallte die drei Füße des Barhockers auf den Boden, hielt seine Sitzfläche fest. Sie schaute von hier oben hinunter. Kein großer Unterschied. Einige Lampen über den Tischen flackerten auf, über ihr ging eine Röhre an, schräg hinter ihr auch, die vorderen kaputt. Den kurzen Moment eines unverhofften Triumphes. Dieses Licht würde die Männer blenden und sie hier zur Silhouette machen. Eine dunkle Schablone, mehr nicht.

Nahe am Stuhl, das war alles, was war. Sie atmete aus, sie hörte ihren Atem. Lachen von unten, Rufe, der Junge und der Silbenschleifer, die sie genau sehen konnte, ausgeleuchtet und hellgesichtig. Der Junge zog einen Stiefel aus und rief dabei was, ein Knall, und der Stiefel landete vor ihr auf dem Holz. Sie hob ihn auf, die Männer lachten, sie hielt ihn in der Hand, drückte ihn und sagte: »Mein Sohn würde das nie machen.«

»Wir weinen gleich«, rief einer.

Worte, weitere Namen, die ihr nichts anhaben konnten. Im Mantel. Der Tod. Das Spiel. Sie atmete ein, ließ die Luft bis zum Zwerchfell sinken, erinnerte sich des ersten Tons der neuen Hymne. Aufrecht neben dem Barhocker sang sie alle Strophen, das Lob auf den Staat, die Liebe zum Land, Stalins Huldigung sang sie und spürte, wie die Männer verstummten, einige sangen mit. Als sie zum Ende kam, wollte sie wieder von vorne beginnen, das ging nicht, das Klatschen der Männer schnitt ihr den Weg ab.

»Hemdchen aus«, rief einer.

Der Junge warf seinen zweiten Stiefel nach vorn. Er knallte gegen den Stuhl. Sie bückte sich, hob ihn auf. »Ich krieg zuerst eure Uniformen«, sagte sie, »und eure Orden dazu. Und gerne noch eure Waffen, ich hebe sie gut für euch auf.« Die Männer lachten. Die Namen. Was es alles für Namen gab.

»Zack, zack«, rief einer auf Deutsch.

»Die Deutsche meint uns auf Russisch Befehle zu verweigern«, rief einer gespielt aufgebracht.

Klatschen, etwas Gläsernes ging zu Bruch.

Sie spürte, wie langsam die Angst ihre Kräfte auffraß. Das Spiel. Der Mantel. Die Gleichgültigkeit. Eine Ohnmacht bei vollem Bewußtsein. Sie schloß die Augen und sang.

Sie hörte das Lachen. Den blankgescheuerten Hohn. »Noch einmal«, rief einer, ein paar fielen ein. »Aber endlich ohne alles.« Sie öffnete die Augen und suchte ein ganz bestimmtes Gesicht. Der Große lächelte, er genoß offenbar, seinen Willen bekommen zu haben. Sie suchte den Mantel, die Kälte, hielt die Soldatenstiefel fest. Sie sah, wie links einige aufstanden, in ihre Nähe kamen.

Sie war sich sicher gewesen, bis hierhin, doch, daß sie die Männer durchs Singen hätte bändigen können. Sie war der Hoffnung gefolgt, doch, fast naiv hatte sie geglaubt, es müßte möglich sein. Zwei Soldaten kamen zu ihr auf den erhöhten Teil des Raumes. Sie schob den Stuhl zwischen sich und die Männer. Der Große pfiff. Die Soldaten blieben in ihrer Nähe stehen, nur ihre Präsenz reichte aus, um Nadja den Funken Hoffnung, den sie noch gehabt hatte, zu nehmen. Sie drehte sich weg. Sie öffnete sehr langsam den Reißverschluß an der Seite ihres Kleides, vorne die Knopfleiste am Halsausschnitt. Das Licht traf ihre Schultern, es kühlte ihre Haut mehr, als daß es sie wärmte, der Stoff des Kleides rutschte an ihr hinunter. Sie stieg heraus, hob das nutzlose Etwas hoch, faltete und legte es auf den Barhocker. Ihr Unterkleid, den rechten Strumpf, die Strumpfhalter baumelten, die Dürre, ihre Haut. Das Johlen der Ausgeleuchteten unten drang nicht durch das Rauschen in ihren Ohren. Sie löste den linken Strumpf aus den Verschlüssen, er rutschte zuletzt von allein hinunter. Sie zog ihre Schuhe aus, die Strümpfe über die Zehen und steckte die nackten Beine in die Stiefel des Jungen. Die Zehen am Leder, die Festigkeit, der Stand. Sie hielt sich mit einer Hand am Holz der Sitzfläche fest, die drei Beine des Barhockers, er stand und hielt sie fest.

Irgendwann begann sie, gegen das Rauschen anzusingen, mehr noch, um den Raum ihrer Illusion am Leben zu halten, und sie sang für den Großen, der nach vorn gebeugt auf dem Fauteuil saß, die Ellenbogen auf den Knien, die Hände gefaltet, als spreche er nachlässig so etwas wie ein Gebet. Sein Gesicht erhellt vom Licht. Sie sang in seine Zufriedenheit. In seine Macht, in das Staunen, den Sieg. Sie sang für ihn, in seinen seligen Ernst, für seinen Triumph. Sie sang ein russisches Lied, von dem sie nicht wußte, warum sie es jetzt gerade erinnerte: ›Und dann wird es wohl so sein, daß die Wolken plötzlich tanzen und eine Fliege auf der Geige zu klimpern anfängt. Ein Fluß entspringt aus einem blauen Bach, und Freundschaft, ja Freundschaft beginnt mit einem Lächeln.‹ Die Männer johlten, sie feuerten sie an. Der Große bewegte sich nicht. Sie schloß die Augen. Sie suchte die Kälte, etwas, das hinter der Scham lag. Ihr fiel nichts anderes mehr ein, sie sang: ›Das Glück der Zikaden ist, daß sie stumme Weiber haben, sie liegen in der Sonne und schnarchen dann und wann, und wenn sie wieder wach sind, dann schreien sie was geht, und wenn sie nicht mehr schreien, dann fallen sie ins Beet.‹ Das Klatschen, das Lachen, noch eine Strophe, noch ein Refrain, sie wußte, sie würde nicht bis ans Ende aller Tage singen können.

»Ich will eine Jacke«, sagte sie, »für ein Soldatenlied.«

Das Ding flog ihr entgegen. Als sie es aufhob, sah sie im Gesicht des Großen kurz das gezwungene Lächeln eines Befehlshabers, der sich übergangen fühlte. Sie zog die Jacke an, den festen Stoff, das körperwarme Futter.

Sie wollte ihre Kinder im Keller schlafend wissen, sie wollte ihren Mann unverletzt heimgekehrt wissen. Sie wollte ihre Wohnung in Moskau, die Bühne unbetreten wissen. Sie wollte vergessen, was sie war und sein würde, sie wollte grau sein wie ihre Haare, sie wollte die Scham nicht mehr spüren, sie wollte alles nicht mehr spüren, sie wollte nur noch die eine Sekunde sein, die kam und ging. Sie drehte sich um, zog die Uniformjacke aus, dann ihr Unterkleid, ihre Unterwäsche, zog sich die Uniformjacke wieder an und drehte sich den Männern zu.

»Wozu«, sagte sie leise. Man könne ihr auch die Kehle durchschneiden, das meinte sie zu hören.

Sie öffnete die Uniform, zog die Aufschläge auseinander, breitete die Stutzflügel aus und stand einfach nur da. Sie schloß die Augen und spürte die Blicke. Sie biß die Zähne zusammen. Sie biß ohne Schmerz. Der Schmerz war verschwunden, nur die Kälte unter der Haut, sie schaffte es, länger als sie dachte, in einer willenlosen Gleichgültigkeit. Dann schloß sie die Uniform und öffnete die Augen.

Der Große stand auf. Er machte zwei, drei Schritte auf sie zu.

»Das Lied, das die versprochen hat«, kam es aus den Reihen.

Er blieb stehen, strich sich vom Kinn abwärts über den Hals. »Wollt ihr das noch hören?« fragte er in den Raum, ohne Nadja aus den Augen zu lassen.

Sie spürte, daß ihr eine Seite des Aufschlags aus den Händen rutschte, sie faßte nach und wickelte sich ein. Sie hielt den Filz eng am Körper, sie wußte, er war zu kurz. Sie schloß die Augen und begann das Lied. Die Trommlerin. Auf Deutsch, ›Ein Uhrwerk trage ich in mir inwendig, wer nach mir schießt, der schießt mich gar nicht tot, im Gegenteil, der schießt mich nur lebendig, kein Blut färbt meines Mörders Hände rot ...‹ Sie begann auf Russisch, Ottos Übersetzung von einst: ›Wer mich getroffen, dem wird automatisch, mein lustig Trommeln seinen Schuß quittiern, so mancher Herr kann hier so mancher Dame fürn ganzen Abend billig imponiern. Starr steh ich da und lächle süß wie Gift. Bis eine Kugel mich ins Herze trifft. Ein Schuß zehn Pfennig, drei Schuß fünfundzwanzig Pfennig, na? Wer will noch mal. Na? Wer schießt noch mal ...‹

Ein Pfiff. Der Große. Er pfiff sie weg. Sie preßte ihre Kleidung an sich, ihre Schuhe, ging zu den Stufen, alles vor sich gepreßt, blieb nah an der Wand, zog sich notdürftig an.

Der Große stand am anderen Ende des Raumes, dort, wo sie reingekommen waren. Sie ging auf den Eingang zu, wollte den Filzstoff, der die Tür schützte, zog mit einer Kraft, die sie selbst erstaunte, den mürben Stoff aus den Haken, wikkelte sich den Filz um die Schultern. Darunter zog sie den Rest ihrer Kleidung an. Sie sah den Großen an der Tür stehen, sie ging an ihm vorbei. Aufrecht, das wollte sie sein, so wollte sie gehen. Er hielt sie fest.

»Du hast uns prächtig unterhalten.«

Er strich sich über das Kinn, sie sah einen Augenblick seine Zähne, er schloß den Mund, er schaute sie an und grinste. Sie wickelte sich in den Filz ein, hielt ihn fest mit beiden Händen zusammen.

»Ein Hoch auf den Genossen Stalin«, sagte sie und schob sich an dem Spalt, den er ihr ließ, vorbei nach draußen. Er griff nach ihr, zog sie durch die Tür. Sie riß sich los, er bekam sie wieder zu fassen, mehr den Filz als ihren Körper, sie wand sich aus seinem Griff, er war schneller, sie stolperte, fiel, rappelte sich auf, er stieß sie wieder auf den Boden, war über ihr, nur eine Sekunde sah sie sein weißes, seltsam konzentriertes Gesicht, und etwas Ursprüngliches brach aus ihr heraus, sie wollte diese Glätte, diese Macht, und sie wollte sie kaputtmachen. Ihre Hand schmerzte vom Schlag. Überrascht zog er den Kopf zurück, sie schrie in sein Gesicht, sie schrie all die Wörter, die sie gehört hatte, mit Verwunderung nahm sie wahr, daß er sich nicht mehr bewegte, fast schien es, als kehre dieses geschlossene, freundliche Grinsen zurück, vielleicht hatte er jetzt erst verstanden, daß sie wirklich keine Deutsche war, wenn sie auf Russisch fluchte. Er ließ sie nicht los, hielt sie aber auch nicht mehr fest, sie kroch zur Seite, unterm Filzvorhang durch, befreite sich aus dem Stoff und rannte, als sie merkte, daß sie Boden unter den Füßen hatte.

Mit Seitenstechen ging sie durch die Morgendämmerung, alles in ein entrücktes Licht getaucht. Die Stadt um sie herum war ein zertrümmertes Gebiß, ein Mund, der nichts mehr sagen konnte.

Es war nichts passiert, und wer etwas anderes behauptete, lag falsch mit seiner Annahme.

Wenn ihre Kinder unverletzt waren, wenn Anton zurückgekehrt war, dann war alles wie vorher, dann dankte sie dem einen, der seine Männer im Griff hatte, der sie letzten Endes doch im Griff hatte, anständige Männer, der Rest war Schweigen.

Die Kinder lagen im Keller unter den Wolldecken, Anton vor ihnen, als schirmte er sie ab. Er wachte auf, als Nadja sich auf den Rand der Matratze kniete. Er suchte etwas in ihrem Gesicht, sie schüttelte mit geschlossenen Augen den Kopf.

»Die Russen haben gewonnen«, sagte er leise.

»Wir haben gewonnen«, sagte sie leise.

Peter drehte sich zuerst, das hagere, schmale Gesicht. Sie küßte ihren Sohn, dann ihre Tochter, auf die Stirn, auf die Haare, sie schmeckte den verschwitzten Geruch ihrer Kinder, sie vergrub ihr Gesicht zwischen den Köpfen ihrer Kinder, für die sie das alles gemacht hatte, für sie und ihre Kinder, für irgendeine ferne Zukunft. Sie spürte Antons Hände auf ihrem Rücken, aber sich selbst darunter nicht mehr.

Die Währung schwoll an zu einem Knäuel nutzloser Scheine, die Schule begann, man schickte sie zum Nachsammeln auf die Äcker. Man holzte im Tiergarten, man tauschte was ging, man vergrub, was man nie mehr sehen wollte, man grub aus, was man noch irgendwo wähnte, man bewachte das Feuer, klopfte Steine und fror, hungerte und schlief eng beieinander auf schmalen Betten. Die Sowjetunion befahl die Blockade, die Westmächte erfanden die Luftbrücke, die Frankfurter Dokumente machten den Weg frei zur Gründung eines Staates. Man arbeitete das Grundgesetz aus. Die Männer in der Politik trugen wieder Bauch, die Frau von Welt ging eng tailliert und unten weit. Westdeutschland wurde zur Trizone vereinigt. Vier Jahre nach Kriegsende lag endlich das Grundgesetz vor, man entschied sich für Bonn statt für Kassel, Stuttgart oder Berlin. Die Blockade wurde beendet. Der Freistaat stimmte zu, obwohl er vielleicht lieber ein eigener Staat geworden wäre. An einem nur wenig bewölkten Maitag trat das Grundgesetz in Kraft. Die Bundesrepublik Deutschland war gegründet. Man sah Männer auf der Straße, die sich durch ihren Erfolg dazu verpflichtet fühlten, eine herablassende Hochnäsigkeit an den Tag zu legen. Die Möglichkeit, sich neu zu erfinden, die eindrucksvollste Fähigkeit eines menschlichen Wesens. In der Jugend ahnt keiner, was im Alter kommt und daß die räudigen Hunde einen verfolgen, wie nur ein Hund seinen Herrn verfolgen kann. Auf dem Gebiet der Sowjetischen

Besatzungszone wurde die Deutsche Demokratische Republik gegründet, und so teilte sich die Geschichte auf und lief auf zwei separaten Wegen mehr oder weniger einen Hang hinunter.

Nadja saß auf Samuel Wenigers Biedermeiersofa, auf dem man nur mit kerzengeradem Rücken sitzen konnte, und thronte still im Mittelpunkt der Wohnung. Gerade war mal wieder ein Brief aus New York angekommen, er bat darin um Nachricht, endlich zu erfahren, wie es Ihnen ginge? Ob das Haus noch stehe? Sie hatte immer angenommen, daß Anton von der Redaktion aus Antworten aufsetzte. Daher verstand sie die Eindrücklichkeit der Nachfrage nicht. Sie öffnete ihr Chinaseiden-Buch, riß eine Seite heraus und schrieb: ›Lieber Herr Weniger, Ihre Wohnung steht, wie Sie sie in Erinnerung haben mögen, auch das Haus und die Nachbarhäuser, erst vorn an der Ecke Pfalzburger ist nichts wieder zum Aufbauen geeignet. Ich sitze auf Ihrem ungemütlichen Sofa, das wirklich nur schön anzuschauen ist. Alles an mir solidarisiert sich mit diesem Sofa. Ja, ansehen tut man mir nichts, ich habe mir sogar ein Baumwollkleid der neuesten Mode genäht, aber jenseits des Futters wird es ungemütlich. Gemütlichkeit, das ist vorbei, ohne daß ich sagen kann, ob ich jemals wußte, was das Wort zu bedeuten hat. Ich bin eine Flasche, deren Inhalt man getrunken hat, eine Flasche ohne Inhalt ist zu nichts zu gebrauchen, einziger Trost: Es scheint eine Menge leerer Flaschen um mich herum zu geben. Aber starke Charaktere zeigen sich nicht in der Masse, sondern trotz der Masse, sagte eine Frau, die es wissen mußte, ich wünschte, ich bekäme langsam eine Ahnung davon, wo und wie ich meine Flasche wieder auffüllen kann, auf Ihr Klavier hatte ich den Mann gestellt, der mir Hoffnung gibt, nur mußte ich ihn wegräumen, mein Mann schrieb mir das vor, es sei nicht die passende Zeit, in den westlichen Besatzungszonen ein Bild von Stalin aufzustellen. Als ich mich weigerte, räumte er ihn schließlich selber weg. Ich stellte ihn wieder auf. So ging es einige Wochen. Bis ich beschloß, ihn ins Klavier zu legen, von dort aus gibt er mir auch die Kraft und das Wissen, auf der richtigen Seite zu sein, obwohl ich gerade auf der falschesten aller falschen Seiten sitze. Seine Anwesenheit beruhigt mich, meistens, diese Unruhe ist etwas, das wie ein Flohstich juckt, fängt man einmal an zu kratzen, dann gibt es kein Halten mehr, man kann den Stich aufkratzen, bis Blut kommt, aber auch davon hört er nicht auf. Und wer redet schon über seine Flohstiche? Man macht Spucke drauf und weiter geht's. Also erzählen Sie mir lieber, was machen Sie in Amerika?‹

Sie las den Brief durch und zerriß ihn in Schnipsel.

Sie fing wochenlang keinen neuen an.

Dann schrieb sie, an einem feuchtkühlen Sommermorgen, der Himmel noch grau wie die Seitenflügelwand: ›Sie haben mir ein Zuhause gegeben, Herr Weniger, von Anfang an wußte ich es, der Geruch erinnerte mich an den Platz in meinem Leben, den ich hatte und den ich verlassen mußte, aber es ist eben nur eine Erinnerung, und in der läßt es sich nicht leben, könnte ja mal jemand erfinden, eine Maschinerie, die das möglich macht, macht aber, verdammt noch mal, keiner.‹

Sie überlegte, den Fluch durchzustreichen, schrieb aber dann weiter: ›Heute ist es mir in aller Klarheit wieder ins Bewußtsein gekommen, vielleicht, weil es draußen schon einige Tage lang so warm ist und ich nicht mehr den Eindruck habe, diese Wärme in mich aufnehmen zu können, nur, wenn ich auf dem Biedermeiersofa sitze und versuche, den Geruch wahrzunehmen, den vom Anfang, dann merke ich, daß ich irgendwann wieder die Kraft haben könnte, aufzustehen, den Teppich einzurollen, um die Dielen unter den

Füßen zu haben. Ich habe mich nie dafür bedankt bei Ihnen.‹

Sie schrieb immer weiter, ohne nachzudenken füllte sie ein ums nächste Papier: ›Ich will die Enttäuschung nicht in mich eindringen lassen, ich werfe sie raus, die elende, langfingrige Enttäuschung, die mir alles rauben will. Die Geschichte geht voran, sagen die einen. Ich sage, der Sozialismus wird kommen und uns retten. Nur in ihm sind wir Gemeinschaft. Nur er öffnet die entscheidenden Türen in unserem Denken und Handeln, in unserem Fühlen, all das, was erst menschliches Zusammenleben möglich macht. Also Glück. Vor dem Schwarz breitet sich manchmal eine Erinnerung aus, falsche Bühne, sage ich dann, und schicke die Schauspieler fort. Kennen Sie diese Träume, die man mitunter hat? Man geht eine belebte Einkaufsstraße hinunter, überall Menschen, und man ist nackt oder nur im Oberteil des Pyjamas, und man weiß, man ist am falschen Ort, man ist überwältigt vom Gefühl der Peinlichkeit, mehr der Scham. Man schämt sich in Grund und Boden, so falsch zu sein, hier mitten auf der Straße, statt im Bett, im Bad, im Banja. Aber man ist so falsch, daß man gar nichts mehr machen kann, und geht wirklich im Traum immer weiter die Straße hinunter, statt schleunigst zu verschwinden. Diese rätselhafte Beharrlichkeit irritiert mich, sie ist wie ein Zweifel, eine Schabe, die durch die Ritzen flitzt, meinen Glauben unterwandern will.‹

›Liebe Nadja‹, schrieb er in ungeahnter Vertrauenswürdigkeit zurück, ›ich verstehe, denke ich, sehr genau, was Sie meinen. Auch ich bin von den Menschen, von denen ich dachte, daß ich zu ihnen gehöre, von gebildeten, tiefgründigen, besonnenen Menschen aus meinem Paradies geworfen worden. Wir beide haben keine Heimat mehr, aber Ihnen wurde sie im doppelten Sinn geraubt. Warum liegt Herr Stalin trotzdem noch in meinem Klavier?‹

›Ja, lieber Samuel‹, schrieb sie daraufhin mit der gleichen frechen Leutseligkeit einige Wochen später zurück, ›Herr Stalin liegt dort, dämmert, schläft, wacht und horcht, warum? Weil ich auf ihn nichts kommen lasse, auf ihn nicht. Ich bin Russin. Natürlich weiß ich, daß viele der Einfachheit halber sich wieder an unseren Puschkin halten, an unseren geliebten Tolstoi, an Gorkij, an all unsere wunderbaren Dichter, die wir so verehren wie kein anderes Volk, weil sie unsere Sprache sprechen. Mir aber steht er über meinen Dichtern, doch wie ein Vater, dessen Autorität man nicht in Frage stellt, denn dann stellt man sich doch letzten Endes nur selbst in Frage. Ich kann ihn mir nicht rausreißen, wie man sich ja seine Väter und Vorväter auch nicht rausreißen kann. Das sollte Ihnen eine Lehre sein, falls Sie versuchen, Amerikaner zu werden. So nennt man hier, wenn es Sie interessiert, ein Gebäck, das einer dicken Oblate ähnelt und aus Butterteig ist, zu süß, so daß man viel Wasser hinterhertrinken und sich die Finger ablecken muß, um die Zuckerglasur, die oben aufgeschmiert wird, wieder loszuwerden. Eine klebrige Angelegenheit, aber während man sie ißt, fühlt man sich satt und glücklich. Danach nicht mehr, mit freundlichen Grüßen vom Biedermeiersofa, Ihre Nadja.‹

Er antwortete mit einem Brief, den sie mehr als einmal las: ›Es ist ein Reichtum‹, schrieb er nach einem eher lakonischen Lagebericht über eine Wiederkehr nach Ellis Island, wo er einen entfernten Bekannten abholen wollte, der aber zwischenzeitlich die Passage gewechselt und nicht in New York, sondern in Valparaíso, Chile, an Land gegangen war –, er schrieb, ›Ich meine, Nadja, es ist ein Reichtum, an etwas zu glauben, eine Haltung zu haben. Wer keinen Glauben mehr hat, ist der noch ein Mensch? Ist es nicht gerade unsere Fähigkeit, uns immer wieder Illusionen zu machen (und ein Glaube ist ja viel mehr als Illusion), die uns voranbringt. Sei es, der Glaube daran, daß es ein Leben nach diesem gibt, die ewige Wiederkehr, ich will doch ein besserer Mensch werden, wenn ich daran glaube. Welchen Grund gibt es sonst, zu reifen, ein erwachsener, ganz geborener Mensch zu werden? Aus welcher Kraft kann ich schöpfen, wenn ich keinen Glauben mehr habe? Hier glauben die Menschen an ihr Durchhaltevermögen, das sich aus dem Auserwähltsein speist, an ihre Chance, die sie bekommen haben, an die Freiheit, die darin steckt, das eigene Leben gänzlich gestalten zu können. Es in der Hand zu haben. Es sind alles Handwerker, sie meistern ihr Leben mit ihren Händen. Selbst die Kopfarbeiter verstehen sich so. Und selbst, wenn der Glaube falsch, die Hoffnung blind oder größenwahnsinnig ist, sie ändert etwas, und das ist doch das Wunderbare an ihr. Ihr Freund Samuel Weniger.‹

Nadja sah das Pferd vor sich, wie es durchs Eis brach und versank. Am Boden ankam, dank der warmen Quelle dort unten nach oben schwamm, erfrischt vom Bad an der Oberfläche auftauchte, aus dem Eis stieg, sich schüttelte, kastanienbraun und muskulös auf dem Weiß stand. Sie ahnte, daß sie die Kraft dieses Pferdes hatte, sein Herz. Und sie ahnte, daß sie selbst den Winter um sich herumschnürte und festhielt. So war es leicht, Anton verantwortlich zu machen für sein kühles Abwenden, seine Unnahbarkeit, statt jeden Tag wieder zu sehen, daß sie selbst es war, die ihr beider Festfrieren am lebendigen Leib forcierte.

Sie schrieb an Herrn Weniger: ›Lieber Samuel, ich kenne Sie durch Ihre Möbel, Bilder, Küchenutensilien, durch die Art, wie die Bettwäsche auf Kante im Schrank lag, die Qualität der Handtücher, die das Monogramm Ihrer Mutter tragen (ist es so?). Ich kenne Sie, denn das Fremde ist einem immer näher als das Naheliegende. Nichts lehrt den Wert eines andern erkennen als seine Abwesenheit. Oder meine ich nur, Sie zu kennen, weil wir beide das Schicksal teilen, herausgeworfen worden zu sein? Woanders ist es immer wärmer, das Gras grüner, ach, ich will mich nicht in Platitüden ergehen, aber ich finde auch nicht die richtigen Worte dafür, was ich Ihnen eigentlich schreiben will.‹

›Ja‹, schrieb er Wochen später zurück, als die sommerliche Pracht der Linden schon matt und herbstlich wurde: ›Ja, ich gebe zu, wie mich der Gedanke tröstet, daß Sie, Nadja, es sind, die zwischen meinen Möbeln steht, die Luft atmet, den Ausblick hat, den ich sonst hatte (auf den Sonnenbalkon gegenüber, wo eine Frau diese überbordende Kapuzinerkresse züchtet?). Meine Sehnsucht nach Berlin – physisch. (Will dieses Wort eigentlich nicht gebrauchen, alle Dichter müssen sich nach ihm die Finger abwischen, wie von diesen Butterteigdingern.) Es zieht mir den Brustkorb zusammen, ein krampfender Klumpen, als hätte ich Magnesiummangel im entscheidenden Muskel. Was schreibe ich Ihnen? Ich sah gerade einen russischen Tänzer, ehemals russisch, jetzt ist er Amerikaner geworden. Es ist ja sonst ein bißchen lächerlich, wenn ein Mann tanzt und Luftsprünge macht, aber er war der Faun – im *Nachmittag eines Fauns.* Der Faun belauschte die Nymphen, sie badeten im Walde und tanzten. Er sprang hervor, die Nymphen flohen. Eine verlor vor Schreck ihren Schleier. Der Tag neigte sich. Der Faun stand allein im Wald, verloren und beraubt von allem, wonach er sich sehnte. Der Trottel wartete noch! Natürlich. Dann wehte ein Wind, der Schleier stob auf, als tanze er allein in der Luft. Der Tänzer folgte, erst zögerlich, dann tanzte er mit dem Schleier, mit dem armseligen Stück Stoff, das ihm blieb, und der Schleier wurde ihr Kleid, ihr Körper, schließlich ihr Duft. Er wurde alles, was die Entschwundene, Verschreckte gewesen ist. Sein Tanz war groß, erfüllt und groß, fast wollte ich sagen – er war glücklich im Tanz. Ich bin wie er, gebe mich mit der Illusion zufrieden. Wenn ich Ihnen nicht schreiben könnte, ich wäre schon verrückt geworden, nur einer mehr in dieser Stadt der Verrückten, ich wäre nicht aufgefallen, im Gegenteil, ich paßte besser hierher. Ihr Samuel Weniger.‹

Noch wie in Eile an die Seite notiert hatte er: ›Was ich vermisse? Das ungelebte Leben. Briefe hin und her. Aber: Leben! Warum nicht, einfach? Immer nur die Angst, die keinen Grund hat, keinen anzugeben weiß.‹

Daraufhin schrieb sie: ›Was glauben Sie – ich sei noch nicht verrückt? Ein Ausweg aus dem Verstand, der seinen Kreis im Faß abschreitet, die Angst ist der Eisenring, der die Dauben zusammenhält. Überwinden Sie Ihre Angst, lieber Samuel, wie gesagt, sie ist doch ohne Grund. Handeln Sie, das bannt den Hund (sage ich Ihnen als erfahrene Schauspielerin. Ich wünschte, ich könnte es).‹

Sie ging mit dem mulmigen Gefühl zur Post, einen Menschen zu etwas aufzufordern, dessen Konsequenz Unabsehbares zur Folge haben konnte. Jedes Wagnis, damit jede Handlung, war aus ihrem Leben verschwunden. Durfte sie einen anderen Menschen dazu auffordern, statt ihrer zu handeln?

Weil sie die Briefe mit Beiläufigkeit behandelte, war sie sich sicher, daß sie Anton nicht weiter auffallen konnten. Kam einer an, während er zu Hause war, nahm Nadja den voluminösen Umschlag mit gespielter Nachlässigkeit entgegen, ließ ihn auf dem Küchentisch liegen – im Zentrum ihres Reiches –, und wirklich, er schien keinen Blick mehr drauf zu werfen. Sie hatte den Eindruck, daß dieser offensichtliche, nicht geheimniskrämerische Umgang die Briefe für Anton zu etwas Alltäglichem werden ließ, das er nicht mehr sah.

Er wollte nicht sehen, was in den blaurot-umrandeten Umschlägen steckte. Er fragte Nadja gelegentlich mal: »Hat Herr Weniger endlich gesagt, wieviel Miete wir ihm zahlen sollen? Oder will er in seine Wohnung zurück?« Und als Nadja alle Fragen verneinte – »Nein, keine Miete, keine Rückkehr, nichts« –, beruhigte ihn das so, als hätte sie damit auch alles andere Ungefragte mitverneint.

Anton war, bei genauer Betrachtung seines Charakters, viel beharrlicher, als Nadja es war. Seine romantische Überzeugung, daß zwei Menschen, die sich einmal füreinander entschieden hatten, ihr Leben lang zusammenbleiben mußten, fußte auf dem unbedingten Wunsch nach Harmonie, und der Annahme, daß es gut war, wie es war, und daß alles am besten war, wenn er keine Fehler machte. Eine Trennung wäre mehr als ein Fehler gewesen, eine Schwäche, eine Nachgiebigkeit, die er sich nicht erlauben wollte, denn Nachgiebigkeit machte unzufrieden und öffnete erst Tür und Tor für Disharmonien. Er war beharrlich in seiner Liebe und daher fast gottergeben treu. Sein Vertrauen in die Zukunft wuchs seltsamerweise aus einer ähnlichen Substanz, aus der mitunter Fatalismus erwachsen kann. Es ging alles immer irgendwie weiter. Ob besser oder schlechter, das spielte keine Rolle. Die Hauptsache war, daß es weiterging. Daß man in Bewegung blieb. In Bewegung blieb er, weil ihn seine Einbildungskraft viel weiter trug als jede Muskelkraft. Er war vollständig überzeugt davon, die Herausforderungen des Alltags mittels Nachdenken, also dank seines Kopfes zu meistern. Eine Ausnahme: Er wollte ein Fahrrad, er wollte schneller zur Arbeit kommen. Und als er eines hatte, versuchte er, wohl angetrieben von dieser Beschleunigung, ein einziges Mal sein Leben strategisch geplant zu ändern. Aber er schaffte es nicht, von der letzten Seite – die auch noch von *Aus aller Welt* in *Die Letzte Seite* umgetauft wurde – auf eine der ersten zu wechseln. In der Politik hielt man ihn für zu konfliktscheu, im Feuilleton für zu gnädig, für die Wirtschaft war er zu wenig Rationalist. »Sei ehrlich«, sagte der Chefredakteur zu ihm, einer, der es mit überzeugender Chuzpe geschafft hatte, den Amerikanern weiszumachen, er habe nicht ein gutes Wort an Hitler gelassen, »sei ehrlich, du willst doch diesen Schuttberg gar nicht auf den Schultern haben.« Anton stimmte ihm, während eines Spaziergangs, zu, dann doch erleichtert, daß ein anderer eine Entscheidung für ihn getroffen hatte. Er hatte den Krieg überlebt, seine Familie mit ihm, was gab es jetzt Wichtigeres, als nach vorn zu schauen und seine Talente dazu zu nutzen, den Menschen wohlfeiles und unterhaltsames Vergessen zu bringen.

Vielleicht war genau diese verzichtvolle Bequemlichkeit – gepaart mit einem ruhigen Unverständnis darüber, daß das eigene Handeln Konsequenzen mit sich führen könnte – einer der Gründe, warum er nicht abwehrend reagierte, als der Fremde ihn am Hinterausgang des Bürogebäudes ansprach.

Ein unauffälliger Zeitgenosse, höflich, direkt, wahrhaft verbindlich. Er war an ihn herangetreten mit den Worten: »Bin ich richtig informiert, daß Sie eine Zeit Ihres Lebens in Moskau verbracht haben?«

Der Mann, der sich ihm als Gustav Brehm vorstellte, lud ihn ein in den Flachbau des wiedereröffneten Café Kranzler. Er hatte das Gesicht eines Menschen, den man sofort wieder vergaß. Schütteres Haar, zwei langzüngige Geheimratsecken, graumelierte Haare wie die Augenbrauen. Anton ging auf die Toilette, als er zurückkam, mäanderte er für Minuten durch die Tischreihen, unsicher, mit wem der Gäste er zusammengesessen hatte. Nur, weil Gustav Brehm ihn zielsicher anschaute, fand Anton zu ihm zurück.

Diese Unaufmerksamkeit war ihm peinlich, und er begann, dem Fremden viel mehr zu erzählen, als es sich eigentlich schickte. Gustav Brehm entpuppte sich als konzentrierter Zuhörer, und Anton war geschmeichelt durch Brehms interessierte Nachfragen.

Nach einer Weile verschränkte Herr Brehm die Finger zu einem geflochtenen Bollwerk, legte die Unterarme auf den Tisch und beugte sich vor. »Sie sind der Sowjetunion verbunden«, begann er leise, »das habe ich recht verstanden.« Anton nickte.

»Sie lieben das Land, die Menschen.« Anton wog ab, nickte dann.

»Es ist Ihre alte Heimat, in die es schon Ihre Eltern gezogen hatte.« Auch das bestätigte er.

»Sie würden sehr gut von uns bezahlt werden.« Anton schaute Herrn Brehm an, der aber wiederum nur einen Punkt knapp neben Antons Kopf zu fixieren schien. »Wir zahlen für jede Information, wir zahlen in bar, auch in Dollar, wenn die Informationen es wert sind.«

Anton betrachtete das festgeflochtene Nest aus Gustav Brehms Fingern.

»Ihre Frau wird es lieben, eine exklusive Reise. Spanien, Italien, das Mittelmeer.«

»Spanien«, sagte Anton. Er atmete tief ein, das hob seinen Brustkorb. Er strich sich die Krawatte glatt. Neben ihm lachte ein Pärchen in Berlinerischer Kaltschnäuzigkeit.

»Im Augenblick ist alles eine Frage des Gleichgewichts«, konstatierte Herr Brehm leise, aber so selbstsicher wie nur ein Mann es konnte, der sich als unbedingter Teil eines großen Zusammenhangs verstand. Anton nickte wieder und sagte: »Ja, es geht ausschließlich ums Gleichgewicht.« Brehm lächelte das erste Mal.

Er lehnte sich etwas zurück. Das Pärchen nebenan liebte sich in seiner geteilten Gehässigkeit.

»Haben Sie Interesse daran, mit uns den Weltfrieden zu sichern?«

»Ja«, sagte Anton laut und deutlich, wie er es vorher vielleicht nur bei seiner Eheschließung gesagt hatte. Herr Brehm nickte, zahlte den Kaffee bei der Serviererin und ging, ohne sich noch einmal umzudrehen.

Wochen vergingen, ohne daß Herr Brehm oder jemand anderes an Anton herantrat. Wochen, in denen er erst zweifelte, dann wütend wurde, dann im Kopf Absageerklärungen entwarf und mit ausladender Geste unterschrieb. Wochen, in denen immer öfter in Horoskopen Formulierungen auftauchten wie: ›Spionieren Sie niemals Ihrer Geliebten nach, der Preis des Verlassenwerdens ist zu hoch!‹ Oder: ›Lassen Sie sich auf keine Wagnisse ein, über deren Ausgang Sie nichts wissen können, es bleiben nur schlechte Gemütslagen als Folge.‹

Bis sich in ihm das Gefühl ausbreitete, daß er die Begegnung mit Gustav Brehm nur geträumt hatte. Es war, als schmeckte er noch den Kaffee im Mund, das erste Mal seit Jahren richtig guter Kaffee, aber Herr Brehms Gesicht, seine ganze Gestalt löste sich auf, als hätte es ihn in der Realität, außerhalb eines intensiven Tagtraumes, niemals gegeben.

»Herr Neudecker?«, fragte noch einmal einige Wochen später jemand hinter seinem Rücken, als er gerade sein Fahrrad über den Hof schob. Der Winter war milde, brachte aber die Abendluft deutlich schnell zum Abkühlen, es hatte kurz zuvor geregnet, Anton wischte seinen Sattel mit dem Ärmel trocken. »Ja?«

»Könnten wir ein Stück Weg miteinander gehen?«, fragte der Mann, der einen dunkelblauen Übermantel trug, einen Schal im Ausschnitt, dunkelbraune Tropfen auf dem mittelbraunen Filz seines Hutes. Einen Lederkoffer an der linken Hand. Anton fiel auf, wie exakt sein Hosensaumaufschlag auf seine neuen Schuhe stieß. Er hatte einen trockenen, nicht zu festen Händedruck. Sie gingen schweigend nebeneinander, bis sie von der Hauptstraße in eine der Nebenstraßen abbogen, Anton folgte den Vorgaben des Mannes. Sein Fahrrad quietschte an der vorderen Achse, ein Geräusch, das über die Stille hinweghalf, dann sagte der Mann endlich: »Ich gebe Ihnen gleich meinen Koffer, dafür geben Sie mir Ihr Rad.«

»Nein«, entfuhr es Anton, »mein Fahrrad nicht.«

Der Mann schaute ihn kurz von der Seite an, dann sagte er: »Wenn diese Fingerübung ein Problem ist, lassen wir es sofort.«

»Ich könnte Ihre Tasche ...«, schlug Anton vor.

»Schluß.«

»Warten Sie«, flüsterte Anton. Sie gingen schweigend nebeneinanderher. Er räusperte sich und sagte: »Bitte stellen Sie ihn doch hinten auf meinen Gepäckträger, ich transportiere ihn für Sie.«

»Pff«, atmete der Mann nur aus und trug seinen Koffer weiter. In einem sanften Bogen ließ er vom Bürgersteig ab, überstieg kleine Unebenheiten im Belag der Straße, querte sie und ging auf der gegenüberliegenden Seite weiter. Anton folgte ihm. Dabei zwang er sich, nicht zurückzuschauen, nicht nach Beobachtern zu suchen, von denen es, so sein Gefühl, Hunderte hinter Gardinen, Straßenecken, Mauervorsprüngen gab. Nur beim Überqueren der Straße gönnte er sich einen beiläufig wirkenden Seitenblick, in jede Richtung, als er keinen Menschen sah, nur weiter vorn diesen Mann, der seinen Koffer nicht rausrücken wollte, stieg Anton aufs Fahrrad und fuhr ihm nach. Als er ihn eingeholt hatte, trat er langsam, blieb auf dem Sattel sitzen. »Sie geben mir jetzt diesen Koffer.« Der Mann blieb stehen. Anton stieg ab. Die Fahrradstange zwischen die Schenkel geklemmt, stand er dem kleineren Mantelträger gegenüber. »Sie verantworten sonst das Scheitern der Unternehmung.«

Der Mann musterte ihn.

»Ich brauch mich nicht anzubiedern«, sagte Anton mit seiner Redaktionssitzungsstimme, »ich dachte, man wolle meine Informationen.« Er machte Anstalten, wieder auf seinen Sattel zu rutschten. Der Mann stellte seinen Fuß vor den Vorderreifen.

»Sie machen, was ich Ihnen sage.«

»Sie bitten mich, das werden wir nie vergessen.« Anton erinnerte sich der finsteren Verärgerung, die ihn erfaßt hatte in den Wochen, da niemand die Nachfolge von Herrn Brehm angetreten hatte.

Der Mann wollte in seinem Mustern bedrohlich wirken, er hatte schmale, fleischige Lippen, in denen sich das Blut staute. Aber in seinen Augen lag etwas, das Anton nach einer Weile als Gleichgültigkeit auszumachen glaubte, eine Kälte, die auch mit Gelassenheit verwechselt werden konnte, sie war aber das Gegenteil.

Anton ahnte, ihm war nichts anderes anzusehen. Überzeugungslosigkeit. Es war alles egal. Bis auf eines. Ein Privileg. Ein Geschenk. Eine Reise für Nadja. In den sonnigen Süden, wo die Luft warm war, das Licht bis in den Abend hinein glänzte und er und Nadja andere sein konnten.

»Sie erhalten Mitteilung von uns. Die Forderungen liegen anbei«, sagte der Mann plötzlich und hielt, kaum bemerkbar, Anton den Koffer hin. Er zögerte nur kurz, eher, um seinen Sieg auszukosten, dann griff er zu. Stellte das Leder auf seinen Gepäckträger, stieg auf die Pedale und fuhr – eine Hand am Lenker, eine am Griff – los. Er versuchte mit aller Kraft nicht zu sehr in Schlangenlinien zu fahren, der Mann würde Schlangenlinien als einen Ausdruck von Wankelmütigkeit interpretieren. Die Linien waren nur dem kaputten Pflaster geschuldet. Er spürte das Angewärmte des Griffes, auch das Gewicht des Koffers und fuhr, ohne sich noch einmal umzuschauen, bis zur westlichen Seite des Volksparks durch. Die Sitzbänke waren feucht, verrottete Kastanien lagen auf dem Sand der Wege wie kleine fallengelassene Pferdeäpfel.

Er öffnete den Koffer nicht sofort. Er ließ ihn auf seinem Schoß liegen und spürte sein Gewicht. Er legte beide Hände auf das Leder, schloß die Augen und sah zuerst eine breite Reihe von gebündeltem Geld vor dem Schwarz. Er sah sich für Nadja einen Pelzkragen kaufen in einem der wiedereröffneten Geschäfte am Kurfürstendamm, einen Pelz für Rom, Mailand oder Madrid, er sah Peter und Senta, beide auf frisch erstandenen Fahrrädern, er sah einen Scheck mit einer adäquaten Summe, den er durch eine Bank Herrn Samuel Weniger, New York, zukommen ließ – womit endlich sein schlechtes Gewissen gemildert wäre, jahrelang in einer Wohnung zu wohnen, für die er keine Miete zahlte. Er bemerkte, wie er das erste Mal seit Jahren, vielleicht Jahrzehnten, so etwas wie Freude empfand. Sie überstrahlte alles. Er würde diese Chance ergreifen, das Bestmögliche aus all den Unmöglichkeiten machen. Zusammen mit dem Koffer. Der, je länger er auf seinem Schoß lag, je schwerer er wog, ihn umso tiefer erfüllte mit einem Gefühl der Leichtigkeit. Anton lächelte. Niemand sah ihn dabei.

Dann öffnete er den Koffer.

›Lieber Samuel‹, schrieb Nadja, ›ich habe meinem eigenen Mann nie das erzählt, was ich Ihnen erzähle, die Schmach vor meinesgleichen. Und warum? Weil er dann gesagt hätte: Siehst du, dem Himmel sei Dank, daß wir dieses Land verlassen haben. Die Russen sind in ihren Herzen noch Barbaren. Sie sind verroht durch die Kälte, ausgezehrt von Iwan, Peter dem Großen, den Zaren, abgestumpft unter Revolutionen und Bürgerkriegen, zum furchtsamen Flüstern gebracht durch Stalin und seine Mannen. Sie haben sich eingerichtet im Kopfeinziehen, Politik und Moral ist ihre Sache nicht. Sie sind Könige im Durchlavieren. Ein Volk, das jeden Tag die PRAWDA liest und somit überzeugt ist, die Wahrheit zu kennen, sei in seiner Verblendung unbesiegbar, so etwas in der Art hätte er gesagt. Und natürlich Rache geschworen. Es steckt ein stiller Jähzorn in ihm. Er schluckt alles runter, lange Zeit, aber irgendwann bricht der Damm. Die Unberechenbarkeit, die darin liegt, läßt mich vorsichtig werden.‹

›Liebe Nadja‹, schrieb Samuel Weniger zurück, ›ich werde jetzt nicht auf das eingehen, was Sie über Ihren Ehemann geschrieben haben, den ich als einen stets hilfsbereiten und zuverlässigen Kollegen kennen- und schätzengelernt habe. Ich möchte Ihnen nur sagen, daß ich eine Entscheidung getroffen habe, eine folgenreiche. Sie ahnen, welcher Art die Entscheidung ist.‹

Anton betrat die Wohnung an einem sehr warmen Frühlingsabend, wie es sie manchmal gab in Berlin, eine Vorahnung des Sommers schon Mitte März. Er schloß die Haustür hinter sich, nahm den Geruch von gekochten Bohnen wahr, durchquerte das Berliner Zimmer. Im Hof nisteten Tauben, ihr Gurren war durch das offene Fenster bis hierher zu hören. Nadja war nirgendwo zu sehen. Anton wusch sich die Hände im Spülbecken, trocknete sie sorgfältig ab, nahm vier Teller, vier Gläser, vier Gabeln aus der Anrichte und deckte den Tisch im Wohnzimmer. Er ging zurück, um vier Messer zu holen, da ihm sein Gedeck für den großen Tisch zu bescheiden vorkam, und er beschloß, sich auf die Suche nach den Leinenservietten zu machen, vielleicht ließen sich sogar Serviettenringe finden, die silbernen mit den Initialen von Wenigers Familie. Er zog die Schubladen der Anrichte auf, hob die Spültücher, die Topflappen, die alten Schuhputzlappen hoch, die er darin fand. Er öffnete den hölzernen Oberschrank, zwischen dessen Regalbrettern noch einmal flache Schübe waren, er tastete sich vor, denn er wollte nicht jeden Schub herausziehen. Er tastete die Leinenservietten. Jetzt wollte er die Ringe. Im nächsten Schub tastete er dünnes Papier und wußte in dem Moment, als er es an den Fingern fühlte, daß er die ganze Zeit damit gerechnet hatte, genau das zu finden.

Nachdem er die Briefe nur überflogen hatte, legte er den Stapel vorsichtig wieder so zusammen, wie er ihn meinte vorgefunden zu haben, knickte und verstaute ihn in der Schublade. Er drückte die Türen der Anrichte zu, als sei es ihre Aufgabe, eine Flüssigkeit in Schach zu halten. Er ging in sein Arbeitszimmer, zog den ledernen Koffer, den er unters Bett geschoben hatte, hervor und stellte den Weltempfänger mittig auf den Schreibtisch. Nadja kam von der kranken

Nachbarin runter, um die sie sich vor einiger Zeit zu kümmern begonnen hatte.

»Guten Abend«, sagte Anton, als er sie an seinem Zimmer vorbeigehen sah, um Förmlichkeit bemüht.

»Du bist schon da«, sagte sie knapp und ging weiter in Richtung Küche.

Senta war ein bildhübsches Mädchen geworden, das fiel Anton beim Abendessen, als sie am großen Tisch im Berliner Zimmer saßen, auf. Sie trug ihr Haar kurz und gewellt, hatte den langen Hals ihrer Mutter geerbt, das prägnante Kinn und den dunklen, melancholischen Blick. In ihm sträubte sich etwas dagegen, seine Tochter und ihre erwachende Fraulichkeit wahrzunehmen. Er redete vor anderen immer noch von seinen Kindern, er unterließ es nicht, manchmal weiterhin Peterle zu seinem Sohn zu sagen. Er sah Nadjas verschlossene Miene, er wollte prüfen, ob sie ihm auswich oder einfach im allgemeinen abwesend war. Sie hatte sich das Haar machen lassen und ihre Fingernägel waren lackiert.

»Wir können nachher zusammen am Weltempfänger sitzen und schauen, welche Nachrichten wir finden«, sagte er mit einer Nachdrücklichkeit, die er sonst nur von sich aus Redaktionssitzungen kannte, wo man jeden Vorschlag wohlüberlegt und auf diese Art formulieren mußte, wenn man nicht von vornherein übergangen werden wollte.

»Ach, Papa, du und dein Radio«, sagte seine Tochter milde.

»Es soll bald Fernsehen geben«, sagte Peter, hochgewachsen, größer als sein Vater, aber schlaksig und seit Beginn dieser Zeit des Übergangs ohne Proportion.

»Ein Weltempfänger ist viel mehr als ein Radio.«

»Aber er hat kein Bild.«

»Irgendwann wird er das haben.«

»Ja, dann ist es ein Fernseher.«

»Du kennst dich aus«, sagte Anton zu seinem Sohn. »Bin ich wie immer der Einzige, der von nichts weiß?«

»Manchmal, Papulja«, sagte Senta versöhnlich, »aber das ist doch auch nicht so schlimm.«

Anton betrachtete Nadjas Hände, wie sie das Besteck präzise parallel auf den Teller legte, zwei Schienen, die sich auch in der Unendlichkeit nicht berühren würden. Ihre Finger an der Serviette abwischte, dann das Leinen kurz in Richtung Mund führte, darauf bedacht, nicht ihren Lippenstift, den sie passend zum Nagellack trug, zu verwischen. Er sah, wie sie es genoß, ihr Geheimnis zu hüten, es ließ sie von innen heraus leuchten, sie hatte eine Bühne betreten, zu der nur sie den Eingang kannte, und dort stand sie jetzt und empfing ihr Gegenüber – einen großgewachsenen, schlanken Mann, der zugleich Verletzlichkeit und Selbstgewißheit ausstrahlte, der auf eine Bühne viel besser paßte als hinter einen Schreibtisch, den manchmal die gelackte Makellosigkeit eines Schauspielers umgab, der zu lange ein und dieselbe Rolle gespielt hatte, ja, auch das war Samuel Weniger –, und in diesem Moment breitete sich in Anton die Gewißheit aus, daß er die Briefe vollkommen ignorieren würde. Er wollte nichts wissen von dem Geflüster. Das Intimste wohl eher auf den letzten Seiten als auf den ersten. Er schaute seine zwei Kinder an, folgte ihren vertraulichen Reden, Sentas warmherziger Stimme, oft war sie fast nachsichtig gegenüber den manchmal altklugen Reden ihres kleinen Bruders, seinen ständigen Unterbrechungen. Nur, weil sie in Herrn Wenigers Wohnung wohnten, weil es ihn in ihrem Leben als Gönner gab, als Mann, dem er sich immer noch zu Dank verpflichtet fühlte, waren die Briefe ein Problem. Sie funkten unerlaubt in ihr Leben hinein. Er mußte die Verbindung kappen.

Auf dem Telegramm, das er am nächsten Morgen schrieb, stand nur: ›BITTE KEIN BESUCH. NADJA SEHR KRANK. WIR ZIEHEN UM.‹

Er ließ sich von der Redaktion aus telefonisch durchstellen zum *Aufbau*, New York. Er sprach die Sekretärin, Samuel Weniger sei nicht mehr im Hause, es schien fraglich, ob er wieder hereinkommen würde. Anton wünschte, zurückgerufen zu werden. Niemand rief zurück, tagelang. Er recherchierte bei den Transatlantiklinien, er ließ sich wieder und wieder mit dem *Aufbau* verbinden, die Sekretärin sagte, sie könne ihm nicht weiterhelfen, vielleicht sei Herr Weniger auch einfach verreist. Er sah ihn an der Reling eines Überseedampfers stehen, die Gischt betrachten, oder das weiße Wirbeln am Heck, als schlage die Schraube das Meer zu Sahne. Sich einen hübschen Gedanken darüber machend, wie schön das aussah, was in Wirklichkeit ein gefährlicher Sog war.

Anton fand eine möblierte Vierzimmerwohnung in der Nestorstraße, oberes Charlottenburg, kündigte den Umzug an, packte selbst ihr immer noch bescheidenes Hab und Gut zusammen, ließ Wenigers Wohnung von der Stachowiak-Tochter putzen, ließ sie die Gardinen waschen, die Teppiche ausklopfen, jeden Teller in der Küche abspülen, ließ sie die Schränke auswischen, die Böden bohnern, den Stuck abstauben, gab ein zweites Telegramm auf, an Herrn Samuel Weniger, an die Adresse, die ihm über eine lange Zeit hinweg in Herz und Hand übergegangen war, und schrieb: ›IN REDAKTION MELDEN, WENN DA. KEINE AUFREGUNG FÜR NADJA.‹

Eines Abends in der Nestorstraße fragte Nadja ihn an der Tür zu seinem Arbeitszimmer, in dem er auch schlief: »Warum so plötzlich?«

»Was?« Er war in Gedanken, bei der Arbeit am Weltempfänger, sein Code konnte jederzeit gefunkt werden.

»Wir hätten nicht gemußt«, sagte sie.

»Damit alles so bleibt, wie es ist«, sagte Anton, »nur mit einem ordentlichen Mietvertrag.«

»Will er wieder dort einziehen?«

Anton spürte die Rillen des Reglers in den Fingerspitzen, er schaute nicht auf.

»Es geht ihm gesundheitlich nicht gut.«

»Woher weißt du das?«, fragte Nadja und machte einen Schritt hinein ins Zimmer.

»Flurfunk in der Redaktion.«

»Will er uns nicht besuchen?«

»Nein.«

Nadja steckte die Hände in die Taschen ihrer Schürze.

»Ob es auch Sendungen aus Moskau übertragen kann?«, fragte sie nach einer Weile mit kalter Stimme. Anton war sich sicher, ihren Sarkasmus darin gehört zu haben.

»Für diesen Zweck habe ich es gekauft«, sagte Anton und spürte, wie ihm das Blut in die Wangen stieg. Er nahm die Finger vom Regler, es rauschte und zischelte auf einer unverfänglichen Frequenz. Er stand auf, zog seine Anzugjacke aus, drehte Nadja dabei den Rücken zu, hängte das Jackett in den Schrank, der neben dem schmalen Bett stand, gegenüber vom Schreibtisch. Er sah eine Sekunde lang seine Hände vor sich, wie er jedes Blatt im Hefter, der beim Weltempfänger im Koffer gelegen hatte, aufgeblättert, komplett memoriert und danach vernichtet hatte. Alles was er wissen mußte, war in seinem Kopf gespeichert, sein Kopf hielt seine Hände an, was zu tun war. Die Wahrheit war nur in ihm.

Jeder Handgriff strahlte Beflissenheit aus, das sah Nadja, eine ungewohnte Ausführlichkeit, mit der er sich den Schulterpolstern widmete, den Stoff glattstrich, das Einstecktuch herauszog, faltete, beiseite legte, die Armbeuge am Ärmel auszog. Sie beobachtete ihn. Wie eine Windböe, so hatte es sie erwischt. Er log. Er log bei allem, was er machte.

In dem Augenblick, als er den Stoff seiner Anzugjacke glattstrich, die geordneten, gleichförmigen Schulterpartien seiner Bürouniformen sah, suchte er einen Anfang. Er wollte ihr sagen, daß er etwas für sie tat, für die Sowjetunion, daß er es eigentlich nicht heimlich tun wollte, aber zur Geheimhaltung verpflichtet war, und jetzt, da sie auch ein Geheimnis mit sich herumtrug, das sie preiszugeben nicht bereit war, entsprachen sie sich in ausgeglichener Gerechtigkeit. Brehms Worte kamen ihm in den Kopf, die Rede vom Gleichgewicht. In jeder Hinsicht. Um den Kern herum, um das Unsagbare, sprudelte allerlei Herausreden, er wollte sagen, daß er doch auch nicht wisse, wie alles weitergehe, ob sie auf der richtigen oder der falschen Seite standen, oder einfach zwischen allen Seiten, mit ihren Schuldscheinen in der Hand, und man spielte Schach über sie hinweg und hatte die Züge längst vorausgeplant. Ob die Russen bald ihre Bomben ausprobierten, ob die Amerikaner. Er wollte ihr sagen: Bitte bleib bei mir.

»Wir werden einen Urlaub machen. Privilegiert verreisen.«

»Das letzte, was mich interessiert, ist ein Urlaub.«

»Oder Moskau. Wie wäre das? Moskau oder in den Süden. Wo die Menschen glücklich sind.«

Sie schaute ihn an, als wäre er verrückt geworden.

Das erste Mal sah sie etwas, was sie nie zuvor gesehen hatte. Ein kleiner Zug nur, um seine Augen, um den Mund, etwas Opportunistisches, eine Haltlosigkeit, deren Grund seine Naivität sein konnte, oder aber auch das Gegenteil, Gleichgültigkeit. Er wich ihr aus, er machte einen Schritt zur Seite, er schloß die Tür des Schrankes. Sie wiederum griff nach der Klinke, zog die Zimmertür zu, beherrscht, fast sachte, und legte sich in ihr Bett, im gegenüberliegenden Zimmer, das mit dem Kopfende nahe am Vorhang stand, so nah, daß sie ihn riechen konnte, den staubigen Stoff, der hier schon sonst wie viele Jahre hing, sonst wie viele Ehepaare und ihr rätselhaftes Beisammensein behütet hatte, sie zog ihn ein Stück weit zu sich herüber, sie hielt ihn fest, sie machte das, was sie seit dem Auszug aus Samuels Wohnung eigentlich immer machte, sie formulierte in Gedanken einen Brief an ihn. ›Lieber Samuel, ich weiß nicht genau, wie es passiert ist, aber ich nehme an, mein Mann hat Ihre Briefe gefunden. Vielleicht wollte ich auch, daß er sie findet. Er hat seine Schlüsse gezogen. Er hüllt sich in Schweigen. Ich werde nicht diejenige sein, die das Schweigen bricht. Er soll sagen, was er denkt, aber er weiß, glaube ich, gar nicht mehr, was er denkt. Er will nur immer, daß alles so bleibt, wie es ist. Er kann keine Veränderung ertragen. Seit unserem Weggang aus Moskau kann er das nicht mehr. Nur unter Zwang, und anscheinend bestand der Zwang jetzt für ihn wieder. Ich gehe mit, ich bin seine Ehefrau. Ich bin damals mitgegangen. Ich bin jetzt wieder mitgegangen. Warum habe ich nicht den Mut, allein zu gehen? Wo ist meine Kraft hin, mit der ich mir früher jeden Weg geebnet hatte? Ich weiß nicht, warum eine andere zitieren, aber sie fällt mir gerade ein, unsere Dichter sprechen für uns, dafür lieben wir sie: In deinem Blick ist der Veilchen Licht, sie sind des Todes voll. O wieviel mehr als ein Wort sagt der Schnee, der alle Zweige verschneit – siehe: der Vogelfänger am See. Hat schon die Netze bereit. Ich sehne mich nach Ihren Worten, nach Ihren zarten Fragen und Einsichten. Hab ich zuviel Zeit? Mein Mann ist so durch und durch Journalist geworden, vielleicht ist es das. Er hat angefangen, das zu glauben, was er schreibt. Es hat nichts mehr mit der Wirklichkeit zu tun. Er glaubt, er habe die Wirklichkeit im Griff, so wie er eine Meldung im Griff hat, 375 Zeichen, ein Absatz, etwas Ernstes, ein Schmunzeln und Punkt. Seine kleinen Vorhersagen. Er schreibt über den Venusmann und die Sonnenfrau. Er scheint ein rechter Fachmann für astrologische Prophezeiungen geworden zu sein. Er meint womöglich, er kontrolliere das Unkontrollierbare. Wenn eine Vorhersehung wahr wird, wie nährend ist dieser Schwall für sein wüstes Innenleben, für alle Gleichgültigkeit? Muß man dann nicht denken, man habe die Zukunft und damit das Leben im Griff? Viel mehr als Ohnmacht, ist es doch der Verlust von Macht, der zu unmenschlichem Verhalten führt, zu Groll, zu Gewalt, oder? Bleiben Sie mein Freund, Samuel, ich bitte Sie. Wo auch immer Sie sind.‹

Antons erster Auftrag kam fast ein Jahr nachdem er den Koffer auf dem Fahrrad in Empfang genommen hatte. Er kam über die Frequenz und war mehrere Male verschlüsselt. Nachdem Anton in einer schlaflosen Nacht in der Ruhe seines Arbeitszimmers den Code entschlüsselt hatte, war er nicht schlauer als zuvor. Project Paperclip, Wernher von Braun, stand auf dem Zettel, den er noch im gleichen Augenblick auf Briefmarkengröße faltete und mit der Schere hundertfach zerschnitt. Büroklammern. Was hatte Wernher von Braun damit zu tun? Anton ahnte das erste Mal den Umfang seiner neuen Tätigkeit. Wie immer hatte er sich die Aufgabe, selbst diese hier, einfacher vorgestellt. Weil er sich gar nichts vorstellte. Sein Blick aufs Leben war ein Blick, der vor allem in einem geschult war: die Widerstände zu übersehen.

Die Nacht draußen war still und dunkel und groß und ähnelte in Ausmaß und Tiefe der Aufgabe, die vor ihm lag. Er hörte Nadja schnarchen. Er hörte das Zwitschern der ersten Vögel, sagte leise den Namen, Wernher von Braun, wieso eigentlich mit diesem seltsamen H, Wernher, wie ein Herr, Herr von Braun, Wern Herr von Braun, braun wie die Nazis, Braunau, Braun, die Firma, Kronberg im Taunus, braun-braun ist die Haselnuß, so gingen seine Gedanken, bis die Vögel schon wieder verstummten und die Morgendämmerung den Tag einlöste. Er ging ins Büro. Und da er nicht wußte, wo er anfangen konnte, ging er zu dem

Kollegen, den er am meisten schätzte und dem er vertraute, Friedrich Kattner aus der Politik, und fragte ihn beiläufig: »Was meinst du ist mit diesem Wernher von Braun los?«

»Ich wußte gar nicht, daß dich so Brisantes interessiert«, sagte Kattner und schlürfte den Tee vom Tassenrand. Er trank ausschließlich Tee, wenn es gab, mit Zitrone. Vielleicht war er Anton deshalb sympathisch. »So trinken die Russen Tee«, sagte er ohne nachzudenken, und Kattner sagte: »Das haben sie von den Türken.«

»Von den Chinesen«, sagte Anton.

»Blödsinn.«

»Natürlich. Die Chinesen haben die Zitrone erfunden.«

»Ein Glück bist du auf *Der Letzten Seite*«, sagte Kattner, »da kannst du deine Märchen verbreiten.«

»Also, was ist mit Wernher von Braun und diesem Project Paperclip.«

»Project Paperclip hab ich noch nie gehört. Aber Wernher von Braun hat sich nach Kriegsende den Amerikanern angeboten. Sie haben ihn nach Fort Bliss gebracht, Texas, falls dir das was sagt, und mit ihm noch seine früheren Mitarbeiter. Da waren die Russen vielleicht sauer. Aber kein Mensch geht freiwillig nach Moskau, klar. Und die Amis, die scheinen es toll zu finden. Obwohl Brauns Wunderwaffe militärisch der totale Flop war. Aber dort kann er einfach weiter Geld ausgeben wie ein volltrunkener Matrose.«

»Nee, kein Mensch geht freiwillig nach Moskau«, entfuhr es Anton.

»Außer«, sagte Kattner und stellte die Teetasse neben die Untertasse, »dort wird dir gottgleicher Ruhm geboten. Bei den Amis gibt's nur eine Menge Geld.«

»Die Russen hätten ganz gerne jemanden.«

»Die brauchen jeden. Die nehmen noch das letzte Nebelhemd. Der Bär, zum Kampf bereit. So erledigt wie wir sind die.« Kattner trank wieder vom Tassenrand. Dann biß er in den Zitronenhalbmond.

»Sie nehmen die, die übrigbleiben«, sagte Anton.

»Abgeheftet«, sagte Kattner.

»Büroklammer.«

»Aber viel interessanter als der Braun ist doch, sich zu fragen, was die Bären machen werden.«

»Das Revier absichern.«

Kattner schlürfte und trank. »Sonst würde der andere sehen, daß es bei ihm selbst nichts mehr zum Fressen gibt. Geschweige denn Geld, das man braucht, um eine Rakete zu bauen.«

Anton war mit den Gedanken schon woanders.

»Wir hocken nur so verdammt dämlich dazwischen«, sagte Kattner mit zitronensaurem Gesicht, »während sie ihre Vorgärten absichern. Erst ein Zaun und dann noch viel mehr.«

Anton räusperte sich. Kattner fuhr fort.

»Daß sie uns vorher haben Republiken werden lassen, war einfach unglaublich nett von ihnen.«

»Und, von Braun ...«, begann Anton.

Kattner machte nur eine Handbewegung, als verscheuche er eine Fliege. »Ach, weiß Gott, Macht, Ruhm und Geld, alles zusammen, wenn er es bis in den russischen Vorgarten schafft.«

Anton kehrte in sein Büro zurück und war mit einem Mal froh, nicht in der Politik zu arbeiten, in der Welt der komplizierten Fakten. Er wollte das alles gar nicht wissen. Er war froh um seine Meldungen aus den europäischen Königshäusern, um Nachrichten aus der Welt der Mode, froh über die Rubrik – die er erfunden hatte – ›Knigge für den Alltag‹. Wie wichtig waren Regeln für den alltäglichen, gesellschaftlichen Umgang miteinander, wie Frauen rauchen, wenn sie rauchen, was Männer für Hüte tragen, für Schuhfarben wählen sollten, mit welcher Hand es galt, der Dame eine Tür aufzuhalten. Er war froh, ob der Welt seiner Horoskope: ›Achten Sie heute darauf, jede Straße besonders aufmerksam zu überqueren. Der Verkehr auf den Alleen nimmt Tag für Tag zu. Wir laufen im Strom der Menschen, an den Schaufensterscheiben vorbei, und die Dinge darin ziehen unsere Aufmerksamkeit auf sich. Im Tierkreiszeichen des Fisches Geborene sind hier besonders angerufen, aufmerksam zu sein. Sie sind, wie wir wissen, Zeitgenossen, die sich unablässig mit allem, was um sie herum ist, beschäftigen. Sie nehmen außerordentlich viel wahr. Sie haben feine Antennen für das Auftreten und Aussehen anderer. Sie bemerken eine goldene Brosche am Revers der Dame, einen nicht zugebundenen Schnürsenkel bei einem Kind. Sie sehen eine Farbzusammenstellung in einer Auslage – und schon sind sie nicht mehr gerüstet für den lauten und komplizierten Straßenverkehr. Und nicht nur das: Fische mit einem Aszendenten in den Wasserzeichen sehen meist noch Gemütszustände anderer, nur am Gesichtsausdruck lesen sie sie ab. Und tauchen ein in diesen Schmerz, verlieren sich im Mitgefühl, ganz Fisch eben, der weiß, daß er als Hering im Schwarm eine höhere Überlebenschance hat. Aus diesem Grunde empfehle ich am heutigen Tage den Fischen, besonders solchen mit weiteren Wasserzeichen, aber auch der sensiblen, feinfühligen Waage im Aszendenten, zu Hause zu bleiben. Doppelte Fische hüten heute – das schreibt Ihnen an dieser Stelle Ihr Anton Neudecker – lieber das Bett.‹

Als er den kleinen Text in den Satz gab und zurück in sein Büro kam, stand dort Samuel Weniger.

»Ich hätte es wissen sollen«, sagte Anton, während er ihm die Hand reichte. Er zwang sich zu ausgesuchter Höflichkeit, er bot ihm seinen Schreibtischstuhl an.

Weniger setzte sich und wirkte dabei auf eine nicht altersgemäße Art zerbrechlich. Er war schmaler geworden unterm Tweed, seine Krawatte war am Knoten leicht aus der Mitte gerückt. Dennoch war ihm dieser unverrückbare Kopf geblieben, eine Gradlinigkeit, die Anton instinktiv bewunderte und zugleich nervös werden ließ.

»Haben Sie den Weg gemacht«, sagte er, mehr aus Verlegenheit, denn Weniger wirkte nicht redselig, eher schaulustig, wie er im Büro umherblickte, vom Schreibtischstuhl aus, immer leicht nach rechts, leicht nach links drehend.

»Wie krank ist Ihre Frau?«, fragte Weniger plötzlich.

Anton steckte die Hände in die Hosentaschen, stand nah am Bücherregal.

»Sie ist stabil, aber die Heftigkeit der Anfälle verstärkt sich.«

»Was für Anfälle?«

»Die Ärzte nennen es paranoide Schizophrenie. Eine Kombination aus wahnhaften Überzeugungen und nur für sie vorhandenen Sinneswahrnehmungen.« Anton schluckte trocken, nachdem er das gesagt hatte.

»Das hat sie mir nie geschrieben.«

»Sie hat Ihnen etwas vorgespielt. Wie mir auch.«

»Ich ...«, begann Weniger.

»Sie ist Schauspielerin. Planen Sie, wieder in Berlin zu leben?«

Weniger nahm das leichte Hin- und Herdrehen erneut auf. Das Leder knarrte. »Ich fühl mich ihr sehr nahe«, sagte er.

Wie ein Geständnis, so schien es Anton, mit dem er ihn beruhigen wollte. Aber die Schutzlosigkeit, die sich darin offenbarte, ließ Anton zögerlich werden. Nadja war seine Frau, blieb seine Frau, er hatte es sich gründlich beigebracht, Zweifel an bestehenden Gegebenheiten zu ignorieren. »Ich glaub, ich kann in Berlin nicht sein«, sagte Weniger nach einer Weile.

»Ich hab die ganzen Jahre eine Miete angespart, das Geld

war natürlich weg, aber das ist egal, ich möchte, daß Sie mir sagen, was ich Ihnen schuldig bin«, sagte Anton seltsam erleichtert.

Weniger hörte auf zu drehen, sah ihn an. Anton fühlte sich gut, von oben auf den sitzenden Mann zu schauen, auch die Hände in den Hosentaschen fühlten sich gut an, denn er zitterte und seine Handflächen waren feucht. Er konnte sie an das Futter der Tasche drücken.

»Ich will kein Geld«, sagte Weniger knapp.

Er drehte sich wieder, Anton mußte sich abwenden.

»Ich hab nur eine Bitte«, sagte Weniger und stand auf. »Die müssen Sie mir erfüllen.«

Sie standen sich gegenüber.

»Sagen Sie Ihrer Frau, daß ich hier bin.«

Anton holte Luft, spürte aber, daß er im Begriff war, sich zu sehr in seinen Lügen zu verstricken. Es gab keinen Ausweg, außer weiter zu lügen. Er hatte das Lügen so satt. Und Herrn Weniger.

»Und mich hat kein Arzt für verrückt erklärt.«

»Leben Sie weiter mit Ihren Illusionen«, sagte Anton nur knapp.

Weniger stand auf, ging Schritt für Schritt in Richtung Tür. »Sie werden ihr das sagen.«

»Natürlich, das bin ich Ihnen schuldig.«

Weniger schien auf seine Schuhspitzen zu schauen, er wirkte plötzlich wie ein Geschrumpfter in einem zu großen Mantel, an einem Ort, der sich aufgebläht hatte, zu groß geworden war. Anton hatte einen Augenblick lang das drängende Bedürfnis, seiner Wut freien Lauf zu lassen.

Weniger öffnete die Tür.

Anton beherrschte sich.

Weniger drehte sich in dem Spalt, den er sich nur geöffnet hatte, um.

»Sie sind auch schon von der Krankheit der Zeit befallen.«

»Danke für die Diagnose. Ich fühle mich mehr als gesund.«

»Diese Gleichgültigkeit. Vollkommen frei zu sein von einer Überzeugung.«

Die Männer schauten sich an. Keiner wollte der erste sein, der auswich oder zurückschlug, als läge im Ausweichen oder Zurückschlagen die Antwort. Ja, er trug diesen Mantel, der einzige, der wärmte, wer wollte sich noch von einer Ideologie, einem falschen Glauben oder sonst etwas wärmen lassen.

»Ich hab's hier durchgestanden«, sagte Anton, wütend auf seine halbierte Stimme.

»Seien Sie stolz drauf«, sagte Weniger und drehte sich weg. »Ach, eins noch. Project Paperclip«, ein knappes Kopfnicken zum Schreibtisch, dort lag seitlich Antons Notizblock, »so nennen die Amerikaner meines Erachtens eine Mission, mit der sie deutsche Wissenschaftler in die Staaten bringen wollen, die zweite, dritte Reihe um Wernher von Braun. Sehr umstritten, kein Amerikaner läßt sich einfach davon überzeugen, für das Salär und die Rente von Nazis aufzukommen.«

»Ich weiß nicht, wie Sie darauf kommen.«

»Ich wußte nicht, daß Sie sich für Politik interessieren.«

»Es hat sich vieles verändert während Ihrer Abwesenheit.«

»Nicht wirklich«, lächelte Weniger und verschwand aus der Tür.

Anton ahnte, daß es nur ein Test war, ein lapidares Abklopfen seiner Intelligenz und Zuverlässigkeit, wenn der Begriff in Amerika in der Öffentlichkeit kursierte. Man wollte ihn testen, und zwar auf unterstem Niveau, kurz vorm Idiotentest, so schien es, er funkte trotzdem Wochen später über Langwelle seinen Code und hörte nur Tage danach eine Antwort, entschlüsselte sie und blieb nervös bis zur Übergabe.

Er zog einen dunklen Anzug an, als Nadja ihn fragte, was es zu betrauern gebe, sagte er nebenbei: »Den Abschied von einem Kollegen.« Sie fragte nicht weiter. Er sagte dennoch erklärend: »Er wandert aus nach Amerika. Dort warten mehr Ruhm, Ehre und Geld.«

»Wer denn?«, rief sie dann doch, als sie schon in der Tür der Küche stand.

Anton blieb einen Moment an der Eingangstür stehen, die Klinke in der Hand. Sein Bericht, die zwei Seiten Namen, zwischen der Zeitung von gestern, einmal gefaltet und mit den offenen Enden nach oben unter den Arm geklemmt. Eine kleine Irritation, ein rätselhaftes Flirren hielt ihn auf, eine optische Täuschung, in der er kurz den Flur in Wenigers Wohnung gesehen hatte, er in jenem Flur, nicht hier, als wenn es ihn auch dort noch einmal gäbe, als wenn es möglich wäre, daß es ihn zweimal gäbe. Und nur einmal war er es wirklich, das andere war eine Erfindung, ob es nun dieser Flur war oder jener, unklärbar, eins war die Lüge, die zur

Realität geworden war, eins die Realität, die zur Lüge verkam. Wenn Nadja die Lüge als Wahrheit nahm, mußten die zwei Flure doch verschwinden.

Die dämmrig-kühle Vormittagsstimmung, wie sie nur Nordseitenwohnungen im Sommer haben können.

Er wollte zu ihr gehen und sie küssen. Er konnte sich nicht mehr erinnern, wann er sie zuletzt geküßt hatte. Er wollte ihr einen Kuß geben und sagen, daß er heute am Abend wohlbehalten zurückkehrte. Daß nichts passierte, was etwas änderte. Daß alles so blieb, wie immer, er nur um eine nicht verachtenswerte Summe reicher geworden war. Ein Urlaub, ein Geschenk. Er blieb an der Tür stehen, die Klinke in der Hand. Das Klirren des Geschirrs in der Spüle. Resolut wusch sie ab. Fast wütend, wie mit einem Vorwurf, dachte er dann. Du gibst ihr einen Kuß, erst nur auf die Wange. Mehr als dieser Kuß, das nicht. Ein Abschiedskuß, wie du ihn ihr früher immer gegeben hast, selbstverständlich. Jetzt denkst du nach und gibst ihr keinen. Das Zögern ist voller Befindlichkeiten, im Zögern hat sich die Fremdheit eingenistet. Du siehst sie vor dir, wie sie lächelt, ihre Hände an der Schürze abtrocknet, sich zu dir dreht, sich selbst die lange, vom Mittelscheitel in ihre Stirn fallende Strähne hinter das Ohr schiebt. Du hörst, wie sie dir Glück wünscht. Glück. Du sagst, daß alles gutgehen wird. Daß du nichts anderes tust, als ein paar Seiten Handgeschriebenes zu überbringen, Namen, Wissenschaftler, die für die Menschen in der Sowjetunion interessant sein könnten, du machst das für das Gleichgewicht in der Welt, lächerlich, den Ausgleich der Kräfte, ach was, für eine Reise. Damit ihr wegkommt von hier. Mehr als ein Kurzurlaub, das geht nicht, aber ein Kurzurlaub, das wäre doch schön. Das ist nichts, wofür man ins Gefängnis kommen kann. Oder umgebracht wird. Nichts Verwerfliches. Man macht es, wie alle. Alles Gute. Wir werden schon sehen.

»Bis später«, flüsterte er beim Öffnen der Haustür.

Nadja zog einen Frühstücksteller aus dem Schaum des Waschwassers und verfolgte eine schillernde Blase auf ihrem Weg hinab, an den Rosetten vorbei bis an den Rand, wo sie platzte. Dann stellte sie den Teller in das Abtropfgitter und vergaß ihn dort für den Rest des Tages.

Der Mann, der ihm den Koffer gegeben hatte, stand am verabredeten Ort und rauchte. Vor Straßenzügen, die in Unterführungen endeten, für die Durchfahrt stillgelegt, der Sowjetische Sektor begann hier. Anton folgte dem Mann, der sandfarbenen Anorakjacke, den grauen Hosen, dem viel weniger akkuraten Gang, als ihn der vertrauenswürdige Herr Brehm gehabt hatte. Auf der Höhe eines räudigen Grünstreifens setzte sich der Mann auf eine Bank. Anton riß sich zusammen, blieb stehen, scheiterte dann aber an seiner nervösen Ungeduld und setzte sich schon nach wenigen Minuten dazu, legte seine Zeitung hin, Magensäure stieg ihm in den Hals. Der Mann sagte: »Ich liebe diese Sommer in Berlin. Die Leute fahren in die Sommerfrische, endlich ist man sie los. Nichts ist an Berlin so schrecklich wie die Leute, die hier leben.«

»Sie sind Rheinländer?«

»Passen Sie auf, was Sie sagen.«

»Ich hatte gehofft, einen Witz zu machen«, sagte Anton.

Sie schauten jeder für sich geradeaus ins halbwilde Grün.

»Hoffen wir, daß das andere kein Witz ist«, sagte der Mann, griff nach der Zeitung und stand auf. Anton tat es ihm nach, als er neben ihm stand, ging dieser jedoch einfach fort.

Anton war im Begriff, ihm nachzugehen, eine Frage zu stellen. Er beherrschte sich. Das Adrenalin pochte am Hals, an den Schläfen. Sein Puls beschleunigte sich für eine Flucht, seine Füße wollten los, jede Zelle, jede Synapse seines Hirns wollte so schnell wie möglich von hier fortkommen. Er schaute sich um. Auf der Sitzbank, auf der sie eben gesessen hatten, lag keine Zeitung, kein Umschlag. Der dämliche Trottel von *Der Letzten Seite*, soviel war klar, und das Adrenalin nicht loszuwerden, er konzentrierte und zwang sich, ruhig weiterzugehen. Er kam an einem Müllbehälter vorbei.

Der Botenstoff der Angst quoll über, wurde Wut. Es machte ihn rasend, mit der bloßen Hand im Weggeworfenen zu suchen. Eine Zeitung, ein vollgeschneuztes, eingetrocknetes Stück Stoff, ein Ast, ein Apfelgriebsch, wie ihn nur Kinder hinterließen, säuberlich bis aufs Kerngehäuse abgenagt. Er schmiß ihn weit in die Büsche, nahm die Zeitung, bebend, kaum fähig, stillzusitzen, so setzte er sich auf die nächste Sitzbank und blätterte sie durch. Kein Geld. Er faltete sie zusammen, faltete sie noch einmal auseinander, immer noch kein Geld. Er rollte sie so, daß sie ein fester Knüppel wurde und schlug damit gegen sein übergeschlagenes Bein. Das Adrenalin zwang ihn, jetzt endlich diesen Ort zu verlassen, es war schon viel zu spät, die, die ihn beobachteten, waren nah. Aber das Geld. Keine Chance auf das Geld. Ein Test. Die Verhaftung. Wenigstens das Geld. Er sprang auf, knallte die ausgelesene Zeitung in den Mülleimer, zwang sich, einen letzten Blick in den Mülleimer zu werfen und angelte das Stück Stoff heraus, ein Taschentuch, Modell für Männer, handumnähte Rollkanten. Aus dem Ekel wurde ein gallenscharfes Sodbrennen. Er steckte das Tuch zusammen mit einer Hand in die Tasche des Jacketts. So, ohne einen Blick drauf zu werfen, tastete er sich vor. Er tastete sich über den eingetrockneten Rotz. Wie sie mit ihm ihre Witze trieben. Das war ihr Humor. Er ging los, tastete, die Blicke von überall her auf seine sinnlose Suche. Sein öffentliches Scheitern. Ihr Lachen, wie sie über ihren Witz lachten, hinter allen Brandschutzmauern, Straßenbiegungen, schwarzen Fenstern.

Nichts. Er fluchte, die Demütigung begann, ihm den Hals zuzuschnüren. Er hätte dem Mann nachrufen sollen, den räudigen Grünstreifen hinunter. Ohnmacht war wie zu taumeln bei offenen Augen. Er rief nicht.

Er folgte dem Adrenalin, er mußte gehen, wenn er schon nicht floh, er war so dämlich, so unglaublich und mehr als dämlich, so dämlich, daß es schon wieder zum Lachen war, lächerlich, wirklich, was für ein Trottel er war. Er kreuzte eine weitere Sitzbank, noch eine. Er fluchte, er sah zwischen den Kanthölzern eine zusammengerollte Zeitung stecken. Er näherte sich der Bank, er stand davor, unschlüssig für einen Augenblick, gelähmt. Dann schaute er sich um, ob kein Mensch in der Nähe war. Er zog die Rolle heraus. Darin, platt, wie gebügelt. Drei Hundert-Mark-Scheine. Er weinte. Vor Glück.

Neben dem redseligen Kollegen Kattner saß die Ehefrau mit den umschatteten Augen. Je länger Nadja sie beobachtete, umso kräftiger wurden die Schatten, schien es. Vielleicht lag es am Wodka, den Nadja mit den vier Männern trank und der deutlich ihren Blick aus der Mitte rutschen ließ. Die anderen Frauen nippten nur, Frau Krohn und ihr Mann feixten, die gemütliche, mütterliche Frau von Antons Chef Marusch hatte um einen Likör gebeten, den pries sie nun in der Runde an, wie sie auch Nadjas Piroschkis, das Gulasch, das selbstgebackene Brot, den Salat, die gefüllten Eier gepriesen hatte.

Nadja meinte, mehr als ernstgemeinte Höflichkeit in ihrem Kompliment zu hören. Sie war auf eine solidarische Art verbindlich. Keine Komplizenschaft, die sich durch Verschwörung stärkte. Nach dem vierten Likör sagte Frau Marusch: »Nadja, meine Freundin, könnten Sie uns ein russisches Lied spielen?« Ein Affront, wie ihr Mann sogleich konstatierte, er war schon den ganzen Abend bemüht um Harmonie, so wenig Politik und Ost-West wie möglich. Anton unterhielt die Runde mit Nachrichten aus Königshäusern und einer Einschätzung der zukünftigen Herrenmode, die so Undenkbares enthielt wie fehlende Hüte und Schlipse. Herr Marusch warf ein, daß er sich für seine bayerisch-forsche Frau zu entschuldigen habe, denn vor allem habe sie Nadja ja halb geduzt. »Das ist kein Affront«, sagte Nadja mit klarer Stimme und stand auf. Fast hatte sie darauf gehofft, daß einfach mal jemand Fremdes sie so fragen konnte, wie eben Frau Marusch sie gefragt hatte. Sie sah in das Gesicht von Frau Kattner, die ihren Blick nie aufhob vom Tisch, den Kegel des Likörglases wie ein Küken in der Hand hielt, das jederzeit flügge werden konnte. Sie schien sich unter die Gespräche zu ducken, als helfe dies beim Verstecken ihrer offensichtlichen Traurigkeit. Nadja zog aus diesem Spiegelbild, in dem sie sich den ganzen Abend schon zu sehr erkannt hatte, eine Kraft, die sich auch aus der Abstoßung des Gleichseins speiste, aber das war ihr egal. Es war eine Kraft. Sie streifte Antons Schulter, als sie aufstand. Er streckte eine Hand nach ihr aus, erwiderte die Berührung. Nicht erst der Wodka hatte ihn entspannt, er war in einer seltsam aufgeräumten Stimmung nach Hause gekommen, hatte ihre letzten Vorbereitungen für den Abend verfolgt, den Tag vorher auch schon, ein Rätsel, vielleicht war es seine Vorfreude gewesen auf die Einladung, das erste Mal, daß er zwei Kollegen und seinen Chef zu Hause bewirten konnte und dafür selbst großzügig eingekauft hatte.

Nadja setzte sich ans Klavier, hob den Deckel hoch, konzentrierte sich auf ihre Finger – lange unbenutzt, wozu noch fähig? – sie sammelte sich, hörte, wie das letzte Plaudern am Tisch versiegte, und begann zu spielen.

Irgendwann summte sie mit, spielte übergangslos weitere Lieder, und es wurde immer leichter mit dem Weitermachen. Anton zog den Teppich beiseite, Kollege Kattner nahm seine Frau an der Hand, der Chef und die gemütliche Freundin einigten sich darauf, einen Rumba zu tanzen, das Ehepaar Krohn tat es ihnen gleich. Ein herrliches Geräusch, das Getrappel der Hacken auf den Dielen, das Knirschen der Ledersohlen, der Chef trug Budapester, die bei jedem Schritt quietschten. Nadja spürte, wie Anton hinter sie trat, ihr seine Hände auf die Schultern legte, ganz leicht, sie genoß seine Nähe und auch seinen Stolz. Sie genoß das Aus-dem-Versteck-Kriechen, wie leicht es war, diese Nähe herzustellen, eine Nähe, die sie so lange nicht gehabt hatten. Es steckte viel Ungeübtes darin, ja, sie waren im einfachen, entspannten Beieinandersein vollkommen aus der Übung. Die Unsicherheit, die sie beide empfanden, fingen sie auf, indem sie umtriebig vorbereitet hatten; gemeinsam überlegten, wer wo sitzen sollte, die Bratensoße abschmeckten, die Gläser polierten. Antons fast kindliche Aufregung hatte sich auf sie übertragen. Der Wunsch, vor den anderen als ein Paar, das gut miteinander war, wahrgenommen zu werden, steckte mit in ihrem Tun. Sie sehnte sich nach einer Entspannung, die nach einem guten Essen, Wein und Wodka, nach leichten Gesprächen zustande kam und alle miteinander verband. Ein Abstand von ihrem bescheiden gewordenen, alltäglichen Zusammensein.

Vorgestern hatte er ihr diese Pelzstola geschenkt. Wie eine Wiedergutmachung, ein wärmender Schal, während draußen in der Stadt, mitten im Sommer, an allen Grenzen, die Temperaturen auf einen Nullpunkt sanken.

Er hatte die letzten Zeitungen mit den Schlagzeilen einfach im Holzofenherd in der Küche verfeuert. Er war zu ihr ins Wohnzimmer gekommen und hatte ihr erzählt, daß es nicht sein könne, daß sie sich von der Welt da draußen wieder diktieren ließen, was sie zu tun und zu lassen, wie sie sich zu fühlen, zu verkriechen, was sie auszuhalten hätten. Als Akt der Gegenwehr habe er das Geschäft betreten, und die Verkäuferin habe zu ihm gesagt, daß Flieder die Farbe der Saison sei und besonders ergrauten Damen zu zeitlosem Glanz verhelfe. Das habe ihm gefallen, hatte er gesagt und fast unbeholfen gelächelt. Er schien vollkommen ungeübt darin, ihr ein Geschenk zu überreichen. Das hatte sie zugänglich werden lassen, selbst überrascht davon und auch peinlich berührt, wie abwegig es ihr erschienen war, ihm jemals wieder eines zu machen. Daß er sich überwunden hatte, schätzte sie. Daß er die Veränderung der Welt, die ewig gleichen Spiele der Mächtigen, aus seiner Wahrnehmung verbannte, daß er immer noch dazu fähig war, das erstaunte sie und machte sie auf eine rätselhafte Weise fast glücklich.

Eine fliederfarbene Pelzstola, schmal und mit Satinfutter auf der Innenseite. Nichts war so anschmiegsam wie ein Pelz.

Sie hatte gemerkt, daß er sich auf ihre Frage, woher das viele Geld für so ein teures Geschenk, vorbereitet hatte. Sie hatte darauf geachtet, keinen Vorwurf zu formulieren, sondern nur eine harmlose, interessierte Nachfrage, mehr, um zu hören, daß das doch eh eine überflüssige Frage sei, weil sie doch wisse, daß er mittlerweile ganz gut verdiente. Er hatte ihr erzählt, daß seine Arbeit mit einer Sonderauszahlung honoriert worden sei, die gleichwohl mehrere getroffen habe, da sie insgesamt mit ihrer Zeitung von den West-Alliierten gelobt worden seien für ihre vorbildliche Arbeit zum Aufbau einer stabilen Demokratie in Deutschland. Sie hatte keinen Zweifel daran, auch jetzt nicht, während sie spielte und den Pelz und seine warmen Hände am Hals spürte. Sie begann zu singen, sie sang das Lied von den Schwarzen Augen, ausschließlich für Frau Kattner sang sie das, und wechselte abrupt in einen Kasatschok. Die Männer begannen das Tanzen und kamen gleich in den Wettstreit, der Chef kreuzte die Arme, Herr Kattner keuchte, Anton führte den Prisjadka vor, es war ein Lachen, Fluchen und Stöhnen, und Nadja spornte die Männer an, bis der Chef kapitulierte und sich auf seinen Stuhl am Eßtisch rettete. »Mein Gott«, sagte er, »Sie machen mich fertig.«

»Wenn die Amerikaner sähen, was die Männer tanzen, die sie eben noch gelobt haben«, sagte Nadja, als sie zurück zum Tisch kam.

»Gibt es noch eine Nachspeise«, fuhr Anton sie an. Sie schaute auf, verwundert, diese kalte Ablehnung in seinem Gesicht zu sehen.

»Das weißt du doch«, sagte sie leiser.

»Was haben die Amerikaner denn gelobt?«, fragte Frau Marusch dazwischen.

»Nadja, der Nachtisch«, sagte Anton und wartete, bis sie in der Küche verschwunden war.

In der Redaktion war die Luft gesättigt mit nervöser Gereiztheit. Kattner kam ihm entgegen, Anton fragte nur: »Was ist denn mit dir?« Und Kattner sagte nicht mehr als: »Mein Gott, das werden die Sowjets nicht machen.«

»Und wenn doch?« rief Anton, ohne einen Schimmer, was Kattner meinte.

»Wenn doch«, rief Kattner im Gehen zurück, »dann ist es allein deine Schuld.«

Es sollte ein Scherz sein. Dachte Anton. Es konnte kein Scherz sein. Dachte er dann. Es war ein Scherz, Kattner scherzte immer. Es war kein Scherz. Kattner wußte Bescheid. Anton spürte, wie sich der Schweiß in seinen Achselhöhlen sammelte, sein Herz schlug viel zu schnell, es zentrierte seine Wahrnehmung an seinen flimmernden Klappen. Er mußte seine Kehle von klebrigem Schleim befreien. Er zwang sich, so etwas Ähnliches zu tun wie atmen. Es ging nicht, der Brustkorb war zu eng. Kattner konnte nichts wissen. Woher sollte Kattner was wissen? Und, was hatte er gemacht? Einige Namen aufgeschrieben, die er recherchiert hatte, aber weil das nach so wenig ausgesehen hatte, hatte er noch weitere Namen dazuerfunden. Nicht nur Müller und Meier, der Abwechslung halber ein paar ausgefallene Namen, dazu Vornamen, die mehrheitlich – seiner Erinnerung nach – seiner Familie entstammten.

Augenblicklich gaben seine Knie ihre Standhaftigkeit auf. Sein Herzschlag in der Mitte des Magens. Er mußte sich setzen. Er zwang sich wieder zu atmen. Kattner konnte nichts wissen. Kattner hatte einen Scherz gemacht, wie er immer Scherze machte. Was hatte er eigentlich gesagt?

Obwohl seine Knie jederzeit nach hinten zu klappen drohten, mit dem faustgroßen, pochenden Gebilde im Magen, stand er auf und ging in der Nähe der Flurwand auf Kattners Büro zu. Die Tür stand offen, Kattner am Fenster, er telefonierte nicht.

»Was werden die Sowjets nicht machen«, fragte Anton und hoffte, daß seine Stimme mehr als beiläufig klang. Er schob die Schultern vor, so daß es lässig wirken mußte, wie er dort stand. Er verschränkte die Arme. Kattner drehte sich nicht um.

»Kannst mich morgen fragen. Oder selbst sehen. Wenn die ganze Scheiße fertig ist.«

»Wenn was fertig ist.«

»Frag mich morgen!«

Anton holte Luft, er rang sich durch: »Und warum sollte ich dafür verantwortlich sein?«

»Ach, Mann. Geh nach Hause.«

Anton stieß sich vom Türrahmen ab, besser nicht auf seine Knie verlassen, das waren Gummischläuche. In Wandnähe bleiben, ihre zuverlässige Unterstützung in Anspruch nehmen. Da hörte er, wie Kattner Richtung Fenster sagte: »Was für ein fettes Stück vom Braten.«

Nadja stand an den Stufen zum Eingang der U-Bahn, als sie die Schlagzeile hörte und erst gar nicht richtig verstand, dann näher zum Verkäufer trat, ihm eine Zeitung abkaufte, was sie seit Jahren nicht mehr gemacht hatte. Sie trug die Zeitung vor sich her, ein Tablett, auf dem einreihig und groß stand: OST-BERLIN IST ABGERIEGELT!, mit diesem Ausrufezeichen, das wie ein Beil den Rest des Satzes abgehackt zu haben schien. Sie ging in den dämmrigen Schlund, vollkommen ruhig, erst, als sie unten angekommen war, drehte sie plötzlich um, preschte die Treppe hoch, trat wieder ins Freie und lief zu Fuß Richtung Süden. Sie spürte eine sich aufscheuernde Stelle an der Fußinnenseite, die Blase bildete sich, ein Stechen bei jedem Schritt. Sie lief weiter, kam nur an Straßenübergängen zum Stehen, sie nahm den aufbrausenden Verkehr um sich herum nicht mehr wahr. Er war ein Hintergrundgeräusch zu ihren Schritten, Hacke auf Asphalt, das Rascheln des Rockfutters, das Tschilpen der Strumpfhose an den Innenseiten ihrer Schenkel.

Auf dem Klingelschild stand nicht Weniger, oder, wie in den Jahren, in denen sie dort gewohnt hatten, Neudecker. Helkmann stand dort. Sie hob den kalten Griff, der die Form einer Schlinge hatte, und hörte das Läuten im Inneren der Wohnung.

Nicht mehr wissen, wo man ist, außer in den äußeren Rand des Teils der Stadt geraten zu sein, der noch zugänglich war. Die Frau an der Tür hatte ihr nur den Namen der Pension genannt. Sie hatte sich durchgefragt, hier in der Nähe des Tiergartens, eine schäbige, heruntergekommene Fassade, ein billiges Hotel für Handlungsreisende.

»Dann gehn se doch ruff«, sagte der hagere Mann hinter der Rezeption. Er hatte wäßrige Augen, gerötete Lider, einen Spalt zwischen Augapfel und Lid. Er musterte sie. Sein linker Mundwinkel schien gelähmt. Die letzten fünf Millimeter seiner Zigarette verglommen im Aschenbecher. »17, wenn ick mich nicht täusche.« Die Blumentapete löste sich in blasenähnlichen Beulen von der Wand, Nadja roch das feuchte Mauerwerk darunter. Eine grüngestrichene Holztreppe führte in den ersten Stock. Stromkabel liefen kreuz und quer an den Wänden und Decken, eine nackte Glühbirne in der Mitte des Flurs. Sie ging auf dem Läufer bis ans Ende des Flurs, dort teilte er sich wie ein T, sie ging nach rechts.

16. 17. Sie horchte. Ein stiller Raum, ein Gang, ein Durchgangsort, an dem man seine Geschichte gut vergessen konnte.

Nadja hob die Hand, um mit den Knöcheln zu klopfen. Sie bewegte sich nicht mehr. Hinter ihr Schritte, gleichmäßig und ruhig, den Gang bis zum T, jetzt in ihre Richtung. Sie hielt die Hand, wie eine Faust neben ihrem Gesicht, nah an der Tür und doch nicht daran, sie schaute den Gang hinunter, nicht in Richtung der Schritte, am Ende ein Fenster, ein Heizkörper, ein Rohr, ein paar Schuhe unter seinen Rippen. Eine Stimme fragte: »Wollen Sie zu mir?«

Sie drehte sich um. Sie sah ihn an. Er war nicht viel größer als sie, ein Gesicht, das in ihr eine Erinnerung wachrief, das dichte, ergraute, krause Haar, die dickrandige Brille, ein schonungsloser Blick, der sich hinter dem Glas ganz wohl fühlte, er roch nach Kartoffeln und Zwiebeln, nach regenfeuchter Wolle und Zigaretten. Sie wußte, während er weitersprach, daß es seine ruhige Stimme war, die ihr Otto gegenwärtig werden ließ. Diese Nüchternheit, voller Ironie und Selbstzweifel. Man überhörte die Macht, die darin steckte, andere zu beherrschen, auch, weil seine ganze Erscheinung auf den ersten Blick eher weich wirkte. Otto hatte sie in die Enge getrieben, immer wieder wie bei Tieren die Überlebensinstinkte geweckt, um dann von ihnen das zu bekommen, was er hatte haben wollen. Sie wußte, daß er eine Gefahr war, in jeder Hinsicht die größtmögliche Gefahr.

Er schwieg. Dann sagte er: »Nadja.«

»Nein«, sagte sie, »es ist nichts.«

Die abschüssigen Augenbrauen, die Frage in seinem Gesicht, eine Unernsthaftigkeit gepaart mit einer Nuance Herablassung, und sie dachte einen Augenblick lang, daß er einen Scherz machen, sie erlösen könnte. Er schwieg und wandte sich seiner Tür zu, dem schäbigen, ihm nicht würdigen Rechteck, durch das er gleich treten würde. Sie machte einen Schritt zur Seite. Er wartete eine Sekunde, ob aus Höflichkeit oder Unschlüssigkeit, das konnte sie nicht sagen.

Sie ging an ihm vorbei, an dem Mann, dem sie alles geschrieben hatte. Sie ging hinunter von der Bühne. Es gab nichts zu sagen.

Er fragte sie etwas, das sie nicht verstand.

Er rief es über den Gang.

Sie bog am T ab, polterte die grüne Treppe runter, die Blumen in Beulen, die Kabel, der alte wasseräugige Mann.

Sie saß in der Straßenbahn und schloß die Augen. Das Klingeln drang von sehr weit draußen zu ihr hinein. Ein Scheppern, das nicht zu der Welt gehörte, in der sie gerade war. Als sie verstand, daß es die Straßenbahn war, in der niemand mehr saß, begann sie es mit Absicht zu überhören. Aber das Bild des Ortes, an dem sie war, drohte zusammenzufallen wie durchgeglühtes Holz. Dort steht sie, in der Woge Menschen, die in zwei Richtungen zieht. Hinein und hinaus. Sie sieht Antons Hut zwischen den Hüten der anderen verschwinden, die Strömung treibt ihn fort. Die Kinder treiben mit ihm, sie werden mit ihm an Land gespült, keine Frage. Sie dreht sich um, geht durch die Wogen, der Gang in hohen Schuhen, etwas, das sie immer gemocht hat, es strafft den Körper zwischen oben und unten. Sie weiß um ihre Kontur mit scherenschnitthafter Präzision, hier ist sie, dort nicht mehr. Gehen, das heißt: Bleiben. Sie lächelt, als sie durch das Portal tritt und auf der Bühne steht. Jemand berührt sie am Arm, sie entschuldigt sich bei dem Fremden, der Fremde sich bei ihr. Sie atmet ein, die feuchtwarme Luft hier oben, der dichte Rauch im Zuschauerraum unten, das Gleißen der Scheinwerfer, ihre Hitze auf der nackten Haut, darunter ist es kalt. Das Gefühl für die Töne schon im Bauch, im Hals, auf der Zunge, es fühlt sich an wie einen Menschen zu küssen, den man für alle Zeiten über alles in der Welt liebt, für den man heraustritt, in dem man sich auflöst. Jetzt, hier, wenn sie singt, dann ist das wie verschmolzen zu sein, kein Hier und Dort, überhaupt kein anderes gibt es, nur die Töne und den Gesang. Sie spürt die Entschlossenheit bis in die Hacken ihrer Schuhe, als kenne sie den Weg. Und wie sie ihn kennt.

Der Schaffner ruft aus seiner Fahrerkabine, laut und mit Berlinerischer Unnachgiebigkeit. »Hier ist Schluß mit uns, junge Dame.«

Sie merkt nicht, daß sie schon draußen ist, die Türen schließen hinter ihr, die Bahn rattert fort durch die milde Luft des Sommers, die leichte Kühle des Abends, Mitte August. Sie weiß nicht, wohin sie gehen kann, nur daß sie gehen muß, auf einem Bürgersteig steht man nicht still und imaginiert, man sei ein anderer Mensch oder ein Mensch in einem anderen Leben.

Anton hörte, wie jemand die Wohnung betrat. Er hörte die Schritte, in zwei gegenläufige Richtungen, und wußte, daß es nicht Nadja war.

Senta erschien in der Tür zu seinem Arbeitszimmer.

»Wo ist Mama?«

»Ich dachte, du kannst es mir sagen.«

Seine Tochter verschwand, kurz darauf hörte er, wie sein Kind in der Küche herumrumorte, durchs Wohnzimmer ging, und dann nahm er das Rascheln wahr von Seidenpapier, es mußte das Seidenpapier der Pelzstola sein, die Nadja zur Aufbewahrung wieder zurück in die Pappschachtel gelegt hatte, nach dem gestrigen Abend. Er fragte sich, warum er über Senta immer noch sagte, sie sei sein Kind. Sie war kein Kind mehr. Sie studierte für das Lehramt. Wie Peter, der auch die Hochschule besuchte. Beide wohnten noch hier, sie waren eine Familie, aber eigentlich, wenn man genauer hinschaute, nutzten sie die elterliche Wohnung als Schlafgelegenheit, und an manchen Tagen, vielleicht zweimal im Monat, traf man sich zum Abendessen.

Anton hörte, wie der Deckel der Pappschachtel wieder zurück auf das Unterteil geschoben wurde, die entweichende Luft. Er hoffte, daß Senta das so vorsichtig machte, wie die Verkäuferin es gemacht hatte. Und seltsamerweise hoffte er, daß nur Senta es machte, er wollte aus irgendeinem Grunde nicht, daß sein Sohn das teure Geschenk sah. Eine Pelzstola für Nadja. Schmuck für eine Frau auf einer Reise, zeitloser Glanz für eine ergraute Dame.

Er stand auf, ging ins Wohnzimmer, sah Senta und Peter noch an der Pappschachtel am Tisch stehen, sah, wie Senta in einem knappen Zucken die Hände wegzog, als hätte sie etwas Verbotenes angefaßt. Er ging an beiden vorbei in einer Heftigkeit, die er nicht beabsichtigte, nahm Sentas Unsicherheit wahr, tat aber nichts dagegen. »Gehst du noch mal weg?«, fragte sie.

»Vielleicht ist sie schon in Moskau«, bemerkte Peter mit vorsichtiger Ironie, »man sagt ja, das ginge bald nicht mehr.«

»Soll sie gehen«, sagte Anton und wünschte sofort, sein Ton wäre ein anderer gewesen. Er traute sich nicht, in die Gesichter seiner Kinder zu schauen.

»Wir bringen uns immer nur selbst hinter Gitter«, hörte Anton seinen Sohn noch sagen, in einem Tonfall, als referiere er ein allgemeingültiges Gesetz.

Anton trat aus dem Haus, auf die Straße und wollte sich gegen das Gefühl wehren, auf Treibsand zu treten. Bei jedem Schritt rutschte der Grund unter ihm weg, es gab keinen Halt, welchen hatte er vorher gemeint zu haben? Eine privilegierte Reise in den Süden, ein Urlaub für das Vergessen. Niedere Beweggründe. Zum Schmuck eine fliederfarbene Pelzstola, 139 Mark.

Noch nie hatte er mit solcher Wucht gespürt, was das Wesen des Verrats ausmachte: mit Eiseskälte Glühendes zu schüren. Ihm war jede Überzeugung abhanden gekommen. Was konnten Ehrlichkeit und Vernunft gegen diese Macht ausrichten? Versteckte Kürzel in einem Code, eine nachrichtendienstliche Aufklärungsforderung, geschrieben auf wasserlöslichem Papier. Gelesen, ausgeführt, vernichtet. Es blieb nichts übrig. Dann geh doch zurück. Mach, was du willst. Er folgte der Gradlinigkeit der Bordsteinkante, er folgte den Bewegungen der Fahrzeuge, die ab und zu an ihm vorbeifuhren. Sein Sohn, der angehende Jurist in einer prosperierenden Demokratie. Was gab es zu sagen. Das einzige, was half gegen den Treibsand, war eine Schonungslosigkeit, sich den Strömungen auszuliefern. Nicht immer seitlich hinaus, wie das, was er war. Gerade erst, vor einiger Zeit, hatte er es aufgeschrieben: ›Sie neigen zum Seitenausgang, die Angehörigen des Tierkreiszeichens, weil die Konfrontation von vorne sie überfordert. Sie haben die Scheren, aber die setzen sie nicht ein, das wäre zu brachial. Sie sind schneller im Ausweichen, Zupacken ist mühsam, macht einsam, kein Krebs will gerne einsam sein. An entscheidenden Schwellen im Leben wird er durch sich selbst überrumpelt. Er scheitert an seinen blinden Flecken, könnte man sagen. Er liegt da, aus der Bahn geworfen, herauskatapultiert, was er aber nicht endlos bestaunen oder hinterfragen wird – lieber durch den Seitenausgang raus. Und dort? Was erwartet uns dort? (Ja, ich bekenne mich.) Das Verheimlichen, das Schweigen, das Weiterzurückweichen. Hinein in eine Welt mit eigens entworfenen, neuen Gesetzen. Manche Krebse interessieren sich für Geheimwissenschaften, retten sich in den Glauben an Medien, die zu uns sprechen, uns die andere Welt erklären. Manche beginnen, von Systemen überzeugt zu sein, die uns steuern, sich gegen uns verschwören und im Griff haben. Mitunter finden Krebse auch Halt in der bedingungslosen

Rationalität der Gegenwart (ganz im Sinne: selbst ein Nichtglaube ist ein Glaube). Oder ihre Angepaßtheit ist ihre Geheimwissenschaft. Das Unauffälligmachen ihre Religion. So können sie ihren kräftigen Wunsch nach Harmonie, der ja gerade dafür sorgt, so schlecht mit der Gegenwart klarzukommen, in sicherer Entfernung zu jeder Art von Störfeld halten. Vielen Krebsen hilft die Wärme des Alkohols, was unter diesen Bedingungen geradezu verständlich wird. Bis wir am Ende trotz aller Wünsche nach Gemeinschaft, nach Austausch und Lachen, nach viel mehr als Höflichkeit und Etikette, allein am Strand hocken, im mittlerweile arg ramponierten Panzer. Seien Sie froh, wenn Sie im Tierkreiszeichen kein Krebs, sondern Widder, Löwe, Jungfrau oder Steinbock sind.‹

Es dämmerte zu Abend. Eine warme, nicht ungemütliche Spätsommernacht. Er wich in den Gedanken aus, daß es gut möglich war, daß Nadja genau das machte, was Peter so lapidar bemerkt hatte. Ein Gedanke, den er selbst nie gehabt hatte. Er war nicht auf die Idee gekommen. Er wäre weiterhin nie auf die Idee gekommen. Sein Sohn hatte es erkannt. Sein Sohn, der einfühlsame Fisch, hatte es längst erkannt. Ohne es zu bemerken, bewegte er sich gen Mitte der Stadt, in die Nähe des Ortes, an dem sie vor vielen, unbegreiflich vielen, plötzlich wie ausradiert wirkenden Jahren im frühen Morgengrauen in Berlin angekommen waren.

Anton stieg aus der S-Bahn, nahm die Unterführung. Am Ende des Ganges stand ein halbes Dutzend junger Polizisten, ihre Maschinengewehre geschultert.

»Gibt nichts mehr zu gucken«, rief einer.

»Ich will nicht gucken, ich suche eine Frau.«

»Das tun viele.«

Anton griff instinktiv nach seinem Ausweis in der Jackentasche. Die anderen, die geraucht hatten, kamen näher. Er stand der Gruppe gegenüber. Junge Gesichter. Ihre Uniformmützen wirkten zu groß für ihre Köpfe.

»Riegelt eure Hölle einfach ab. Weiß ich wenigstens, wo ich nicht suchen muß.« Er hatte den Satz auf Russisch gesagt, den Tonfall genossen. »Eure russische Hölle«, sagte er noch einmal, während er ihre Blicke in seinem Rücken zu spüren meinte, die Finger um die Zigaretten, die Glut in die Hand hineingehalten, als gelte es, ihr vorschnelles Verglühen zu verhindern.

Er ging Schritt für Schritt zurück durch die menschenleere Unterführung. Das Knirschen seiner Sohlen im gekachelten Schlauch.

Er stieß mit der Schulter eine Schwingtür auf, er spürte die sommerlich-kühle Nachtluft im Gesicht, er hörte von weitem das Geräusch einer schweren Maschine, eines Lasters, eines Generators vielleicht, er ging weg vom Bahnhof, gen Westen die Straße hinunter, im orangegelben Licht der Straßenlaternen.

Er sah sie erst nicht. Er sah nur eine schmale, hochgewachsene Frau in einem Mantel und von hinten. Wie sie in der Nähe eines Hauseinganges stand. Und die Anfahrt des Lasters beobachtete. Hinter dem Stacheldraht, der engreihig bis weit über Kopfhöhe die Horizontlinie dieser Stadt war. Die Ladefläche des Lasters richtete sich auf, Betonsteine rutschten auf die Straße. Ein Generator trieb eine Trommel an, der Zement wurde eilig aufgeklatscht, die Steine zusammengesetzt. Hinter den Bauarbeitern standen im Abstand von einigen Metern Volkspolizisten.

Anton überquerte die Straße, zwang sich, nicht auf Nadja zuzulaufen. Als sie ihn bemerkte, wich sie zurück in den Hauseingang. Er blieb stehen. Der Laster fuhr ab, der Generator rasselte, die Männer arbeiteten angetrieben.

»Ich weiß«, sagte sie nur und steckte die Hände, wie vorsorglich, in die Manteltaschen. Er griff nach ihrem Arm. Er spürte ihren Ellenbogen, die kräftigen Muskeln am Unterarm.

»Ich werde hier nicht mehr rauskommen.« Sie wand sich aus seinem Griff, klemmte den Ellenbogen an ihren Körper.

»Sieh dich um, keiner hält uns auf.« Er hörte seine eigene Hilflosigkeit und wünschte, er könnte den Satz noch einmal sagen, in einem optimistischen Tonfall. »Bitte.«

»Ach, Anton«, sagte sie in ungeahnter Warmherzigkeit und starrte geradeaus. Sie standen im Lärm des Mauerbaus und schwiegen.

Er saß an seinem Schreibtisch in der Redaktion und floh, weil es das einzige war, wohin er gehen konnte, in seine Horoskope. Er schrieb: ›Wir sind im Tierkreiszeichen der Jungfrau angekommen, die Jungfrauen sind zuverlässige, manchmal dickköpfige, meist beharrliche Zeitgenossen. Sie sind perfektionistisch veranlagt. Oft sind sie einsam. Sie suchen lieber sich als die Zerstreuung. Sie brauchen Ruhe, die Abwesenheit von Lärm. Sie brauchen ihre Gedanken und ihre Konzentration. Sie sind keine Menschenfeinde, das nicht! Aber ihre Empfindsamkeit macht es ihnen nicht möglich, mit zu vielen Menschen gleichzeitig in einem Raum zu sein. Einsamkeit ist nichts Verwerfliches. Sie ist eine Erscheinung unserer Zeit. Wir haben gelernt, mal vor Urzeiten, als wir noch mit Keulen in der Höhle hausten, draußen das Mammut –, daß es dreißig von uns sind, die gut miteinander auskommen. Da kannten wir jeden, waren gerade so viele Männer, daß es nicht knallt, und so viele Frauen, daß es nicht zickt, dann kümmerten wir uns um die Kinder und hatten unsern gemeinsamen Feind. Wie weit entfernt davon leben wir! Zu Hunderttausenden, die wir nicht kennen, nicht kennen wollen, zusammen. Und müssen Mitleid empfinden mit fremden Menschen, aus Meldungen weht ihr Leben zu uns herüber: Tod! Teufel! Krankheit! Schiffsuntergang! Wir brauchen die Einsamkeit, weil die Gemeinschaft zu groß geworden ist. Sie erstreckt sich über den Globus. Wer also den einen stillen Pol unserer Existenz sucht, wer in ihm leben kann, der besitzt eine große Kraft. Natürlich kann dieser Pol jederzeit, fast auch unbemerkt, zu einem Nordpol werden. Wo kein Mensch mehr hinkommt. Dann lebt man in der Kälte, dem weißen Weiß, kein Vogel piept, kein Hundegebell, kein freundliches Wort eines Nachbarn. Dort hat die Einsamkeit nichts mehr von ihrer sinnstiftenden, erholsamen Größe, sondern –, gut, wir ahnen, wie es am Nordpol ist. Eine Schnecke ohne Haus ist der Mensch, der im Tierkreiszeichen Jungfrau geboren ist, dünnhäutig verletzlich, ein Tritt reicht aus, und er ist erledigt. So durabel wie fragil, man muß wissen, wann man ihn zu belasten und wann zu schonen hat. Der Mensch selbst, der unter diesen Sternen steht, weiß das von sich. Er sucht den Fehler nicht bei anderen, das macht ihn stark. Leider nicht erreichbarer, zumeist. Ich gebe unumwunden zu, daß es mich von allen Tierkreiszeichen immer am stärksten zur Jungfrau hingezogen hat.

Er las den Text noch einmal durch, strich den letzten Satz und legte das Papier Marusch, seinem Chef vom Dienst, ins Fach.

Nadja liebte und verabscheute zugleich diesen Schmerz, wendete sich in ihn hinein und lebte darin auf, als könnte sie sich nur noch darin so lebendig wie auf einer Bühne fühlen. Die Mauer wurde gebaut, verbreitert, weiträumig abgesperrt, als Hinterlandsicherung, antifaschistischer Schutzwall oder, schlichter, als Grenze bezeichnet. Anton ging in die Redaktion, schrieb die Waage, den Skorpion, den Schützen und den Steinbock. Knigge für den Alltag, und über Filmstars, die Spione spielten, über Spione, die doppelt spielten, manche von ihnen hatten mehrfach die Seiten gewechselt, jeden an jeden verraten, die meisten von ihnen wurden hingerichtet, was die Schauspieler, die sie verkörperten, zu überlebensgroßen Stars machte. Es gab einige Verräter, die kamen ihren Rächern mit einer Giftkapsel zuvor. Anton suchte nicht mehr nach seinem Code, er horchte manchmal auf den Frequenzen, erleichtert, nur andere Kombinationen zu hören. Er stellte sich tot, das war seine Strategie, und wirklich, er wurde eine Karteileiche in der riesigen Umwälzungsmaschine, die lange Zeit Namen, Chiffren, Zeichen und Abermilliarden an Schreibmaschinenbuchstaben in sich verbarg. Wie um sich der Schuld zu entledigen, schrieb er immer öfter über Spione, solche, die aus Überzeugung handelten, solche, die es für das Geld taten, für ein aufregendes, über ihre kleine Existenz hinausweisendes Leben. Mit jeder Geschichte mehr schien er seine Ängstlichkeit beruhigen zu können. Er arbeitete beharrlich, er war in Augenblicken immer wieder davon überzeugt, auf diese Weise seine Schuld aufs Gelände der Fiktion verschieben zu können. Senta und Peter gingen ihrer Wege. Berlin war grau und matt, wurde grün und sonnig, roch nach Linden und Dieselbenzin, färbte sich gelb und versank in seiner kaltschnäuzigen Melancholie für die Dauer eines Winters.

Je laxer die Mode wurde, je kürzer die Röcke, je knapper die Blusen, desto mehr bekannte Nadja sich zum Stil der 30er Jahre in Moskau, sie ließ ihre Wollröcke aufbügeln, die mürben Schuhe besohlen, sie ließ den aufgescheuerten Mantel wenden – was schwierig war, denn lange Zeit fand sich kein Schneider, der das machen wollte. Jeder sagte ihr: »Kaufen Sie sich doch einen neuen, meine Dame, der Schnitt dieses Stücks entspricht auch nicht mehr ganz der gängigen Mode.« Sie fand einen russischen Juden, der den Krieg in einem Zwischenkeller in Frankreich überlebt und unter der Obhut eines Amerikaners sein Schneidergeschäft an der Clayallee wiedereröffnet hatte. Er wendete ihr den Mantel, er nähte ihre Moskauer Modelle nach, er fragte sie eines

Tages, als sie mal wieder bei ihm etwas zur Änderung bestellte, ob er sie etwas fragen dürfte.

Sie sprachen Deutsch miteinander, als wollten sie sich gegenseitig nicht an ihre Herkunft erinnern. Je nachlässiger der eine formulierte, desto präziser mühte sich die andere.

»Sie waren eine der *Blauen Blusen*, nicht?«, fragte er, die Stecknadeln mit dem Kopfende zwischen den Zähnen. Nadja bemerkte den Fingerhut am linken Zeigefinger, ein Schild, mit dem er gut gerüstet war für jede Art von Stich.

Er nahm den Fuß nicht vom Pedal, schob nur seine Halbbrille auf die Augenbrauen und schaute sie darunter an.

»Meine Frau hat Sie erkannt.«

»Wer ist Ihre Frau?«

»Eine entfernte Cousine von Otto Grothen. Erinnern Sie noch?« Nadja war von der Nennung des Namens wie von Eis berührt, hatte dabei auf die Nadeln in seinem Mund gestarrt. Es waren Pfeile, er konnte sie abschließen oder sich selbst an ihnen verschlucken.

»Kommt nie wieder vor«, sagte der Schneider.

»Was?«

»Daß ich Sie so aus der Fassung bringe.«

»Ich«, begann Nadja, »wo lebt Otto?«

»Auf dem Kunzewskoje, drei Reihen hinterm Grab des Clowns.«

Nadja spürte das Geräusch des blanken Stahls zwischen dem weichen Schmelz der Zähne.

»Vor dem Anfang vom Ende. Freiwillig ausgeschieden, wie man so sagt.«

Sie wollte ihn auffordern, die Nadeln beim Sprechen aus dem Mund zu nehmen. Gern hätte sie ihm den Fingerpanzer abgerissen, sich über seinen Nähtisch gebeugt und ihm seine wachsame Selbstsicherheit genommen.

»Es wäre wieder Zeit für so etwas wie die *Blauen Blusen*,

finden Sie nicht? Über das lachen, was zum Weinen ist. Etwas, das unsere Herzen öffnet. Das gefiele mir sehr.«

Ein Griff der Finger an die Nadeln, die Pfeile etwas seitlich an den Zähnen entlanggeschoben.

»Wenn ich Schneider wäre, mein Gott, wie einfach. Immer ein bißchen weiter herumflicken am Leben.« Sie riß am Griff der Tür. »Oder meinen Sie, Sie könnten noch singen?«

»Können? Müssen!«, sagte er, als sie die Türglocke schon zum Schellen gebracht hatte. »Wann wollen Sie den Mantel abholen?«

»Nie mehr«, rief sie zurück, als sie draußen auf der Straße war.

Die Blätter fielen leuchtend und ockergelb und täuschten in der Schönheit ihrer Farben über ihr Sterben hinweg. Sie setzte sich ans Klavier. Sie spielte jedes Lied, das sie je gespielt hatte, sie spielte ihr gesamtes Repertoire, als spiele sie es auf Abruf für den einen Menschen, durch den sie es gelernt hatte. Sie bemerkte bis in ihre Hände hinein den bitteren Groll, der sich auswuchs zur Wut gegen das Klavier, gegen seinen unveränderlichen Klang, sie schlug ihre Finger auf die Tasten, im Zorn über Otto, über sich, über Herrn Weniger, über den Mann mit dem Walroßbart im Klavier, auch über ihn, alle Väter, alle Männer, sie wünschte, der Deckel schlüge zu und ihr die Hände ab, der Biß eines Tieres, der Wunsch mischte sich mit etwas Zarterem, Bitterem, das sie vom Rükken her anfiel, der Gedanke an ihren Mann, seine anpassungsfähige Liebenswürdigkeit, seine Hilflosigkeit, die sie immer wieder weich werden ließ, sie versuchte, während sie spielte und auf das Zuschnappen des Mauls wartete, an ihre Kinder zu denken, aber es gelang ihr nicht, ein Glück zu fassen, was sie mit ihnen in Verbindung bringen konnte, außer damals das Glück, überlebt zu haben. Sie spielte, als ginge es um etwas anderes. Oben zu bleiben, über dem Eis zu bleiben, ihr Spiel, die Töne, die Musik, alles hielt sie oben, auf dem See, im Wald, in dem Land, wo ihr Herz schlagen konnte.

Sie nahm nicht wahr, wie Anton am Abend die Wohnung betrat, seinen Mantel nicht auszog, den Hut nicht abnahm, sich nur auf den Hocker bei der Garderobe setzte und bis tief in die Nacht ihrem Spiel zuhörte.

Irgendwann war es still. In der Sekunde stand Anton auf, öffnete die Wohnungstür, ging nach draußen, zog sie leise hinter sich zu, zückte seinen Haustürschlüssel, schloß wieder auf, kam in den Flur, als hätte er ihn heute noch nicht betreten, hängte seinen Mantel auf, legte seinen Hut auf die Ablage und sagte: »Guten Abend«, als er Nadja in der Tür zum Wohnzimmer sah, und: »Entschuldige meine Verspätung, die Redaktionssitzung.« »Ich weiß«, sagte Nadja mit kalter Milde, und: »Gute Nacht.«

Seit dieser Nacht kam es immer öfter vor, daß Nadja Klavier spielte, wenn Anton nach Hause kam. Er konnte nicht sagen warum, aber er schlich sich immer in die Wohnung, blieb als heimlicher Gast auf dem Hocker sitzen, schlich sich heraus, wenn sie aufhörte, und kehrte eine Minute später unter dem üblichen Schlüsselgeklapper und Mantelgeraschel zurück. Er wußte, daß sie es wußte. Aber er spielte das Spiel. Sie spielte das Klavier. Er ahnte, daß es eine fragile Balance war, so austariert, weil sich zwei Menschen nicht die Wahrheit sagen konnten. Eine Geste, ein Wort hätte ausgereicht, und es wäre vorbei gewesen. Aber keiner von beiden wollte, daß es vorbei war. Beide hatten sich entschieden, die Mauer zu bauen, zu verputzen, wo nötig, immer weiter aufzustokken, um diese Hinterlandsicherung dann Stück für Stück zu übersehen, sie durch Gewohnheit zur Nebensächlichkeit zu erklären. An ihr lernten beide das Ignorieren, an ihr entlang konnten sie Tag für Tag leben, ohne noch die Absicht zu spüren, die Grenzziehung in Frage zu stellen oder eine Revolution zu ihrem Niederriß zu planen. Sie richteten sich ein mit ihr. Anton verfolgte immer weniger Spione, die ins feindliche Lager wechselten, Weltpolitik wurde für ihn so etwas Abzuhakendes wie die tägliche Morgentoilette. Nadja glühte im Klavierspiel, verschleuderte ihre Leidenschaft. Und während Anton sich immer wieder selbst darin bestärkte, es doch alles richtig gemacht zu haben, in dem Spielraum, der ihnen geblieben war, und weiterhin alles dafür zu tun bereit war, daß sich nichts veränderte, spürte Nadja mehr und mehr, wie ihr Herz unterm Eis schlug, und wie ihr zugleich die Kraft ausging, es in der Kälte weiter am Schlagen zu halten.

II

Sie spürte einen Luftzug, mehr nicht, der vorbeizog und für Sekunden die Bilder in ihrem Kopf, die sie für überdauernd gehalten hatte, durcheinanderwarf. Hätte man sie in diesem Augenblick gefragt, wo sie herkam, sie hätte nicht sagen können: Moskau oder Jaroslawl oder Berlin. Sie fand den Namen ihrer Mutter, ihres Vaters nicht. Sie hatte vergessen, wie sie hierhergekommen war. Sie setzte sich ans Klavier, legte die Hände auf die Elfenbeintasten und suchte in sich nach so etwas wie einer Melodie, aber da waren nur Schnipsel, zusammenhanglose Töne. Sie stand auf, ging in die Küche, das Zimmer der Wohnung, das ihr am deutlichsten davon erzählte, was sie in ihrem Leben alles nicht gemacht hatte, sie räumte in ruhigen, präzisen Bewegungen das Geschirr aus den Oberschränken, das Besteck aus den Schubladen, die Töpfe aus dem Unterschrank. Sie betrachtete das Inventar, als plane sie, es für die Nachwelt einzuteilen. Dann räumte sie die Töpfe und das Besteck wieder zurück, es eignete sich für ihre Sache nicht. Sie ging sehr ruhig und klar vor, da war nichts von einer Rachsucht oder etwas Kleinherzigem. Sie trug das Geschirr auf den Balkon, schaute vom dritten Stock hinunter auf die Straße und warf die ersten drei Teller. Die stürzten zu Boden, zerschellten mit einem gestaffelten Knall, der etwas von einem Kavallerieschuß hatte, die Splitter flogen weit über den Bürgersteig. Nadja entledigte sich drei weiterer Teller, dann probierte sie eine Tasse aus, die sich eifrig in der Luft drehte, als studiere sie im Fall noch

Möglichkeiten, sich selbst aufzufangen. Die Untertassen klirrten nur dürftig. Ein Suppenteller zerbrach auf den bereits liegenden Scherben in zwei Teile. Schon waren die Nachbarinnen zugegen und kommentierten hinter vorgehaltenen Händen und Gardinen das Dilemma. Es war kein schöner Krach, aber es war Krach, und Nadja genoß es, ihn zu verursachen.

Senta erbte demnach weniger Teller oder Tassen. Sie erbte eher größere Bestände an ungelebtem Leben. Dann übernahm sie von Anton die einfache Hoffnung, daß man selbst in Horoskopen noch Orientierung finden konnte. Daß es hilfreich war, an Bestimmungen zu glauben, die gleichwohl aus dem Stand der Sterne, den zahlreichen Häusern oder irgendwelchen Konjunktionen herauszulesen waren. Es ging um den kleinen Moment der Bestätigung, nicht aus der Welt gefallen zu sein. Auch Senta kannte den drängenden Wunsch, alles richtig zu machen, niemanden zu enttäuschen, ohne jemals klar vor Augen zu haben, worin das Richtige bestand oder andererseits die Enttäuschung. Aber vor allem schaffte sie es, und das war ihre Kunst, aus dem Mangel eine Fülle zu generieren, einfach weil sie fünf Kinder gebar und somit dem umfassenden Gefühl, einsam zu sein, eine Quirlhorde Lebendigkeit entgegensetzte.

Daß all das dazu dienen sollte, die unerklärliche Angst in Grenzen zu halten, die sie natürlich ebenso mitgeerbt hatte, das verstand Senta erst, als eine Wahrsagerin, die sich damals schon professionalisiert ›Lebensberaterin‹ nannte, einen knappen Blick auf das Rad ihrer Sterne warf und ausrief: »Der Nebelwerfer im vierten Haus, im Quadrat zu Ihrer Sonne im ersten, mein Gott, wie tappen Sie durchs Leben, in halber Umnachtung, Sie lunare Persönlichkeit! Sie haben ein schlechtes, ein sehr schlechtes Gedächtnis, es hält Sie vom Erinnern ab, aber ich sage Ihnen, machen Sie sich auf ewige Wiederholung gefaßt.« Danke, sagte Senta damals, mehr beeindruckt von der mütterlichen Fürsorge, mit der die Dame sie wachrütteln wollte, als daß sie die Richtigkeit der Einsicht bestochen hätte. Erst Jahre später, nachdem sie eine erste Wiederholung eingeholt hatte, wußte sie die Weitsicht der Fremden zu bewundern. Leider weilte die Dame da schon in einem anderen Universum, in das Senta ihren zweiten Dank nur hätte übermitteln können unter Zuhilfenahme eines obskuren Mediums mit glühenden Handflächen.

In Mesopotamien war der Mond, Sin, noch männlich und sogar mächtiger als Schamasch, der Sonnengott. Erst in der griechischen Mythologie gab es Selene, die Schwester des Helios, ihres Zeichens Mondgöttin, Herrscherin über den Rhythmus der Natur, das Meer, lange Reisen, die Körperflüssigkeiten sowie die Organe, die sie hervorbringen. Daß ein Erbe auch eine Flüssigkeit sein konnte, war Senta lange nicht gegenwärtig. Es war durch jeden ihrer Vorfahren hindurch geflossen, es hatte sich angereichert, es war weitergezogen, es war eine dicke, zähflüssige Suppe, mitunter schon ordentlich verseucht, aber es gab keine neue, einfach irgendwo zu kaufen, es floß in sie hinein, sie war einfach nur ein weiteres Gefäß in einer Folge von Gefäßen, es füllte sie auf, fand seinen Weg, ließ sie durstig oder besoffen werden, je nachdem, wozu es gerade bereit war, in seinen Fluten taumeln oder ruhig dahintreiben. Durch geschickte Manöver schloß es, so Sentas Eindruck, aus, daß sie zu einfach an ein Ufer kommen konnte. Sie hatte sich seinem Wellengang angepaßt, seiner Ebbe und Flut, und lernte mit den Jahren, daß nicht sie es war, die Entscheidungen traf, handelte, sprach oder träumte, sondern dieses Gewässer, das das Strandgut ihrer Vorfahren mit sich führte.

Nachdem Nadja den Scherbenhaufen auf dem breiten Bürgersteig noch einmal angeschaut hatte, zugleich das Klingeln an ihrer Haustür ignorierte, setzte sie sich ans Klavier und spielte in fast vollkommener Ruhe Mozartsonaten. Die hatten sie zeitlebens gelangweilt. Aber jetzt entsprachen sie ihrer Gemütsverfassung. Nach zwanzig Sonaten hörte sie auf, öffnete den Deckel des Klaviers, sie mußte nicht suchen. Sie fischte das Portrait des Mannes heraus, den sie nach wie vor über alles in der Welt verehrte, sie brachte ihm die Zuneigung eines Kindes entgegen, im Grunde bedingungslose Liebe, in der stillen Hoffnung, etwas in der Art von ihm zurückzubekommen. Über die Jahre hinweg, nach seinem Tod, hatte sie beharrlich alle Aufklärungsversuche ignoriert, die Historiker betrieben, damit gerade Menschen wie sie ihre Meinung über diesen Mann änderten. Es war keine Ignoranz, im Gegenteil.

An dem Tag, an dem Nadja spürte, daß ihre Stunden gezählt waren und sie mit dem Bild des Mannes, der so freundlich dreinschaute, am Fenster des Berliner Zimmers die Zeit verstreichen ließ, an diesem Tag lehnte Senta einige Kilometer weiter im Zentrum der Stadt in den Armen eines Mannes, hinter ihnen einer der eher unauffälligen Übergänge. Dieser Übergang wirkte eilig zusammengezimmert, trotzdem grundsolide und für eine separatistische Ewigkeit gebaut.

Senta hielt nicht wie ihre Mutter ein Bild in den Händen, sondern Gregors wahrhaftigen Körper, sie spürte seine kantige Festigkeit, seine muskulöse Präsenz unter dem groben Strickpullover, dem Leinenhemd. Er trug einen Elbsegler, der an eine Baskenmütze erinnerte, er wirkte wie ein Kapitän, der gleich sein Schiff bestieg, ohne Zweifel überzeugt davon, noch einen neuen Kontinent entdecken zu können. Er hatte den Beschluß gefaßt, die Seite zu wechseln, endlich die muffige, bewegungslose Bundesrepublik zu verlassen, in deren Fundamenten sich gerade die einzumauern schienen, die aus dem Krieg das größte Schweigen mitgebracht hatten. Gregor, der maritime Mann in Sentas Armen, hatte beschlossen, nicht in diesem Schweigen und dem mühsamen Protest dagegen säuerlich zu werden, schlußendlich zu versauern. Er wußte, daß es Leichtsinn war, er mochte dieses Spielerische, das im Leichtsinn steckte, er spürte eine unbändige Kraft in sich, er hätte Steine verschieben können, ganze Mauern aufbrechen, er wollte diese Kräfte nur zu einem Zweck einsetzen: den realen Sozialismus siegen zu lassen. Er war erfüllt von einer Zuversicht, einem unangenagten Glauben, daß die Welt veränderbar war, daß Paradigmenwechsel nicht an Generationen, daß selbst Revolutionen an die Taten einzelner Menschen gebunden sein konnten. In seiner Brieftasche steckte seit Jahren ein Zettel, auf dem stand, daß Cervantes, als er in die Neue Welt wollte, nach Neuspanien, vom König auf seinen Antrag geschrieben bekam: Sagt ihm, er soll sich hier einen Job suchen.

Er übersah Sentas Tränen nicht, er hielt sie fest, wußte um ihr Anlehnungsbedürfnis, das in den letzten Tagen ihres Zusammenseins zu einer einzigen, eher symbiotischen Umarmung geworden war. Er tröstete sie, neckte und küßte sie, er versuchte immer wieder, sie zu überreden. Ihr Blick ging bis zur Mauer, zur unverputzten, grauen Kuppe, überhaupt ein Grau in Grau. Sie verfolgte die Spiralen des Stacheldrahtes darüber. Am Übergang standen Grenzer, Polizisten, eher kleine Männer, die zu kindlich für ihre Aufgabe wirkten, einen Staat zu sichern, dafür umso eifriger damit beschäftigt, mit ihren Maschinenpistolen und Uniformen kampfbereite Autorität auszustrahlen. Zwischen ihnen die Schlagbäume wie verlängerte Arme.

Sie sah die rußgrauen Häuserwände auf der anderen Seite der Stadt. Sie ahnte hinter der Wand den Todesstreifen, der sich ihrer Auffassung nach eindeutig gegen das Volk richtete, das mit ihm leben mußte. Das sagte sie immer wieder zu Gregor. Und Gregor verstand es, diese Sichtweise umzukehren. Er empfand den Westen als Bedrohung, die glatte, unscheinbare, später sogar verzierte Mauer als den größeren, weil verharmlosten Makel, das Verdrängen und die daraus resultierende Oberflächlichkeit als den härteren Gegner. Das scheinheilige Pflaster des Konsums. Der Glaube an die heilige Arbeit. Ans märchenhafte Wachstum, alle würden doch nur ignorieren, wo es schmerzte. Nichts verabscheue er mehr, sagte er, und: »Glaube ist heilbar.« Sie entgegnete: »Das interessiert mich nen feuchten Kehricht.« Er sagte: »Es gibt größere Aufgaben im Leben als unsere.« Sie erwiderte: »Aber warum mußt gerade du dich ihrer annehmen?« Es ging hin und her zwischen beiden, ohne daß Senta ihren Kopf von Gregors Schulter löste, und ohne daß sie ihm die Wahrheit sagte. Sehr einfach hätte sie ihren Trumpf ausspielen können, um ihm den Wind aus den Segeln zu nehmen, um ihm sein Weggehen schwierig zu gestalten. Aber ein kleiner Zweifel, eine Sorge um das Geheimnis, das auch für sie noch ein junges Geheimnis war, hielt sie davon ab. Eine kleine Bohne noch, mehr nicht, aber trotzdem schon ein Lebewesen. Sie konnte das nicht aussprechen, sie wußte auch nicht warum, sie suchte immer wieder nach Formulierungen, aber keine erschien ihr passend. Ich trage dein Kind unter meinem Herzen. Schrecklich, so hätte es ihre zur Theatralik neigende Mutter wohl ausgedrückt. Sollte sie sagen: Meine Blutungen sind seit drei Wochen überfällig. Mit solchen Belanglosigkeiten wollte sie Gregor nicht belasten. Das ging ihn nichts an, das war ihre Sache. Es könnte sein, daß ich schwanger bin. Noch am ehesten. Aber was ihren Widerspruch wachrief, war die Instrumentalisierung dieser Bohne. Des Lebewesens, das irgendwie noch kein Mensch war, aber dessen Leben schon dafür verwendet werden sollte, eine Entscheidungssituation zu beeinflussen.

Sie sagte nichts. Sie ließ ihn los und gehen, winkte ihm nicht mehr nach, stand nur da und sah ihn verschwinden, sah das alles verschwommen und zugleich voller Selbstekel, denn auf der Straße zu stehen und zu weinen war etwas, was sie schwächlich und melodramatisch fand. Mit entschlossener Ruppigkeit wischte sie sich das Nasse aus den Augen, sah, wie Gregor an das Kontrollhäuschen trat, seinen Personalausweis vorzeigte, wie er wartete, sehr lang wartete. Sie sah, wie er das Papier wieder entgegennahm und Schritt für Schritt, auch ohne sich noch einmal umzudrehen, im anderen Teil der Stadt verschwand. Für ein Auto öffnete und schloß sich der Schlagbaum. Als er in seine Auffangkuppe schlug, war es Senta, als hätte es einen Schnitt durch die Luft gegeben. Von diesem Tag an, im Frühsommer 1967, hörte sie bis zum Winter 1989 nichts mehr von ihm, dem leiblichen Vater ihrer ersten Tochter. Sie schloß dieses Bild in sich ein und ging vom Grenzübergang fort. Sie begann auf dem Rückweg ein stilles Gespräch mit ihrem Vater, der ihr und ihrem Bruder Peter gegenüber immer wieder betont hatte, was für ein Glück sie gehabt hatten, damals Moskau den Rücken gekehrt zu haben, gerade noch im rechten Moment, denn so hätten sie nie unter Willkür und Verfolgung gelitten, den Krieg hier überlebt, was er als Beweis genug betrachtete, die richtige Entscheidung getroffen zu haben. Nicht diese Nostalgie, die ihre Mutter pflegte, dieser mollschwere Aberglaube daran, daß sie an einem anderen Ort ein anderes Leben gehabt hätte. Stimmt, sagte sie in Gedanken zu ihrem Vater und spürte in dem Moment, wie grenzenlos ihre Bewunderung für Anton war, ich weiß noch, wie es ist, auf Holz zu kauen, an einem viel zu kleinen Feuer zu frieren. Aber alles besser als einem unberechenbaren Herrscher ausgeliefert sein, einem wahnhaften Despoten, der eine Religion mit sich als Gleichgöttlichkeit zum Staatsmodell erklärte.

Ihr Vater war ein Realist. Diese pragmatische Haltung zum Leben lag ihr näher als die mütterliche Welt der Illusionen.

Während Nadja am Fenster stand und auf ihren Herzschlag hörte, der immer unregelmäßiger kam und ging, wie es ihr schien; während dieser schockähnlichen Starre, in der Nadja gefangen war, stieg ihre Tochter in eine der frisch ausgebauten U-Bahnen, um zurück nach Charlottenburg zu fahren, in die Wohnung ihrer Eltern. Im Rattern und Quietschen, im Murmeln fremder Stimmen, zwischen Zigarettengeruch und Salbeibonbonatem beschloß sie, ihrer Mutter die Wahrheit zu sagen. Nicht unbedingt die ganze Wahrheit, das war nicht notwendig. Sie kam zu der Überzeugung, Gregor und seinen Seitenwechsel außen vor zu lassen. Sie wollte ihrer Mutter sagen, daß sie schwanger war, unter Aufwartung ihres gesamten Selbstbewußtseins ihrer Mutter in die Augen schauen und sagen, daß sie das Kind zur Welt bringen würde. Ein Vater dazu würde sich finden lassen, das wußte sie.

Einige Minuten bevor Senta am Haus ankam, im 12-Uhr-Glockengeläut der nahe stehenden St.-Johannes-Kirche das zertrümmerte Porzellan betrachtete, ohne es mit ihrer Mutter in Zusammenhang zu bringen, hatte Nadjas Herz das letzte Mal geschlagen. In einem Augenblick panischer Gegenwärtigkeit hatte sie darauf gewartet, daß es einfach immer so weiterginge mit dem Schlagen, wie sie es gewohnt war, anders konnte es doch nicht sein. Dann hatte eine Ohnmacht ihr das Bewußtsein genommen. Nadja rutschte vor dem Fenster des Berliner Zimmers auf den Boden, ohne noch zu wissen, daß sie Stalins Bild festhielt.

Senta betrat das Wohnzimmer vom Flur aus, blieb im Türrahmen stehen, sah von dort nur die Füße ihrer Mutter in ihren Hausschuhen, die Fesseln unter dem hautfarbenen Nylon, ihr Körper ansonsten verdeckt durch die Bettcouch, die tagsüber ein passables Sofa war. Senta spürte, wie ihr Herz unregelmäßig zu schlagen begann, jedoch doppelt so schnell, als wisse es um die letzten Minuten des mütterlichen Herzens und suchte nach helfendem Ausgleich. Sie sah den offenen Deckel des Klaviers, darin die obersten Drähte und Kolben, all das technische Zeug, das mit seinem Klang nicht in Verbindung zu bringen war, den weit abgerückten Hocker und das geschlossene Breitmaul. Ein Vogelzwitschern von draußen, das viel zu liebliche, fast stumpfsinnige Taubengegurr, ihr eigener Atem, wie er nur in die halbe Lunge hineinreichte, darunter saß irgendetwas. Ist der Tod noch im Raum, scheint die Zeit stillzustehen, dieser russische Kalenderspruch fiel ihr ein. An ihm hielt sie sich fest. Um von dort zum nächsten Gedanken zu klettern. Sagte man nicht, Spiegel könnten Risse bekommen, Bilder von den Wänden fallen, fast eher noch als Uhren stehenblieben. Niemals einen Spiegel im Raum, in dem ein Mensch gestorben ist. Sie sah sich um, entdeckte keinen, eine kurze Erleichterung. Dann fror sie wieder ein in der Zeit, im Betrachten der Pantoffelsohlen, des Nylons, der Zartheit der mütterlichen Fesseln. Sie wünschte ihren Vater herbei, ihren Bruder, sie rief leise ihre Namen, ließ Minuten im Herbeisehnen von Hilfe verstreichen und spürte nach einer langen Zeit, vielleicht einer halben, dreiviertel Stunde, daß es richtig war, daß sie hier bei ihrer Mutter war, allein. Sie sammelte ihren Mut zusammen, der angesichts der Unbegreiflichkeit bei jedem Menschen auf ein Minimum zusammenschrumpft, und ging Schritt für Schritt ins Zimmer hinein. Sie rückte das Sofa vom Fenster weg, sie spürte, wie der Körper ihrer Mutter ganz auf den Boden sank, sie mußte in diesem schmalen Korridor zwischen Fensterbrett und Sofarücken gestanden, sich weder hingesetzt noch anderweitig ausgeruht haben, und Senta überflutete das Gefühl, daß der Moment, in dem man starb, der Art entsprach, wie man lebte, zumindest bei Nadja war es so. Senta rückte die Couch noch weiter ins Zimmer hinein, bis sie einen Arm ihrer Mutter zu Boden fallen hörte, Knochen auf Holz, kein Teppich dazwischen. Sie schloß die Augen, sie hatte zuviel Mitleid mit ihrer Mutter. Es war eine Traurigkeit, die sich ausschließlich auf Nadja bezog. Die nichts Selbstmitleidiges enthielt, und sie warf Senta mit der Wucht einer Welle um. Hinter der Trauer blitzte der Gedanke auf, daß es nur half, ihrer Mutter zu helfen, daß Mitleid und Nichtstun eine fatale Mischung waren, und sie öffnete mit einer Entschlossenheit die Augen, die so groß war, wie ihr Gegenspieler hier im Raum groß war, und schaute hinter das Sofa. Dort lag Nadja und sah aus, als sei sie nur ungünstig hinter dem Möbel umgefallen und stehe gleich wieder auf. In der Hand den dauerlächelnden Stalin, nach dem Senta zuerst griff, um ihn zurück ins Klavier zu legen. Aber auf dem Weg dorthin erschien ihr das als das Überflüssigste, was sie je gemacht hatte, und sie drehte um und kniete neben ihrer Mutter nieder. Sie strich mit der flachen Hand über die Augenlider, spürte die Wimpern und wie sie sich schlossen, sie hatte nur eine Zehntelsekunde den leeren Blick aufgefangen, der das Unheimlichste an allem war, und sie begann sich zu sagen, daß jeder Handgriff half, wenn er nur im vollkommenen Bewußtsein seiner Durchführung durchgeführt wurde. Senta griff nach Nadjas Handgelenken und legte die Arme links und rechts eng an den Körper. Sie streckte Nadjas Beine, strich ihren Rock glatt und die Strickjacke über der Bluse. Sie richtete den Kragen ihrer Mutter, berührte dabei die weiche Haut am Hals, wie sie sie vielleicht zuletzt als Kind berührt hatte. Sie strich ihr das Haar aus der schon kühlen Stirn, zog ein Kissen vom Sofa und bettete Nadjas Kopf darauf. So saß sie lange unterhalb der Fensterbank in der Nähe der Toten, deren Haut heller zu werden schien, das Blut eher lilabraun als blaugrün in den Adern. Das Licht

hinterm Fenster verschwand, und je dunkler es wurde, desto einfacher fiel Senta das Sprechen. Sie erzählte ihrer Mutter von dem Kind, das sie in sich trug, davon, daß sie für dieses neue Leben sorgen, ihm ein Zuhause geben wollte, wie sie es selbst, und Nadja, nie gehabt hatten. Kein geliehenes, vermeintliches. Keines, in dessen Keller man sich zu verstecken hatte, an dessen naßkalte Wände man sich preßte, längst schon in der Bereitschaft, einfach loszulassen, was sollte das noch hier. Nein, eines, das solide und unverrückbar war, Mauern, eine Burg. Das von der Eingangstür bis zum Dach uneinnehmbar war wie der Hochsicherheitstrakt einer Bank. Ein Haus, in dem Platz war für viele weitere Kinder, die in diesem Luxus aus Frieden und Überraschungslosigkeit aufwachsen konnten. Senta sah die immerzu dunkel umrandeten Augen ihrer Mutter, von der Müdigkeit befreit und friedlich geschlossen, seit sie sich auf keine Bühne mehr sehnten, an keinen anderen Ort, in keinem tieftraurigen Lied sich mehr verlieren konnten. Sie hielt ihrer Mutter die Hand, bis ihre Körperwärme in der Kälte verglomm. Es war vollständig dunkel. Und als sie das bemerkte, kam das Unheimliche zurück, das Schaudern, das die Nachtseite und ihre Übergröße auslöst, und Senta faßte den Beschluß, daß etwas zu tun war: Sie ging in die Küche, den Essig, und ins Bad, das Kölnisch Wasser suchen. Auf dem Weg schaltete sie alle Lichter und Lampen an, die es in der Wohnung gab, und entledigte sich des viel zu milde lächelnden Stalins. Sie zerriß ihn in vier Teile und spülte ihn in der Toilette hinunter.
Als Anton am Abend nach Hause kam, hatte Senta ihre Mutter auf dem dünngelaufenen Teppich in der Mitte des Zimmers gewaschen und eingerieben, ihr aus Handtüchern und einem Stück wasserundurchlässigem Stoff eine Windel gefertigt, denn sie hatte sich daran erinnert, daß Menschen auch noch Blase und Darm entleeren konnten, wenn sie tot waren. Sie hatte Nadjas Fingernägel gesäubert, ihr die Haare

gebürstet und gelegt, das Kinn nicht unansehnlich hochgebunden, sondern ein Knäuel aus Stoff so plaziert, daß es das plötzliche Aufklappen des Kiefers unmöglich machte. Sie hatte dieses Knäuel geschickt mit einem Halstuch kaschiert und im Kragenausschnitt von Nadjas bester Seidenbluse versteckt, ihr eines ihrer wollenen 30er-Jahre-Kostüme über den viel zu schnell sich versteifenden Körper gezogen, dunkle Strümpfe und hohe Schuhe, die sie mit aller Kraft über die ausgeprägten Schiefzehen-Beulen an den Fußknöcheln gestülpt hatte. Sie hatte über der schweren Arbeit, die das war, immer wieder ihre Trauer beiseite schieben können, den Schmerz in ihrer Brust, bis sie schließlich tief ein- und ausatmen mußte, als sie Nadja mitsamt dem Teppich in Antons Schlafzimmer zog. Dort wuchtete sie unter Aufbringung ihrer letzten Kräfte die Mutter auf das niedrige, schmale Bett, sortierte ein letztes Mal ihre Kleidung und ihr Haar, spürte, wie die Erinnerung an den Tod und seine Übermacht unter der Geschäftigkeit hervorkroch, und küßte ihre Mutter zum Abschied auf die Stirn. Nadja hatte Senta ins Leben hineinbegleitet, das mindeste, was sie tun konnte, war, ihre Mutter aus dem Leben hinauszubegleiten. In dieser Weichheit, auch bedingt durch die ersten Schwangerschaftshormone, die ihren Körper überschwemmten, verzieh sie ihrer Mutter die ewige Schwermut, die daraus erwachsende Unnahbarkeit, die Fremdheit, die Antons, Peters und ihr Leben geprägt hatte. Einen kurzen Moment lang wünschte sie, den Stalin nicht zerrissen zu haben. Er gehörte zu Nadja wie jedes Lied, das sie hatte singen können. Senta ging zurück ins Berliner Zimmer, schaute in die offene Klappe des Klaviers, in der Hoffnung, dort einen weiteren Stalin zu entdecken, fand aber nur einen kleinen Brief ihrer Mutter an ihren Vater. Sie entzifferte die verschnörkelten Bilder der Handschrift, Buchstaben als Heimat, und fand, daß dieser Brief es verdiente, in den Händen der Mutter zu liegen, viel besser als ein Schwerverbrecher. Dieser kleine Zettel, der einmal über dem Klappbett im staubigen Noten-Antiquariat der Tante Ingje gehangen hatte. Senta faltete ihn und schob ihn Nadja zwischen die übereinandergelegten Hände, ohne sich im geringsten an die mäkelige Tante oder deren picobellosaubere Wohnung zu erinnern, aus der sie gemeinsam, dank Antons Organisationsgeschick, kurz nach ihrer Ankunft aus Moskau wieder ausziehen konnten. Senta schaute ihre Mutter ein letztes Mal an, öffnete beide Flügel des Fensters, zog die Vorhänge dazwischen und schloß die Tür.

Und dann ging sie, mit einer Kraft, die sich aus dem reinen Funktionieren speiste, den Mann suchen, der ihr in den Gängen der Universität schon zweimal so etwas Ähnliches wie einen Heiratsantrag gemacht hatte.

Als Gregor zum ersten Mal die Wohnungstür geöffnet hatte, die Ärmel seines Hemdes hochgekrempelt, war Sentas deutliches Gefühl, von diesem Mann zugleich angezogen und abgestoßen zu werden. Er war gefährlich. Seine Unterarme muskulös. Sein Lachen breit und ohne Vorbehalte. Genüßlich, fast naiv, so wirkte es. Später sah sie, daß er zu begeisterungsfähig und in seinen Leidenschaften zu beharrlich sein konnte, um nur naiv zu sein.

Die kastanienbraunen Haare wuchsen ihm in einem kräftigen Wirbel aus der Stirn. In seinem Gesicht war alles groß: die Nase, die dunklen Augenbrauen, die Augen. Er war entschlossen, friedensbewegt, theoriefest. So hatte Michael es ausgedrückt, als er Senta von seinem neuen Mitbewohner erzählt hatte. Gregor war in der DKP oder in der Jugendorganisation der Kommunisten engagiert, er redete in Rätseln oder zumindest in Wendungen, die sich aus seinem außerordentlichen marxistisch-leninistischen Grundlagenwissen speisten, er piesackte Michael für sein Interesse an guten Weinen, schmackhaftem Essen, französischen Filmen und schönen Frauen. Selbst, wenn sie sich am Ende des Flurs oder im Bad oder nachts vor dem Kühlschrank trafen, verkniff Gregor sich keine spitze Bemerkung. Es juckte ihn in den Fingern, wie er sagte, die demonstrative Hinwendung seines Mitbewohners Michael zu den Oberflächlichkeiten des Lebens in Frage zu stellen. Michael erinnerte ihn dann nonchalant daran, daß er der Hauptmieter war und meist den Kühlschrank füllte, vor dem sie gerade standen. Woraufhin Gregor erwiderte, daß er irgendwann in nächster Zeit den Beweis antreten werde, daß es sich von anderen Dingen als von einer Suppe leben ließe. Gregor war sich sicher, eines Tages zumindest Berufsrevolutionär zu werden. Seine Standfestigkeit schien sich aus der Tatsache zu speisen, daß schon sein Vater ein verfolgter Kommunist gewesen war, bis die Familie hatte untertauchen können, und die letzten drei Kriegsjahre bei entfernten Verwandten in einem Ort im Schweizer Wallis überstanden hatte. Seine Mutter war immer in seiner Nähe geblieben, sein Vater hatte die Schule ersetzt, ansonsten war er durch das Leben auf dem Hof erzogen worden, eine Horde von meist zehn Kindern aller Altersstufen, so erzählte er es Senta bei einem ihrer ersten Treffen, bei dem Senta schon die Heimlichkeit genoß, obwohl es eigentlich gar nichts zu verheimlichen gab. Erstaunlich genug, eine glückliche Kindheit, der Krieg war nicht mehr als eine abstrakte Bedrohung irgendwo jenseits der Wallis-Grenzen gewesen, und Senta sog die Bilder der Berge, des Himmels, der kristallenen Luft auf und bettete Gregor wie eine Art Wilhelm Tell darin ein.

Er bewohnte die langgezogene Kammer neben der Küche und nannte sie seinen Ho-Chi-Minh-Pfad. Im Flur hingen Kabelbahnen unter der Decke, ein Funzellicht erhellte ihn nur geringfügig, dunkelbraune Türen und ein Läufer auf den ochsenblutroten Dielen. Bei allen Malen, die Senta die Wohnung betrat, nahm Gregor ihr Gesicht in seine Hände, zog sie zu sich, ihr Rücken an der Wand. Er küßte sie an Ort und Stelle auf den Mund. Das tat er auch, wenn Michael zugegen war, den sie eigentlich besucht hatte. Gregor war nicht viel größer als sie, seine Lippen immer warm, sein ganzer Körper ein heizendes Kraftwerk, hinter ihm die überstrichene Blumentapete, das windschiefe Regal, Habermas, Engels, Kant, seit Gregor eingezogen war auch noch seine Mao-Bibel, und er sagte leise: »Es ist soweit.« Sie starrte nur den Kant an, *Kritik der reinen Vernunft, Kritik der praktischen Vernunft, Kritik der Urteilskraft*, was für Ratgeber, wenn der Mann, in den sie sich – das wurde ihr im Angesicht seiner entschlossenen Ankündigung klar – hingebungsvoll bis zur Selbstaufgabe verliebt hatte, bald verschwand.

»Könnten wir über was anderes reden«, flüsterte sie zurück. Der Leichtsinn, den sie in seiner Überzeugtheit aufzuspüren meinte, verunsicherte sie am meisten.

»Die meisten muß man zu ihrem Glück zwingen.«

»Danke.«

Sie entzog sich seinen Händen, tauchte unter seinen Armen hindurch, nahm drei, vier Schritte Abstand zu ihm auf. Eine Hand am Bücherregal, aber es bewegte sich leicht, es wurde nur noch durch die Weltveränderungswerke vom Umfallen abgehalten. Sie schaute ihn an. Sie versuchte, sich darauf zu konzentrieren, ihm nicht auszuweichen. Aber sie wich schon aus, während sie noch das Gegenteil übte. Sie wünschte, sie hätte die Fähigkeit behalten, die man doch irgendwann in seinem Leben mal hatte haben müssen, an eine romantische, ewige Einigkeit zwischen zwei Menschen zu glauben. Die Desillusion mußte so schleichend passiert sein, daß sie keinen Schmerz darüber verspürte, eher Scham, dieses Gefühl nicht zu haben oder nicht herstellen zu können. Die Nacktheit der Realität kam ihr nicht unangenehm vor. So war es halt. Nur ein Mensch, der sich was vormachen konnte, konnte glauben, daß ihre Beziehung diesen Ortswechsel heil überstehen würde. Gregor würde einfach weiter seinen Weg gehen. Aber sie hätte dann das schollengroße Eiland Heimat aufgeben, zu dem sie West-Berlin für sich gemacht hatte. Die nachhaltigste Irritation war, daß sie für ihn etwas aufgeben sollte, während er für sie nichts aufzugeben bereit war. Noch unsicher war sie in dieser Art des Denkens, es glich zu sehr den geronnenen Redewendungen, die sie in der Uni hörte, auf eine unangenehme Weise verbunden mit Frauen, die in der schlichten Neutralität ihrer Kleidung und mit ungeschminkten Gesichtern ihre Weiblichkeit zu verstecken suchten, die allesamt Schnelldenkerinnen waren, deren Redefluß selten zu stoppen war, die aber berechnend, kühl und oftmals arrogant wirkten, unnahbar, Senta konnte sich mit ihnen nicht befreunden.

Er sei avisiert, hatte er ihr erzählt. Das klang groß, großartig, das klang nach einem Staat in Person eines freundlichen Menschen, der die Arme öffnete und sich freute, Gregor in Empfang zu nehmen. Senta verstand seine Begeisterung, als er ihr das gesagt hatte. Man erwartete ihn. Er würde geschult werden. Vorbereitet. Um als einer der großen Revolutionäre endlich und dauerhaft die Menschheit zu retten.

Michael betrat den Flur freundlicherweise erst, als Senta in sicherem Abstand zu Gregor ihre Fassung wiedergewonnen hatte. »Gehen wir aus?«, fragte er und gab ihr einen Kuß auf die Wange.

»Ja«, sagte sie, schaute wieder auf den Kant, Engels, Habermas, keine Rettung in Sicht, sie sagte: »Ich wollte nur die *Protestantische Ethik* zurückgeben und dich fragen, ob wir nachher die Weber-Seminararbeit fertigschreiben?«

»Natürlich«, sagte Michael in seiner einfachen, rheinischen Art. Er hatte die Hände in die Hosentaschen geschoben, trug wie immer ein blaues Hemd, Pullunder, Anzughose, solide, manchmal knartschende Schuhe, die regelmäßig neu besohlt und ebenso regelmäßig blankgeputzt wurden. Sein Blick ruhte auf ihr, das sah sie, untergründig etwas nervös, aber irgendwie auch selbstgewiß, als ahnte er, daß die Frau, die er beharrlich, aber dezent umwarb, sich in naher Zukunft gegen den Revolutionär und für ihn entscheiden würde. Sie hatte Gregor um Stillschweigen gebeten, selbst verwirrt davon, daß es ihr ein Anliegen war. Michael sollte nicht wissen, daß sie mit Gregor geschlafen hatte. Daß er der erste Mann gewesen war, dem sie sich hingegeben hatte. Sie spürte, daß an diesem Abwägen und Jonglieren mit der Zuneigung zweier Männer etwas nicht in Ordnung war, daß in ihrem Verhalten eine seltsam kühle Schachspielmentalität mitschwang, sie redete sich die Zweifel aus, indem sie sich daran erinnerte, als Frau in dieser Zeit nicht wirklich die Wahl zu haben, selbstbestimmt zu leben. Es schien ihr ein Recht zu sein, zu schauen, daß sie eine gute Partie machte und nicht plötzlich schwanger und ledig dastand, auf lange Zeit abhängig von ihren Eltern.

Michael ging zurück in sein Zimmer, schloß die Tür. Ein Stich wie eine Zurückweisung. Und für Gregor ein Zeichen, ihr wieder nahe kommen zu dürfen. Senta sah Michael am Schreibtisch sitzen, über ein Buch gebeugt, wie er konzentriert und bei der Sache war und doch auf sie wartete. Sie sah sich neben ihm sitzen, immer um ein paar Zentimeter Abstand bemüht und dennoch angenehm angezogen von seiner körperlichen Präsenz, wie er sich kleidete, wie er roch, seine ganze gepflegte Erscheinung.

Nur blieb er, allem zum Trotz, in ihrer Vorstellung ein Mann ohne Konturen, ohne Leidenschaft.

Gregor griff nach ihrer Hand und sagte: »Pack endlich deine Sachen.«

Sie standen sich gegenüber, sie spürte, wie er mit seinen Fingern die ihren umhakte.

»Denn, weißt du was«, sagte er und lächelte sie an. Und statt zu sagen, was nicht gesagt werden mußte, küßte er sie, warm, weich, verloren, sehnsüchtig. Und sie küßte ihn und spürte das erste Mal in ihrem Leben, wie sich das anfühlte, in einem anderen Menschen ganz aufgehoben zu sein.

Sentas Vater hatte zu Beginn seiner Karriere auf *Der Letzten Seite* einfach immer so dahingeplaudert, es war noch nicht wieder in Mode gekommen, in die Sterne zu schauen, auf Vorhersagen zu hoffen oder sogar an sie zu glauben. Die Wissenschaften hatten sich solide zweigeteilt. Ernstzunehmende Naturforscher waren die Astronomen, versponnene Mystiker die Astrologen. Solche kulturgeschichtlichen Finessen hatten Anton nie interessiert. Er hielt Umgang mit den Sternen und ihren Standorten in der pragmatischen Art, die ihm grundsätzlich eigen war. Er fand die Verläßlichkeit der Sterne, ihr Dasein am Himmel sympathisch. Sie konnten ihm nicht verloren gehen, sie waren berechenbar, frei von Überraschungen. Erst nach Nadjas Tod setzte ein Sog ein, der ihn in die verwunschenen Gänge der Interpretation hineinzog, ihn mehr und mehr zu einem Suchenden machte, ohne daß er den Grund für diese Bewegung verstehen konnte. Der Mensch verrät seine Natur durch eine Vorliebe für einen bestimmten Geburtsaugenblick. Solche Sachen hatte er leichtfüßig hingeschrieben, nun gab es Momente, da er das Erschütternde darin, die Macht eines Willens, nicht mehr übersehen konnte. Die Weltflucht, die er mit Leichtigkeit und fabulierender Kraft betrieben hatte und für die ihm seine Leser dankbar waren, funktionierte plötzlich nicht mehr, so, wie vor Nadjas Tod. Er begann, in den klassischen Werken zu lesen, hinab bis zur griechischen Mythologie, als fände er dort Abhilfe oder Trost. Beim Wiederaufstieg stieß er auf Thomas von Aquin, der gesagt hatte, daß die Sterne nur geneigt machten, nicht zwängen, und zitierte ihn erleichtert. Er bekam Leserbriefe, vornehmlich von Frauen, in denen er gebeten wurde, Lebenshilfe zu leisten, er kenne doch die Zukunft, die Vergangenheit, all das unerklärliche Tun und Lassen der Welt, eine besonders Beharrliche schrieb immer wieder, ob er ihr nicht endlich verbindlich sagen könne, wo sie noch den einen Mann fände, ob im Westen oder Osten, im Norden oder Süden, in Karlsruhe, Kiel oder Wanne-Eickel, allein sein Wort würde ihr helfen, genauso wie der Umzug an eben jenen Ort. Er begann solche Leserbriefe zu vernichten. Was fragten sie ihn um Rat, der sich doch selbst mehr als ratlos zu fühlen begann. Es erschienen Leute in der Redaktion, die mit seiner Sekretärin schon Treffen ausgehandelt hatten, die sich zu ihm einluden, ihm ihre Geburtsdaten plus minutengenauer Geburtszeit offenbarten, in der Hoffnung, er zeichne ihnen ein klärendes Horoskop, die Tierkreiszeichen reihum in Gelb, Grün, Rot und Blau, die Aspekte, gerade die konfliktreichen in einer tiefen Dunkelrot-Schraffur, die Mondknoten als geschwungene Us mit Knopfaugen, die Deklinationen, die Planentenstände, alles in einer schönen Schönschrift, um endlich ein Grundlagenpapier zur Selbsterkenntnis, zu allen Bewegungen des Schicksals, in der Hand halten zu können. Ein kleines Kunstwerk aus Zahlen und Zeichen, das man herumreichen und zeigen konnte: hier, das bin ich, da komm ich her, da geh ich hin. Sein Talent hatte sich herumgesprochen, und er wollte weniger und weniger damit zu tun haben. Er rettete sich an seinen Lieblingsplatz im Park, die steinernen Schachbretter, und wurde einer der konzentriertesten Spieler da draußen. Bis ihn auch dort Ehefrauen von Schachspielern ansprachen, weiß der Himmel, woher sie wußten, und er das erste Mal laut und deutlich sagte: »Da verwechseln Sie mich. Ich hab mit solchem Kram nichts am Hut.«

Er bekam etwas, das einem Anfall von Seekrankheit ähnelte, für dieses Nein. Ihm wurde übel, und er zitterte in einer unverhältnismäßigen Weise. Fast schon war er im Begriff, der Dame hinterherzulaufen und sie um Verzeihung zu bitten. Da schlug ihn sein Partner schachmatt und wünschte eine Revanche.

Später, als die Unsicherheit über die Art, wie es zu leben galt, wieder wuchs, die abstrakte Bedrohung einer mehrfachen Weltvernichtung konkrete Formen annahm, der Welthunger so groß wie das Wachstum wurde, der Einzelne sich ausdehnte, um sein individuelles Selbst zu behaupten, da begriff Anton, warum die Astrologie neben den fernöstlichen Religionen die Erkenntnishilfe der Stunde sein mußte. Sie stellte den Menschen ins Zentrum des Sonnensystems. Es hatte keinen kopernikanischen Rauswurf gegeben. Mond und Sonne, die zwei Lichter, drehten sich nur um den Einzelnen, um den einen orientierungslosen Menschen. Ein Horoskop war ein Pflaster, das man auf die schmerzende Stelle kleben konnten: Hier, hier stehen Sie, im Zentrum der Dinge, Ihr Geburtsaugenblick ist der Horizont, der Himmel und Erde teilt. Und während Ihr Aszendent, hier im Tierkreiszeichen Löwe, davon erzählt, wie Sie nach außen wirken, wie Sie von anderen gesehen werden, verrät uns der Stand der Sonne, hier im Widder, wie Sie sich selbst sehen und fühlen. Der Mond im dritten Haus und in der Waage, danach suchen Sie, nach Schönheit, nach Harmonie und Ausgleich, nur haben Sie dort noch den Uranus, den Schockgesellen, er sorgt für Überraschungen, für Erdbeben jeder Art, neben dem Mond, dem Unbewußten, da können Sie sich denken, was das zu bedeuten hat.

Anton las mit dieser anhaltenden Übelkeit über Jungs Archetypen und hoffte dabei, das unangenehme Gefühl in seiner Körpermitte loswerden zu können. Er begann, sich wie ein Süchtiger zu verhalten, der um seine Sucht wußte, das Selbstzerstörerische darin kannte, von ihr loskommen wollte, aber nicht loskam. Er las von angeborenen Bereitschaftssystemen, die unser Verhalten steuerten, meinte kurz, in dieser Abstraktion wieder ein Stückchen Halt für seine durchgerüttelte Seele zu finden. Irgendwo in alldem lag eine Antwort auf sein Leben mit Nadja, warum alles so gekommen war, wie es gekommen war, aber die Antwort war ein Schwarzes Loch, soviel war ihm schon klar, und würde ihn bei Annäherung sofort verschlucken.

Chiron, der erste aus der Kentaurenfamilie, halb Asteroid, halb Komet, der von seinen Entdeckern ganz pragmatisch 2060 genannt wurde, kam ihm unter die Finger und entwickelte sich zu einem realen Klumpen in Antons Leben, viel mehr als nur einer Nebelhülle oder einem Gesteinsbrokken – was er im Weltall draußen war. Chiron wurde zu etwas Abstoßendem, was Anton zugleich immer weiter anzog. Er konnte nicht von der Beschäftigung lassen und wollte zugleich nicht genau hinsehen, nicht wissen, warum. Chiron, von dem man wußte, daß er ein hervorragender Heiler gewesen war, der lediglich sich selbst nicht heilen konnte.

Während sich das Sonnensystem um das Zentrum der Spiralgalaxie bewegte, die Planeten um die Sonne, das alles wiederum, wie jede Galaxie, um immer neue Zentren, während also alles und unablässig in Bewegung war und zunehmend sichtbarer wurde in seiner ständigen Revolution, brauchte Anton einen Haltepunkt, der so stillstand wie er selbst. Das war Chiron.

Die Himmelstiefe und die Himmelsmitte, las er, nervös von der Vorstellung dieser Dimensionslosigkeit, sind nichts anderes, als der Wesenskern eines Menschen. Das, woran er glaubt, was ihn bewegt.

Er stieß auf einen Stich, der Dantes Hölle zeigte, dort

standen diejenigen, die die Zukunft vorhergesagt hatten, mit nach hinten verdrehten Köpfen. Obwohl er das Bild nur Sekunden betrachtet hatte, blieb es in seinem Kopf haften wie lästiges Kaugummi unter der Schuhsohle. Selbst, wenn das Ding entfernt war, hinterließ es noch einen weißlichen Fleck. Er schrieb in fahriger Mißlaunigkeit Sätze ab, von denen er sich irgendeine Rettung erhoffte: ›Die absolute innere Ordnung des Unbewußten ist es, die unsere Zuflucht und Hilfe in den Erschütterungen und Zufällen des Lebens bildet – wenn wir es verstehen, mit ihr zu verkehren.‹ Er erwiderte auf die schriftliche Anfrage der Aktrice aus Nikolassee, die seiner Sekretärin in der Redaktion einen Umschlag mit ihrer Bitte plus einem Barbetrag hingelegt hatte, daß allein schon die Redewendung, die Sonne stehe in dem und dem Zeichen, uns so übergenau den Spalt anzeige zwischen unseren Wünschen und der Wirklichkeit: ›Wir glauben dem reinen Anschein, nur weil es so aussieht, daß die Sonne dort steht. Wir nehmen das, was wir sehen, als Realität. Glauben Sie der Realität, die Sie erzeugen, mit freundlichen Grüßen, Ihr Anton Neudecker.‹ Er schickte ihr die Antwort zusammen mit dem Geld zurück. Die Höflichkeit, mit der er sich empfahl – Ihr Anton Neudecker –, hatte er nicht vermeiden können, obwohl er diesen entsetzlichen Widerwillen dabei spürte. Es hatte mit der Zurückweisung zu tun, die der Text enthielt. Eine andere Anfrage eines Mannes, der wissen wollte, wie es mit seinem Unternehmen im nächsten Jahr weiterginge, beantwortete Anton nur noch mit einem Zitat, zu mehr fühlte er sich nicht mehr fähig. ›Stellen Sie sich vor‹, schrieb er hastig, fast unwirsch, ›die Erde würde einen ihrer Grundimpulse aufgeben. Gäbe sie z. B. die Revolution, die Umkreisung der Sonne auf und würde nur noch die Rotation, die Drehung um die eigene Achse vollziehen, würde sie die Größenordnung eines Planeten übersteigen und sich als Sonne gebären, als Mittelpunkt, um den sich die anderen

Planeten zu drehen hätten. Sie würde sich also NICHT MEHR in die ihr vorgeschriebene Bahn um die Sonne einfügen, sondern nur noch ihr eigenes Gesetz leben. Mit besten Grüßen, A. N.‹

Zum Chiron gesellten sich die exilierten Planeten. Sie zogen Antons Aufmerksamkeit auf sich. Kurzzeitig fand er eine fast behagliche Ruhe darin, mehr über sie zu erfahren. Man nannte sie die Exilierten, wenn sie sich in einem Tierkreiszeichen wiederfanden, das ihrer Heimat, ihrem Domizil, gegenüberstand. In diesem Exil wurde ihre Kraft vernichtet. Sie fielen auf sich selbst zurück. Sie waren einsame Entitäten, so etwas in der Art. Als er von der wüsten, kalten Oberfläche einer dieser Planeten zu träumen begann, verlor er das Interesse an einer näheren Beschäftigung mit ihnen.

Er wollte aber auch kein Leibeigener eines Unglaubens werden, sich der Rationalität, der glanzlosen, realen Diesseitigkeit hingeben. Wie ein Pendel schlug er aus, weigerte sich nach einem Ausflug in die komplette Infragestellung wieder so etwas wie ein Mystiker zu werden, einer, der sehen und aushalten konnte, was ihn im Innersten zusammenhielt. Er schien irgend etwas dazwischen zu sein, eine Gestalt, die nach hinten schaute, aber nichts sehen wollte, ein Suchender, der aber doch, bitte schön, nicht immer eine Antwort parat haben mußte.

Und er wünschte sich den einfachen, freundlichen Plauderton zurück, mit dem er seine Nähe zu den Sternen auf *Der Letzten Seite* betrieben hatte. Wie nett von ihnen, daß sie sich so individuell um einen kümmern konnten. Trigon, Sextil, Halbquadrat. Ein kleines Lächeln, ein Scherz über den Beziehungswahn des Menschen, den doch einfach so verständlichen Wunsch, sich irgendwo im Großen wiederzufinden. Neptun durchläufig im Medium coeli.

Er hatte sein Arbeitszimmer seit den dunklen Stunden, als er neben seiner Nadja gesessen, sie festgehalten hatte, nicht wieder betreten. Peter war irgendwann erschienen, Senta auch, an Uhrzeiten konnte Anton sich nicht mehr erinnern, nur, wie Nadjas raumfüllende Einsamkeit ihm das Frösteln eingepflanzt hatte, wie er gegen diese Einsamkeit angeschwiegen hatte, wie er noch nie angeschwiegen hatte, in einem fort. Irgendwann las er das Russische auf dem Zettelbrief, meinte, sich dunkel zu erinnern, daß er ihn genommen und irgendwo hingelegt hatte, und begann, auf den Krieg, auf Stalin und die Russen zu fluchen, auf Hitler, auf die Deutschen, auf jeden Erdenklichen, der seinen Weg kreuzte und gekreuzt hatte. Er erinnerte sich, daß man weder in Gedanken noch in der Gegenwart von Toten fluchen soll, wenn man kein Interesse daran hat, in der Hölle zu landen. Er sagte sich, daß er Herrn Weniger eine Todesanzeige schicken müßte. Er fluchte auf Herrn Weniger, der es geschafft hatte, Nadjas Vertrauen zu gewinnen, er fluchte auf das leise Flüstern am Rande seines Alltags, das er so lange nicht bemerkt hatte. Er trank ein Glas Wasser, das seine Tochter ihm reichte, er aß ein Brot, das sein Sohn ihm reichte, er sah den Schmerz im Gesicht seines Sohnes und sagte zu ihm: »Hilf mir, den Ring von ihrem Finger zu ziehen.«

Peter schaute seinen Vater an und wollte protestieren. Dann sah er den runden Rücken seines Vaters, wie er dort am Bettrand saß, die wenigen Haare auf dem Kopf zerzaust, das Gesicht ratlos von Trauer. Peter beugte sich über den Leichnam seiner Mutter, bog ihre Hand, daß er nach ihrem Ehering greifen konnte, und zwirbelte ihn behutsam über die milchige Haut. Er legte ihn in die offene Hand seines Vaters, der das schmale Gold sofort umschloß.

Senta und Michael heirateten vier Wochen nachdem Gregor von der Stadt hinterm Schlagbaum verschluckt worden war. Natürlich lag der Schatten von Nadjas Abschied über dem Tag. Es war eine schlichte, bescheidene Trauung im Standesamt des Charlottenburger Rathauses, ein paar Meter weiter und Stufen tiefer war der Ratskeller, in dem im Anschluß Senta, Michael, Peter und Anton noch Kalbsleber und Klöße aßen.

Anton war nur bedingt fähig, an höflichen Konversationen teilzunehmen, er grummelte ab und zu etwas, aß ansonsten fahrig und unkonzentriert. Senta war während des gesamten Essens damit beschäftigt, darüber nachzudenken, wie sie die Lücke von acht, neun Wochen, die sie nun schon schwanger war, vor Michael würde schließen können. Sie redete nur das Nötigste und verlegte sich aufs Lächeln und Zuhören. Michael und Peter unterhielten sich blendend, sie schafften es, scheinbar mit spielerischer Leichtigkeit, die Ungeselligkeit der anderen zu kompensieren. Michael hatte gerade sein Großes Juristisches Staatsexamen abgelegt, mit einer eindrucksvollen Punktzahl, er war noch erfüllt von der Erleichterung, gemischt mit Stolz, es geschafft zu haben. Er klopfte mit seinem Messer ans Glas und sagte in seiner kleinen Ansprache, wie dankbar er dem Schicksal oder wemauchimmer sei, im Studium Generale genau die Weber-Seminare besucht zu haben, in denen auch Senta, die Lehramtsstudentin, gesessen hatte. Er erwähnte Gregor mit keinem Wort. Senta schaute den ihr Angetrauten an, erstaunt über das selbstsichere Schaffen von Tatsachen, schon schien es. Als habe es weder Gregor gegeben noch die Küsse im Flur, von denen Michael doch wußte. Es hatte etwas Erleichterndes, der klare Schnitt, das Schweigen, der Blick nach vorn.

Peter glühte förmlich, als er Michael nach dem Zuprosten weiter von seinem begonnenen Studium der Physik erzählen konnte. Auch er erwähnte mit keinem Wort den Abbruch, den es vorher gegeben hatte – er hatte die Juristerei hingeschmissen –, und Senta versuchte im Gesicht ihres Vaters eine Reaktion zu finden, sah ihn aber nur kauen, langsam, fast würgend schlucken, wobei er nach seinem Weinglas griff und es in kleinen, raschen Zügen leer trank. »Es gibt so unendlich viel herauszufinden«, hörte sie ihren Bruder sagen, »ich sag nur: die Weltformel, die den Mikrokosmos mit der Gravitation des Makrokosmos vereinigen wird. Da mit dabei zu sein, mein Gott, kann ich da in irgendeiner Amtsstube verstauben?«

»Wir verstauben alle«, sagte Anton und spießte das letzte Stück Fleisch auf seinem Teller auf.

Michael griff nach Sentas Hand. Sie wandte sich ihm zu und meinte, in seinem Blick noch das Staunen darüber zu sehen, sie nun an seiner Seite zu wissen. Er hatte ihr kurz nach dem Betreten des Restaurants zugeflüstert, wie stolz es ihn mache, sie *seine Frau* nennen zu dürfen, von nun an und den Rest seines Lebens. Im halbdämmrigen Licht des Kellerrestaurants erinnerte sein Gesicht plötzlich an eine gutgenährte Renaissance-Putte mit der typischen sommersprossigen Pausbäckigkeit, den dunklen, großen Augen, dem leicht gelockten Haar. Sie hörte, wie er sagte, daß es ihn am meisten nerve, wenn jemand distanzlos und naiv sei. Nach dem ersten Zusammenzucken begann sie, die Aussage als Warnung zu verstehen. Gregor war in Michaels Augen ein distanzloser Mensch, naiv sowieso. Unter seinem Einfluß wäre sie genauso geworden. Wofür sollte sie Distanz wahren und Realistin sein?

Michael zog sie zu sich und küßte sie vorsichtig auf die Schläfe. Sie lächelte, und es mischte sich ein kleines Triumphgefühl mit hinein, daß er nie eine ihrer koordinierenden Überlegungen würde erraten können. Sie folgte dem drängenden Impuls, ihr Glas gefüllt zu bekommen, mit Michael anzustoßen.

Er schmeckte die Bratensoße und das Fleisch, die Süße des Weißweines, der alles miteinander zu verkleben schien, und schwor sich beim Zuprosten und Trinken, sein ganzes Leben nie eins aus den Augen zu verlieren: Dieser Frau immer das Gefühl zu geben, daß sie das Wichtigste in seinem Leben sei.

Sie betraten die erst vor ein paar Tagen angemietete Anderthalb-Zimmer-Wohnung in Berlin-Tiergarten, Michael legte den Schlüssel auf die Fensterbank im Wohnzimmer und sog den Geruch des Neuen ein. Senta stach schon seit geraumer Zeit die Spitze des schlecht vernähten Reißverschlusses ihres Kleides im Rücken, sie setzte sich auf die Bettcouch, die Anton in die Wohnung hatte bringen lassen, um das Zimmer tagsüber als Wohn- und Eßzimmer und nachts als Schlafzimmer nutzen zu können. Senta räkelte sich in der Fremdheit, von der es nun keine Ablenkung mehr gab. Als der Standesbeamte sie zum Küssen aufgefordert hatte und Michael Senta geküßt hatte, da war ihr das Fremde in diesem Kuß wie ein Sodbrennen aufgestiegen, sie hatte es heruntergeschluckt, die Vorstellung von dem walnußgroßen Lebewesen in ihrer Gebärmutter gleich dazu.

»Ich würde dir eh gerne beim Ausziehen helfen«, sagte er, während er beobachtete, wie sie sich in ihrem Kleid scheinbar unwohl hin- und herbewegte.

»Du klingst wie mein Arzt.«

»Der hilft dir aber nicht beim Ausziehen.«

»Im Gegenteil«, sagte sie verschämt.

»Vielleicht sollte ich mit dem mal reden«, scherzte Michael und setzte sich zu ihr. Senta bereute, diesen Arzt nur erwähnt, die dazugehörigen Assoziationen provoziert zu haben, und suchte nach einer Möglichkeit der Ablenkung. Sie legte ihren Kopf in Michaels Schoß.

»Ob da jemand mal vor mir an der Reihe war.«

»Was soll das denn heißen, an der Reihe war.«

Sie schwiegen, der Reißverschluß stach.

»Und bei dir?«, fragte Senta, plötzlich erleichtert, einen Ausweg gefunden zu haben.

Er strich über ihre Stirn, berührte ihre Lippen. »Ich kann Frauen, die sich anbiedern, gut widerstehen.«

»Charmant, deine Liebeserklärung.«

Er küßte sie, und sie spürte seinen Willen, von ihr Besitz zu ergreifen, wie es nun sein gutes Recht war. Instinktiv rollte sie sich zusammen, hielt still, auch, um den ersten kleinen Groll, den sie meinte wahrgenommen zu haben, nicht weiter zu nähren. Er öffnete den Reißverschluß, die Kälte des Metalls lief ihr als Schauer über die Wirbelsäule. Mit größerer Mühe pfriemelte er die mehrfach gesicherten Häkchen ihrer Corsage auf. Sie hatte den kratzigen Wollbezug der Couch unter sich und schloß die Augen. Sie öffnete sie sofort wieder, um nicht das Bild ihrer Mutter in Schwarz zu sehen, wie sie hinter eben diesem Sofa gelegen hatte, im schmalen Korridor unterhalb des Fensters, der Tod hatte mit einem übermäßigen Einsatz der Gravitationskräfte zu tun, ging es ihr in dem Moment durch den Kopf, der Tod zwang den Menschen in die Horizontale. Sie behielt die Augen offen, um die Gedanken in Schranken zu weisen, sie sah in Michaels Gesicht, in sein freundliches, harmloses Gesicht, das sie nicht lieben konnte. Er tastete sich Zentimeter für Zentimeter voran, während sie zum ersten Mal das machte, was sie fortan im Rahmen ihrer ehelichen Pflichten immer machte: Sie zog sich aus der Gegenwart zurück. Sie wechselte die Seite. Sie betrat den Raum ihrer Vorstellung, hinter ihr schloß sich der schwere Vorhang, und das Stück lief ab – ein Stück, in dem alles gutging, alles nach Plan, keine Konflikte. Wie ihre Mutter, verließ sie diese Bühne nicht mehr, diesen Ort des Rückzugs, die Einsamkeit.

Unter dem Deckmantel der Schwangerschaft fiel ihr das besonders leicht. Ihre gesamte Wahrnehmung wanderte nach innen, setzte sich dort fest, wurde undurchlässig für alles, was keinen Platz in dieser friedlichen Weltabgewandtheit hatte, so daß sie manchmal viele Tage dafür brauchte, einen Brief zur Post zu bringen, eine Rechnung in der Bank anzuweisen. Manchmal vergaß sie vor dem Eingang eines Geschäfts, was sie zu kaufen geplant hatte, und ging mit leeren Händen wieder nach Hause, wobei es ihr beim Betreten ihrer eigenen Küche wieder einfiel und sie auf dem Absatz, ohne Ärger über die verlorene Zeit, umkehren konnte. Sie konnte einen Vormittag darüber verstreichen lassen, neben dem Radio im Wohnzimmer zu sitzen und Musik zu hören. Die Musik war der Raum, der ihr die Ruhe gab, einfach sitzen zu bleiben. Wenn sie Musik hörte, war sie nicht allein. Dort irgendwo war ihre Mutter bei ihr. Sie war da, wo Musik war, und wenn das Klavier warm und weich aus dem Radio bis zu ihr in das stille, kastengerade Wohnzimmer kam, war Nadja mehr als gegenwärtig. Vielleicht trafen sie sich dort, in der Mitte, irgendwo. Wo Senta auch Gregor traf. Ohne noch einen pragmatischen Sinn für die Zeit, die schnöden Anforderungen der Gegenwart zu haben, hatte sie ihre Hände auf dem Bauch liegen, fühlte seine feste Rundung, das Wachstum, und vergaß, zum Arzt zu gehen, sich das Blut abnehmen oder Schlafmittel verschreiben zu lassen. Sie war, ohne eine Bestätigung durch modernste Technologien, zu der Erkenntnis gekommen, daß das Kind, das in ihr heranwuchs, ein Mädchen war. Auch wollte sie keinen Handleser, Kartenleger oder eine Dame mit Pendel dafür engagieren. Sie begann, ohne ein Wort auszusprechen, mit dem Kind in ihrem Bauch zu reden, sie gab ihm keinen Namen, dafür war sie zu abergläubisch, und ab dem siebten Monat nahm sie vorsorglich alle Bilderrahmen und Spiegel von den Haken, damit keiner zerspringen, herunterfallen oder sonst ein böses Omen verbreiten konnte.

Sie übertrug ihr Kind volle zwei Wochen, bis ihr die Ärzte mit einem Kaiserschnitt drohten. So reduzierte sie die achteinhalb Wochen auf sechs, die ihr Kind älter als ihre Trauung war. In der Nacht, als die Fruchtblase sich mit einem Geräusch, als hätte jemand ein Stofftaschentuch in ihrem Inneren entzweigerissen, öffnete, in der Nacht hatte sie im Traum in das Gesicht ihres Mädchens geschaut und ausschließlich Gregor darin gesehen. In kurzen, wachen Augenblicken verfolgte sie die Angst, was Michael beim Anblick seiner Tochter sagen würde. Dann überrumpelte sie die Wucht der Geburt.

Man hatte sie in eine Kammer geschoben, einen stramm gespannten Gurt um den Bauch, daran das Gerät, das die Herztöne aufzeichnete. Sie lag im Halbdämmer zusammen mit dem Kratzen der Nadel auf Papier, krakelige Kurven, die ihr zeigten, daß das Kind in ihrem Bauch am Leben war, ein Piepen für jeden Herzschlag. Wehen schienen ein Meer aus kochend heißem Wasser, das auf und ab durch ihren Körper floß. Der Gurt darin ein Spanngürtel, den sie zum Schwimmen nicht brauchte. Durch ihren hormongetränkten Nebel hindurch wußte sie, daß sie nicht mehr allein unter einem Baum auf der bloßen Erde sitzen und gebären mußte. Wie gut. Aber leichter wollte man es ihr auch nicht machen. Es schien eine Prüfung zu sein: Geburt in der Klinik überstanden, im gebärfeindlichen Raumschiff, in kühlen, unwirtlichen Kammern. Dirigiert von Männern in Laborkitteln, zwischen futuristischen Geräten. Schwangerschaft – eine Krankheit, die in Quarantäne auskuriert werden mußte. Die Götter in Weiß waren die, die entschieden, welches Kind es schaffte und welches nicht. Ihres sollte es nicht schaffen, so wie es aussah, denn das Kratzen des Geräts brach ab, eine flache Linie, kein Herzton mehr, keine Nachricht aus der anderen Welt. Senta brauchte lange, bis sie verstand, daß sie besser nicht auf das Nichts zu horchen hatte, sondern ihre Stimme erheben sollte. Sie rief leise, sie räusperte sich und rief etwas lauter. Niemand öffnete die Tür. Das kochend heiße Wasser spülte Welle für Welle durch sie hindurch, sie hörte auf zu rufen, denn lieber sprach sie still mit ihrem Kind, fragte es, warum es nicht antwortete, spürte, wie es ohne einen Mucks zu machen, ohne einen Herzschlag zu haben, kraftvoll nach draußen drängte, es war, als gäbe es da was, das ein Meer teilen konnte, die Nadel auf dem Millimeterpapier stand vollständig still, und sie richtete sich auf, hielt sich mit beiden Händen an dem Kunstleder der Liege fest, robbte an sein Ende, angelte mit den Füßen nach dem Fußboden, während die letzten heißen Wellen durch sie hindurchliefen. Mit einem Mal war sie so gegenwärtig wie seit Monaten nicht mehr, denn sie griff mit einer Hand unter sich und hielt den Kopf ihres Kindes fest.

Da kam ein Mann herein, kein Gott in Weiß, nur ein Pfleger in Hellgrün, er staunte und pfiff, er hob Senta in einer einzigen knappen Bewegung unter ihren Armen hoch und trug sie an langen Reihen von Bullaugen vorbei in einen ihm gleichenden hellgrünen Raum, Senta mußte die Augen schließen, das Neonlicht war so hell. Der Pfeifer hielt ihr die Hand, bis der Arzt kam, der ihr zuerst befahl, bitte nicht so ein Theater zu veranstalten. Senta hing noch dem Augenblick nach, da der Kopf ihrer Tochter durch den Muttermund geflutscht war, ein Fisch, der bis auf die Kuppe eines

Berges geschwommen war, ein Körper, vollgepumpt mit Wasser, und oben angekommen, spuckte er es aus und rutschte hinunter. Da, in der Sekunde, da das Kind draußen war, waren die Schmerzen vorbei. Es schrie, der Gott in Weiß sagte das, was Senta schon seit Monaten wußte: »Sieh mal einer an, ein gesundes Mädchen.« Sie sah kurz, wie er mit der Beiläufigkeit eines geschulten Chirurgen die dunkelgrüne Nabelschnur durchschnitt, dann wurde sie überrumpelt vom Wassergestein des Berges, auf den sie zusammen mit dem Fisch geschwommen war, es kam herunter, weich, narkotisierend, auf sie beide. Wo ein Brocken lag, quetschte er aus den Zwischenräumen alles, was noch in ihr war. Sie hatte sich einmal von innen nach außen gewendet, wie sie sich vorher von außen nach innen gewendet hatte, nur dieses Mal nicht so leichtfüßig, angenehm und nebenbei.

Ein gesundes Mädchen, das war das Geschenk, was der Gott ihr überreichte, mit stolzer Herablassung im Gesicht, als sei er der Vater. Rotgesichtig, staunend schaute nicht Gregor sie an, sondern Nadja. In der Geschäftigkeit, die um sie herum im Gange war, verlor sich Sentas Erleichterung. Zugleich hielt die Tatsache, daß ihre Tochter ihrer Mutter so ähnelte, sie aber auch vom spontanen Verlieben ab. Das Neugeborene starrte zu ihr hoch mit seinen alten, wissenden Augen, seinem irgendwie russischen Blick unter den geschwollenen Lidern, wimpernlos und nackt. Der Pfleger schob sie mitsamt der Liege aus dem Neonlicht, das nun doch nichts enthüllt hatte, an der dämmrigen Kammer vorbei in einen anderen Neonsaal, der mit gelbweißen Vorhangwänden durchzogen war. Sie sollte sich vom Kunstleder in ein frisch bezogenes Bett rollen, der Pfleger hatte wieder sein Pfeifen begonnen, unterbrach seine Melodie kurz und half ihr. Sie sagte, daß sie sich wünsche, ihren Mann zu sehen. Der Pfeifer sagte: »Aber er ist nicht steril, er kann hier unmöglich rein, meine Dame.«

»Aber«, begann Senta, nur da war der Pfeifer schon zwischen den Spanischen Wänden verschwunden.

So lag ihre Tochter eine unbestimmbare Zeit auf dem Baumwollkittel über ihrer Brust, und beide versuchten, sich aneinander zu gewöhnen. Was von da an, das war ihr in geistesgegenwärtiger Schärfe klar, alles in allem, schon mal ein Leben dauern kann.

Später wachte Senta auf, ihr Kind war fort von ihrem Bauch, sie wankte durch den Flur, an den Bullaugen vorbei, bis sie hinter einem von ihnen Michael stehen sah. Er sah sie auch, wie zwei Fische wurden sie sich am Glas des Aquariums gewahr, bis Michael die Tür aufriß und Senta in den Arm nahm, festhielt und trug, bis sie beide von einer demütig-verunsicherten Krankenschwester aufgehalten wurden. Hier, hinter dem Panzerglas, deutete diese mit einer Geste an, läge ihr kleines rothäutiges Bündel, fest eingepackt in strahlend weiße Baumwolle, in einem weiß gepolsterten Plexiglasbett, sie durften ihm von Ferne aus zuwinken. Zwei ihrer freundlichen Kolleginnen konnten zwischen den Außerirdischen in ihren fragilen Raumschiffchen herumspazieren und wirkten dabei selbst wie Wesen von einem anderen Stern. Warum auch näher rankommen, ein Säugling sieht eh noch nichts. Endlich, zum Milcheinschuß, den der Arzt so allwissend vorausgesagt hatte, legte man Senta ihr Kind wieder auf den Bauch, wieder frisch gewaschen, sauber, als hätte es sich in der Zwischenzeit arg dreckig gemacht, das Plastikbändchen am Handgelenk, und ihre Tochter öffnete die Augen und schaute sie geradeheraus an, als sehe sie alles, kein Geheimnis der Welt war sicher vor diesem Blick. Der Kopf war zu schwer, er taumelte, fiel auf Sentas weichen Bauch, wieder ein Berg, den das Kind erklimmen mußte, dieses Mal mit einer prallen Brustwarze als Spitze, und Katarina, Katjuscha, Katjuschinka, wie Senta sie mit einem von Nadjas Namen für sich nannte, robbte und erklomm. Das Natürlichste der Welt funktionierte, selbst unter Michaels wachsamem Blick, selbst in diesem hellgrünen Krankenzimmer mit der Lebensrettungssteckdosenleiste über dem Kopf, dem Hängegalgen, dem Pillenfach im Nirosta-Nachttisch, über dem gewienerten, bakterienfreien PVC-Boden und neben dem fahrbaren Diener, der schon einen Beutel Flüssignahrung für alle Notfälle bereithielt. Sie war Mutter geworden, und damit stellte sich eine lange Zeit nicht mehr die Frage nach einem eigenen, selbstbestimmten Leben. Ihre Anwesenheit war nur dann konkret gefordert, wenn Katjuscha trinken wollte. Währenddessen schon, spätestens danach, schliefen beide wieder ein, dämmerten, träumten, atmeten gemeinsam. Senta hatte noch in dem Augenblick, da sie selbst in der dunklen Kammer von der Liege gerutscht war und den Kopf ihres Kindes gehalten hatte, beschlossen, daß genau das hier, das Gebären und das Muttersein, die Berufung ihres Lebens war.

Sie zogen von der kleinen Neubauwohnung in Tiergartennähe in eine sechszimmrige Altbauwohnung in Wilmersdorf, und schließlich, als das fünfte Kind kam – wie alle drei zuvor wieder ein Junge, der nach Martin, Markus und Michael Junior auf den Namen Malte hörte –, in ein prächtiges, aber baufälliges Haus in der Nähe vom Schlachtensee. Als Senta neben Michael stand und er den Kaufvertrag unterschrieb, durchfuhr sie ein Zittern, ein fast fiebriges Heißundkalt, von dem sie sicher war, daß es etwas mit ihrer Vorfreude, einen Ort zu haben, an dem sie sich mit ihren Kindern ausbreiten konnte, zu tun haben mußte.

Über den Vorbesitzer war nichts Genaues in Erfahrung zu bringen, außer daß er überraschend nach Santiago de Chile ausgewandert war. Ob, um den Sozialismus im Untergrund zu stärken oder seine Freundschaft zum Diktator zu pflegen, das ließ sich nicht klären. Senta brachte, wie Michael auch, kein Interesse für ideologische Details dieser Art auf, sie übernahmen die reich verzierten Gründerzeitmöbel, Anrichten, die an Altäre erinnerten, hochlehnige, kerzengerade Stühle, die Katjuscha, Martin und Michael Junior zu Waggons umfunktionierten, um einen langen Zug durchs Wohnzimmer zu haben, goldschimmernde Blumentapeten und das Labyrinth aus Gängen im ersten Stock. Dort gab es die drei toten Türen, wie Michael sie nannte, die sich zwar öffnen ließen, jedoch ragten dahinter eilig zugemauerte Wände auf, vor denen sich die Kinder ähnlich gruselten wie vor den schneeweißen Dracula-Gebissen aus Plastik, die Michael am Tag der Vertragsunterzeichnung mitbrachte und die alle fünf fortan nur noch zum Essen aus dem Mund nahmen. Senta hatte noch bei der Begehung zu Michael gesagt, daß sie als allererstes diesen steinernen Kasten in der Mitte des Hauses öffnen werde, woraufhin Michael scherzhaft angemerkt hatte, daß das Ding doch durchaus Ähnlichkeit mit ihrem beschaulichen, eingeschlossenen West-Berlin habe, wo an einfache Öffnungen nicht zu denken war. »Ich will das nicht haben«, hatte Senta mit ungewöhnlich strengem Tonfall erwidert, der Michael aufgefallen war, weil sie so sonst nur mit den Kindern sprach.

Der Garten um das Eckhaus war eine Hügellandschaft aus immergrünen Gewächsen, zumeist formierten Buscheiben, die von dem Vorbesitzer des Hauses täglich mit dem Handfeger abgestaubt worden waren. Diese Aussage ging auf die langjährige Haushälterin Lydia Brehdcke zurück, die selbst überrascht worden war von der eiligen Abreise ihres Arbeitgebers und die Michael – ohne nur eine Sekunde darüber nachzudenken – in Festanstellung übernahm.

Lydia war als uneheliches Kind auf die Welt gekommen in einer Zeit, in der uneheliche Kinder so gut wie nie christlich getauft wurden. Der Name ihres Vaters wurde zwar in ihre Geburtsurkunde eingetragen, aber kurz darauf schnitt die Mutter mit einer ihrer Schneiderscheren diesen Eintrag heraus. Lydchen, nannten die Kinder sie. Senta hatte Michael überreden wollen, das Geld für die Festanstellung zu sparen, sie könne das Haus auch alleine führen. Michael erwähnte die außerordentlichen Kochkünste von Frau Lydchen, wie er sie anredete, und blieb auch bei wiederholten Gesprächen, in denen Senta anführte, daß sie eine Putzfrau und jemanden für die Wäsche auch einmal in der Woche kommen lassen könnten, beharrlich und unumstimmbar. Es versetzte Senta einen Stich, ohne daß sie den wahren Grund dafür hätte erkennen können. Es schien, als erarbeite sich das Lydchen, wie Senta sie nannte, durch ihr Dienen und dadurch, daß sie fast augenblicklich die Wünsche und Bedürfnisse anderer befriedigte, das Recht auf ein Leben in Gemeinsamkeit. Sie war nicht einsam. Sie machte alles für alle anderen. Und irgendwie, wie nebenbei, schaffte sie es, daraus eine Haltung zu entwickeln, die auf Senta bedrohlich wirkte. Des Lydchens Demut war echt. Ihr Jesus Christus, wie sie ihn nannte, half ihr dabei. Ohne Zweifel schien sie eine Würde aus dem Verzicht zu ziehen, der ihr Leben war. Was ihr Michaels stille Bewunderung sicherte und Sentas irritierte Abneigung. Lydia wußte für sich, daß sie im Jenseits belohnt werden würde. So gab sie ihre Erfahrung himmlischer Liebe in Form von Essen weiter, das sie in aufwendigen, konzentrierten Prozeduren für die Familie zubereitete. Sie sagte jeden Morgen, wenn sie in ihrer kleinen Kammer hinter der Küche aufstand, den Blick zum Kruzifix: »Ihr Leiden tut mir leid.« Wenn Senta das hörte, weil sie gerade für die Kinder die Milch aufwärmte, dann konnte sie sich an Tagen, an denen sie zerfasert und fahrig war ob einer durch Kinderkrankheit oder schlechte Träume zerrütteten Nacht, manchmal nicht beherrschen und sprach leise mit der Milch, der sich darauf bildenden Haut und sagte, in Lydchens Tonfall: »Oh, mir tut alles so leid.«

Senta hatte ein Auge auf die Liebesbekundungen der Kinder an das Lydchen. Obwohl sie jede Schramme genauso hingebungsvoll pflasterte wie die Haushälterin, den Kindern immer die gewünschten Nachmittagskuchen backte, überhaupt jedes Lieblingsessen zubereitete und somit nicht die Küche räumte, wie Michael es sich gewünscht hatte; obwohl sie ausführlich Tränen trocknete, Spielwünsche erfüllte, in umfassender Hinsicht eine ihre Kinder umsorgende Mutter war, forderten die Kinder am Abend, daß Lydchen sie zu

Bett bringen sollte, und Senta ließ es nur geschehen, weil sie abends zu kraftlos, willenlos und aufgebraucht war, um noch zu protestieren. Das Lydchen ging ins Kinderzimmer und machte wohl nicht viel mehr, als einen Segen zur Nacht zu erbitten. Senta hörte, wie sie flüsterte, zitierte, sprach, am Ende ein »Jesus, unser Helfer, liebender Herr, komm zu uns in der Nacht, halt Wacht, Du liebst uns, wie wir Dich lieben, wir sind Dein«, und manchmal hörte sie, wie eines der Kinder fragte, wer Jesus genau sei, woraufhin das Lydchen leise eine um die andere Geschichte ihres Heilands erzählte. Senta war abgestoßen von der Frömmigkeit, in der vor allem diese Demut ruhte, der Glaube, ein anderer richte es schon für einen. Sie fragte nachts, als Michael aus der Kanzlei nach Hause kam und zu ihr ins Ehebett kroch, ob er diesen Glauben in Ordnung fände, ob es sein müsse, daß ihren Kindern was von Jesus Christus erzählt würde. Er sagte nur: »Du kannst ihnen auch die Tagesnachrichten vorlesen, wenn du das für erbaulicher hältst.«

Die Aufregungen draußen – Tunnel, die von Ost nach West gegraben wurden, Spione, die man austauschte, die Weltvernichtung durch die Supermächte –, diese Bedrohungsszenarien waren seit ihrem Umzug ins abgeschiedene Zehlendorf ihrer Dringlichkeit beraubt worden, was Senta mehr als schätzte. Sie glaubte es. Sie glaubte, daß vieles besser geworden war, weniger bedrohlich, abgründig, beängstigend. »Ich frage mich nur, ob das Lydchen die Richtige ist, um die Kinder zu erziehen, sie ist so *parteiisch.*«

»Ist das wichtig?«, fragte Michael und legte seinen Arm von hinten um ihren Oberkörper, zog sie zu sich. »Ein bißchen Kulturgeschichte tut ihnen schon gut.« Sentas Rücken berührte seinen Bauch, sein Kinn schmiegte sich in ihren Nakken. Es versetzte ihr einen Stich, daß er so etwas sagte. Als wäre ihre Erziehung eine, die keine Kultur enthielt. Sie spürte seine Erregung, sie wollte sich abwenden, protestieren, aber zählte nur instinktiv die Tage seit ihrer letzten Periode. Sie rollte sich ein unmerkliches Stückchen mehr ein. »Du hast Recht«, sagte sie leise, »wie immer. Was soll's.«

Nachdem sie Malte im Alter von einem Jahr abstillte und ein angenehm trockener Sommer kam, in dem sich jeder Tag in einen immergleichen Ablauf zu fügen schien, da beschloß Senta das erste Mal in ihrer Ehe, etwas zu machen, ohne Michael um Erlaubnis gefragt zu haben. Sie nahm Malte auf dem Arm, bat Katarina ihr zu folgen, hatte ein Ohr bei Martin, Markus und Michi Junior im Kinderzimmer und ging vom hintersten Abstellraum im Keller bis unters Dach Etage für Etage durchs Haus. Katjuscha, die schon schreiben konnte, notierte sorgfältig. Im Keller: Schmetterlingssammlung, Brieftaubenkäfig, Holzstapel – weg. Im Erdgeschoß: Gründerzeitmöbel, alle Tapeten – raus, das Parkett polieren, die Fenster lackieren. Eine neue Küche. Das Lydchen wandte sich an Senta, als sie mit ihrer Entourage am Küchentisch stand und ihrer Tochter diktierte: Oberschränke, Unterschränke, Fliesenspiegel – weg.

»Muß das wirklich sein, Frau Müller-Bredow?«

»Die neue Arbeitsfläche wird höher«, erwiderte Senta barsch. Wie zur Entschuldigung lächelte sie dazu. Das Lydchen drehte sich zurück zum Schneidebrett und hackte die Petersilie fertig.

»Wo kommt denn das Alte hin?«, hörte sie die Haushälterin noch fragen, als sie schon im Flur am Fuß der Treppe war.

Im ersten Stock, in Sentas und Michaels Schlafzimmer, mußte endlich und sofort das Gründerzeitbett mit seinem verstaubten Himmel verschwinden. Jedes Kinderzimmer sollte eine andere Farbe bekommen, so daß sie wählen konnten, ob sie heute im blauen, gelben, grünen oder im himbeerroten Zimmer spielen wollten. Senta stand, mit Malte auf dem Arm und umrundet von mittlerweile allen ihren

Kindern, vor den drei zugemauerten Türen. In ihrem Schwung hatte sie gedacht, sie einfach öffnen, die Mauern untersuchen zu können, in der Überzeugung, das, was sich dahinter verbarg und zum Vorschein kommen würde, auszuhalten. Archive, Geheimnisse, egal was. Jetzt stand sie da, und ihre Kinder redeten aufgeregt durcheinander, Michi bat Martin vorzugehen, Markus zog den beiden die Ausschnitte ihrer Pullover um die Hälse, so daß sie protestierten, Katarina schwieg, wie meistens, ein stiller Pol in all diesem Trubel, scheinbar ohne Angst und Eile, aber selten Senta zugewandt. Dann bot sich Martin an, als erster einen Stein herauszuklopfen. Senta drehte sich um und sagte: »Laßt uns auf den Dachboden gehen.«

Durch die fehlenden Schindeln konnte man in den hellblauen Sommerhimmel schauen. Biberschwänze – neu, buchstabierte Katjuscha auf ihr Papier.

Am Ende des Tages, am Ende ihrer Begehung des Hauses, übertrug Senta die Notizen ihrer Tochter in ein Auftragsschreiben und suchte am nächsten Tag die Firma auf, die das alles für sie zu erledigen hatte.

Drei Monate später, im frühen Herbst, waren im Erdgeschoß die Wände, Türen, Fußböden, Regale, Möbel und Sofas so weiß und hell, daß die meisten Menschen, die das Haus betraten, den Eindruck hatten, es hätte in den Räumen geschneit. Ganz entgegen der Mode der Zeit hatte Senta kein Braun, Dunkelgrün oder Beige zum Einsatz kommen lassen. Die Küche, die Fliesen, der Tisch, alles weiß, wodurch Lydchen mit ihren maisgelben Strickpullovern über den leicht ausgestellten, wadenlangen Wollröcken wesentlich altertümlicher und aus der Zeit gefallen wirkte als zuvor. Im Arbeitszimmer stand der mahagonifarbene Flügel, ansonsten war auch hier alles weiß. Bei den Kindern gab es die unterschiedlichen Farben. Das Schlafzimmer der Eltern strahlte, daß es besser war, die Augen zu schließen.

Als Michael auf dem Höhepunkt der Umbauarbeiten für ein paar Tage in eine benachbarte Pension umzog, ergriff Senta die Chance auf ein weiteres Abenteuer für sich und die Kinder und campierte im Garten. Die Jungs rannten jeden Morgen ums Haus herum, die Bauarbeiter begrüßen, sogar Malte hielt mit seinen knubbeligen Kinderfingern am Ende eine Schlagbohrmaschine wie ein Handwerker. Martin, Markus und Michi konnten einen Rohrentgrater von einem Entgratfräser unterscheiden. Zuletzt kam der Außenanstrich, eine zimmergroße Sandkiste, eine Kletterlandschaft, und ein Handwerker, der nichts mehr anderes zu tun hatte, baute ein zweistöckiges Baumhaus in die Krüppelkiefern. Senta organisierte ein Gartenfest zum Abschied, und dann stand sie am Abend das erste Mal seit vielen Monaten ohne andere Menschen in ihrem neuen Wohnzimmer. Das Weiß warf alle Gedanken zurück. Es war größer als sie. Es gab nichts zum Festhalten, keine Ordnung, nur Möglichkeiten. Es war eine optische Täuschung, und das gab ihr ein gutes Gefühl. Sie hörte, wie Michael das Haus betrat, seinen Koffer an den Fuß der Treppe stellte, und wie er langsam durch den Flur in Richtung Wohnzimmer mäanderte. »Ich weiß nicht, was ich davon zu halten habe«, sagte er, als er eintrat.

»Alles ist gleich«, sagte Senta.

»Ein schöner Wunsch«, erwiderte er.

Im Weiß des Raumes leuchtete eine untergründige Traurigkeit in seinem Gesicht, die sie nie zuvor wahrgenommen hatte. Gern hätte sie ihm gesagt, daß sie das Weiß so mochte, weil es alles zurückstieß, vor allem jede Traurigkeit.

»Hinter den Mauern war nichts«, sagte sie und stellte sich ans Fenster, der weiße Lack roch noch frisch und angenehm giftig.

»Womit hattest du denn gerechnet?«

Die Haut ihres Zeigefingers klebte am Lack, fast, als hätte er die Fähigkeit eines Saugnapfes.

»Das war doch, um Heizkosten zu sparen«, sagte Michael.

»Dann macht man doch einfach die Türen zu.«

»Eine Mauer ist besser«, gab er zurück in einem Tonfall, der seine Zweifel fast verbarg, »eine Mauer hält am besten jede Wärme vom Entwischen ab.«

Obwohl Senta ihre weiße Welt beharrlich verteidigte, verlor sie ihren Kindern gegenüber jeden Tag an Terrain. Martin und Markus sorgten dafür, daß die meisten Wände im ersten Stock mit Elefantenherden, glubschäugigen Außerirdischen oder komplizierten Farbexperimenten verziert waren, an der Wand neben der gerundeten Treppe nach oben, entwarfen sie über Wochen hinweg zwei Portraits ihrer Eltern. Die Köpfe schwollen überproportional groß im Vergleich zu den Körpern an. Sentas mitunter strengen, nicht ganz anwesenden Gesichtsausdruck trafen die Jungs gut. Michael hatte etwas von einer Statue, ein Herrscher, den man wohlwollend portraitierte, um nicht in Mißgunst zu fallen. Michi Junior und Malte bauten im Wohnzimmer aus Teppichen und Stühlen Höhlen, die nicht eingerissen werden durften und somit über Monate, vielleicht sogar Jahre die moderne Sofalandschaft durch die Heimeligkeit einer Jurte ersetzten.

Dann begann Sentas Radiozeit. Egal wo, sie trug ihr kleines Braun-Gerät wie ein Maskottchen mit sich herum. Sie hörte nur den einen Sender, gesprochenes Wort, klassische Musik. Über dem Zischen des Fetts in der Bratpfanne hörte sie Rachmaninow, über dem Pinkeln Mahler, dem Einschlafen Bruckner, was Michael nicht akzeptieren wollte, da ihm dieser Mann zu düster und brachial komponierte, er wechselte dann meist in ein verwaistes Kinderzimmer. Die Kinder schliefen so gut wie jede Nacht im grünen Zimmer, zusammen auf den dort gelagerten Matratzen. Wie Senta zuvor die Dunkelheit des Hauses nicht mehr hatte ertragen können, so ertrug sie nun keine Stille mehr. Die Musik wurde ein Gang mit endlos vielen Abzweigungen, auf dem sie unterwegs sein konnte, ohne mit der Wirklichkeit zu kollidieren. So wurden selbst Nachrichten, noch so lange Gesprächsrunden oder Hörspiele zu Musikstücken. Als Katarina an den Rändern ihrer Auffassungsgabe, eher unbewußt, verstand, daß sie ihre Mutter nirgendwo anders mehr treffen konnte als genau in diesen Gängen, beschloß die Elfjährige, das Klavierspielen zu lernen. Sie setzte sich an den Flügel im Arbeitszimmer, öffnete die mahagonifarbene Klappe und betrachtete bis zum Abend, als die Dämmerung das Zimmer in ein mildes Graurosa tauchte, das Elfenbeinweiß und Ebenholzschwarz der Tasten. Katarina hatte nie das Notenlesen gelernt. Sie hatte keinen Blockflötenunterricht genossen. Sie hatte sich bisher in der Schule eher für die Naturwissenschaften und die Mathematik interessiert. Die Reaktionsarten, die Stoffvereinigung und die Stoffzerlegung in der Chemie, die unumgehbare Einfachheit von Addition und Multiplikation, das faszinierte sie.

Sie hörte drüben im Flur eine dramatische Sinfonie auf ihr Ende zustreben, etwas blechern im tragbaren Braun, und sie saß hier und sah den verschlüsselten Code der Tasten an, der sich ihr nur erschließen würde, wenn sie sich traute, die Flächen zwischen den Linien zu berühren, sie zögerte, sie verharrte ratlos, keinen blassen Schimmer, welchen Ton sie zuerst anschlagen konnte, sie hörte den kurzen Augenblick Stille im Radio, bevor die kühle Frauenstimme die nächste Sinfonie ankündigte, sie wußte, ihre Mutter war nicht weit entfernt, zumindest physisch, sie breitete in einem drängenden, fast panischen Impuls ihre zehn kurzen Finger aus, als gelte es ein fliehendes Tier zu fangen, und feuerte sie hinab auf die Tasten. Die Ansage im Radio schwieg noch.

Katarina hob die Hände wieder hoch, ließ sie auf die Tasten fahren.

Senta drehte das erste Mal seit langer Zeit das Radio leiser.

»Was war das?«, rief sie durch den Flur.

Katarina spürte das Zittern ihrer Finger bis in die Oberarme und wünschte, sie hätte ihre Mutter nicht so unmittelbar angelockt. Das ursprünglich Drängende verlor sich im Zögern. Senta sagte zu sich: »War wohl nur eine Störung im Gerät.«

Katarina saß da, die Klänge hatten sich längst in Luft aufgelöst.

»Kann ja mal passieren«, sagte Senta in die eisbonbonkühle Ansagerstimme, und Katarina hörte, wie Senta den Lautstärkeregler ihres treuen Freundes neu justierte.

Eine nicht gekannte Wut schwappte durch Katarinas Körper, sie preßte die Hände auf ihre Oberschenkel. Sie blickte auf das Schwarz der Spalten zwischen zwei Tasten, dann zum aufrecht stehenden Notenbrett, dem Schnörkelgitterfenster. Sie sagte sich die Reihen des chemischen Periodensystems auf, die verläßlichen Ordnungszahlen, Buchstaben mitsamt Farben, die für die tafelgroße Übersicht gewählt worden waren, und gewann den Eindruck, daß die Noten, die andere spielten und die aus dem Braungerät kamen, nichts wesentlich Komplizierteres sein konnten. Und während sie darüber nachdachte, mischten sich in ihre Zweifel und in das Zögern all die Melodien, die sie in den langen Monaten von Sentas Radiozeit mitgehört hatte. Sie schloß die Augen, hörte überlaut ihren eigenen Atem in der Nase, wie weit ihr Brustkorb sein konnte, wie flimmernd das Schwarz vor den Augen, wie ungewohnt es sich anfühlte zu lächeln, und begann, sehr langsam und sehr suchend, eine der vierundzwanzig Chopin-Préludes zu spielen, die sie am frühen Morgen an Sentas Radio mitgehört hatte.

Michael mochte es, vom Auto aus sein Haus zu betrachten. Es stand so sicher und beharrlich da, es bot keine Überraschungen, es war einfach ein gutes, solides Haus, und darin lebte seine Familie, die an sich dafür sorgte, daß er die Überzeugung gewinnen konnte, ein sinnvolles Leben zu führen.

Er sah den geordneten Inhalt seines Kofferraumes vor sich, Aktenkoffer, Erste-Hilfe-Kasten, Warndreieck, dann die aufgeräumte Rückbank, die sauberen Fußmatten, das glatte Leder der Sitze, und wünschte, er könnte im sicheren Raum seines Wagens sitzen bleiben, die Hände am Lenkrad, die Füße auf Kupplung und Bremse. Denn er wußte, er hatte etwas Unwiederbringliches verloren.

Er sah Senta vor sich, wie sie reihum alle fünf Kinder mit Essen versorgte, er hörte das pausenlose Durcheinandergerede, all die hohen Kinderstimmen, die er so liebte und die Senta so stumm hatten werden lassen. Am Kopfende saß seine Tochter, manchmal erinnerte sie ihn an eine Außerirdische, die soeben auf der Erde gelandet war, eine Fee oder so etwas, ein Wesen aus einer anderen Welt. Sie schwieg, wie ihre Mutter schwieg, sie schien ihr eigenes Universum zu haben, ein Universum aus Musik und Tönen, in dem sie kreiste. Gestern hatte er sich über den Tisch gelehnt und sie unterm Kinn gekrault, eine scherzhafte Geste, eine kleine Annäherung, um sie aus ihren Träumen zu reißen, da hatte sie ihn angestarrt und war aufgestanden, als hätte er ihr eine

Ohrfeige gegeben. Die Jungs hatten das gar nicht mitbekommen, er hatte gehofft, daß auch Senta es nicht bemerkt hatte. Sie war, wenn er es richtig wahrgenommen hatte, zu sehr mit dem Füttern von Malte und Michi beschäftigt gewesen.

Sein Haus stand immer noch aufrecht und überraschungslos vor ihm, er konnte hineingehen, es würde nichts passieren. Die Erinnerung bliebe draußen, das sagte er sich. Wenn es sie nicht gäbe, dachte er, diese beschissene Erinnerung, dann gäbe es gar nichts und damit eine Rückkehr zu einem Gefühl vollkommener Unbelastetheit. Das wollte er wiederhaben. Es mußte möglich sein. Kein Makel der Lüge, des Verrats. Es war nichts passiert. Das Mädchen hatte einen so wahrhaft belanglosen Namen. Auch das sprach fürs Vergessen. Sabine. Sabine Meier. Und ihr nordisches, ein wenig schwedisches Gesicht, wie Michael immer gefunden hatte, umrahmt von dem feinen, haselnußbraunen Haar. Eine Frau wie eine frische Brise an der Küste, mit Ende Dreißig noch mädchenhaft wie ein Mädchen, wie seine Tochter, die jedoch in ihrer verschlossenen, abwesenden Art viel erwachsener wirkte. Und dann hatte er Sabine Meier beim Verhandeln erlebt, bei ihrer geduldigen Diplomatie beobachtet, ihren analytischen Schlüssen, ihrer Spitzfindigkeit, die nie besserwisserisch oder eitel war.

Er wollte nicht an diese Frau denken. An ihre vibrierende Intelligenz, wie sie es scheinbar mit Leichtigkeit schaffte, durch noch so schwierige Verhandlungen zu kommen, als besitze sie einen Autopiloten, der sie führe. In keiner Sekunde schien sie verbissen kämpfen zu müssen. Bei aller Härte, Unbedingtheit und Strenge, trug sie, über die Moden hinweg, hohe Schuhe, enganliegende Kostüme, ihre schmalen Fesseln in glänzenden Seidenstrümpfen. Sie schminkte sich ihre Lippen nicht auffällig, aber dennoch immer. Ihre Haut war ohne Makel, wie Michael auch ihre Art zu denken, zu recherchieren, zu diskutieren ohne die Flecken des Ehrgeizes, der Eifersucht, der Falschheit erschien. Sie war nicht ahnungslos und naiv, aber sie strahlte eine Reinheit aus. Unschuld und auch Unabhängigkeit, was damit zu tun haben mußte, daß sie Menschen zur Bestätigung nicht zu brauchen schien. Er war ihr nicht entkommen. Wie unter einem Zwang stehend, hatte er erfahren wollen, wie sie sich anfühlte. Er war ausgezehrt gewesen, auch das, er hatte sich verkühlt an Sentas Unnahbarkeit. Seine Sehnsucht nach einem Körper war zu groß gewesen. Und Sabine Meier mit all diesen aufrechten Konsonanten in ihrem Namen hatte ihm gezeigt, wie potemkinsch sein Leben war, wie sehr er das Gegenteil seines soliden, sicheren Hauses war.

Hinter diesen Fakt konnten sie beide nicht mehr zurück. Was immer noch nicht allzu dramatisch gewesen wäre, wenn er sie hätte abschütteln und loswerden können, wie er es sonst zu tun pflegte mit Menschen, die ihn in Frage stellten oder seinen Status untergruben. Die er vergessen konnte.

An Sabine Meier war er kollidiert. Aber auch das war nicht das Verheerende. Verheerend war, daß sie vor einem Monat zum Sozius in seiner Kanzlei geworden war. Forensische Tätigkeiten, Zivilrecht, Insolvenzrecht, Arbeitsrecht. Keine Referendarin, keine Angestellte. Ein gleichberechtigter Partner, demnächst würde sie mit ihrem Namen im Briefkopf, am Türschild stehen.

Er war so ein elender Dummkopf. Dieser Gemütsregung folgend, faltete er sich aus dem Wagen, hob seinen Aktenkoffer aus dem Kofferraum. Warndreieck, Leuchtweste, sauberer Filz, warum nicht darunter alles verschwinden konnte, so, wie es seine Eltern noch hingekriegt hatten, alles verschwinden zu lassen, überlebensnotwendig und die beste Lösung, um wieder ein soziales Wesen zu sein, hinein in den Kofferraum, unter den Filz, bitte schön, da bliebe es den Rest seines Lebens, gut aufgehoben, herumkutschiert, im Winter warm, im Sommer kühl.

Aber irgendwie ging das nicht mit dieser Frau, mit Sabine Meier, die ihm in einer Sekunde nur gezeigt hatte, wie süchtig er war, wie bedürftig, wie sehr er sich hatte hingeben wollen und Hingabe suchte, die Hingabe, die wirklich gab, weil sie selbst nicht brauchte.

Und dabei hatte sie ihren eisbonbonkühlen Blick bewahrt, ihre Ruhe, eine seltene Form von Gelassenheit, die er an Frauen so gut wie nie mehr zu finden vermocht hatte. Nichts Verhärmtes, nichts Ängstliches, keine Abhängigkeit vom Zuspruch des Mannes, von den Gesten der Macht, von Blicken oder geflüsterten Worten.

Er war ihr vorher körperlich nie nahe gekommen. Er war in ihrer Gegenwart sogar vorsichtig geworden, wachsam, was seine Körperhaltung betraf. Ein verbindlicher Händedruck, eine knappe Berührung beim Hinausgeleiten, die Art, wie er einer Dame den Mantel zum Anziehen darbot und so lange das Revers am Kragen offenhielt, bis sie vollständig hineingeschlüpft war. Die machtvolle Nähe, die man zu einer Frau hatte, wenn man ihr die Tür offenhielt. Ein nickendes Kompliment, wie er es seiner Sekretärin gerne gab, dafür einen scheuen Blick zum Dank zurückbekam. Die Strenge, wenn er sie zu tadeln hatte, zum Abschluß gemildert durch ein knappes, freundschaftliches Drücken ihres Oberarms, eine Ermutigung, die sie immer als solche verstand und den Fehler nie wieder machte.

Dann waren Sabine und er nach einer langen, sie beide erschöpfenden Verhandlung essen gegangen.

Sie waren in ein schummriges Steakhaus eingekehrt, das wenige Licht – direkt über dem Tisch – hatte ihre Erscheinung noch leuchtender gemacht, als tilge der Halbschatten noch die letzte Unreinheit. Sie hatte ihm von ihren Eltern erzählt. Von den Ansprüchen der ehrgeizigen, aber überforderten Fraumutter, von dem stillen Vater, der nach der Rückkehr aus russischer Gefangenschaft vor allem seine Ruhe haben wollte, mal einen Schnaps und gutes Essen mit hohem Fleischanteil. Sie hatte mit ruhiger Stimme gesagt, daß sie wisse, daß sie allein bleiben werde. Daß sie keine Familie, keine Kinder haben, sondern diesem Leben auf eine andere Art auf den Grund gehen wolle. Sie wolle verstehen, warum sie das Recht erhalten habe, zu leben. Dann hatte sie gelacht und gesagt: »Klingt nach einer ein bißchen zu großen Frage, hm?« Sie hatte gesagt, daß es für Kinder bei einer anderen Frau einen besseren Platz gäbe, nicht bei ihr. Sie habe noch zuviel Schutt in ihrem Vorgarten liegen, von der Mutter, der Trümmerfrau, sie wolle die Steine nicht einfach nehmen und in den nächsten Garten werfen. Sie wolle die Zeit haben, um unter die Steine zu schauen, mal sehen, was sich dort finden ließe, hatte sie gesagt.

»Was ist mit Ihren Kindern?«, hatte sie dann gefragt.

»Sie sind mein Immunsystem, würde ich sagen. Sie sind das Wichtigste, was ich habe, und zugleich vergesse ich das komplett. Ihre Lebendigkeit schafft mein Vergessen. Vielleicht sind sie mein Senkblei ins Leben.«

»Mein Gott, bin ich infiziert vom Alleinsein«, sagte sie knapp, »aber ist nicht jede Schwäche dazu da, an ihr zu wachsen?«

»Ist man schwach, wenn man allein ist?«

»Man? Ich weiß nicht. Ich glaube, viele fühlen sich angreifbar. Ich fühle mich stark. Ich bin gern allein.«

Er erwiderte ihren Blick. Er wußte, wie das ging, sich nur durch den länger gehaltenen Blick in Position zu bringen. Sie brachte sich auch in Position. Sie öffnete ganz leicht die Lippen, als atmete sie aus. Er kopierte diese Geste. Sie atmete ein. Er atmete ein. Sie neigte ein wenig den Kopf, nur die Nuance einer Frage, eines Lächelns. Er berührte mit seinen Fingerspitzen ihre Hand, die neben ihrem Weinglas auf dem Tisch lag. Sie zuckte nicht.

Nach einer Zeit, in der er die Kühle ihrer Finger, die Trokkenheit ihrer Haut wahrgenommen hatte, drehte sie ihre Hand um, so daß seine Finger in ihrer Innenfläche lagen. Er, der sich sonst keinen Sentimentalitäten hingab, berührte ihre Hände, als wolle er dort den Grund ihrer Einsamkeit ertasten. Sollte sie sehen, wie hilflos er seiner Sehnsucht ausgeliefert war, wie schwach er war. Sie würde den Schmerz sehen und ihn nicht verurteilen, ihn nicht zu ihrem Vorteil nutzen. Ihr Verstehen würde den Schmerz heilen.

Ohne Verabredung war sie ihm ins Büro gefolgt.

»Laß mich nicht mehr los«, hatte er sich sagen gehört, während er in sie eingedrungen war, für diesen Augenblick die Hoheit über ihren Körper genießend, ihre Hände auf dem glänzenden Schwarz des Sofas, ihre Beine unten bestrumpft, oben nackt, es war gut, daß sie beide angezogen waren, nur die Stellen, die es brauchte, frei von Stoff.

»Sch«, hatte sie sehr leise gesagt und ihn mit ihren Unterschenkeln näher an sich herangedrückt.

Dabei hatte sie fein gelächelt, höflich fast. Sie hatte ihn festgehalten und liebkost, ihm die Stirn geküßt, das Gesicht, die Haare, das Weiche unter den Ohren. Sie hatte ihre Hände in seinen Nacken gelegt und ihn mit ihren mandelförmigen Fingernägeln gekrault. Er hatte etwas gespürt, was durch die Haarrisse seines Panzers gekrochen kam, etwas Warmes, Liquides, wie ein Sirup, der einen rauhen Hals beruhigt.

Und eine Sekunde danach hatte sein Verstand wieder die Kontrolle übernommen, sein sonst nimmermüdes Hirn: daß er sich zu beherrschen habe, hier an Ort und Stelle, noch auf seinem schwarzen Chesterfield-Sofa, in seinem mahagonigetäfelten Büro, um nicht zu einer lächerlichen Karikatur von Mann zu werden.

»Laß uns weggehen, woanders neu anfangen.«

»Du bist auch einer dieser Kindsköpfe«, lächelte sie. »Willst du einen Tee?«

»Ich will keinen Tee. Ich will – daß sich was ändert.«

»Einen Kaffee?«

»Sabine!«

Sie rückte ein Stück von ihm ab, so, daß sie ihn ansehen konnte. Sie hob die Augenbrauen, nur ein klein wenig, aber es reichte. Ein galliges Aufstoßen hinderte ihn daran, der Augenblicksüberzeugung, daß ein Aufbruch das Beste wäre, was ihm passieren könnte, weiter zu folgen. Widerwillig drängte er sich von ihr weg. Mit einem Mal war sie ihm so vollständig über, wie sie ihm vorher unerreichbar gewesen war. Mit dem Beginn eines wütenden Schwungs rappelte er sich auf, richtete seine Kleidung, reichte ihr knapp die Hand, damit sie lieber früher als später vom Sofa hochkam. Für Sekunden genoß er ihre Irritation. Ihr Blick verhuschte, ihre Gesten zeigten, wie peinlich ihr ihre Blöße war. Sie richtete eilig ihren Rock, ihre Bluse, ihre Anzugjacke, die wie die Jacketts der Männer mit – für seinen Geschmack – zu kantigen Schulterpolstern ausgestattet war. Sie erinnerten ihn an Schulterstücke, Rangabzeichen. Ihre Finger kämpften mit den Knöpfen, dann war sie wieder in Form. Sie traute sich jedoch nicht, ihm ihren Rücken zuzudrehen. Also tat er es. Sie hatte einen Blick in seine Einsamkeit, hinter den Vorhang, auf die trostlose Bühne seiner Selbstverleugnung geworfen. Hier, hinter dem schmalen Grat von Bühnenrand und Vorhang, war er das, was er war, aber nicht sein wollte. Und sie, sie hatte sich durch die Kulissen gestohlen und ihn gesehen.

Sie war mehr als eine einfache Feindin geworden, sie war eine sicherheitsbedrohliche Lage.

Sehr langsam ging er an seinem T-Modell vorbei, ging in der blauschwarzen Dunkelheit die Auffahrt hoch, nur das Licht am Hauseingang, das Weiß der Wände glänzte in die Nacht, sein solides Eckhaus im stillen West-Berlin. Und in dem Moment kam ihm die Idee, wie er ohne Gesichtsverlust, ohne das Eingeständnis seines Versagens, aus der Sache herauskommen konnte. Ohne Sabine oder sich der Lächerlichkeit preiszugeben oder Macht einzubüßen. Er wußte, daß er irgendwo in sich die Kraft hatte, diese Entscheidung zu fällen, eine weitreichende Entscheidung, die nur getroffen werden mußte, danach regelte sich alles von selbst. Und diese Entscheidung war er zu fällen fähig, wie die Menschen, die ihn umgaben, zum Befolgen fähig waren. Senta würde nicht widersprechen können, ebensowenig die Kinder. Er mußte nur vorangehen und schon würde alles wieder gut.

Er nahm die leise Verwahrlosung wahr, die hier am Eingang um sich gegriffen hatte, seit Senta ihre Radiozeit begonnen und die Kinder die antiautoritären Anteile ihrer Erziehung vollends schätzengelernt hatten. Sie waren für die Verschmückung des Hauses zuständig, Senta fürs Aufräumen. Sie schien ihre weiße Welt nicht mehr verteidigen zu können. Erdpyramiden mit Stöckchenverzierung, aus Ästen geflochtener Wandschmuck, Kreidezeichen auf der Treppe und an der Wand. Alles wirkte, als hätte es eine großangelegte Schnitzeljagd gegeben. Michael schloß die Haustür auf, trat ein und schloß zweimal wieder ab, hängte seinen Mantel in die Garderobe, stellte seine Aktentasche daneben und bog in die Küche, um mit einem großen Schluck Rotwein all das wegzuspülen, was er wegspülen wollte, um nur die Kraft zurückzubehalten, die er in sich spürte, zur Bewältigung dieses leidigen, wirklich zu dämlichen Problems. Als er von der Küche in Richtung Wohnzimmer ging, fiel sein Blick auf die Portraits im Treppenaufgang. Er blieb stehen, er betrachtete Sentas Gesicht, ihren überdimensionalen Kopf, die liebevoll gemalten Details. Er sah die zwei Urheber, die sich unter ihren Kunstwerken verewigt hatten: Martin und Markus. Die ungelenkten Großbuchstaben. Etwas war da, was ihn davon abhielt, sein eigenes Portrait anzuschauen. Ein Brummton der Irritation. Eine Infragestellung, die er an den Membranen seiner Dünnhäutigkeit gerade nicht ertragen konnte. Martin und Markus hatten Senta als junge Frau gemalt und ihn als alten Mann. Nicht als einen grimmigen Fremden, das sah er wohl aus dem Augenwinkel, aber auch nicht als geachteten, frühzeitig gealterten Patriarchen. Dazu fehlte die Würde. Michael trank sein Glas leer, wog es kurz in seiner Hand. Füllte es gleich wieder bis zum Rand, trank es aus.

Er versuchte, seinen Blick auf Sentas Gesicht zu richten, die großen Augen, die fast noch größeren Ohren. Ihr Haar, das von diesen Ohren geteilt wurde, wie ein Ast einen Wasserfall teilen kann. Viel Mühe und Liebe zum Detail hatten sie in Sentas Augenbrauen und ihre Lider gesteckt. Ihr Blick war klar und offen, trotzdem kam er beim Betrachter nicht an. Michael verbuchte das unter fehlendem Talent, obwohl es eine Wahrheit enthielt. Sentas Kleidung war bunt gemustert, ein Kaftankleid mit Flügelarmen, so etwas in der Art. Wieder nur am Rande seines Gesichtsfeldes bemerkte er, daß seine Söhne ihn vollkommen schwarz gekleidet hatten. Ein schmaler, schwarzer Fleck, der jederzeit vom Verschwinden in der übergroßen weißen Umgebung bedroht zu sein schien. Er ging drei Stufen die Treppe hinauf, blieb vor seinem Portrait stehen. Runzeln hatten sie ihm um die Augen gemalt. Etwas Zerknirschtes lag in seinem Gesichtsausdruck. Der Mund ein gerader, fest verschlossener Strich. Wackelige Linien auf der Stirn, wenig Haare. Wenn seine Kinder das in ihm sahen, dann war die Stunde der Wahrheit nicht mehr fern.

Das Glas wog kalt in seiner Hand, er füllte es wieder bis oben auf. Er versuchte, sich mit dem Gedanken zu beruhigen, wie es wäre, den Dorian-Gray-Handel abzuschließen. Was für eine Wohltat es wäre, wenn das Bild die Wahrheit in sich aufnähme, er dagegen weiter so leben konnte wie gehabt. Er wünschte einen Augenblick lang, er hätte die naive Kraft, an Magie zu glauben. Während er unerkannt blieb, enthielt das Bild seinen Charakter, seine lächerliche Angst. Denn ein Bild konnte man einmauern, übermalen, hinter Schloß und Riegel bringen, weit abseits der Wahrnehmung anderer. Und wenn er seine Neugierde überwand – die Neugierde, ob das Bild wirklich die magische Kraft hatte –, dann glich der Handel einem perfekten Verbrechen. Kein Orakel, das Bescheid wußte. Kein Echo, das letzte Sätze sprach. Kein Gericht, was ihn verurteilen konnte. Und er, mitten im Leben, mit Senta und fünf gefügigen Kindern, die ihm versicherten, daß er der war, der er vorgab zu sein.

Am Morgen fand Senta ihn schlafend im Wohnzimmersessel. Über die Scherben auf der Treppe, den zerbrochenen Rotweinkelch, hatte sie sich nur gewundert und angenommen, Michael sei gestolpert. Sie konnte nicht wissen, daß er das Glas gegen die Wand geschleudert hatte, in einer Wut, die weit über das hinausging, was man einen angemessenen Zorn nennt. Eine Wut, die zurückreichte in sein eigenes Leben, über dieses hinaus, womöglich, hinein in das Leben seiner Mutter und seines Vaters. Eine jähzornige, hilflose Wut, ausgelöst nicht durch das Bild, sondern durch das, was er erst nach Stunden der Betrachtung am unteren Rand hatte lesen können. Dort stand in der Großbuchstabenschrift seiner zwei Söhne: Papa, wir lieben dich.

Der Fremde, der an der Tür geklingelt hatte, trug den mischblauen Anzug einer undefinierbaren Mode, ein Polyesterhemd und einen Hut, wie ihn niemand mehr aufsetzte. Er war nicht größer als Senta, hatte die rundlichen Wangen eines Menschen, der gerne aß und trank, und reichte ihr den Briefumschlag, auf dem nichts stand.

Sie wollte nicht unhöflich sein an diesem Vormittag, aber es war ihr unwohl dabei, den Fremden in ihr Haus zu lassen. Sie trug noch ihren Morgenmantel, darunter das Nachthemd. Ausnahmsweise war sie froh darum, daß das Lydchen zurückhaltend, aber hörbar in der Küche herumfuhrwerkte.

»Er bat mich, Ihnen das zu überbringen«, sagte der Mann mit einer hellen Stimme, »darf ich Sie jetzt um etwas bitten?«

»Äh, ja?«

»Ein Glas Wasser.«

Senta hielt den Briefumschlag fest, wendete ihn, auch kein Absender, der Fremde wartete höflich und wie jemand, der alle Zeit der Welt hatte, sie sagte: »Warten Sie einen Augenblick« und ging in die Küche. Sie füllte ihm ein Glas und stellte es auf den Flurtisch, er setzte sich auf den Stuhl daneben, stellte seinen Hut auf die Knie.

»Ich bin gerade etwas in Eile, die Kinder«, begann Senta.

»Ich möchte Ihnen keine Umstände machen, aber es ist nicht unerheblich, denke ich, was in dem Brief steht.«

»Wer sind Sie?«

»Das möchte ich Ihnen nicht sagen.«

Senta ging ins Wohnzimmer, setzte sich in den Sessel am Fenster, riß den Brief auf und zog das dünne, gebräunte Papier heraus. Ein enggetipptes Buchstabengeflimmer, noch nicht einmal die Anrede handgeschrieben. ›Liebe senta‹, stand dort, und sie stockte ob dem Kleingeschriebenen, ›ich plante ein Haus zu bauen, wie du weißt, aber mir fehlten immer wieder steine, mal Balken, man braucht Ziegel und Kleinigkeiten, mir fehlte immer wieder das eine oder das andere, also blieb mein Haus ein Rohbau, wie du dir denken kannst. Ich bin dazu übergegangen, ein kleineres Haus zu bauen, das entspricht auch mehr meiner Art, ich weiß nicht, ob du dich an mich noch erinnern kannst, ich, meinerseits bin in Gedanken mehr als oft bei dir. Unsere Wege trennten sich, weil du das Haus nicht mitbauen wolltest, nach dem mir der sinn stand, ich nehme an, du hast ein anderes gebaut, ist es schön, bist du zufrieden damit? steht es noch, hat es ein solides Fundament oder wackelt was und ist lose? die Menschen sind gut, die Bauarbeiter sind hervorragend, ein jeder weiß seine Arbeit zu machen, ich wünschte nur, ich hätte einen Architekten gefunden, der etwas taugt, das ist das Problem bei allem, wenn der Architekt schlecht ist, dann bleibt alles im Zustand des Chaos, die Arbeiter wollen was bauen, aber ohne Plan können sie das nicht, also bauen sie nichts. Mein Architekt ist oft verreist, auf Konferenzen, symposien, Veranstaltungen, der Architekt ist ein vielbeschäftigter Mann, der will aufgrund seiner Vielbeschäftigung auch Privilegien genießen, und wenn die Arbeiter ihn dann nicht zu Gesicht bekommen, nur wiederum das Auto, in dem er sitzt, den Fahrer, den er hat, das Haus, das er selbst bewohnt, die exklusive Ware, die er genießt, dann wird es naturgemäß schwer, die Arbeiter noch davon zu überzeugen, sie sollten arbeiten. So ist mein Hausbau am nicht anwesenden, womöglich auch unfähigen Architekten gescheitert, könnte man sagen.

senta, (entschuldige, daß ich deinen Namen klein schreibe, das große s funktioniert nicht) ich schicke den Brief nicht per Post, das ist kein guter Weg im Augenblick. Ich gebe ihn einem Freund mit, einem Vertrauten. Ich vertraue ihm wie ich dir vertraue. Hatte ich mir Illusionen mit dem Hausbau gemacht? Nein. Ich war überzeugt, daß es der einzig richtige Weg sei, genau das einmal in seinem Leben zu wagen. Wärst du bei mir, denke ich manchmal, hätte meine Hoffnung länger Nahrung bekommen; die desillusion (auch das große d hat seinen Geist aufgegeben) ist ein einsamer Prozeß. du bist in meiner Vorstellung (ich weiß, du bist so alt wie ich) nicht älter geworden, nur noch schöner. das Entrückte wirst du dir gehalten haben, vielleicht hast du Kinder, die werden deine Feenhaftigkeit mit ihrer Energie natürlich geschmälert haben. Vielleicht auch erhöht, wer weiß. Irgendwie war ich mir immer sicher, du hast den Mann von damals geheiratet, keine Namen, wie auch der Brief nicht existiert, nachdem du ihn gelesen hast.

Ich schreibe dir, senta, weil ich dich um eine ganz bestimmte Lieferung bitte. Ich bin zur Zeit dabei, eine Terrassenüberdachung zu konstruieren, da ich kein Architekt bin, dauert die Arbeit etwas länger. Integrierte Querträger sollen dazu beitragen, daß die Terrasse gut und weit begehbar ist. Sie hat stattliche Außenmaße und dient vor allem dazu, das Haus auch bei Regen verlassen zu können. Um mit meiner Konstruktion weiterzukommen, bitte ich dich, mir bei der Beschaffung von konstruktionstechnischen Informationen zu helfen. Meine Mathematik war einseitig, von links nach rechts kann ich rechnen, andersherum nicht. Wenn du irgendwelche Möglichkeiten hast, mir Informationen zu Profilen, die eine höhere Stabilität erzeugen, längsverleimte Furnierschichten, die mich weiterbringen könnten usw. zu übermitteln – ich wäre dir sehr dankbar. Ich erwarte sehnsüchtig deine Antwort, du kannst sie vertrauensvoll meinem guten Freund, der, während du den Brief liest, in deiner Nähe warten wird, in die Hand drücken. Ich danke dir mehr als von Herzen. Wenn bald die Terrassenüberdachung steht, dann kann ich die Brüchigkeit des Hauses womöglich verschmerzen. daß ich dich frage und bitte, wird dir zeigen, wie angewiesen ich in konstruktionstechnischer sicht von dir bin. daß es dringend ist, muß ich dir nicht sagen. Auch nicht, wer ich bin.‹

Senta las den Brief ein zweites Mal, bestätigte dabei ihr Gefühl, was die Terrassenüberdachung zu bedeuten hatte, dann riß sie das Papier über dreißigmal kreuz und quer durch und warf die Schnipsel auf die grauschwarze Asche im Kamin. Sie legte Äste, Reisig und zerknüllte Zeitungsseiten darüber und zündete alles zusammen an.

Der Fremde saß noch im Flur, hatte das Glas geleert, seinen Hut auf den Knien, und unterhielt sich mit Lydchen.

»Lassen Sie uns einen Augenblick allein, Lydia?«

Der Mann schien, wie sie, auf jeden von Lydchens Schritten zu horchen, bis sie wieder am Herd zu stehen schien, ein Kochlöffel leise am Gußeisen klapperte.

»Was kann ich ihm sagen?«

Senta schaute den Mann an, seine vertrauenswürdige Rundlichkeit, eingepackt in den zeitlos unmodischen Anzug. Der leibliche Vater ihrer Erstgeborenen bat um Fluchthilfe. Er hätte seinen Vertrauten auch bitten können, ihr diese Nachricht mündlich zu überbringen.

»Sie dürfen verreisen?«

»Verwandtenbesuch. Als Frührentner ist mir das erlaubt.«

»Und ihm nicht?«

Der Mann stand auf, schaute sich um, ein Blick an die Decke, die bauchige Flurlampe schien ihn zu beruhigen, das Weiß der Wände. »Er steht unter besonderer Beobachtung.«

Sie schwiegen einen Augenblick, der Fremde hielt seinen Hut in den Falten.

»Ich danke Ihnen für das Wasser.« Ein ehrlicher Mann, ein guter Freund, sicherlich. Gregor war ein Mensch, der Vertraute und Freunde hatte.

»Was kann ich zum Terrassenbau sagen?«, sagte Senta leise und bemerkte die Kälte ihrer Hände in den Taschen ihres Morgenmantels. »Mein Mann ist Rechtsanwalt.« Sie sah dem Fremden an, wie lächerlich er ihre Notlüge fand, sie fand sie selbst lächerlich, sie wollte so sehr etwas anderes sagen, sie sagte: »Es geht nicht.«

»Aaaaaaahhhhhhh«, schrien sie gleichzeitig. Senta umklammerte die Eisenstäbe hinter ihrem Kopf, der Gurt über ihrem Bauch schnitt sie in der Mitte durch, das Gesicht ihrer Tochter gegenüber in einem wild staunenden Schrei eingefroren, auch sie hielt sich am Gitter fest, so schrien sie sich an, im kreisenden Gefängnis, das sie kopfüber und hintenrum und vorwärts und wieder nachobenuntenrüber durch den milden, dämmrigdunklen Berliner Frühherbsthimmel wirbelte. Die Jungs schrien nicht, sie waren offenkundig gefangen in dem künstlichen Taumel, ihre Gesichter hatten den Ausdruck, als seien sie in einen vollendeten Genuß versunken.

Es tat gut, sich so anzuschreien, fand Senta. Sie schrie sonst nie, bei keinem Essensgenörgel, anderen Widerworten oder auch nicht, um Katarinas nicht enden wollendes Klavierspiel zu unterbrechen. Es hatte Senta zu beunruhigen begonnen, da ihre Tochter keine Nachbarskinder mehr traf, keinem Sport mehr nachging, nicht mehr mit ihren Brüdern im Garten oder Haus spielte.

Außerdem konnte sie den Schreck des morgendlichen Besuchs auf diese Weise loswerden. Einfach nur die Seele aus der Brust schreien, ohne erkennbare Gründe, wie gut das tat.

Senta hatte der sie dominierenden Gemütslage folgen müssen: Abstand vom Haus, heute. Als stehe sie unter Beobachtung, als überprüfe ein Unsichtbarer ihr Tun. Die Jungs waren aufgesprungen und losgelaufen. Ja, Rummel, los. Katjuscha hatte Zu Hause bleiben wollen.

Sie übte keine Fingerläufe oder Tonleitern, sie beschäftigte sich nicht wirklich mit den Noten oder der Frage, was eine Subdominante war. Sie spielte einfach alles nach, was sie hörte. Und wenn sie vergaß, wie das Stück weiterging, improvisierte sie ein Ende. Seitdem Michael den Beschluß gefaßt hatte, daß sie das Land verlassen würden, um im Süden Europas ein Leben in Wohlstand, Sorglosigkeit und Wärme zu genießen – wozu er alle fünf Kinder in Internaten anmelden, seine Kanzlei um eine Dependance erweitern und eine Fachkraft hier in seinem Namen die Geschäfte weiterführen lassen würde –, seit diesem Beschluß durchzog das Berliner Eckhaus ein Echo dieses Basta, das Michael ausgesprochen hatte. Seitdem spielte Katjuscha fast Tag und Nacht, so Sentas Eindruck.

Das Unwiderrufliche von Michaels Machtwort lag ihr wie ein Stein im Magen. Alle vier Jungs hatten sich geweigert, Berlin zu verlassen, Michael hatte auch da durch seine Recherchen Fakten geschaffen. Schleswig-Holstein und Bayern, die Namen der Institutionen hatte sie schon wieder vergessen, wie sie überhaupt hoffte, daß Michael seinen Entschluß wieder vergessen könnte. Katarina hatte nichts weiter eingewendet, außer darum zu bitten, daß sie in ein Internat kommt, in dem mehr als ein Klavier für alle existierte.

Senta war, als müßten sie Rauch an den Mündern haben, so fröstelte es sie im Haus, und alle Nachfragen, Diskussionen, mögliche Antworten verflüchtigten sich in der Winteratmosphäre, in der einem zu kalt war, um lange zu reden.

»Neeeeiiiiiinnnn«, schrie Katarina. »Jaaaaa«, schrie Senta, als sie nach einer schwerelosen Schrecksekundenpause erneut kopfüber durchgeschleudert wurden. Aus Glühbirnenbändern wurden bunte Spiralnebel, blinkende Buchstaben in einem Neonworthimmel, dann stürzte die Gondel in die Tiefe, wobei Sentas Magen einfach oben hängenblieb.

Katarina wollte nicht in die Nähe der Bude der Wahrsagerin kommen, aber Senta folgte einem Impuls, der sie antrieb, nachdem sie wieder festen Boden unter den Füßen hatte. Sie ging auf die Rundbogentür des Wohnwagens zu. Eine Girlande aus Plastikefeu umwucherte das Rund, darüber ein handgemaltes Holzschild. Die Mutter der Wahrheit ist der Tod. Das viel zu nahe Beieinandersein dieser überdimensionalen Wörter stieß sie ab, dennoch öffnete sie das alte Drehschloß, schaute sich nach ihrer Tochter um, die auf einer abseits stehenden Bierbank saß, eine Tüte Schmalzgebäck in der Hand, einen Gartenstuhl vor sich, den Senta lieber weggeräumt hätte, er wirkte wie eine Einladung, sich zu ihrer Tochter zu setzen. Die Jungs waren weiter zum Autoskooter gegangen. »Ich bin gleich wieder da«, rief sie, ihre Tochter nickte mit vollem Mund und abwesendem Blick gen halogenfarbenen Himmel. Die Rundbogentür des Wohnwagens wurde von innen geöffnet, die Hand einer Frau, viel zu spitz gefeilte Nägel in Türkis und wie Pfennigmünzen klimpernde Armreife. Senta ließ sich am Handgelenk ziehen, sah, wie die andere Hand die Tür für sie öffnete, die Frau stand im Halbdunkel, hinter ihr das Licht einer Küchenneonröhre. »Fertig«, sagte die Frau mit Strichfalten über den Lippen, ein blondierter Damenbart, grün umrandete Augen. Alles in allem ein mütterliches Gesicht. Senta konnte ihr Handgelenk nicht mehr aus dem Griff lösen.

Sie wußte nicht warum, aber in dem Moment wollte sie umkehren und gehen. Die Jungs brauchten ihren sichernden Blick. Katarina war allein da draußen. Noch nie hatte sie ihre Kinder irgendwo warten lassen, schon gar nicht im Halbdunkel der Abenddämmerung, an einem Ort, wo in jedem Fahrgeschäft für ein bis zwei Mark Gefahr gekauft werden konnte.

»Es gibt kein Glück«, sagte die Frau, »nur unsere Sehnsucht. Aber ein bißchen Erkenntnis können wir alle gebrauchen.«

Ein silbriger Strickpullover, der ihr bis zu den Knien reichte, türkisfarbene Leggings, die ihren stämmigen Beinen eine sportliche Note verliehen. Ihre Haare, fedrig geworden vom jahrelangen Blondieren, trug sie mit einem Ausdruck von Gelassenheit, fast Würde, als machte sie sich aus den mangelnden Vorgaben der Natur nichts und plante auch nicht, dem Wenigen etwas hinzuzufügen.

Senta stand, wie sie fand, etwas zu nah neben der Alten, die immer noch ihr Handgelenk umfaßt hielt. Sie löste sich aus dem Griff, bemerkte auf dem Sitzeckentisch unter dem Neonlichtbalken einen aufgeschnittenen Kastenkuchen, zur Hälfte gegessen, zwei Tassen Tee, neben denen die Beutel wie kleine Rucksäcke hockten. Die Alte schob Senta in die andere Richtung, weg vom Kuchen, vom Tee, in die dunkle Ecke des Wohnwagens. Es roch nach staubigem Schlingenteppich, fauligen Kartoffeln und so etwas wie einem chemischen Klo. Nur die Umrisse konnte Senta erkennen. Dort saß ein Mensch auf dem Boden, hinter einem niedrigen Tisch, seltsam tief, als habe er keine Beine, die er unter sich einzuschlagen brauchte. Um ihn herum Kissen, lederne Sitzhocker, ein Teppich mit indianischen Mustern, gewebte Augen, Kreuze, so was in der Art. Das Neonlicht ging mit einem Klicken aus, nach ein paar Sekunden Dunkelheit leuchtete ein Streichholz auf, die Hand des Mannes, seine Gestalt, der niedrige Tisch, er hielt das Streichholz an einen Docht, pustete es aus und schaute Senta an der Kerze vorbei an. Seine Stirn war glatt und jung, seine Haare fast schwarz und in einer weichen Welle zurückgekämmt. Seine Augenbrauen dicht und gebogen, seine Augen ähnelten denen der alten Frau. Heiter, selbstgewiß. Erst auf seiner Wange begann das Geschwür, ein blutroter Schwamm in der Form eines Tieres, fest an den

Wirt gekrallt, den ganzen Hals hinunter, die Mundwinkel mit überwuchert. Senta versuchte, ihm nur in die Augen zu sehen, mußte aber immer wieder auf diese Belagerung schauen, die sein Gesicht war. Er schien zu lächeln.

»Aus der Hand lesen«, sagte er leise durch den offenstehenden Spalt, der sein Mund war, und tupfte sich dann sehr ruhig die Lippen mit einem Taschentuch ab.

»Nein«, sagte Senta leise, angestiftet vom Flüstern des Mannes. »Ich will nur wissen, wo jemand ist.«

»Ist das die Wahrheit«, plauderte er im Flüsterton weiter, »so simpler Pragmatismus ist bei mir nicht zu bekommen.« Er griff unter den Tisch, hielt einen Stapel Karten wie einen spitzen Gegenstand zwischen den Fingern.

»Aber finden werden wir schon was«, grinste er. Draußen wieherte ein Pferd, dahinter klirrte die Musik eines Fahrgeschäfts. Unbeirrbar ruhig zeigte der Mann mit einer einladenden Hand auf den ledernen Sitzsack, Senta erkannte im Kerzenlicht neben ihm eine Stehlampe mit gedrehten Trotteln am Schirm, ein Schalterknipsen, und sie hätte die Tiefe des Raumes hinter ihm sehen können. Aber alles blieb so dunkel, wie es war. Etwas in ihr knickte ein.

»Ich sag immer das, was ich eigentlich nicht sagen will«, sagte sie leise, »ich verstehe es nicht, wie es kommt. Ich will ja sagen und sage nein, ohne eine Absicht, es kommt einfach dazu, als käme mir das richtige Wort grad nicht in den Sinn. Ich will nein sagen, gerade zu meinem Mann, er kann nicht einfach so über uns entscheiden, mir meine Aufgabe wegnehmen, wenn er die Kinder in diese Schulen gibt, was soll ich dann machen? Und ich sag wieder ja statt nein, es ist wie ausradiert, als hätte ich vergessen, daß ich das Wort kenne. Deshalb sage ich am liebsten nichts, ja, es ist so viel einfacher, statt ständig das Falsche zu sagen, verstehen Sie, was ich meine?«

Er mischte nur seine Karten in einem mechanischen,

höchst eleganten Schwung, ein papiernes Schnalzen nach dem nächsten, so klackte er die Karten in Kreuzform auf den Tisch. Akkurat, mit ihren rätselhaften Motiven, das Kreuz wuchs sich zum Feld aus, wie Hefte in der Auslage eines Kiosks, dann war es still, der Mann studierte mit einem Gesicht, das auf der unversehrten Seite fast zufrieden wirkte, und sagte: »Schon deine Mutter war eine sehr einsame Frau.«

»Oh, nicht die alten Geschichten«, sagte Senta.

Er schaute sie nicht an, er schnalzte nur in bedächtigem Tempo eine nach der nächsten Karte in die freien Flecken des Feldes, darunter einen Gehängten. Senta spürte sofort, wie sie sich verschloß, daneben las sie auf dem Kopf den Tod, den Einsiedler, die Hohepriesterin, lächerlich, diese Figuren konnten auf dem Tisch liegen und was erzählen, aber glauben – letzten Endes glauben würde sie nichts.

»Hier ist ein Mann.« Sein rundgefeilter, gepflegter Fingernagel punktierte den Tod.

»Nein«, sagte Senta, »der, den ich meine, lebt noch. Da bin ich sicher.«

»Sicher«, er lachte verhalten, was eher einem Gurgeln glich, »sicher ist nur eines. Sommer, Herbst und Winter. Dann kommt der Frühling. Entspannen Sie sich.« Er lächelte einseitig, Senta starrte auf die Seite des Schwammes. Sie hatte es plötzlich ganz satt, immer dieses Gerede von Entspannung. Wenn ich mich entspanne, hätte sie dem Versehrten gern gesagt, fall ich auseinander in tausend Partikel. Da kann man mir erzählen, das sei nur eine Einbildung, für mich ist es real. Ich bin nicht mehr existent, wenn ich stillstehe, wenn ich nichts tue, ich bin nur noch so ein Teilchenhaufen, mehr nicht, ich hab fünf Kinder, ich kann kein Teilchenhaufen sein, ich muß da sein und funktionieren. Na, das können Sie sich vorstellen, vielleicht auch nicht. »Ich zerfalle, wenn ich nicht tüchtig bin«, sagte sie nur.

»Ich dachte, wir hätten eine Existenzberechtigung, auch

ohne unseren fleißigen Fleiß«, bemerkte der Versehrte lapidar. »Aber dieser Mann ist weg«, wieder das Tippen mit dem geordneten Fingernagel, und in fließender Beiläufigkeit wurde das Feld am Rand weiter ausgelegt.

»Halt«, sagte Senta, »Sie brauchen nicht weitermachen.«

»Aber tüchtig mach ich weiter! Sie gehen auf eine Reise, unverhofft. Wie alle Ihre Reisen, so scheint's, nur parallel zur Realität.« Er drehte den Wagen vom Kopf auf die Füße. »Wenn es keine Zügel gibt am Wagen, also das Bewußtsein fehlt, daß nur du die Richtung ändern kannst ...«, ein spitzer Finger zog die Liebenden aus der letzten Reihe, schnalzte sie abseits, eine Karte dazu, die Ränder der Karten rauh und verbraucht, als hätten sie schon zu oft etwas aus ihrer Flachheit quetschen müssen. »Kein Wunder. Dein Vater. Der Einsiedler auf dem Kopf. Er fürchtet sich, mein Gott, fürchtet der sich, dabei würde er gerne glauben, aber er weiß nicht, an was.«

»Wovor fürchtet er sich?« Der Tisch, ein schwarzes Becken, die Karten Flöße, alles trieb im fahlen Licht der Trottellampe, und Senta hob die Hand, war auf dem Weg, aufzustehen, ihr Brustkorb, eine Enge, als hätte sie zu schnell ein großes Glas Wasser getrunken. »Wovor du dich fürchtest, immer das Gleiche.« Der Sitzsack knarrte, und Senta versuchte aufzustehen, aber er kam ihr zuvor, griff nach ihrer Hand. »Bezahlt wird bei meiner Mutter. Du verpaßt aber dein Fortune, dein Glücksrad, willst du das?«

Senta sank zurück auf den Sitzsack, rollte sich auf ihm ein, sah ihre Tochter vor sich, wie sie draußen auf der Bierbank saß, das Schmalzgebäck in der Tüte, und wie die Jungs eine um die andere Kurve im Autoskooter drehten, darauf bedacht, möglichst frontal gegeneinanderzustoßen. Sie verliehen ihr das Gefühl von Lebendigkeit. Sie brachten sie in den Zustand äußerster Zerstreuung, förderten mit all ihren Bedürfnissen, Wünschen, Forderungen ihre Abwesenheit von sich selbst, sie war so sehr in den Kindern aufgegangen, daß sie kaum noch einen blassen Schimmer davon hatte, was sie war, was sie wollte, was ihr Glück war, woraus ihre Ängste bestanden. Vor allem hatte sie durch die Kinder gelernt, daß es nie einfache Lösungen gab, daß das Gewirr aus allen fünf Leben ein Knäuel war, nicht so einfach zu entwirren wie Wolle, daß ihre Charaktere miteinander verwoben waren, sich bedingten, umspannten, und um dieses Tohuwabohu nur ansatzweise zu verstehen, hatte sie jedes Lämpchen ihrer Aufmerksamkeit anschalten müssen, kein Licht für sich selbst übrig, kein Gefühl mehr, nichts, woran sie glaubte, wofür sie Zeit hatte, außer heraneilendes Unglück in Form von Fahrradstürzen oder ähnlichem zu vermeiden, grundlegende Bedürfnisse zu befriedigen, Wünsche, die sie immer als Forderungen verstand und daher lieber sofort als etwas später erfüllte. Sie hatte bemerkt, wie in letzter Zeit immer mal wieder, immer öfter auch, etwas aus ihr herausgebrochen war, eine wütende Kraft, die sie an einen alternden Diktator denken ließ, der spürte, wie ihm die Gefolgschaft aufgekündigt wurde. Es fiel ihr schwer, sich das einzugestehen, aber es war so: Sie hatte tyrannische Züge. Sie wollte in diesen Augenblicken mit jeder Zelle ihres Körpers, daß die Dinge so liefen, wie sie es sich wünschte. Sie kannte keine Alternativen mehr. Sie sah nur das vor sich, was sie erreichen wollte: den Kindern die Wintersachen anziehen, sie pünktlich zur Schule bringen, alle gegeneinanderlaufenden Möglichkeiten unter einen Hut bringen. Sie wollte in diesen Augenblicken so sehr, daß alle das machten, was sie sich von ihnen wünschte. Wenn das nicht passierte, und das war natürlich immer der Fall, ging ihr die Langmut verloren. Ihre Ruhe, ihre Toleranz, schmolz ein auf Erbsengröße, und diese Diktatorstimme brach aus ihr heraus. Nur vor den Kindern, nie vor Michael. Wenn Michael im Raum war, gab es etwas, das sie beherrschte. Wenn er nicht da war, stand mit einem Mal diese andere Hälfte einen Schritt vor ihr. Keiner der Anwesenden richtete sich nach dem hysterischen Kommandeur, das war ihr völlig klar, im Gegenteil, das Zusammenzucken der Kinder war nur eine Reaktion auf ihre tiefere Stimmlage. Sie fingen an, sich zu ducken und ihren Weg zu gehen. Nie wünschte Senta sehnlicher, die Zeit zurückdrehen zu können, als nach jedem dieser Ausbrüche, und zwar sofort, als hätte es ihn nie gegeben. Nie fühlte sie sich einsamer, von allen guten Geistern verlassen. Wirklich, ja, verlassen.

Sie merkte, wie ihr von sich selbst das Bild blieb, mehr nur noch eine Hülle zu sein, die den eigentlich so nährenden Namen Mutter trug. Ja, nach viel mehr fühlte sie sich nicht an. Wie war das passiert, ohne daß sie es recht gemerkt hatte?

Der Mann sortierte das Feld um, schob eine Karte mit einem Wesen, das eine Mischung zwischen Hund und Pferd war, in Sentas Richtung und lächelte einseitig wissend, ein wenig theatralisch, aber nicht arrogant. »Die Natur macht keine Sprünge. Sie liebt die Gleichförmigkeit, die Wiederholung. Auch zwischen den Generationen, da glauben wir gern was anderes, aber wir stehen nur eine Stufe weiter oben oder unten, je nachdem wie das Rad sich dreht. Dein Schicksal, dein Glücksrad, hier, das ist die letzte Karte, oh, ich würde sagen, gutes Zeichen, Madame, gutes Zeichen.« Drei Affen auf dem Rad, das sah Senta. Gregor, Michael und sie, dachte sie und mußte unwillkürlich grinsen. Der Versehrte schob mit einem präzisen Zucken das gefaltete Taschentuch zur Seite. »Spring durch den brennenden Reifen der Welt, endlich. Hier, der Herkules sagt, du kannst Herausforderungen mit Beharrlichkeit meistern. Mach dich beharrlich auf die Suche.«

»Wonach?«

»Nach deinen Gefühlen.«

»Aber vielleicht sind sie nicht mehr auffindbar. Vielleicht sind sie schon zu weit weg, abhanden gekommen.«

Er lächelte halbseitig. »Es gibt solche und solche Menschen. Einige können ihr Herz öffnen, andere können es nicht. Du gehörst zu denen, das sehe ich dir an, die das können, wenn sie nur wollen.«

Er hob die Hand wie ein Mann, der einen Eid zu leisten plante. Ein Torso war er, ging es ihr durch den Kopf, ein Torso, der an allen Rändern ausbricht wie ein Stern, keine Stelle, die dich nicht sieht. »Und was passiert, wenn man es öffnet?«

»Man wird gesund.«

»Ihr Visum?«, hatte bei Gregors Betreten der Grenzschützer knappkantig gefragt. Gregor stand in der Schleuse im Übergang, neben dem Kontroll-Kabuff, und hatte einen Moment gebraucht, um seine Fassung wiederzugewinnen. »Ich, nun, ich bin avisiert«, hatte er dann gesagt, der Grenzer hatte das mit einem ironischen Kopfnicken abgetan: Sicher, du Wichtigtuer, auf dich wartet die Welt. Dann war er mit Gregors visumfreien Paß durch die hintere Buchenfurniertür verschwunden. Gregor hatte ein Gespräch mitgehört, die knarrende, nun vorsichtige Stimme des Grenzers, ein zurückgekegelter Befehl. Das Bild einer Feldmaus an der Wand gegenüber, ein Abrißkalender, ein Bleistift auf dem schmalen Spanplattentisch. Hier begann das Land seiner Träume als ein kleines Rechteck, das der Grenzer mit seinem Körper ausfüllen konnte. Aber wenn er durch dieses Nadelöhr war, würde sich das Land auftun, in dem er leben wollte, der erste Arbeiter- und Bauernstaat auf deutschem Boden. Und nicht der letzte, so viel war sicher.

Ein weiterer Befehl aus dem Nebenraum, die knarrende Stimme zur Antwort, dann schob sich der Grenzer durch den Spalt der Tür zurück ins Kabuff, lächelte Gregor an. »Herzlich willkommen in der Deutschen Demokratischen Republik.« Er zog aus einem Hefter ein Einlegevisum, ein Blatt statt eines Stempels. Falls Gregor jemals zurückkehren wollte. Er überlegte, ob er dem Grenzer das sagen sollte: Rückkehr ausgeschlossen. Aber dann schaute er seinem Gegenüber nur in die Augen und sagte »Danke«. Beide hatten sie ihre Hände an Gregors Bundesrepublik-Paß, der Grenzer lächelte genüßlich, die Frage vielleicht noch auf den Lippen. Ein kleines Kräftemessen, Gregor zog mit einem Ruck dem Grenzer den Paß aus den Fingern. Dieser hob das Kinn, weiterhin lächelnd, und sagte, jetzt ungezwungen berlinernd: »Na, maximale Kampferfolge wünsche ick unserm neuen Jenossen.«

Seit seinem Übertritt waren zwanzig Jahre vergangen. Zehn davon hatte er der Idee nachgehangen, Berufsrevolutionär zu werden. Dieser Plan hatte sich zunehmend am sozialistischen Alltag abgeschliffen, und Gregor war beim freudigen Aufrechterhalten seiner Überzeugungen immer nachlässiger und bei der freudigen Verbreitung seiner Ideale immer dezenter geworden. Bis er in einem Halblaut, einem Mezzopiano sozusagen, angekommen war, dann in einem Piano, das hinüberglitt in ein Flüstern. Danach fing er an zu schweigen. Parallel dazu hatte er in einer Gärtnerei in der Nähe von Dresden gearbeitet, Gedichte erst noch für sich, dann für die Schublade und schließlich fürs sofortige Verbrennen geschrieben, aber es offensichtlich über den Umgang mit den Setzlingen und die Arbeit an der frischen Luft verstanden, nicht in Schwermut zu fallen. Er behielt, seltsam genug, seinen Optimismus, seine unbeirrbare Frohnatur. Er war beliebt bei den Genossen, und dennoch kannte ihn keiner wirklich. Bis er Winfried kennenlernte.

Die letzten zwei Jahre, bis zum Frühjahr 1986, hatte er als Gärtner nicht mehr nur Pflanzen in Umlauf gebracht, sondern auch eine knappe Handvoll Bücher, die ihm sein guter Freund zum Lesen gegeben hatte und die das Prädikat der Staatsgefährdung trugen. Er hatte Winfried in dessen Wohnung kennengelernt, über eine Bekannte aus der Gärtnerei. Und Winfried bewohnte eine stattliche Wohnung mit einer eindrucksvollen Sammlung von Büchern. Winfrieds Eltern hatten in Moskau für die Kommunistische Internationale gearbeitet, Winfried war Mitglied der SED und arbeitete zu dem Zeitpunkt am Zentralinstitut für Kernforschung in Rossendorf. Er war wie Gregor kein Mensch, der zu Ängstlichkeit neigte. Winfried war überzeugt davon, daß es an der Zeit wäre, über die Ausübung der Macht durch die Diktatur des Proletariats neu nachzudenken, die führende Rolle der SED in Frage zu stellen, der sozialistischen Demokratie Haltungen wie zum Beispiel den Mut zur freien Meinungsäußerung hinzuzufügen. Schlußendlich unterzog Winfried die Bündnisbeziehungen mit der Sowjetunion und dem proletarischen Internationalismus einer so ausführlichen Analyse, daß er zu dem Schluß kommen mußte, seine Republik habe sich wie in einer Ehe in eine ungute Form von Abhängigkeit begeben. Winfried fand seine Auffassungen vor allem in vier Schriften, die er Gregor zum Lesen gab, widergespiegelt. Jürgen Fuchs' Vernehmungsprotokolle waren darunter wie auch Wolfgang Leonhards *Die Revolution entläßt ihre Kinder.* Solschenizyns *Archipel Gulag* und der Text *Menschenrechte – ein Jahrbuch für Osteuropa.*

Winfried war ein Mensch, der individuelle Befindlichkeiten für unwürdig hielt angesichts der historischen Lage. Er erweckte Gregors zwischen Kartoffelknollen und Begonienzwiebeln zum Schlummern gebrachten Enthusiasmus wieder. Sie teilten ihren Optimismus, und das machte sie froh, doppelt zuversichtlich, wie sie des öfteren sagten.

Zuerst entwickelten sie sich zu überzeugenden Herausgebern, im wahrsten Sinne des Wortes, denn sie gaben alle Schriften heraus, verteilten sie in selbsterstellten Kopien. Sie tippten sie ab, wieder und wieder. Sie kamen durch diese Gemeinsamkeit weder auf die Idee, ihre Befürchtungen in Alkohol zu ertränken oder in jeder anderen Form von Schweigen, noch verdrängten sie ihre Ängste im wilden Tippen auf der längst altersschwachen Schreibmaschine, bei der zuerst das S und dann das D zu haken begann, später auch ab und zu noch das Z und das P.

Es gab viele Wörter, die mit diesen Buchstaben beginnen wollten, aber die tückische Technik schrieb ihnen fortan vor, sozialismus und demokratie, manchmal auch zentralorgan und politbüro klein zu schreiben.

Sie merkten an unauffälligen Details, daß sich um sie herum etwas veränderte, sie hatten eine geschulte Wahrnehmung, vor allem Winfried, und so wußten sie früh, daß man ihnen auf den Leib rückte, daß sich die unsichtbaren Augen und Ohren auf sie richteten, ihnen immer ein Stück näher kamen. Weder ignorierten sie dies, noch übersahen sie es naiv, noch retteten sie sich in den Gedanken kalter Feindschaft oder blanker Abscheu. Eher suchten sie den Kontakt zu denjenigen, die sie verfolgten, schauten sich nach ihnen um, provozierten Zusammentreffen und damit eine offen wütende Reaktion, so daß beide zu ebenso vielen Jahren Haft verurteilt wurden, wie sie Bücher in Umlauf gebracht hatten.

Es war Winfried ein so tiefes Bedürfnis, seine Ansichten mit seinen Mitmenschen zu teilen, daß er auch in der folgenden Gerichtsverhandlung keine Aussage verweigerte. Er beharrte vor dem Bezirksgericht Dresden auf der Feststellung, er sei Marxist-Leninist, und zwar jetzt und heute. Die Richter Frätz, Scheumann und Lidenhoff urteilten knapp: »Die wiederholt vom Angeklagten abgegebenen Erklärungen und die in seiner Vernehmung zur Person und zur Sache gemachten Aussagen, die insgesamt darin münden, daß er auf dem Boden des Marxismus-Leninismus stehe und daß er ein kritischer Marxist und Kommunist sei, werden aufgrund der von den Zeugen getroffenen Aussagen, die in wesentlichen Teilen vom Inhalt her übereinstimmen, nicht bestätigt, obwohl er sich stets als Marxist ausgab.«

Gregors Erklärung, daß auch er sich als Marxist-Leninist verstehe, wurde mit der nicht ganz ironiefreien Bemerkung abgetan, er habe ja erst zwei Jahre nach seinem Übertritt auf den Boden der Deutschen Demokratischen Republik überhaupt die Staatsbürgerschaft angenommen, da wisse man ja, wie man ihn zu behandeln habe. Er sei, so urteilten die Richter Frätz, Scheumann und Lidenhoff abschließend, in seinem Herzen immer ein Feind geblieben. Eine Nettigkeit also, ihn nicht härter zu bestrafen.

Dann verkündeten sie weiter, daß die Äußerungen der Angeklagten nichts mehr mit dem verfassungsgemäß garantierten Recht auf freie Meinungsäußerung zu tun gehabt hätten, was zumindest dem Angeklagten Winfried Schlack bei seiner familiären Vergangenheit vom Wissensstand her auch hätte geläufig sein müssen. Aber, so bogen sie den Fall und zurrten ihn fest, dieser Angeklagte habe sich bewußt Positionen zu eigen gemacht, die als staatsfeindlich zu werten seien. Mit den Bemerkungen, mit denen die Angeklagten Gregor Naumann und Winfried Schlack die Bücher übergeben hätten, wobei auch die zuvor geführten politischen Gespräche in Zusammenhang gebracht werden müßten, könne man deutlich beweisen, daß die Angeklagten jedes der übergebenen Bücher vom Inhalt her kannten.

Was keiner von beiden je bestritten hatte. Im Gegenteil, sie hatten glaubhaft nachgewiesen, ein jedes über zweihundertmal abgetippt zu haben.

Nur einen Tag, bevor die Staatssicherheit in Form eines überwiegend dunkel gekleideten Trupps äußerst unhöflich und jenseits aller üblichen Einlaßrituale in Winfrieds Wohnung krachte und Gregor und Winfried von einem weiteren nächtlichen Kopiervorgang abhielt –, nur einen Tag zuvor hatte Gregor einen alten Bekannten aus der Gärtnerei, der vor einem Jahr in Rente gegangen war, gebeten, ob er bei seiner Westreise nicht einen Abstecher zu einer Adresse machen könne, die er zuvor freundlicherweise in einem West-Berliner Telefonbuch unauffällig ermitteln müsse. Gregor war immer davon ausgegangen, daß Senta seinen einstigen Mitbewohner Michael Müller-Bredow geheiratet hatte. Das war sein Glück. So fand der alte Bekannte das Eckhaus im Grunewald, und damit Senta, und übergab ihr den von Gregor verfaßten, mitunter blumig gehaltenen Brief, der nicht weniger war, als ein in einer ängstlichen Minute verfaßter Hilferuf auf der Schreibmaschine mit dem kaputten großen S und D. Gregor kannte und schätzte Winfrieds unbeirrbare Überzeugung, da gab es keinen falschen Stolz, keine Eitelkeit, sondern nur den Glauben, daß jede große Veränderung ihren Ursprung im Kleinen hat. Aber in einer Nacht zuvor – Winfried hatte sich mit einer Erkältung ins Bett gelegt, die Schreibmaschine klackerte und ratschte nicht – hatte Gregor am Fenster des Arbeitszimmers gestanden, in die Dunkelheit draußen geschaut, ohne etwas oder jemanden zu sehen, und plötzlich das starke Gefühl gehabt, ein Mensch sei hinter ihm ins Zimmer getreten. Ruckartig hatte er sich umgedreht. Erwartet, daß Winfried dort steht. Niemand stand dort. Er war sich aber sicher gewesen. Ein Zittern hatte seinen Körper ergriffen, wie eine zu lang ausgehaltene Beherrschung, die sich lösen mußte. Er hatte ins Dunkle des Zimmers gestarrt, fest überzeugt, daß derjenige nun bald eintreten, aus dem Schrank, seinetwegen auch aus der Wand treten müßte. Niemand erschien. Es blieb nur das Zittern und das Rätselhafte des Augenblicks, das sich in eine diffuse Vorahnung wandelte. Da hatte er schon angefangen, im Kopf den Brief zu formulieren. Er mußte ihn nur noch tippen, und während er tippte, konnte er nicht mehr daran denken, wie der Staat mit Republikflüchtlingen umging, was an der Grenze passierte. Er konnte nur noch an Terrassenüberdächer, an brückenartige Verlängerungen, an Möglichkeiten zur Fortbewegung denken. Er war drauf und dran, den Brief in den Ofen zu werfen, aber dann drückte er ihn seinem pensionierten Freund doch noch in die Hand.

Der Frühsommer des Jahres, das später als das Jahr des Mauerfalls große Berühmtheit erlangte, begann mit besonders hohen Temperaturen und einer trockenen Hitze, hier in Spanien. Senta und Michael wohnten nun seit eineinhalb Jahren in dem wiederaufgebauten, wie ein langer Riegel am Fuß des Berges stehenden Steinhaus. Der vormals verwilderte Olivenhain nahm Gestalt an, die Kinder gingen auf Internate in Bayern und Schleswig-Holstein und besuchten ihre Eltern in den Schulferien, wobei sie es erstaunlich gut schafften, im Süden Europas ausspannen zu können.

Seit dem Frühjahr, seit hier Teile des Airbus gebaut wurden, fuhr mindestens einmal im Monat ein Höhenleitwerk auf der schmalspurigen Bergstraße oberhalb des Schlafzimmerfensters vorbei. Am liebsten fuhren die Leitwerke nachts. Senta lag in ihrem Bett, hörte das Donnergrollen des Lastzuges schon von weitem, wie ein Indianer auf einer Bahnschwelle, so kam sie sich vor, nur, daß sie dem Feind keine Falle stellte. Sie hätte es gern getan. Sie hatte schon einmal darüber nachgedacht, sich auf die Straße zu legen, festzuketten, einen weißen Kreis um sich zu malen, in der Hoffnung, daß der übermüdete Fahrer sie rechtzeitig im Licht seiner Scheinwerfer entdeckte.

Nicht sie, Michael hatte die Idee endgültig verworfen. Er hatte am Frühstückstisch, wie jeden Morgen, ihr gegenüber gesessen, die Marmelade bis an die Ränder des frischgebakkenen Dinkelbrotes gestrichen und gesagt, »Liebling, glücklicherweise hast du noch nie zur Rebellin getaugt.«

Der nahende Lastzug ließ das Haus vibrieren. In der Küche klapperte das Geschirr. Die Wände zitterten und auch die Bücher im Regal, stand eines zu weit vorn, fiel es schon mal heraus. Dann raste der Lastzug am Fenster vorbei, auf der viel zu schmalen Landstraße, darauf ein in weißes Plastik geschweißtes Ding aus einer anderen Welt. Der unbefestigte Schirm der Nachttischlampe rutschte auf die Seite.

Sie horchte, ob etwas in der Küche von den Regalbrettern fiel, es war still. Hätte sie gewußt, daß heute nacht wieder ein Leitwerk vorbeikommen würde, hätte sie die Kupferkrüge, die in der Küche zur Dekoration dienten, aber wackelig standen, auf den Fußboden gestellt. Sie schaute zu Michael hinüber, der atmete tief und ruhig mit dem ernsten Gesicht eines Menschen, der auch noch konzentriert schlafen konnte. Sie drehte sich um und nickte noch einmal ein, bis der Rundwecker rasselte und sie hochschreckte im Gefühl, eine Nacht auf dem Rücksitz eines klapprigen Autos durchgerüttelt worden zu sein.

Die Sonne fiel in langen Streifen durch die Lamellen des Fensterladens und malte ein Fleckmuster an die gegenüberliegende Wand. Mit einem Ruck stand sie auf, ohne einen Blick zurück auf Michael zu werfen, es war nichts Ungewöhnliches, daß er am Weckerklingeln vorbei weiterschlief.

Sie war nicht wirklich stolz auf die Schönheit des Hauses und des Grundstücks. Alles schmiegte sich an den Fuß des Berges, Berg war zuviel gesagt, eine steinige Höhe, ein Teil Kiefernwald, ein Teil Olivenhain, auf dem Schafe weideten, das Gras kurz hielten und leise klingelten. Aber die Schönheit des Ortes, seine klare Helligkeit, erfüllte sie mit so etwas wie Zufriedenheit. Und wenn jemand das Grundstück betrat und mit staunendem Blick die Details bemerkte, dann sah sie sie auch und war für Augenblicke glücklich, wirklich glücklich, hier zu sein.

Das Haus stand im oberen Drittel der abschüssigen Terrassen. Auch dies war ein alter Olivenhain gewesen, sie hatte die Bäume selbst zusammen mit dem argentinischen Gärtner beschnitten, Michael war vor dem geschätzten Alter der Stämme zurückgeschreckt, eine Schutzbehauptung, das wußte sie, er brachte dem Wachsen und Werden in der Natur einfach kein Interesse entgegen. Sie sollte gezähmt sein, das schon, in einem wild wuchernden Garten hätte er hier in der Fremde nicht sein können. Senta nahm sich der Arbeit an, zuerst aus Notwendigkeit, dann mit dem zunehmenden Gefühl von Befriedigung, als sie spürte, wie die Pflanzen mehr oder weniger das machten, was sie sich von ihnen wünschte, und wie das Rupfen, Wässern und Schneiden sie zu beruhigen vermochte.

Seit Jahresbeginn, seit Michaels Krankheit nicht mehr nur für Irritationen, sondern für Verwerfungen sorgte, brauchte sie die beruhigende Wirkung ihres Gartens. Er diente ihr viel mehr als nur zur Zerstreuung. Er ließ ihre rasenden, manchmal fast wie auf der Flucht erscheinenden Gedanken langsamer werden. Er normalisierte ihren Herzschlag.

Sein ehrliches Haus hier – hatte Michael vor kurzem, in einem lichten Moment, die immer seltener wurden, gesagt – sei das einzige Geschenk, das er sich im Leben gemacht habe. Schon einmal war ihr aufgefallen, wie er Nachbarn gegenüber von seinem Haus sprach. Sein ehrliches Haus war neu. So sehr es sie störte, daß er von seinem Haus sprach, so bewußt war ihr auch, daß der Satz stimmte. Das Haus, das war er. Der Garten, das war sie. Nach ihrem Weggang aus Deutschland hatte sie einige Zeit darauf verwandt, zu verstehen, daß er den Rückzug brauchte, wie andere Menschen Wasser zum Trinken. Hier fühlte er sich sicher. Und sie war ein Teil dieser Sicherheit. Sie war das Grundstück, der Puffer zur Außenwelt, das Drumherum. Niemand kam mehr an ihn heran, keine lästige Natur, kein unkontrolliertes Wachsen.

Seine Krankheit erschien unter diesem Blickwinkel manchmal wie eine zwangsläufige Konsequenz dieser Art von Rückzug.

Senta griff nach ihrem Badelaken, das sie gestern abend in der Küche über die Lehne des Stuhles gehängt hatte, und öffnete die Küchentür, eine echte spanische Tür, dünn und klapprig, eine, die nicht dazu hergestellt worden war, um etwas fest zu verschließen. Der galicische Handwerker hatte sie unbedingt austauschen wollen, Michael auch, aber Senta mochte die Schnitzereien auf beiden Seiten und hatte sich dafür eingesetzt, wie im ganzen Haus, die alten Details zu erhalten. Im Gegenzug hatte Michael die Außenumzäunung bestimmt, ein knapp drei Meter hoher Eisenplattenzaun auf Betonfundament, kleine Löcher im Eisen, ein dekoratives Element, hindurchsehen konnte man nicht.

Von der obersten Terrasse aus warf sie einen Blick über die Ebene, die sich weit erstreckte, das morgendliche Licht noch milde und klar. Dann ging sie vom Haupthaus über die geschwungen angelegten Wege zum Gästehaus hinüber. Die tannengrünen Fensterläden waren geschlossen. Wenn die Kinder hier wohnten – sie nannte sie immer noch ›Kinder‹ –, dann stand alles sperrangelweit offen, was sie mochte. An den geschlossenen Fensterläden schlich sie sich immer ein wenig vorbei, als befalle sie eine Scham ähnlich wie ein Schatten, in den man eintrat und der einen umfing.

Der Oleander schwelgte in der Morgenkühle, über den Tag schien er unter der Hitze zu erstarren. Der Sandstein glänzte matt vom Tau, die rötlich gebrannten Fliesen hielten die Kühle. Sie zog ihre Bastsandalen aus und ging von hier aus weiter zu der schmalen Treppe, die an der Zisterne vorbeiführte und zu deren Füßen ein länglicher Anbau Platz gefunden hatte. Ihr Zimmer. So nannte sie es. Michael hatte es die Garage genannt. Offiziell hatten sie nur einen Ruheraum bauen dürfen, ein Kabuff für den Gärtner, den Chauffeur, den Haushandwerker. Da alle ihre Nachbarn illegal bauten, wagte sogar Michael es, fünf Quadratmeter größer als zugelassen mauern zu lassen. Bis heute schien sein schlechtes Gewissen noch nicht ganz abgeflaut, im Grunde verschlechterte es sich noch, als die Krankheit begann, ihn in den Schwitzkasten zu nehmen.

Von hier aus hatte man einen bezaubernden Blick auf die letzte Terrasse, die immer noch verwildert war, im strohgelben, trockenen Gras hatten sich die Sukkulenten ausgebreitet, vom Rand des Schwimmbeckens bis an den Zaun weiter unten. Einen Augenblick lang schien es Senta, als liege hier das Eingeständnis ihres Alterns, ihr Rücken machte nicht mehr mit, zunehmend größere Flächen verwilderten, irgend etwas hinderte sie daran, den argentinischen Gärtner fest einzustellen, als wollte sie Michael beweisen, unter anderem, daß sie wirklich machte, was sie zu machen zugesagt hatte. Daß sie es war, die die Kontrolle behielt.

Als läge Michaels zweifelnder Blick auf ihr, ein umfassender, plötzlich an allem zweifelnder Blick, dem sie sich durch unbedingte Pflichterfüllung, fleißige, endlos fleißige Treue erwehren mußte.

Die Pumpe des Pools rasselte, es ging kein Wind, die Wasseroberfläche war ein türkisblauer Spiegel, und Senta zog ihr Nachthemd aus und stieg über die gemauerte Treppe hinein.

Sie wußte, daß Michael ihre Pflanzversuche belächelte. Das Teilen der Setzlinge, das Bewurzeln von Ablegern. Sie machte nichts nach Lehrbuch, sie schaute einfach, ob es wuchs oder nicht. Sie pflegte den Umgang mit einfachen Pflanzen, oftmals Gartenkräutern, Rosen waren ihr zu preziöse Charaktere.

Ihr fiel, während sie ruhig ihre Runden drehte, auf, daß an dem Zitronenbaum, der oberhalb des Pools ein Schattendasein führte, nur noch eine Zitrone hing. Er hatte zwei getragen, mehr nicht, dieses Jahr. Wahrscheinlich hatten die Ratten sie heruntergeholt, genauso, wie sie die Tomaten und die Zucchini aus den Gemüsebeeten klaubten und angeknabbert ein paar Meter weiter liegen ließen.

Sie nahm sich vor, nach der zweiten Zitrone zu schauen.

Sie hatte sich mit Michaels abschätzigen Blicken langsam abgefunden, im Grunde aber erst Frieden gefunden, als der Arzt seine Symptome aufschlüsselte und sie zu verstehen glaubte, woher seine fehlende Gnade rührte. Um nichts in der Welt wollte er seine Macht geschmälert wissen, selbst das eigenwillige Wachsen der Pflanzen, der kleine Rahmen ihrer Selbstbestimmung schien ihn zu stören. Auch hätte er es nicht ausgehalten, sich als Dilettant zu zeigen, als jemand, der etwas ausprobiert, weil er nicht genau weiß, wie es geht. Als jemand, der die kleine Ohnmacht akzeptieren mußte, wenn eine Pflanze sich entschied, anders zu gedeihen als gefordert. Etwas auszuprobieren, das stand ihm nicht zu, Schwäche auch nicht, beides war wie Siegfrieds Blatt, Achilles Ferse, ein Kainsmal der Verletzlichkeit, jeder Mitmensch – oder selbst jede Pflanze – würde die Chance nutzen, ihn an dieser Stelle zu fassen zu kriegen, ihn zur Strecke zu bringen.

Er gefiel sich selbst darin nicht, das meinte Senta zu spüren. Aber sie spürte auch, wie die Sucht, alles zu kontrollieren, selbst die Zu- oder Abneigung eines Gegenübers, ihn fest im Griff hatte. Er wollte Senta gefallen, selbst dem redseligen Psychologen hatte er gefallen wollen und war sehr freundlich, charmant und zuvorkommend gewesen. Bis der Mann die erste Frage gestellt hatte. Daraufhin hatte Michael in einer kleinen Rede dargelegt, warum er und Senta sehr gut ohne Beratung klarkämen, schließlich böte die Psychologie wenig Handfestes, sei dem Recht, der Philosophie auch, weit unterlegen, wie alle Wissenschaft vom Menschen viel zu vage in ihren Begriffen, zu zerspalten in ihren Systemen, schlußendlich eine Glaubensfrage sowieso.

Als die Krankheit schon fortgeschritten war, durfte nichts mehr zwischen ihm und den Wänden sein. Senta hatte begonnen, das Haus umzuräumen, die bäuerlichen Möbel, die sie mit dem Haus zusammen erworben hatten, sowie alles Mitgebrachte in die Zimmermitte zu schieben, so daß er seiner Wege gehen konnte. Immer an der Wand entlang. Der Arzt sagte ihr, es sei lebensnotwendig für Patienten wie Michael, das Gefühl von allumfassender Kontrolle bis zum Ende.

Es hatte mit den Schubladen begonnen. Er stürmte in die Küche, in der sie gerade kochte – woran sie sich nach langen Jahren in der Obhut vom Lydchen erst wieder gewöhnen mußte –, zog alle Schubladen auf, schaute hinein, prüfte, zählte, schob sie wieder zu. Als habe sie ihre eigenen silbernen Löffel gestohlen, so war sein Blick. Am Anfang lächelte sie darüber noch oder machte einen kleinen Scherz, von dem sie meinte, daß er die vergiftete Atmosphäre bereinigen konnte.

Irgendwann begann sie, die Respektlosigkeit seiner Überprüfungen zu verabscheuen, sie fluchte leise, wenn er nach seinen Durchsuchungen die Küche verließ, und erst mit der Zeit schaffte sie es, sich selbst zu beruhigen und alles im Rahmen der Krankheit zu sehen. Die Schuhe im Flur mußten ausgerichtet werden, Messer und Gabel auch, es wurde eine Frage ihrer Gefolgschaft, ob die Gläser im Schrank vom Fuß auf den Kopf gestellt wurden. Eines Tages befahl er ihr, seine Hemden aus dem Schrank herauszunehmen und sie in einer von ihm festgelegten Reihenfolge zurückzuhängen. Sonst drohe eine verhängnisvolle, ja, das sagte er, eine verhängnisvolle Strafe. »Was für eine Strafe?«, fragte sie. »Nicht nur der Staatsanwalt ist im Bilde«, flüsterte er.

Der behandelnde deutsche Allgemeinarzt hatte ihr empfohlen, nicht gegen Michaels Verschwörungen anzureden, auch besser keine Fragen zu stellen, sondern Beruhigendes zu sagen wie: »Schau, die haben gesehen, daß die Schuhe richtig stehen, sie werden wieder gegangen sein.« An einem Hemd fand sie einen alten Zettel angeheftet aus der Reinigung. Sie gab ihn Michael. Er schaute ihn an und sagte: »Siehst du, das ist der Beweis. Wie ich immer gesagt habe.« Sie erwiderte: »Aber guck mal, da steht 591 drauf, daß heißt doch, du hast alles richtig gemacht.«

Der Psychologe bat sie dann anderntags, allein, ohne in Begleitung von Michael in seiner Praxis zu erscheinen. Sie kam der Aufforderung heimlich nach, ohne Michael davon zu erzählen. Fast als hätte sie sein Vertrauen gebrochen, als plane sie etwas ganz anderes mit dem nicht schlecht aussehenden, zugewandten Mann hinter dem Schreibtisch, und fühlte sich nun ertappt. Als der Arzt dann sagte, daß sich für jemanden wie Michael, eine narzißtische Persönlichkeit, jede Handlung eines anderen Menschen auf ihn beziehe, und jede Handlung ausschließlich dazu da sei, ihn zu ärgern, zu malträtieren, am Ende zu zerstören, womit einem Patienten wie Michael also nichts anderes übrigbleibe, als möglichst alles, was seine Mitmenschen taten, zu kontrollieren, zu manipulieren, letzten Endes zu minimieren –, da kam es ihr wie ein schlechter Witz vor, daß sie überhaupt diesen heimlichen Weg angetreten hatte, wie ein Verrat an Michael, so schien es ihr. Der nächste Mensch neben einem pathologischen Charakter wie Michael, referierte der schmucke Arzt höflich weiter, in diesem Falle sie, Senta, würde durch vielfältige, meist sehr subtile Strategien dazu gebracht werden, bei ihm zu bleiben. »Wollen Sie bei Ihrem Mann bleiben?«, traute sich dieser freche Mensch dann zu fragen.

Sie war aufgestanden und konnte sich nicht daran erinnern, sich verabschiedet zu haben.

Niemand, schon gar kein Psychologe, reduzierte ihre Ehe, Michael und ihr gemeinsames Leben, auf solche Begriffe. Borderliner, das waren ihrer Kenntnis nach magersüchtige Mädchen, die es liebten, sich mit Rasierklingen die Unterarme aufzuschlitzen. Narzißten waren größenwahnsinnige, zu klein gewachsene Staatsmänner oder Menschen, die ohne das Elixier Aufmerksamkeit nicht leben konnten. Und niemand fragte sie, ob sie bei ihm bleiben wollte. Wirklich niemand.

Ihr Mann war eine gestandene Persönlichkeit, erfolgreich und geschätzt. Er hatte ein Vermögen mit seiner Arbeit erwirtschaftet, ein naheliegender Beweis, daß er im Leben nicht auf irgendeinem Grat spazierengegangen oder in irgendeinem Selbstbespiegelungskreislauf hängengeblieben war.

Nach dieser Konsultation hatte sie bemerkt, wie sie Michael liebevoller betrachten konnte. Vielleicht lag es auch an dem diffusen schlechten Gewissen, das sie immer mal wieder beschlich, in den alltäglichsten Situationen, selbst wenn sie vor dem Badezimmerspiegel stand und sich schminkte, wurde sie plötzlich von einer Hitze erfaßt, die sie erröten ließ, bei dem Gedanken daran, was der Arzt ihr über Michael hatte sagen wollen und diese unverschämte Frage am Ende. Sie sah, wie er, Michael, unter sich selbst litt. Es war ihre Aufgabe, sein Leiden zu mildern. Zumindest das.

Vor einer Woche erst hatte sie auf seinen Wunsch alle Rahmen, Fotos und Bilder abgehängt. Die spanischen Landschaftsschinken, die sie mit den Möbeln übernommen hatten, die Stiche und Landkarten, die aus Berlin mitgebracht worden waren, die Fotos der Kinder in Klipprahmen. Er sagte, dahinter verberge sich etwas, was er bewachen müsse. Sie zog die Nägel und Haken heraus, verputzte die Löcher.

Er stand die ganze Zeit hinter ihr und kontrollierte ihr Tun. Sie verstaute die Bilder im kleinen Anbau, in ihrem Zimmer, fast ein Stück weit zufrieden darüber, ihre Kinder auf diese Weise um sich zu haben, aber mit dem deutlichen Gefühl, ihm die letzte Runde freigemacht zu haben auf seinem so gewissenhaften wie geheimnisvollen Lauf, in diesem Schlußkarree seines Lebens.

Irgendwo, ganz weit hinten, als existiere ein Pendant im äußersten Winkel ihres Gartens, irgendwo wuchs ein Widerspruch gegen ihr angepaßtes Verhalten. Er hatte sie angeschrien, sie solle sich endlich mal beeilen, nicht immer so rumtrödeln bei allem, was sie tue. »Die Hälfte vergessen«, hatte er dann geschrien, und sie hatte nicht gewußt, ob er damit sie oder sich selber meinte. Sie hatte nur den Ausdruck auf seinem Gesicht gesehen, der mehr Verblüffung als Zorn enthalten hatte, der Ausdruck von jemandem, der keinen Grund für seinen Kummer finden konnte. Aber das, was sie gesehen hatte, hatte sie beruhigt. So schwierig es auch gewesen war, nach dieser Unberechenbarkeit, nach seinem Toben wieder ruhig zu werden.

Senta trocknete sich ab, ging dabei näher zum Zitronenbäumchen und stellte fest, daß die eine Zitrone, obwohl noch etwas grün, einfach abgefallen war. Sie hob sie auf, hielt sie in der Hand, als prüfe sie ihr Gewicht, und ging – das Handtuch um den Körper geschlungen, die Zitrone in der Hand – nach oben zum Haus.

Sie erwartete Michael in der Küche, wie sonst immer, aber er schien noch nicht aufgestanden zu sein. Die Ruhe des Hauses erfüllte sie mit einer genüßlichen Vorfreude, eine Mischung aus Zufriedenheit im Alleinsein und der Gewöhnung an die wohltuende Tatsache, gleich gebraucht zu werden.

Sie öffnete das Vorratsglas, goß die Kaffeebohnen in das Edelstahlrund der Mühle, ihr Klimpern, wie Perlen, sie drückte den Schalter mit der Handfläche und horchte auf das mahlende Geräusch der Klingen, bis es im feinen Kaffeepulver verstummte.

Es ist gut, dachte sie mit einem Mal, daß es nur uns zwei hier gibt, daß die Kinder nicht viel von Michaels Zuständen mitbekommen. Sie erzählte kaum etwas, die sie aus der Fassung bringenden Ereignisse verschwieg sie sowieso, und es war besser so. Warum die Kinder verunsichern, warum ihre Leben beeinflussen und Gefühle wecken, mit denen sie dann gar nicht klarkommen konnten. Sie konnte es.

Konnte sie es?

Sich die Antwort nicht erlauben. Den beruhigenden Geruch einatmen, salzig und bitter, dann wusch sie die Espressokanne unter laufendem Wasser aus, innen und außen, ein schwarzbrauner Mond in der Edelstahlspüle, der Kaffee von gestern, bis der Wasserstrahl ihn zerstörte, bis alle Krümel weggespült waren, den Abfluß gereinigt hatten. Diesen Mythos glauben, ja, das tat sie, sie glaubte solche Sachen, die sie in der Zeitung las oder von ihren spanischen Nachbarn hörte: Espressoreste schaffen es, Kakerlaken zu vernichten. Sie stellte den 8-Liter-Plastikkanister ab, behielt das milchweiße Plastikgefühl in den Händen und war zufrieden zu wissen, daß es mit dem Gartenschlauch, der Zahnbürste, den Mülltüten noch einmal abgerufen werden konnte, dieses künstliche Materialgefühl, mehr Plastik würde sie aber am Tag auch nicht anfassen. Das war ihr wichtig gewesen, ein Anliegen, das immer bedeutsamer wurde, je länger sie im Haus lebten: harmonische Proportionen und natürliche Materialien. Holz, Keramik, Kupfer, Steingut, Wolle, Porzellan, Edelstahl, sie ertrug nur noch Stoffe mit Eigenschaften, Plastik war ein Stoff ohne Eigenschaften, und daher konnte sie es physisch kaum noch ertragen, mit ihm im Supermarkt – oder selbst auf dem Markt, wo die Verkäufer noch einzelne Zitronen in flattrige Tüten packten – in Berührung zu kommen. Mit der Linken drückte sie den Regler am Gasherd, ein flackerndes Zischen, die bläulichgelbe Flamme umleckte die schwarze Sonne, bis sie die Kanne auf das Gitter stellte, sorgsam das Gewicht auf allen vier Schienenenden verteilte und einen Schritt zurücktrat.

Der Geruch. Von ganz weit weg drängte er sich auf. Sie roch Kakerlaken, hatte sie mal festgestellt. Natürlich hatte sie Michael gegenüber nie ein Wort davon gesagt. Jorge, dem nächsten Nachbarn, schon. Er hatte ihr lachend erzählt, daß sie damit kein großes mediales Talent geworden sei oder so, seine Mutter habe diese Fähigkeit auch, wie die meisten Frauen, die viel Zeit ihres Lebens in der Küche verbracht haben. Sie traute sich ihm gegenüber nie zu sagen, daß sie in Berlin lange Zeit von Lydia bekocht worden waren. Vielleicht auch, weil sie an Lydia nicht denken wollte. Die kümmerte sich jetzt um Anton, der seit Michaels und ihrem Weggang im Eckhaus eingezogen war. Eine beruhigende Lösung, wie sie fand, über die es auch nicht lohnte, mehr als nötig nachzudenken. Die grüne Zitrone lag im Abtropfgitter neben der Spüle, die Gasflamme zischelte. Die Grillen von draußen. Und dann ein Rascheln unter der Spüle, als finde etwas eine Öffnung in einer noch flachgepreßten Mülltüte, einen Eingang, den man sonst nur durch Reiben der Tüte zwischen dem angefeuchteten Daumen und Zeigefinger findet. Es war eine Kriegserklärung. Nicht mehr nur eine Beleidigung. Nichts verabscheute sie so sehr wie dieses typische Rascheln, zusammen mit dem Geruch, der seltsamerweise etwas vom Kaffeeduft hatte, etwas Herbes, dazu eine beißende Schärfe, als hätten die Kakerlaken alle gesprühten Gifte in ihrem Körper gespeichert und dünsteten sie nur langsam wieder aus, statt an ihnen zu verrecken. Sie machten ihr Haus zum belagerten Terrain, sie akzeptierten keine Silikongrenzen, keine tödlichen Köder, sie kamen immer wieder als flitzende Pfeile in Bodennähe, viel zu schnell, als daß man sie erschlagen konnte, man mußte sie direkt ansprühen, aus nächster Nähe, und lang ansprühen, um sie umzubringen.

Sie huschten hinein, wie eine Erinnerung, kurz nach dem Aufwachen, ins Bewußtsein huschen konnte, an den letzten Traum der Nacht. Eine Ahnung, vielleicht auch, von den Kräften, die in jedem Menschen wirken. Daß sie so machtlos dem Ekel ausgesetzt war, schockierte Senta am meisten. Sie konnte sich manchmal für Minuten nicht mehr bewegen, nachdem sie ihre Kontrahenten gerochen hatte.

Und es gab eine seltsame Konstante in ihrem südländischen Leben. Immer, wenn die Kakerlaken auftauchten – so war es in der Vergangenheit geschehen – passierte etwas Unangenehmes, Beängstigendes. Etwas, womit sie nichts zu tun haben wollte.

Der Kaffee begann zu kochen, das sprotzende Wasser auf dem heißen Herd. Das überdeckte den Geruch für einen Augenblick. Sie beugte sich weit vor, um den Topflappenhandschuh zu greifen, schüttelte ihn aus, denn auch dort hatte schon mal eine gesessen, der tiefe Ekel, die Beine, die langen Antennen an den Fingerspitzen gespürt zu haben. Dann war das Tier ihr über den Daumen gelaufen, die drahtigen Beinchen mit Widerborsten. Hatte sich fallen lassen, wie eine Katze, war auf den Füßen gelandet, hinter der gefliesten Kante der Arbeitsplatte verschwunden. Danach hatte Senta diese und jede nur erdenkliche Ritze im Haus, jeden noch so schmalen Spalt mit Silikon versiegeln lassen. An den darauffolgenden Tagen war Michaels Krankheit das erste Mal wie mit einem Schlagstock in ihren ruhigen, gleichförmigen Alltag gekracht.

Etwas hastig stellte sie die Kanne auf das Holzbrett, das helle Holz war verziert mit schwarz gebrannten Ringen, wie eine Hornbrille, so schaute sie das Brett an. Aufgeregt wartete sie, bis der Kaffee sich beruhigt hatte, dann ging sie bewußt nicht in die Speisekammer, wo auch der Kühlschrank stand, weil die Speisekammer immer zuerst Feindesland wurde – wenn sie wiederkamen, eroberten sie diese Halbinsel zuerst –, sie ging zur alten Holzanrichte, um eine haltbare Milch herauszunehmen, und riß dem wabbeligen Karton eine der Klappspitzen ab. Auf die noch brennende Flamme stellte sie den Emailletopf, daß die Milch, als sie sie hineingoß, laut zischte. Dann richtete sie all ihre Konzentration darauf, mit dem Schneebesen Blasen in der Milch aufzuwerfen, den Griff zwischen den Handflächen, als plane sie mit einem Stock ein Feuer zu entfachen.

Sie wollte ihm den Kaffee ans Bett bringen, ein paar beruhigende Worte mit ihm sprechen, ob er aufzustehen plane, wie er sich fühle – an all die Beschimpfungen, die sich erst gestern über sie ergossen hatten, wollte sie nicht denken. Vor allem an das eine, was er gesagt hatte. Daß er überzeugt sei, sie habe ihm immer nur etwas vorgespielt, geliebt, zumindest, geliebt habe sie ihn nicht. Er hatte diesen Ausspruch sicher schon längst wieder vergessen, das wußte sie bereits von anderen Malen, auch seine Schimpftiraden waren für ihn nicht mehr präsent, fast wie nie dagewesen, was sie – als sie das verstanden hatte – unendlich beruhigte. Er sollte von den Kakerlaken nichts mitbekommen, es würde ihn nur unnötig in Aufruhr bringen. Sie wußte schon, wie sie ihre Feinde bekämpfte. Sie würde sich um die Eindringlinge kümmern, ihre Küche verteidigen. Der Ort, an dem sie herrschte, seit sie hier wohnten und die Kinder in Internaten erzogen und betreut wurden, sie also sonst nichts hatte, was ihre andauernde und ständige Aufmerksamkeit forderte. Außer der Garten. Der war ein Ersatz, ein guter, beruhigender Ersatz. Komisch, dachte sie, während sie mit dem Topflappenhandschuh den Emailletopf anhob, die geschäumte Milch in einen Becher goß: Die Insekten draußen, die ekeln mich nicht. Wie oft huschte etwas Ähnliches wie eine Kakerlake, nur dicker, voluminöser, zwischen den Töpfen der Setzlinge hindurch. Das war ihr vollkommen egal. Nur hier im Haus, hier in der Küche, da konnte sie keinen Zentimeter Boden in Feindeshand übergehen lassen.

Sie erschrak so, daß der Kaffee überschwappte. Jorge, der Nachbar, stand draußen, hinter dem Küchenfenster, eine Hand an die Stirn gelegt, die Augen, die Augenringe beschattet, nah am Glas. Sein Gesicht wirkte unrasiert, unter der Schiebermütze noch dunkler, dann klopfte er kraftvoll.

Sie hielt ihren Kaffeebecher fest, der beschleunigte Herzschlag des Schrecks lähmte sie. Jorge ging ums Haus herum, öffnete die klapprige Küchentür in einem Schwung und sagte in seinem für sie immer wieder viel zu schnellen Spanisch: »Dürfte ich mir einen Augenblick Ihrer Zeit borgen?«

Senta dachte sofort an Michael. Er hatte irgend etwas gemacht, den freundlichen, ihnen zugewandten Nachbarn angegriffen, seine alte Mutter, seine alte Tante, die alle drei zusammen in der dorfnahen Steinvilla wohnten. Sie holte schon Luft, um eine Entschuldigung zu formulieren, da verwunderte sie doch die ruhige Ratlosigkeit in Jorges Gesicht. Kein Ausdruck, den man nach einer Beschimpfung oder ähnlichem hatte.

Don Jorge, wie er genannt wurde, in ausgebeulten Hosen und beigefarbenem Hemd, blieb vor der Tür stehen, sie ging auf ihn zu, er wich zurück, und so standen sie sich erst auf der Terrasse gegenüber. »Möchten Sie einen Kaffee?« Sentas Spanisch war nicht prächtig, aber sie hatte sich eingehört, sie konnte sogar die Alten verstehen, die die Enden schliffen und das Gurgelige des Katalanischen ins Spanische hinüberretteten. »Ach ja. Wozu die Eile. Die verfeindeten Seelen. Meine Mutter und meine Tante sind heute nacht gestorben. Seit dreißig Jahren haben sie kein Wort mehr miteinander geredet. So entzweit, daß die eine es noch nicht einmal schafft, die andere zu überleben.«

Senta gab ihm die Hand zur Beileidsbekundung, sie wollte den großen und irgendwie auch dominanten Mann nicht umarmen. Ihr nachbarschaftliches Verhältnis zeichnete sich durch respektvolle Distanz aus, Senta hatte manchmal bemerkt, daß Jorge ihr die Nuance eines anderen Blicks zuwarf, den sie nur schmeichelhaft fand, wenn Michael nicht in der Nähe war.

Dann reichte sie ihm den Kaffee, den sie für ihren Mann zubereitet hatte, und dachte darüber nach, ihn zu wecken, damit er später keinen Grund zu einem jähzornigen Ausbruch von Eifersucht haben konnte.

»Mein Gott, beide zusammen. Das tut mir leid.«

»Meine Mutter war siebenundneunzig, meine Tante neunundneunzig. Bis auf die Tatsache, daß sie es geschafft haben, so viele Jahre nicht mehr miteinander zu reden, würde ich ihre Leben als in Ordnung bezeichnen. Sie sind beide einfach entschlafen. Wie verabredet. Nur daß sie sich nicht haben verabreden können.«

Senta und er tranken gleichzeitig.

»Mit einer wären wir klargekommen, aber beide. Ich dachte, ich frage Sie.«

Er schaute sie an, prüfend, mit schmalen, undefinierbaren letztendlich aber seltsam heiteren Lippen, als gäbe es im Tod hauptsächlich eine Dimension von Erleichterung, die aber nur der verstand, der zeitlebens unter dem Verstorbenen gelitten hatte.

Die linke Seite in der alten Villa, das war Maria Concepción – Jorges Mutter –, die nur knapp zwei Jahre jünger war als ihre Schwester Maria Puríssima, die auf der rechten Seite des Hauses wohnte. Niemand konnte recht sagen, woran sich der Streit entzündet hatte, der die beiden Damen so entzweite, daß sie nicht mehr miteinander sprachen und das Haus nur verließen, wenn sie sicher sein konnten, der jeweils anderen nicht zu begegnen. Maria Puríssima, die alle Puri nannten, schickte in jedem Falle lieber ihr kolumbianisches Hausmädchen, die kleine Gabriella, die selbst zwei Töchter und zwei Enkeltöchter hatte, aber für Puri alles machte: Sie kaufte das harte, alte Brot beim Bäcker, das Puri nur noch aß, jeden Tag die eine Tomate dazu, das Olivenöl und den ganz bestimmten Knoblauch, auf den Puri schwor, sie bereitete das Pan amb Oli zu, wie Puri es mochte, sie saß bei ihr, wenn sie einen Cortado nach dem Essen trank, machte den Fernseher an, wischte den Staub, der Tag für Tag auf die dunklen Holzanrichten und ausladenden Stühle mit kerzengeraden Lehnen fiel, sie feudelte den schwarz-weißen, durchgetretenen Fliesenboden, zupfte das Unkraut aus den Oleanderkübeln, schloß die Fensterläden am Abend. Gabriella ging auch ab und zu in den zweiten Stock, wo ehemals eine katholische Mädchenschule residiert hatte, um nachzuschauen, ob Jorge noch lebte. Er hatte sich noch nicht zu Tode gesoffen und war damit beschäftigt, seine epischen Gedichte an die Wände der vierhundert Quadratmeter großen Etage zu schreiben.

Bis zu ihrem Tode stand Puri noch jeden Tag auf, zog sich langsam und mit Bedacht an, so daß der Vormittag darüber verstrich, puderte sich dann erst unter den Achseln, um anschließend ein kaltes Fußbad und ein lauwarmes Bad für die Hände zu nehmen und sich den Hals mit Olivenöl einzureiben; war dann so weit gerichtet, daß ihr mit Hilfe von Gabriellas geschickten Händen das daunenfederige Haar zu Wellen gelegt werden konnte – worüber es Nachmittag wurde und die schlimmste Hitze überstanden war.

Puri, die Erstgeborene, schien von den beiden Schwestern die Würdenträgerin zu sein, die nie ihre strenge Selbstbeherrschung verlor. Als wache die Ältere mit Adlerblick nicht nur über jeden Vorgang im Haus, sondern erhalte Unterstützung auch noch durch weitere Informanten, so verließ Maria Conceptíon – Jorges Mutter – das Haus nur zu nächtlichen Stunden, schlich sich aus ihrer Tür, im Schutz der Dunkelheit, um gerade noch eine Tafel Schokolade, einen Weichkäse, Kamillentee und ein Roggenbrot zu kaufen. Maria Conceptíon lebte nachts, im Verborgenen, hinter ihren pflaumenfarbenen Samtvorhängen. Maria Conceptíon und Maria Puríssima starben so verstritten und verbunden, wie man es sonst von Ehepaaren kennt. Maria Puríssima schlief für immer in ihrem Bett ein, Maria Conceptíon auf einem staubigen Sessel zwischen ihren Volieren. Jorge bat Senta, auf Maria Conceptíon zu achten, während Gabriella drüben in der anderen Haushälfte bei Puri war. Er selbst wollte sich um das Behördliche kümmern.

Es war ihm ein Anliegen, das Senta auf eine seltsame Art berührte.

Er wollte die alten Damen auf keinen Fall allein im Bett und auf dem Sessel liegen wissen. Er wollte, daß sie in diesen Stunden des Übergangs Besuch hatten, er bat Senta, wenn es ihr nichts ausmache, ruhig mit seiner Mutter zu reden, über was auch immer, und Senta erwiderte nichts, denn sie war mit einem Mal gefangen in der Erinnerung an den Tod ihrer eigenen Mutter, mit der sie fast ununterbrochen geredet hatte, in dieser Zeit, die irgendwie zwischen allen Zeiten war.

Sie konnte neben der alten Dame, die Jorge mit Kissen auf ihrem Sessel abgestützt zu haben schien, nicht sitzen. Sie öffnete die Fenster, denn der Gestank des Guano in den Vogelkäfigen raubte ihr den Atem. Dann spürte sie die längst vergessenen, damals nicht geweinten Tränen, wollte aber hier nicht weinen, beherrschte sich durch einige Betriebsamkeit: Sie öffnete nach und nach alle Volieren. Die Kanarienvögel, Mönchssittiche, Papageien hüpften, stolperten und fielen aus den Käfigen, einige blieben leicht schaukelnd auf dem Boden sitzen, als säßen sie noch auf ihren quietschenden, von Maria Conceptíon selbst hergestellten Holzschaukeln.

Einige Vögel flogen später durchs Dorf, auch hinaus zu ihrem Grundstück, saßen noch Tage in den Kiefern oberhalb und auch im silbrigen Blattwerk der Oliven. Seither verband Senta mit den neongrün leuchtenden Sittichen, die angeblich mit den Bananendampfern aus Südamerika eingeschleppt worden waren, das Ende eines Menschenlebens. Ein tröstlicher Gedanke, fand sie, denn die Vögel schnatterten ununterbrochen, laut und knarrend, dann wieder hell und fast melodiös, alles in allem noch etwas ausdauernder als die Singzikaden.

Ein Fenster knallte im Luftzug, Senta ging zurück in das Zimmer, in dem die alte Dame lag, in dem Moment rutschte ein taubengraues Satintuch, das einen der Käfige bedeckt hatte, von den Stäben. Es glitt mit einer zum Hinschauen zwingenden Eleganz hinunter, als tanze es bewußtlos. Senta hob es auf, legte es über den Käfig und wartete, nur, um es noch einmal fallen zu sehen. Maria Conceptíon war ihr immer sympathischer gewesen als ihre Schwester, die beherrschte Puri, die nichts aus den Augen ließ, deren Strenge etwas Übermenschliches angenommen hatte, die nur eine verschreckte Schwester und einen im Dickicht des Lebens verlorenen Neffen neben sich zu dulden schien, der wohl das Dichten oben im zweiten Stock des Hauses brauchte, um der Unnahbarkeit und menschlichen Kälte, die unten im Haus herrschte, zu entkommen. Aber er war bei den Damen geblieben. Vielleicht brachte er seine Trauer um sein ungelebtes, verhindertes Leben in seinen epischen Gedichten zum Ausdruck. Wie es schien, las niemand seine Werke, dort oben, in den Gängen der ehemaligen Mädchenschule, die er immer im Kreis herum an die Wände schrieb. Kurz dachte Senta darüber nach, jetzt einfach einmal nach oben zu gehen, es sich anzuschauen. Dann betrachtete sie Maria Conceptíon, wie man sie aus dem Sessel rausbekommen sollte?, und begann, die Hinterlassenschaften der Vögel zusammenzukehren.

Als sie am frühen Nachmittag ihr Grundstück betrat – Jorge war mit dem Bestatter, dem örtlichen Apotheker, ins Haus zurückgekehrt – fand sie es seltsam verlassen vor. Michael war weder auf der Terrasse noch im Schatten des Sonnenschirmes unten am Pool zu sehen. Sie stob die Einfahrt hinauf, von der Wucht ihres schlechten Gewissens angetrieben, nicht Bescheid gegeben zu haben, wo sie den ganzen Tag gewesen war.

Michael lag im Bett, verzweifelt und jähzornig mit einem Blick in den Augen, der sie erschrecken ließ, seine Lippen waren trocken, er wolle etwas trinken, wo sie denn gewesen sei, wie sie ihn einfach hatte verlassen können, seine Beine seien taub, er könne nicht aufstehen. Sie traute sich nicht, ihm nahe zu kommen, er schrie, spuckte dabei, fluchte, sein Gesicht war rot bis zum Hals. Er rappelte sich auf, griff nach dem Stoff ihres Kleides, krallte seine Hand hinein, zog sie zu sich, sie fiel, weil sie nicht darauf vorbereitet gewesen war, auf ihn, er quetschte seine Hände in ihre Haut. Sie wehrte sich nicht. Sie versuchte nur, so weit weg zu kriechen, wie sie konnte, er griff sie an beiden Schultern, an den Armen. Sie zitterte, als friere sie, ihre Arme und alle Stellen, die er berührte, brannten. Sie kam nicht dazu zu sagen, wo sie gewesen war. Dann preßte er seine Lippen auf ihren Mund, sie zuckte zurück, er hatte sie aber fest in seinem Griff, er hörte mit dem verrutschten Küssen auf und sagte in einem Tonfall, der sie an die Stimme ihres jüngsten Sohnes erinnerte, als er noch Vorschulkind war: »Ich weiß es einfach.«

»Was weißt du.«

»Du kannst es gar nicht.«

»Was kann ich nicht.«

»Mich Lieben.«

»Das stimmt nicht«, sagte sie sofort.

»So ist es eben.«

»Hör auf damit«, sagte sie streng, in einer Art, wie sie früher auch mit ihren Kindern gesprochen hatte.

Er ließ sie los, sie rutschte ans Ende des Bettes und blieb dort erschöpft und reglos sitzen. Irgendwann flog draußen einer von Conceptíons Mönchssittichen vorbei, setzte sich wenig später auf die Fensterbank. Senta konzentrierte sich auf den Vogel, der ein wenig nach rechts, ein wenig nach links hüpfte, während Michaels Atem immer ruhiger zu werden schien. Sie schaffte es, während des Vogelbetrachtens, ihren Schmerz zu verschlucken und stand erst auf, als Michael leise, ein wenig heiser zu ihr sagte: »Nie wieder gehst du fort, wenn ich es dir nicht erlaube.«

Eine Woche später war er tot. Die Taubheit hatte, seiner Wahrnehmung nach, seine Achseln erreicht, und er hatte nächtens neben ihr einfach das Atmen aufgegeben. Ohne daß sie durch das Rütteln eines vorbeifahrenden Airbusteils, durch einen Traum, durch eine vorbeihuschende Kakerlake oder irgend etwas anderes aufgeweckt worden wäre.

Jetzt stand sie neben dem Bett und sah den Körper ihres Mannes unter dem weißen Laken. Friedlich, so schien es, ohne Angst vor den Schatten, die sich zwischen ihn und die Wände geschoben hatten. Sie schaute auf das Laken, den Boden, das Fenster, das Fliegengitter, sie erinnerte sich an die Vögel, wünschte sie alle herbei, schaute wieder auf das Laken, seinen Saum, auf die Körperform darunter, sie konnte ihrem Mann noch einmal kurz ins Gesicht sehen, aber näher kommen konnte sie ihm nicht.

Sie umrundete das Bett. Sie wollte ihm nahe kommen, aber es war, als versuche sie gegen einen anders gepolten Magneten anzulaufen. Sie schloß die Augen, suchte alle Kraft zusammen, die sie meinte zu haben, dachte an ihre Kinder, die vier Söhne, die sie mit ihm gezeugt hatte, überwand den Widerstand, machte einen Schritt auf ihn zu, legte ihre Lippen auf seine Stirn, spürte das Wachshafte, das Nichtvondieserwelt, nahm wahr, daß er nach nichts mehr roch, wie Süßwasser oder Luft, sie küßte ihren Mann mit geschlossenen Augen und verließ, nicht ohne Erleichterung, das Zimmer.

Während sie Jorges Nummer wählte, hielt sie sich eine Hand vor den Mund und wußte, daß das Gefühl der Kälte, das sie auf ihren Lippen zu schmecken meinte, nachlassen würde, aber nicht die Erinnerung, daß ein Mensch seinen Geruch verloren hatte, das Flüchtige, das stets Bittersüße, das Einzigartige, für das es keine Worte gab, das aber eines jeden Wesen auszumachen schien.

Katarina kam als erste und blieb als letzte. Ihre Brüder reisten am auf den Todestag folgenden Morgen an, zuerst Martin und Markus, am Nachmittag Michi Junior und Malte. Es war das erste Wiedersehen in Spanien, bei dem alle fünf Kinder beisammen waren, und es war der Jüngste, Malte, der es mit seiner leichtfertigen Art und seinem feinen Empfinden für die Stimmungen der Mutter aussprach: »Mußte Papa erst gehen, damit das klappt.«

Dank Jorges geistesgegenwärtiger Hilfe fragte nach der Einäscherung und der Abschiedszeremonie niemand nach der Urne, auch das deutsche Konsulat nicht. Beim Totenmahl im Dorfrestaurant spielte der argentinische Gärtner auf der Trompete, begleitet von einem chilenischen Waldarbeiter, der die Kordillieren überquert hatte und in Bolivien aufforstete, nun aber gitarrespielend der Liebe wegen nach Spanien gekommen war, sowie einem Schweizer mit kolumbianischen Wurzeln, der einen Leninbart trug, schwarz-weiße Lackschuhe und einen Schmelzbariton besaß – die drei brachten den traurigsten Tango zustande, kitteten mit ihrer Musik die noch offenen Wunden des Verlusts, waren eine ins Tangokleid gehüllte Therapiestunde des Abschieds. Sie spielten, bis der letzte Gast des Dorfes gegangen war. Und dann begleiteten sie mit ernsthafter Gentlemengroßzügigkeit Senta und ihre Kinder hoch bis zum Grundstück, umhüllten die Trauernden mit ihrer überhaupt nur zur Tröstung erfundenen Musik.

Sentas Bruder Peter reiste aus Australien an, wohin er sich zurückgezogen hatte, um weit ab von Europa ein anderes Leben führen zu können. Er war gerade zum dritten Mal geschieden worden, daher kam er allein. Hans-Olaf Semke und Sabine Meier, die beiden Anwälte der Berliner Sozietät, bekundeten ihr Beileid und umsorgten Senta zwei Tage lang mit unkomplizierter Anteilnahme. Anton kam nicht, er wollte nicht mit dem Flugzeug fliegen, er rief nur jeden Tag um eine ähnliche Uhrzeit an. Am Ende eines jeden Gesprächs übernahm Lydchen noch einmal das Telefon und erkundigte sich auf ihre bescheidene, aber für Senta zu frömmelnde Art nach ihrem Befinden, vor allem nach ihren Eßgewohnheiten und schloß mit der Mahnung, unbedingt genügend Kohlenhydrate zu sich zu nehmen. Katjuscha berichtete, daß das Lydchen mit ihrer Bereitschaft, anderen zu dienen, wie eine lebensverlängernde Maßnahme für Anton zu sein schien. Sie würde nie Nadja ersetzen, den russischen Weltschmerz, die Melancholie, das Selbstgerechte darin – als ihre Tochter das so leichtfüßig erzählte, versetzte es Senta einen Stich – aber durch das gute Essen, das sie zubereitete, ihre Herzlichkeit, ihren Glauben und diese außerordentliche Demut vor dem Leben hatte sie es geschafft, Antons Lebenswillen zu stärken. Er genoß, aß, scherzte mit Lydchen, führte sie aus ins Theater, schenkte ihr eine teure Uhr.

Peter packte nach drei Tagen und wenigen Worten, die sie in der turbulenten Zeit hatten wechseln können, wieder seinen handgepäcktauglichen Koffer und flog gen Südhalbkugel ab. Er verspüre kein Bedürfnis, sagte er beim Abschied zu Senta, ins enge, verschlafene Berlin zu fahren. Er lächelte in der charmanten Hilflosigkeit, die Senta für ihren kleinen Bruder zeitlebens einnahm. Er bevorzuge sein Leben im Observatorium – er klang fast schüchtern, als er das sagte – und bat sie anschließend um Entschuldigung. Sie wußte nicht, wofür er sich entschuldigen wollte, denn im Wissen um ihre eigene Unnahbarkeit verzieh sie ihm die seine sowieso. Sollte er das Wesen des Urknalls erforschen, den Blick in die Tiefen des Raumes richten, dort nach Harmonie suchen, nach allgemeinen und elementaren Gesetzen, wenn das sein Weg war, mit der verworrenen, komplizierten Welt der Zwischenmenschlichkeit klarzukommen.

Auch in den Tagen, Wochen danach kam niemand vorbei, um sich nach dem Verbleib der Urne zu erkundigen. So ließ Senta von dem argentinischen Trompetenspiel-Gärtner und seinen musikalischen Freunden ein tiefes Loch am linken, äußersten Rand des Grundstücks graben, es mit Steinen auskleiden und stellte die Urne dort aufrecht und ohne daß sie an die Wände stieß, hinein. Sie ließ das Grab mit einer zehn Zentimeter dicken Betonplatte verschließen, wie sie üblicherweise zum Bau von Dachkonstruktionen verwendet wurde, bezahlte den Argentinier, den Chilenen und den Schweiz-Kolumbianer mehr als großzügig und gewöhnte sich an, jeden Tag frische Bougainvillea-Blüten und die kleinen scharfzüngigen Peperoni vom Peperoni-Baum auf die Platte zu legen.

Sie genoß es, große Töpfe mit Nudeln zu kochen, die Stimmen ihrer Kinder am Pool zu hören, das Aufklatschen ihrer Körper auf der Wasseroberfläche, das Sirren der Tennisschläger in der staubtrockenen Luft. Und vor allem genoß sie es, aus dem Anbau, den sie ihr Zimmer, den Michael die Garage genannt hatte, Katjuscha bei ihrem ununterbrochenen Klavierspiel zu hören. Ihre Tochter lehnte die Tür nur an, um Durchzug in der Hitze zu haben. Senta erwischte sich dabei, wie sie viele Stunden des Tages im Schatten des Anbaus auf einem der niedrigen Mäuerchen saß, die Füße im Kräuterbeet, den Salbei, die Petersilie, den Lavendel in der Nase, und selbstvergessen der Musik folgte. Es war, als redeten sie miteinander, ohne daß Worte gefunden, Sätze gebildet, Konventionen befolgt werden mußten.

Dann reisten nacheinander Martin, Markus, Michi und Malte ab, jeweils gestaffelt um eine Woche, wohl in der Annahme, so ihrer Mutter den Übergang zum Alleinsein erträglicher zu gestalten. Senta mutmaßte, daß Katarina mit dem Pflichtgefühl der Tochter am längsten blieb, was aber nicht der Fall war. Katarina blieb, weil sie bleiben wollte. Sie hatte die Schule abgeschlossen und keinen blassen Schimmer, was nun kommen konnte, jenseits einer Struktur, die ihr vorgeschrieben worden war. Die einzige Struktur, die sie sich aus sich selbst heraus geben konnte, war die im Klavierspiel, und die war eher ein Fluidum, ein Hangeln auf Freitreppen durch einen luftleeren Raum. Ein Taumeln, Suchen, ohne Finden zu wollen. Weil es in dem Sinne nichts zu finden gab, geradeso, wie es längst schon überhaupt keine Notwendigkeit, keinen Nutzen oder Zweck, keinen benennbaren Sinn in ihrem Vorgehen mehr gab. Es war einfach das reine Spiel, das Tun um des Tuns willen.

Also beherrschte sie alles in allem ausschließlich etwas, das sich bei aller Liebe nicht wirklich als strukturierte Tätigkeit hätte bezeichnen lassen können.

Um dieser Tatsache nicht mehr als nötig ins Auge zu schauen, blieb sie auf dem Grundstück im Süden. In der schützenden Wärme der Tage, die sie träge werden ließ, und der Nächte, die tiefen Schlaf forderten. Es wurde zu einer erinnerungslosen Zeit, einer Zeit ohne lästige Vergangenheit und Zukunft, und ab und zu tauchte Michael hinter ihr im Zimmer auf, als flüchtige Kopie seiner selbst, dem Portrait an der Treppe im Eckhaus ähnlicher als der Erscheinung, die er in Wirklichkeit war, was ihr einen Schrecken einjagte, bis sie merkte, daß er im allgemeinen sofort wieder verschwand, wenn sie ihn mit seinem Namen ansprach.

Senta schwankte dazwischen, die Nähe ihrer Tochter als angenehm oder bedrängend zu empfinden. Die Einsamkeit auf dem Grundstück auszuhalten, fiel ihr seit Michaels Tod schwer. Aber in der nächsten Sekunde stieß das Nebulöse, das von Katarina ausging, sie ab. Es ähnelte ihrer eigenen Weltabgewandtheit zu sehr. Dann wünschte sie sich eine pragmatische, im Leben stehende Tochter, die anpacken konnte, wenn es hieß, das Schlafzimmer umzuräumen, die Bücher abzustauben, die Küche zu putzen, die Finanzamtsunterlagen zu sortieren. Auf ihren abgelatschten, in der Mittelsohle löchrigen Sandalen durchstreifte Katarina das Grundstück, oft schwarz gekleidet und irgendwie ungelenk. Und obwohl Senta nicht schlecht darin war, Spiele anderer scheinbar leichtfüßig mitzuspielen, Mühelosigkeit vorzutäuschen – je länger sie in der Nähe ihrer Tochter war, desto stärker ging ihr die Ziellosigkeit, das Ungreifbare ihrer Erstgeborenen auf den Geist. Sie witterte Abhängigkeiten, und von denen hatte sie in den letzten Ehejahren mit Michael genug gehabt.

Katarina kam vom Pool hoch, an den Hängen mit den wuchernden Sukkulenten vorbei, sie blieb bei einigen stehen, schaute sie sich aus der Nähe an, offensichtlich erstaunt über diese Gewächse, die eher an Tiere denn an Pflanzen denken ließen. Dann schaute ihre Tochter sich um, nahm ihre Mutter hinter dem mit einem Fliegengitter beschirmten Wohnzimmerfenster wohl nicht wahr, drehte sich zur Seite, bog vom Weg ab, ging quer ein paar Schritte durchs Kräuterbeet, kletterte an einer niedrigen Stelle die Terrassenmauer hoch und hockte sich neben Michaels Betonplatte auf einen Stein.

Senta blieb hinter den Maschen des Gitters stehen und bewegte sich nicht. Ihre Tochter trauerte um ihren Vater, der ihr wenig Vater gewesen war und dann noch nicht mal ihr leiblicher. Sie, Senta, hatte es versäumt, die Wahrheit zu sagen. War es wichtig? Sie beobachtete ihre Tochter dabei, wie sie Johannesbrotschoten aus dem Gras klaubte und auf die Betonplatte legte. Ein kleiner Augenblick, eine Ahnung eher, oder ein Déjà-vu, wie sie als Mädchen nichts von ihrem Vater verstanden hatte, weil er unerreichbar weit weg gewesen war, im Krieg, nach dem Krieg, in der Redaktion seiner Zeitung, in seinem Zimmer, am Weltempfänger, hinter Fachbüchern, Lexika, geheimnisvoll bis heute. Wen liebte er? Wen haßte er? Wer war er wirklich?

Sie konnte nicht wissen, daß Katarina ganz ähnliche Fragen zusammen mit den Johannesbrotschoten gen Betonplatte schickte.

Sie folgte einer Gemütsbewegung, einer Weichheit, womöglich der alten Sehnsucht nach Verzeihen, und ging hinaus in den Garten.

»Was willst du eigentlich so machen?«, fragte sie ihre Tochter mit einem harscheren Tonfall als gewollt und blieb hinter ihr unweit des Johannesbrotbaumes stehen.

Katarina drehte sich langsam um. »Muß ich was machen?«

»Jeder Mensch muß was machen.«

Katarina nickte.

»Du hast nicht den Ehrgeiz deines Vaters geerbt.«

»Ja, leider.«

»Vielleicht ist es schon ein Schritt, daß du es bedauern kannst«, konstatierte Senta.

»Nein, ausschließlich du bedauerst es«, gab Katarina zurück und stand auf.

»Ich?«

»Sag mir doch einfach, wenn du hier wieder allein sein willst. Mit deinem Mann im Grab, mit deinem Haus, mit ich weiß nicht was.«

Katarina schaute sie an. Senta erwiderte den Blick. Ihre Tochter hatte ein buntes Seidentuch lose um den Körper gebunden. Sie zog es mit einer Geste, die ihre Überflüssigkeit nicht verhehlte, am Hals zurecht. Ihre kurzen Fingernägel, die vom Klavierspielen kräftig geäderten Hände. Ihre Unschuldigkeit und daß sie ihr Leben noch vor sich hatte. Wie sie barfuß und etwas breitbeinig auf dem von der Sonne erhitzten Erdboden stand. Ohne im mindesten zu wissen, was dieser Wust aus Leben zuallererst war: Verzicht, endloser Verzicht auf das, wonach man sich am meisten sehnte.

Senta holte Luft und sagte: »Michael war nicht dein Vater.«

Katarina schaute sie nur weiter an, mit der ihrem Gesicht eigenen Tendenz zur Ratlosigkeit. Vielleicht war es auch die Fähigkeit, sich mit jedweder Situation sofort abfinden zu können, was sie von Anton geerbt haben mußte.

»Das wollte ich dir immer sagen.«

»Das wolltest du mir immer sagen«, nickte Katarina, »so wie: Ich habe mir gestern eine neue Hose gekauft. Wollte ich dir immer sagen. Oder: Das Auto springt nicht an. Oder: Nu ist das Bier noch aus.«

Senta spürte eine Erleichterung darüber, daß ihre Tochter so kühl und rational mit der neuen Information umzugehen wußte.

»Die Schoten kann man auch essen, nicht?«, nickte Katarina mit einem nur zart wahrnehmbaren, daher Senta nicht allzu beunruhigenden Zynismus. »Jetzt weiß ich, wie sie heißen. Johannesbrot. Gut zu wissen, daß dir dieser andere Mann, wer auch immer das war, dann ja auch nicht so wichtig ist«, sagte sie im Wegdrehen.

»Er weiß nichts«, konterte Senta und starrte auf das Betonplattengrab. Katarina hatte die Johannesbrotbaumschoten wie die Finger zweier Hände angeordnet, am Rand der Platte. Es sah aus, als greife ein braungebranntes Skelett um die Ecke herum.

Katarina war schon an der zweiten Terrasse angekommen.

Von dort aus rief sie: »Hast du wenigstens Michael jemals die Wahrheit gesagt?«

»Warum?«

»Weil er es verdient hätte.«

»Ich bin bei ihm geblieben«, sagte Senta so leise, daß Katarina es nicht gehört haben konnte. Ihre Tochter verschwand zwischen den halbgeschlossenen Fensterläden der Gästehaustür, um eine halbe Stunde später wieder herauszutreten, ihren Koffer in der Hand. Das Taxi wartete am Tor zur Einfahrt, und Senta hatte es in einer undefinierbaren Lähmung nicht weiter als bis zur Terrasse an der Küche geschafft. Dort stand sie und sah ihrer Tochter dabei zu, wie sie grußlos vom Grundstück verschwand.

Senta versuchte, sich im Alleinsein an diesem Ort einzurichten, aber die Einsamkeit war wie die Hitze, die den Pflanzen Farbe und Wasser entzog. Sie goß dreimal am Tag den Garten, sie ließ zweimal im Monat den Wasserwagen kommen und die Zisterne auffüllen, sie erwartete sehnsüchtig das Ende des Sommers und die ersten kühlen Tage Anfang September. Um diese Zeit herum mußte der *gota fría* kommen, der kalte Tropfen, der den Herbst ankündigte.

Es hatte diesen Moment reiner Abstoßung gegeben, den Impuls, dem Menschen, der einem am nächsten stand, weh zu tun, und nun fehlte jede Ablenkung gegen das Wuchern ihrer eigenen Gedanken, gegen die übriggebliebenen Bilder, die sich wie Ungeziefer hineinfraßen in ihren Verstand. Der ihr geradeso bereitwillig zur Flucht erschien, wie ihre Erzfeinde in der Küche vorm Licht flüchteten.

Je kränker Michael geworden war, je stärker die Wahnvorstellungen sein Gehirn überschwemmt hatten, desto klarer, sicherer und gefaßter hatte sie sich gefühlt. Die große Aufgabe lag nicht im Bewältigen dessen, was ganz anders war als man selbst. »Stehst du mir bei?«, hatte er sie einmal gefragt, in einem lichten Moment. »Ja«, hatte sie gesagt. Er hatte sich bedankt, leise und ahnungsvoll, sie nicht angeschaut, nur ihre Hand gehalten, irgendwann seinen Kopf an ihre Schulter fallen lassen, so hatten sie beieinandergesessen. Sie hielt seinen Kopf, sie drückte ihn an sich, sie rang, ihre Fassung wiederzufinden, je länger er weinte.

Die große Aufgabe lag darin, der eigenen Tochter das zuzugestehen, was man sich selbst versagt hatte.

Senta wußte, sie konnte sich Sachen verabreichen, um nicht nachdenken zu müssen. Oder sie konnte nachdenken. Aber sie konnte nicht vor sich selbst flüchten, in irgendeine Ritze in der Wand. Sie saß lange Zeit still im Schnarren der Zikaden, im wandernden Licht der Sonne, im silbrigen Rauschen der Olivenbaumblätter und versuchte, in den Geräuschen und den Bewegungen ihres Gartens etwas zu finden, das ihr eine Antwort gab.

Sie nahm jeden Abend etwas, um schlafen zu können, und wachte auf, wie man nach künstlichem Schlaf aufwacht, abrupt, überrascht und unausgeschlafen. Das einzige, was sich gefüllt anfühlte, waren ihre Tränensäcke. Die aufgestaute Wärme des Körpers unter der Decke. Einfach liegenbleiben. Wozu aufstehen? Ein Buch nehmen und den ganzen Tag lesen, den Verstand an das Schwarz der Buchstaben heften, Punkt, Komma, Seite umblättern, alles in Ordnung.

Aber ihre Selbstdisziplin siegte. Aufstehen, sich zurechtmachen, eins ihrer weiten Kaftankleider anziehen, die kühlten und schützten, den Kaffee zubereiten, auf die Terrasse setzen, den Tag begrüßen. Michael Blumen bringen, den Gedanken an Katarina nicht denken, Fliegen aus dem Wasser fischen, mehr Wespen als Fliegen, schwimmen gehen. Den Sonnenschirm unten aufspannen, auch wenn niemand seinen kühlenden Schatten genoß, am Anbau vorbeigehen, aus dem kein Klavierspiel drang, vom Oleander einen Zweig pflücken, den Rest der Einfahrt hinunterlaufen, das Tor aufschieben, den Drehverschluß am Briefkasten öffnen, die Post der letzten Tage herausnehmen, nur Werbung und Telefon, immer die kleine Hoffnung: ein Brief, ein kleiner handschriftlicher Gruß, Hallo, Mama, leider nichts, den Drehverschluß schließen, den Wunsch vergessen. Das Tor hinter sich zuziehen mit Blick zu dem schmalen Holzbrett am Toreingangsstein, in das der Grundstücksname eingebrannt stand. Michael hatte ihn ausgesucht. Übersetzt hieß es: Meine kleine Sehnsucht.

Auf der gegenüberliegenden Straßenseite lag etwas.

Das Tor schließen, auf dem Grundstück bleiben, als müsse man sich schützen vor dem, was da liegt. Näher herangehen, am Tor entlang. Die ausgelatschten Bastsandalen ihrer Tochter.

Die hatte sie hier liegenlassen, nebeneinander geworfen, eine halb über der anderen, als hätte diese einen Sieg über die darunterliegende errungen. Senta hatte sie die ganze Zeit über nicht dort liegen sehen.

Sie überlegte nicht lange, dann schob sie das Tor auf, ging zu den Sandalen, hob sie hoch und schleuderte sie weit über die Straße, noch über den Stacheldrahtzaun, der die Schafe umschloß, die gerade nicht zu sehen waren; die Schuhe flogen wie taumelnde Vögel beim ersten ungelenken Flug und fielen weit voneinander getrennt ins bastsandalenfarbige Gras.

Ihre Mutter hatte ständig Dinge geworfen. Das Bild kam ihr entgegen, so wie ihr die Präsenz ihrer Tochter entgegengekommen war.

Ihre Mutter hatte Tassen an die Wände geworfen, Teller auf den Bürgersteig, sie hatte einen von Sentas Winterlederstiefeln gegen die Haustür gepfeffert. Anton hatte irgendwann mal davon erzählt, wie Nadja das Glas mit den Kaulquappen aus dem Zugfenster geworfen hatte. An diese Episode hatte Senta keine Erinnerung gehabt. Aber sie hatte nicht die Schlüsselbunde vergessen, die Nadja geworfen hatte, einer war in der Erde der Topfpflanze gelandet, einer am Schrank abgeprallt. Tage später lag der Spiegel, mittig zwischen den hölzernen Türen, in Scherben, ohne Zusammenhang. Der Schmiß im Holz von einem der Bärte war geblieben. Die Unvorhersehbarkeit der Ausbrüche. Die Unberechenbarkeit, wen oder was es traf. Aber das war nicht das, was weh tat. Es war die Reue, die ihre Mutter in den nächsten Tagen zusammengefaltet durch die Wohnung schleichen ließ und die es machte, daß Senta mit ihrer Mutter litt und sich zusammen mit ihr schämte und die Großherzigkeit ihres Vaters bewundern lernte, wie er nonchalant und schweigend über jeden neuen Ausfall hinwegsah, als hätte es ihn nie gegeben.

Sie war drauf und dran, über die Straße zu gehen, den Stacheldraht zu übersteigen, die Bastsandalen einzusammeln.

Sie war schon auf dem halben Weg, da sagte sie sich, daß ihre Tochter nicht wiederkommen würde, um ihre Schuhe zu holen. Sie würde ihre Bastsandalen nicht vermissen. Sie hatte andere Schuhe, andere Fortbewegungsmittel. Sie hatte ein Leben. Dort wechselte sie womöglich Gemütslagen wie Schuhe, Gesichter und Geschichten. Ein Mensch, auf den kein Verlaß war. Ihre Tochter konnte alles sein, sie konnte schon längst vergessen haben, was hier passiert war, sie konnte sich neu erfinden, zwischen Internat und Berlin, zwischen hier und irgendwo. Katarina war schlau und schnell. Ansonsten verschlossen. Und Senta ahnte, daß ihre Tochter ein viel ausgetüftelteres Versteckspiel zu spielen imstande war als das, das sie Zeit ihres Lebens gespielt hatte.

Sie, Senta, hatte sich nur versteckt, um nie in die Schußlinie zu geraten, wenn gerade wieder etwas flog. Sie hatte sich und ihre Bedürfnisse versteckt, wie andere ein teures Auto in einem Schuppen verstecken, damit der neidische Nachbar kein Futter bekommt. Nur niemanden aufregen. Nur nicht eine Eifersucht wecken, die Eifersucht, daß die Tochter noch ein Leben vor sich hatte, während Nadjas sich von Tag zu Tag gen Ende vorzählte. Vorne auf dieser, ihrer Bühne, da hatte Senta die Rolle der freiwillig und gern Verzichtenden gespielt, eine Rolle, von der sie sicher glaubte, daß sie ihr doch so etwas wie Zuneigung und Nähe, Tochterliebe zumindest, einbringen mußte.

Senta hob einen handtellergroßen Stein auf, der mittig in der Auffahrt lag, und war drauf und dran, ihn weit hinter den Bastsandalen herzuwerfen. Sie trug ihn mit nach oben zum Haus.

Ein paar Tage später, als sie auf der Terrasse vor der Küche im Korbstuhl saß, las sie in der spanischen Tageszeitung, die sie sonst eher überflog, auf der letzten Seite unter der Rubrik *Information der Woche, die uns bewegt:* ›Glücklich leben die Zikaden, denn sie haben stumme Weiber. Ausspruch des griechischen Dichters Xenarchos. Bekanntlich sind es nur die Männchen, die das immerwährende Hintergrundgeräusch unseres Lebens erzeugen. Natürlich zirpt die männliche Zikade, um Weibchen anzulocken und Reviergrenzen zu markieren. Ferner sind Protest- und Alarmlaute bei Berührung bekannt. Es ist noch nicht geklärt, warum die Männchen tagsüber, am liebsten auch in der Dämmerung fast ununterbrochen zirpen. Um zu zirpen, öffnen die Tiere beide Flügel und legen den rechten vorderen über den linken. Wenn die Flügel dicht aneinanderliegen, reiben sie mit einer harten Kante, dem Plektrum, das sich auf der Spitze des linken Flügels befindet, gegen eine Reihe kleiner Zacken an der Unterseite des rechten Flügels. Während das Plektrum Zacke um Zacke trifft, beginnt es zu schwingen und mit ihm fast der gesamte Flügel. Diese Schwingungen verursachen Druckvariationen in der Luft, die Schallwellen, die wir hören. Das Rufen der männlichen Zikade nach einem paarungsbereiten Weibchen hat allerdings seinen Preis. Denn es lockt auch Fliegen an, die ihre Eier in der Grille ablegen. Diese Eier entwickeln sich zu parasitären Larven, die sich in die Grille fressen und sie letztendlich töten. So gesehen erscheint das Schweigen der Weibchen als lebensverlängernde Maßnahme. Napoleon ließ 300 Bienen auf seinen Krönungsmantel sticken, meinte jedoch eigentlich Zikaden. Er scherte sich nicht um den Mythos, er kannte ihn wohl gar nicht. Über Jahrtausende und einige Kulturen hinweg symbolisierten die Zikaden die menschliche Seele, die wiederkehrt. Platon schrieb über sie im Phaidros. In ihnen stekken die Musen, von physischen Bedürfnissen befreit, auf ihrer Suche nach Erkenntnis. Sie schaffen es, weit zu kommen. Aus den Larvenhäuten kann eine Arznei gewonnen werden, die – ja, kein Witz – gegen Ohrenschmerzen hilft. Ihr Gesang, schrieb eine Dichterin, sei leider unmenschlich geworden, und damit bringt sie es auf den Punkt. In dem Augenblick, da die Brautanlockung ein Ende hat, in dem Moment hören wir die Stille. Die Achtsamkeit, auch die Einsamkeit, die darin steckt, ermöglicht es, in sich hineinzuhorchen. Das können Frauen bekanntlich besser als Männer. Heutzutage ließe sich sagen, daß es unser Glück (der Zikaden) ist, daß sie uns die Stille hören lassen. Eine Ruhe. Einkehr. Nicht immer lauthals von allen Reisen, den Höhen oder Tiefen der Erkenntnis singen zu müssen. In der Stille liegt die Chance, einen Gedanken zu fassen zu kriegen. Nachdenken tut uns gut. So scheint es mitunter heilsam zu sein, sich nicht zu verausgaben, im verzweifelten Schrei für ein Quentchen Sex – es lockt auch weniger parasitäre Feinde an.‹

Senta riß den Artikel aus, genoß das Knirschen des Papiers, den fehlenden Widerstand. Sie aß frische Sauerkirschen vom Stiel, spuckte die Kerne über die Terrasseneinfassung. Sie saß in ihrem Garten, im ewigen Schnarren und Zirren, das sie nie ausschließlich als männliches Schnarren und Zirren wahrgenommen hatte, und horchte auf das an- und wieder abschwellende Geräusch, warf einen Stiel, spuckte einen

Kern, mal war das Gerassel direkt am Olivenbaum vor ihr, mal weiter unten, dritte, vierte Terrasse.

Der *gota fría* ließ die Temperatur rapide sinken. Sie aß, spuckte und hörte mit einem Mal, wie anstrengend und mühselig das klang, was die rindenfarbigen, im Sonnenlicht schillernden Zikaden da machten, Tag ein, Tag aus, wie sie sich abmühten, ihre Flügelchen aneinanderzureiben, nicht ahnend, daß sie dafür auch noch aufgefressen wurden.

Senta knabberte das Fleisch vom Kern, spuckte den Kern aus, der kalte Tropfen fiel, die Zikaden verstummten, der Wind hörte auf, es regnete in vollkommener, ausgewogener Stille. Es lag etwas Großes in dieser Stille, auch in der Einsamkeit hier auf dem Grundstück. Sie versuchte noch, sich dem sie anstürmenden Gefühl zu verweigern, es fühlte sich zu gut an, frei, leicht, beglückt, das durfte nicht sein, das konnte sie niemandem sagen, vielleicht war es ein Zeichen dafür, daß ihr Verstand sich langsam, aber sicher über den langen Sommer hinweg verflüchtigt hatte, einfach ausgedörrt war, und sie hier zur einsamen Alten verkam, die Selbstgespräche führte, wirre Gedanken dachte, schließlich verwahrloste, worum ihre Kinder sich dann zu kümmern hatten. Ihr Verstand wollte, so dachte sie dann, lediglich mal eine Auszeit nehmen, sich zusammen mit all der Beherrschung, die sie Zeit ihres Lebens kultiviert hatte, eine Pause gönnen. Sie mußte sich für niemanden mehr beherrschen, nichts kontrollieren, planen, steuern, klären. Sie war, vielleicht das erste Mal in ihrem Leben, frei. Nur sie war übrig in ihrem Leben, jetzt gerade. Natürlich gab es an den Rändern dieses Universums unzufriedene Außenposten, der wortlose Abschied von Katarina, daß sie kaum etwas über die Leben ihrer Söhne wußte, ihr alter Vater in Berlin. Aber führten sie alle nicht ihre eigenen Leben? So, wie sie es für sich wollte? Ein eigenes, vollkommen selbstbestimmtes Leben? Konnte sie das, war sie dazu fähig? Wo war ihr Leben, wo war sie selbst hin? Kurz spürte sie den altbekannten Impuls, aufzustehen, etwas zu holen, aufzuräumen, herzurichten. Sich von dieserlei Gedanken flugs abzulenken. Warum über Gründe nachdenken, warum diese Büchse öffnen, unbekannte Geister rufen. Aber weiterhin erleichtert konnte sie feststellen: Es ist niemand da, der etwas braucht, der sich Ordnung wünscht oder Hunger hat. Sie bemerkte einen Anflug von Ironie, während sie sich selbst wie ein ewig tüchtiges Insekt oder Tier herumflitzen sah, immer bemüht, die Wünsche anderer zu erfüllen, die Sorgen zu lindern, Forderungen zu erfüllen, kurz, zu funktionieren. Nahezu perfekt hatte sie sich selbst zu einem funktionierenden Organismus gemacht, für ein Quentchen Liebe. Nicht sie war bei Michael geblieben, wie sie zu Katarina gesagt hatte in dem mißlungenen Moment vorsichtiger Ehrlichkeit; Michael war bei ihr geblieben, und das hatte sie bleiben lassen. Er hatte es gewußt. Er hatte es immer gewußt, daß sie aus diesem Grund bei ihm geblieben war, nicht, weil sie ihn liebte. Er hatte es in seinem Jähzorn ausgesprochen, und es schmerzte, als sie an den Augenblick im Schlafzimmer zurückdachte. Er hatte es ausgesprochen, und sie hatte es natürlich von sich gewiesen, wie hätte sie das nicht tun können? Sie hatte versucht, ihm bis zum Schluß seinen Glauben nicht zu nehmen, gar nicht bewußt, denn sie glaubte es ja selbst noch. Aber, was war schon ein ›Ich glaube, ich liebe ihn‹ gegen ein Gefühl. Und ein Gefühl hatte sie, so lang sie zurückdenken konnte, nicht gehabt. Wäre es besser gewesen, ihm die Hoffnung zu nehmen? Wäre, hätte, was soll das, dachte sie dann mit entschiedener Kraft. Vielleicht weiß ich gar nicht, was ein Gefühl ist, ein wahrer Schmerz, eine hingebungsvolle Liebe. Doch, beruhigte sie sich selbst, natürlich weiß ich es. Ich weiß, wie ich Gregor geliebt habe, hundert Jahre her, aber ich weiß es noch. Sie schloß die Augen und genoß die Stille, und langsam hörte ihr Verstand auf zu plappern. Und wie aus dem hintersten Eck ihres Gartens kam dieser rätselhafte Magnetismus auf sie zu, Erinnerung und Gegenwart in einem, die physische Sehnsucht nach diesem anderen Körper, nach Gregors Haut, seinem Geruch, seiner Stimme, was sie alles in allem nur ein Mal aus der Nähe erlebt hatte, an sich gespürt hatte, wobei aus dieser Einmaligkeit gleich ein neues Leben entstanden war, was aber offensichtlich nie das Eingebrannte dieser Wahrnehmungen aus ihrem Körper gelöscht hatte, im Gegenteil, die Anziehungskraft, die wer weiß woher kam oder in ihr steckte, fing sie ein, hielt sie fest, diese grenzenlose Sehnsucht, die schmerzte und sich dennoch wie der Regen anfühlte, weich, ruhig, voller Zuversicht. Die Art von Zuversicht, daß der Frühling kommt, oder jetzt, der Herbst und Winter und dann der Frühling.

Wie ein Schwamm nahm der trockene Boden das Wasser auf. Es war der 1. November 1989. Es hatte besonders lang gedauert, bis der Wetterwechsel kam, aber als er da war, hörte er erst einmal nicht mehr auf.

Es polterte. Es knarrte, knallte. Es war wieder still.

Es quietschten die Gummisohlen der Etagenkellner, wie sie sie nannten, auf dem Boden vor den Zellen. Hin und her. Den Gang rauf und runter. Es knallte wieder, so, wie die Türen knallten, wenn sie ganz geöffnet mit ihren Eisenriegeln gegen die Wand krachten.

Dann klackerte, quietschte und knarrte es bei ihm. Er sah keinen Menschen, keine Hand, keinen Fuß, kein Tablett im Schlitz, Eisen im Loch, nur hörbar das metallische Klimpern der hundert Schlüssel. Seine Zelltür wurde dreißig, vierzig Zentimeter weit geöffnet, blieb offenstehen. Das Quietschen der Etagenkellnersohlen entfernte sich.

Gregor stand sehr langsam von der Pritsche auf, strich sich seinen Bart glatt, der mehrheitlich weißgrau war und einen ausgefransten Dreieckszipfel hatte.

Er zog mit den Füßen seine Schuhe zu sich heran, bedächtig und konzentriert, als gelte es, das alles unauffällig und unbemerkt zu tun, er schlüpfte in jeden Schuh, bückte sich, wobei sein Bart gefaltet wurde, band die Schnürsenkel zu, als habe er noch nie zuvor Schleifen gebunden. Er machte jeweils einen doppelten Knoten. Er stand auf, schaute in Richtung Tür, drehte sich zurück in den Schlauch, den Tunnel der vergangenen Jahre, und stockte. Dann machte er einen Schritt an die Pritsche, zog sein Tagebuch hinter der Matratze hervor, klemmte es unter die linke Achsel. Er atmete ein letztes Mal die abgestandene Luft ein, hörte das Knallen der

Türen, weiter den Gang hinunter, und entschied sich, langsam und bewußt, fast bis an die Grenze von etwas, was man einen Genuß nennen könnte, Schritt für Schritt aus dem Raum hinauszuschreiten.

Der einzige Grund für das hier mußte sein: Es stand schlecht um seine sozialistische Wahlheimat.

Sie mußten mit einem Mal uninteressant geworden sein. Ungefährlich auch. Womöglich sogar überflüssig, so überflüssig, daß man sie vorschnell loswerden wollte, kein Fitzel einer Staatsgefährdung hing ihnen mehr an, von konterrevolutionärer Bedrohung ganz zu schweigen. Höchstens noch dachte man, daß sie sich eines Tags rächen wollten, Wiedergutmachung also, so was in der Art. Er schaute sich um nach seinem Freund.

Er sah Winfried das erste Mal seit drei Jahren wieder. Auch Winfried hatte sich vom ersten Tag der Haft an einen Bart wachsen lassen, seiner war noch etwas länger als Gregors. Was daran liegen konnte, daß er insgesamt auch größer war. Beide verbargen ihre eingefallenen Wangen, ihre sehnigen Hälse und schmalen Brustkörbe hinter den grauen Haaren.

Sie sahen sich nahe dem Haupttor, das auch offenstand, niemand war in der Schleuse. Sie gaben sich zuerst die Hand, dann nahmen sie sich in den Arm und hielten sich fest. Sie sagten kein Wort, flüsterten nichts in ihre Bärte, was auch nicht nötig war, sie hatten beide das Gleiche erlebt, sie mußten es nicht noch einmal teilen, denn geteiltes Leid wurde in ihrem Falle nicht halbes Leid, es ging nur darum, die Gefängniskälte aus ihren Körpern zu drücken, die hoffnungslosen Gedanken aus den Windungen ihres Denkens zu pressen und sich daran zu erinnern, was ein jeder von ihnen im anderen hatte.

Nebeneinander gingen sie durch das offenstehende Tor.

Keine Menschenseele, die ein Papier sehen wollte. Keiner, der ihnen sagte, wohin.

Die Straßenbahn fuhr, die Stadt sah aus wie eh und je.

Erst langsam bemerkten sie, daß es ein bißchen wie im Sommer war, in der Urlaubszeit, wenn viele Menschen nicht zu Hause waren, sondern abgereist. Schließlich, als sie allein im Waggon saßen, kurz vor der Endstation, da rangen sie sich durch, beim Aussteigen den Schaffner zu fragen, wo denn alle hin seien. »Wech«, sagte der nur und angelte eine Graubrotschnitte aus einer leuchtendroten, funkelnagelneuen Plastikklappdose mit aufgedrucktem Logo der Hamburger Sparkasse.

Nur die Fenster im ersten Stock des alten Eckhauses waren erleuchtet, türkisblaues Fernsehflimmern in den Scheiben des Mansardenzimmers. Senta versuchte erst gar nicht, dem Haus, das sie bis vor wenigen Jahren ihr Zuhause genannt hatte, nahe zu kommen. Sie blieb auf der gegenüberliegenden Straßenseite stehen, die Hände in den Taschen des Mantels. Der Grobputz an der Fassade war rissig und angegraut, der Garten wieder so struppig wie beim Einzug. Der schmiedeeiserne Zaun beugte sich nach vorn, es hatten sich Lupinen ausgesät, ihre Hochhausgerippe standen stolz, aber erfroren bis an den Weg. Im Erdgeschoß brannte keine Lampe im Fenster, es war, als sei niemand dort, aber Senta hörte bis auf die Straße das Klavierspiel ihrer Tochter, ihr typisches Spielen, das als Nachspielen von Komponiertem begann und sich zunehmend in der Improvisation verlor, die Art von Konversation, in die Katarina sich gerettet hatte und dank derer sie sich mit dem Gefühl von Sicherheit betrügen konnte, ständig und unablässig mit ihrer Mutter in einer Art Zwiegespräch zu sein. Anton saß im ersten Stock, im Mansardenzimmer, und errechnete das Horoskop einer hysterischen Aktrice aus Nikolassee, die immer nur eines wissen wollte, dieses Mal, wie ihre Nebenrollenverkörperung in einer bunten Hexen-Revue beim Hannoveraner Publikum ankommen würde. Er saß ausnahmsweise nicht im früheren Kinderzimmer, wo nun sein Weltempfänger und das Schachbrett den alten Kinderschreibtisch zierten, seine Anzüge im

Schrank hingen und die astrologische Fachliteratur sowie sein Archiv die schmalen Bücherregale füllten. Er hatte keines der mittlerweile verblichenen Jugendposter abgenommen, keine Pinselei seiner Enkel übermalt, er hatte ihre Bildbände und Karl-May-Gesamtausgaben zur Seite geschoben und seine Bücher neben die windschiefen Ordner gestellt, die alle seine je erschienenen Artikel, Horoskope und Meldungen aus aller Welt enthielten. Etwas nachlässig beschriftet waren sie, standen kreuz und quer durcheinander, was Anton nicht im geringsten interessierte, er wollte die Ordner nur um sich haben, ohne genau zu wissen, warum. Vielleicht als Puffer, vielleicht als Pfand, obwohl er in jeder zweiten Nacht von dem trockenen Staub und der uralten Druckerschwärze einen Reizhusten bekam.

Weil draußen in Berlin gerade soviel passierte, saß er im Mansardenzimmer und ließ den Fernseher laufen. Er wäre nicht nur nicht auf die Idee gekommen, sich der zunehmend dezimierten Grenze in der Mitte Berlins zu nähern, er vermied es, mehr als nötig daran zu denken. Aber ein Unwohlsein hatte ihn erfaßt, seither, und dieses Unwohlsein, das ihn von morgens bis abends begleitete, ließ sich nur beruhigen, indem er wieder und wieder ähnliche, mehr und mehr sich gleichende Nachrichtenbilder anschaute. Manchmal durchzog ihn ein Schaudern der Verzückung, eine Art patriotisches Staunen, wozu dieses Volk der Deutschen fähig war, gerade bei den Bildern von Männern, die in Jeans und dünnen Jakken, mit Locken und Schnauzbärten auf der runden Kuppe der Mauer saßen und lachten, weinten, die Fäuste reckten und sangen, alles in allem so wirkten wie Cowboys, die gemeinsam auf einem zahmen, gar nicht mehr störrischen Pferd ritten. Bei diesen Bildern erfaßte ihn das Staunen, das aber immer schnell in ein Schaudern hinüberglitt, womit das Unwohlsein wieder einsetzte und sich für einen weiteren Tag nicht hatte bezwingen lassen.

Lydchen saß, wie immer um diese Zeit, für eine halbe Stunde in ihren anderthalb Mädchenzimmern hinter der Küche, säuberte und feilte ihre Fingernägel, jeden vierten Tag lackierte sie sie neu, nie farbig, nur durchsichtig, wozu sie dann insgesamt ungefähr eine Stunde brauchte. Wobei dieses Ritual eher einer Meditation am Ende des Tages glich als einer äußerlichen Verschönerungsmaßnahme.

Senta konzentrierte sich auf ihre Fremdheit, den Überschuß an Süden in ihr. Sie war kurz davor, der Abstoßung klein beizugeben und wieder vom Haus wegzugehen, zurück in das Hotel. Da hörte ihre Tochter im Erdgeschoß mit dem Klavierspiel auf, und die Stille dehnte sich nicht aus, sie zog die Dunkelheit zusammen, und in dieser Dunkelheit setzte Senta einen Schritt auf das leicht zur Mitte hin gerundete Kopfsteinpflaster der Straße. Katzenköpfe aber regten sie schon immer zum Gehen an, sie konnte nicht stillstehen auf ihnen, und so ging sie einfach weiter, weiter auf ihr Eckhaus zu. Lydchen, in ihrer Kammer, die Feile am rechten Mittelfingernagel, hielt einen Augenblick inne, auch weil das so gewohnte Klavierspiel unterbrochen war, und auch, weil sie in solchen Momenten immer als erstes damit rechnete, daß Anton über einem seiner Horoskope zusammengesunken sein könnte.

Dem war nicht so. Anton atmete, wie er seit nun über achtzig Jahren geatmet hatte, etwas flach und voller Pragmatismus. Er hatte mit dem Abspannbild der Tagesschau seine Deklinationsberechnungen beendet, den letzten Aspekt zwischen dem vierten und dem neunten Haus gezogen und zur Erinnerung für die Aktrice unten links in die Ecke geschrieben: Erstellt am 15. November 1989 von Anton Neudecker. Er hatte widerstanden, noch eine knappkantige Aufmunterung hinzuzufügen, in der Art von: ›Hals- und Beinbruch für Ihre Revue, sie wird, wenn wir den Sternen glauben können, ein wirklich außergewöhnlicher Erfolg.‹ Er mochte nicht mehr lügen. Die Aktrice glaubte ihm alles. Aber ihn langweilte dieser Glaube, der nur die Suche nach Bestätigung des Immergleichen war. Weil sie zweifelte, befragte sie die Sterne. Ohne Zweifel wandte sich niemand diesem Hintergrundgetöse zu. Und sosehr Anton die Berechnungen mochte und schätzte, weil sie ihn mit sinnstiftender Konzentration füllten und keinen Platz für sein nervöses, immer fahriger werdendes Nachdenken ließen, sosehr ermüdete ihn das von seinen Kunden immer deutlicher gewünschte Herauslesen allein von guten Nachrichten, positiven Charaktereigenschaften, glücklichen Konstellationen. »Wir wollen getäuscht werden. Also zählt die Selbsttäuschung immer noch zu unseren unveräußerlichen Rechten«, hatte er letztens zu Lydchen gesagt, »warum sollte ausgerechnet ich gegen dieses Recht verstoßen?«

Außerdem gab es eine Menge guter Nachrichten in der Welt. In dieser Zeit. Denen konnte er keine hinzufügen.

Katarinas Hände lagen noch auf den Tasten, seit ihr Spiel gestockt hatte. Ihre Füße standen nicht auf den Pedalen, sondern auf der Matratze, die sie zu Beginn ihres Einzugs unter das Instrument gelegt hatte, alle anderen Möbel hatte sie in die gegenüberliegende Zimmerecke geschoben, möglichst weit weg vom Klavier. Jenen Hügel mittlerweile wurmstichiger Antiquitäten hatte sie mit den doppelten, ehemals weißen Samtvorhängen aus dem Wohnzimmer abgedeckt, wobei sie eine dekorative Gipsbüste des alten Beethoven zum Beschweren der Stoffkante oben auf dem Schrank benutzt hatte. Eine Woche lang hatte Beethoven von oben zu ihr hinübergegrimmt. Dann hatte sie ihn umgedreht und sich wohler gefühlt beim Anblick seiner Kaskadenperücke.

Mit Katarinas Einzug in ihr altes Elternhaus, der zusammenfiel mit ihrer Rückkehr aus Spanien, hatte eine zarte Freundschaft zwischen ihr und ihrem Großvater begonnen, eine Freundschaft, die damit einherging, daß Anton Katarina das Schach- und sie ihm das Klavierspiel beibrachte. Sie machte beim Schach größere Fortschritte als er am Klavier. Genaugenommen kam er nie über *Für Elise* hinaus. Wenn sie Schach spielten, saßen sie auf den Kissen der Sofas, die Katarina in den an das Arbeitszimmer grenzenden Wintergarten ausgelegt hatte, sie tranken Schnaps und manchmal auch Cognac, Weinbrand oder Likör, und Anton ließ sie so lange gewinnen, bis seine Beine im Schneidersitz eingeschlafen waren, er ihren Übermut in Schranken weisen mußte und sie nach drei Zügen schachmatt schlug.

So war es um die Bewohner des Hauses bestellt, als es unten an der Tür klingelte.

Das Lydchen stand noch in der Sekunde des ersten Läutens auf, legte die Nagelfeile zur Seite, strich sich ihren Rock glatt und prüfte, ob ein Taschentuch im Ärmel ihres Pullovers steckte.

Die beiden Frauen lächelten jeweils gequält, die Befangenheiten waren zu groß. Lydchen nestelte in ihrem Ärmel nach dem Taschentuch, das eingeschnaubt genug aussah, so daß niemand, der es in ihrer Hand sah, noch ein großes Bedürfnis nach einer Begrüßung verspürt hätte. Senta machte erst gar keine Anstalten, ihre kalten Finger aus den wärmenden Taschen zu ziehen. Sie wünschte sich Michael an ihre Seite, er hätte sein Haus selbstverständlich aufgeschlossen und wäre hineingegangen – vielleicht war es das erste Mal, daß sie seine Abwesenheit als Leere neben sich spürte. Der sanfte Hügel des Kopfsteinpflasters lag hinter ihr, der verwitterte Zaun, seine altersmüden Speerspitzen. Kein Schnee, kein Regen, nur eine Kälte, die von überall hineinkroch.

»Wollen Sie noch etwas zum Essen?«, fragte Lydchen statt einer Begrüßung.

Senta ging an der ergrauten Frau vorbei, jedoch nur einige Schritte, dann drehte sie sich um. Es roch im Haus, wie es eigentlich immer gerochen hatte, nach Kohlsuppe und

Griesbrei mit Zimt, nach dem Staub in den Samtvorhängen, nach Holunder-Majoran-Tee und dem Holz der Fußböden. Eine neue Nuance war dazugekommen. Ein Demut verbreitendes Veilchenparfüm.

Lydchen deckte sofort den Tisch in der Küche, zwei Suppenteller, ein Korb mit Brot, zwei Löffel, eine neue Butterschale aus Edelstahl mit Plastikhaube.

»Wer ißt mit mir?«, fragte Senta.

»Ihr Vater nimmt so spät nichts mehr zu sich. Aber bestimmt Ihre Tochter.«

Senta war drauf und dran, Überraschung zu spielen, dann sagte sie nichts, setzte sich nur an den Tisch. In der Gegenwart von Lydchens mütterlicher Bestimmtheit schrumpfte Sentas Selbstverständnis als Frau auf ein Minimum. »Sie wußten natürlich, daß Katarina hier bei uns lebt«, konstatierte Lydchen im Tonfall der Überzeugung, daß Familie eine unzerstörbare Einheit ist, die im Zweifelsfalle durch gutes Essen zusammengeführt werden konnte. »Nur deshalb sind Sie hier.«

Schon war die Suppe warm, und Lydchen schickte sich an, ins Arbeitszimmer zu gehen. Da begann die Saudade.

Ohne daß Lydchen oder Senta es hätten bemerken können, war Katarina in ihrem Innehalten am Klavier der Umstand bewußt geworden, daß mit dem Klingeln niemand anderes als ihre Mutter das Eckhaus betreten hatte. Katarina spürte die Kühle der Tasten, den Rand der Matratze unter ihren Fußsohlen, hatte Beethovens Lockenkaskade im Augenwinkel, darunter den Samtschnee mit graubraunem Faltenwurf. Sie hatte Lydchens Verkupplungsversuch gehört. Sie holte Luft, schüttelte kurz ihre Finger aus und stürzte sich in Rachmaninows 2. Klavierkonzert, in seine Läufe und Gänge, rannte durch sie hindurch, als laufe sie über brennendes

Gras. Ohne noch nach links und rechts zu schauen, schlug sie in die Tasten, rettete sich in seine russische Melancholie und vor der Anwesenheit ihrer Mutter, mit der sie – das hatte sie sich in einer Minute jugendlicher Selbstgerechtigkeit geschworen – nie mehr ein Wort reden würde. Höchstens noch durch Rachmaninow würde sie ihr sagen, was sie von ihr dachte. Sollte er von der Trance, der Hypnose und dem darin bewältigten Schmerz erzählen, davon erzählen, wie es einem Menschen ging, der von einem anderen sehr verletzt worden war. Sie selbst würde ihre Schwächen nicht offenbaren. Sollte ihre Mutter zuhören, solange die Suppe heiß war.

Senta aß, während Lydchen an der Einbauspüle lehnte und ratlos das Taschentuch im Ärmel von oben nach unten drehte. Beide hofften auf ein Ende der wütenden Musik, Senta aus anderen Gründen als Lydchen. Lydchen hoffte außerdem, daß Anton auftauchen und für einen Ausgleich der Mißstimmung sorgen könnte, aber Anton war nichts Ungewöhnliches im oberen Mansardenzimmer aufgefallen, auch das Klingeln hatte er im Gong der Tagesschau nicht gehört, daher kam er nicht herunter. Lydchen verbot es sich, aus der Küche zu gehen, Senta allein über ihrer Suppe und neben dem verwaisten Gedeck sitzen zu lassen, sie brachte es nicht übers Herz, sie sah in Sentas Einsamkeit ihre eigene und blieb aus Solidarität. Im Stillen verwünschte sie das Mädchen und ihr Klavierspiel. Um in der nächsten Sekunde in einen Fluß aus Mitgefühl zu fallen, der sie eben dorthin trieb, hinein in die Musik.

Senta aß stur und abgewandt ihre Suppe. Mit betont kontrollierten Gesten nahm sie Löffel für Löffel der Flüssigkeit auf, senkte den Kopf, führte das Silber an die Lippen, pustete, kaute nicht, schluckte. Löffel und Porzellan klimperten, Senta kratzte die Selleriewürfel zusammen, Lydchen fragte: »Möchten Sie noch einen Nachschlag?«, und Senta erwiderte: »Nein, danke. Ich bin schon satt.« Als Katarina im

Allegro scherzando angekommen war, in dem die Tonschauer freundlicher, fast frech auf die beiden Frauen in der Küche hinabregneten, aller Vorwurf sich in den bereits hereingebrochenen Gewittern verausgabt zu haben schien, da stand Senta schließlich auf, ohne das Ende des Konzerts abzuwarten und verließ die Küche Richtung Haustür.

»Warten Sie«, sagte Lydchen und zog einen unbeschrifteten Umschlag aus ihrem Dr.-Oetker-Kochbuch über der Spüle. Sie ging Senta nach. Der Umschlag war zerknickt, und Senta ahnte etwas, als sie ihn entgegennahm.

»Hat ihn ein Mann mit einem Hut gebracht?«

Lydchen schüttelte den Kopf. Senta bemerkte das Haarnetz über ihren dünn gewordenen, steingrauen Wellen.

»Der Mann, der ihn brachte, hatte einen Bart bis zum Bauch.«

Instinktiv drehte Senta den Brief um, prüfte die dreieckige Zunge, ob jemand sie gelöst hatte über Wasserdampf.

»Sie hätten den Brief auch lesen können.«

Lydchen drehte sich weg.

Senta hielt das Papier fest, ein weißes Rechteck, ein unbeschriebenes Blatt, keine Spuren eines vorausgegangenen Öffnens. Katarinas selbstgefällige Rufe wurden immer lauter und zu schnellen, abgehackten Läufen, dann knallte sie ihnen die Akkorde und den wiederkehrenden, russischdicken Weltschmerz vor die Füße, und Senta hielt den Brief fest, als könne er dazu neigen, sich gleich selbst in Flammen zu setzen, ganz am äußersten Rand, diese Nachricht aus der anderen Welt, burn after reading, dachte sie kurz, wie Michael manchmal gesagt hatte, und dachte sogleich, wie gut, daß Lydia sich solche Freiheiten verbot, nie würde sie – um in Ungnade bei ihrem Gott zu fallen – Post von anderen lesen, also mußte Senta selbst den Brief vernichten nach dem Lesen, wenn sie ihn überhaupt las, denn vielleicht war das Geschriebene im Schweigen viel besser aufgehoben, im Darüberhinweggehen, im Fortspülen, wie ihre Tochter sie gerade fortspülte, im letzten Sturzbach des Konzertes, den sie hinter ihr ausgoß, mit Wut und einer Art tippelnder Freude, hier, Mama, ich weiß, daß du da bist, aber ich rede so wenig mit dir wie du mit mir.

HOTEL STADT BERLIN stand auf dem Dach, eher kleinlaut, so erschien es Senta, an diesem dunstigen Vormittag, hoch überm Alexanderplatz, dreißig oder mehr Stockwerke mit ausgewaschen wirkenden Spionscheiben, die das Treiben, das hinter ihnen stattfand, nur noch mehr schlecht als recht zu bewachen imstande schienen.

Die langen Häuserriegel an den Seiten wirkten dazu wie gestrandete Schiffe in einem vormals vielbefahrenen Hafen. Überall waren Menschen unterwegs, viele von denen, die diese Mitte kannten, waren wohl eher in der anderen, und die, die diese Mitte nicht kannten, waren hier. Senta hatte lange nicht mehr so viele Menschen gesehen, die begeistert und erleichtert, überrascht auch, überallhin schauten, fast wie Kinder, die etwas zum ersten Mal entdeckten, manche lachten dabei, sangen und scherzten, manche liefen lachend und weinend durch die Straßen.

Ihr Zimmer lag im zehnten Stock. Rundum holzgetäfelt, es wirkte, als könnten hinter den Wänden noch verdrahtet Nachrichten von Stockwerk zu Stockwerk wandern. Sie hatte erwogen zu spülen, während sie auf die eingebaute Naßzelle gegangen war, um nicht beim Pinkeln abgehört zu werden. Sie hatte ihre Kleidung in den Schrank gehängt, ihre Schuhe vors Fenster gestellt, den Koffer unters Bett, akkurat und vorsichtig, als würde ihr auch dabei jemand zusehen. Einen Augenblick dieser Stille im Zimmer mit seiner abgestandenen Luft hatte sie sich gegönnt, auf der Bettkante sitzend. Inmitten der Stadt, die sich einmal umzuwälzen schien. Drei Tage, mehr als drei Tage wollte sie nicht hier sein, sonst drohte etwas, das sie nicht genau benennen konnte. Natürlich hatte es mit Heimweh zu tun, mit der Sehnsucht nach dem Ort, an dem sie aufgewachsen war. Es war ein Sog, eher einem Schwamm ähnlich, der sie in ihrem flüssigen, durchlässigen Zustand sofort in sich aufnehmen und restlos absorbieren könnte. Ins West-Berliner Eckhaus, in den verschlafenen Grunewald aber wollte sie auf keinen Fall zurück. Und auch in dem vormals abgetrennten Teil des Landes hatte sie nichts zu suchen, in der doch eher billigen Hoffnung, eine alte Geschichte zu wiederholen.

Sie wanderte in das Restaurant im Parterre des Hotels, dort ging es noch sozialistisch zu. Die Kellnerin war bildhübsch. Ihr Körper, jede Nuance ihrer Mimik sagte, wo sie jetzt gerade sein wollte, während sie abwesend Sentas Bestellung wiederholte. Sie lächelte nicht, weder zu Beginn noch am Ende, entfernte sich nur aufrecht und mit großen, festen Schritten vom Tisch. Über der Tischdecke lag eine Plastikfolie, es roch nach Wofasept, die Tapete an der Wand war von einem wilden Muster aus Quadraten überzogen und von etwas, das aussah wie glitzernder Kunstschnee. Senta drehte die Vase mit dem Plastikröschen darin und studierte das Quadrat Himmel, das sie von hier aus sah. Das Haus des Lehrers, dahinter eine Kuppel wie eine formschöne Brust, noch dahinter die ersten Zuckerbäckerhäuser links und rechts der Allee. Alles schien hier damit beschäftigt, in die Höhe und in die Breite zu streben, nur fielen vielerorts die Kacheln ab. Die Fensterscheibe bestand aus drei Scheiben, wie Senta jetzt bemerkte, zwei gläserne und eine äußere, nur die war verspiegelt. Folie, die Luftblasen an den Rändern warf. Sie gab ihr dezentes Blaubraun in die Umgebung ab, was dem Morgenhimmel von hier drinnen eine Sepiafarbe gab. Dazu waren die Spiegelscheiben da, ging es Senta durch den Kopf, während die fehlplazierte Kellnerin ihr Brötchen und Kaffee servierte –, nicht das Innen abzuschirmen, sondern das Außen lieblicher erscheinen zu lassen. Nichts war lieblich da draußen, in dieser Stadt, in diesem Land, hier gab es keine Lieblichkeit, hier gab es den ungebremst eisigen Ostwind und wenig Licht.

Der fade Geschmack des Essens, die mürrische Unwirtlichkeit des Restaurants brachten in Senta ein seltsam nachhaltiges Dankbarkeitsgefühl hervor: Daß ihr Vater damals mit ihnen von Moskau nach West-Berlin gegangen war und daß Michael seinen Wunsch, im Süden zu leben, gegen alle Widerstände, auch ihre, durchgesetzt hatte. Daß sie das Glück gehabt hatte, zweimal weggehen zu können. Wären sie im Gefängnis ihrer Mutter geblieben, in ihrem geliebten Moskau, das in Sentas Vorstellung keinen anderen Charme besaß als den, den sie hier wahrnahm, dann wäre nichts so gekommen, wie es gekommen war, kein Michael, kein sicherer Reichtum, kein Leben im Süden.

Sie lief durch das Scheunenviertel, die windschiefen Laternen mit orangegelben Glühbirnen hinter zerbrochenen Rundgläsern leuchteten an diesem Vormittag noch. Sie sah zwei Männer, die einen Esel hinter sich herzogen, Jugendliche, die auf der autoleeren Straße Fußball spielten, spiddelige Birken, die mit ihren weißen Strumpfbeinen aus Balkonen wuchsen. Sie begann unwillkürlich, Einschußlöcher des lange vergangenen Krieges in graubraunen Fassaden zu zählen. Große Beulen aus Rauputz wuchsen an Brandmauern, wie Markisen standen manche ab, darunter die zusammengewürfelten Trümmersteine. Irgendwo quietschten die Räder einer Straßenbahn im Gleisbett, scharf wie etwas, das zu tief ins Ohr gestochen wurde. Sie stieg über Berge aus Schutt und Sand, kam an Ruinen und verwilderten Flächen vorbei, wußte nichts darüber, daß diese Häuser hatten gesprengt werden sollen, um Platz für neues, gradliniges Wohnen zu schaffen. Daher hielt sich ihre Verwunderung nicht in Grenzen. Es war wie ein doppelt lichtarmer Tag, durch den sie ging. Nur, daß überall junge Menschen unterwegs waren, daß viele wie sie eher ziellos durch die Straßen liefen, wie Hunde eigentlich, im fröhlichen Herumlaufen an der Reviermarkierung beteiligt.

Sie betrat das Haus in der Auguststraße durch zwei wie Karten zusammengestellte Eingangstüren. Sie zog den Kopf ein, um unter dem Eisengitter, den dahinter zerbrochenen Grobglasscheiben hindurchzutauchen. Sie rief leise seinen Namen, denn sie hoffte, nicht weiter ins Haus gehen zu müssen. Ein hohles Echo die Treppen hinauf. Die Hoftür hing aus ihren Angeln befreit, im Durchgang waren tischgroße Stücke von der Decke gefallen, Zement, Stroh, Holzbalken. Sie huschte darüber hinweg wie ein Insekt und stand im schmalen, langgezogenen Hof, der in zwei, drei weitere Höfe überzugehen schien.

Gregor hatte im Brief geschrieben: ›Freiheit ist mitunter relativ. Du verstehst mich, wenn wir uns sehen.‹

Der rußbraune Schacht wirkte, als neige er sich mit seinen zwei Fronten über ihr zusammen, das Stück Himmel, das sie noch sah, hatte keine sehr andere Farbe als die der Hauswände. Sie stieg über den Schutt hinweg, über geöffnete Matratzen und ihre Sprungfedern, kaputte Toilettenschüsseln, ein alter Herd dahinter, die gähnende Klappe offen. In irgendeinem Aufgang knarrte Holz, es klang, als schleiche noch jemand wie sie durch die Gänge. Sie bewegte sich nicht. Sie versuchte, noch etwas zu hören, nichts. Sie drehte sich langsam um, ging zwei, drei Schritte zurück über den Schuttberg, da nahm sie das Lachen wahr. Eher im nächsten Hof als hier.

Hinter dem zweiten Durchgang, wo sie einen Mikadohügel aus Deckenbalken überkletterte, konnte sie die Stimmen deutlicher hören. Sie schob die Seitenflügeleingangstür unterhalb des Fensters auf, tastete nach einem Lichtschalter, fand keinen, wartete, bis sich ihre Augen an das Dämmerlicht gewöhnt hatten. Sie holte tief Luft und stieg das Treppenhaus hoch.

Die Tür im zweiten Stock war nur angelehnt, sie horchte, sie mogelte sich durch den Spalt. Sie hörte wieder die Stimmen, ein Lachen, Murmeln, Schritte, sie sah das Licht am Ende des Flurs, eine beigebraune Röhre mit neongrünen Graffiti war er ansonsten. Sie balancierte über die verbliebenen Holzdielen und stand im Durchgang zum Zimmer. Vielleicht ein Dutzend Menschen standen im Raum, Bierflaschen in den Händen, ein Blecheimer nahe des Fensters, aufgebockt auf einer Betonplatte, Flammen züngelten über seinen Rand. Keiner bemerkte sie, alle schienen vertieft in Gespräche. Ein Großer mit Bart warf seine Zigarette in den Eimer, ein kleinerer mit Bart drehte sich zu ihr um.

Sie wich zurück bis auf die Schwebebalkendiele.

Er kam auf sie zu. Er blieb einen Schritt vor dem Türrahmen stehen und sah sie an. Keine Regung unter dem Bart. Sie traute ihrer Stimme nicht, wenn, überhaupt, was hätte sie sagen können, seine rasputineinsame Erscheinung verschlug ihr dazu noch die Sprache. Hinter ihm das flackernde Licht des Feuers, das Graubraun des Zimmers mit seinen welken Tapeten und erleichtert-fröhlichen Menschen. Sein Gesicht, seine Augen waren nicht zu erkennen. Er kam näher. Sie starrte nur auf den Bart, der zwischen ihnen war, seine rätselhafte, undurchdringbare Geschichte.

Er tastete nach ihrem Handgelenk. Sie nahm die kühle Trockenheit wahr, als seine Finger einzeln nach ihren suchten.

Sie hörte das Knallen von Kohlebrocken im Eimer, horchte

auf ihren und Gregors Herzschlag und atmete zusammen mit dem Geruch von frischem Bier die filzige Fremde seines Bartes ein.

Er nahm nicht den Weg hoch zum Haus, er ging quer durch den Garten. Er fand den Steinweg hinunter zum Pool. Er streifte durch ihren Kräutergarten. Er stand einfach nur da und schien den weiten Blick über die Ebene zu genießen. Er kam zu ihr hoch und sagte: »Das ist schön. Das ist eine Riesenhängematte. Zum ewigen Ausruhen bestens geeignet.« Er ging an ihr vorbei, griff nach Erdnüssen, die eingestaubt in einer Schale lagen. Sie erwiderte eher lautlos: »Ich weiß, daß es einen bequem werden läßt, aber gibt es eine Pflicht zu irgendeiner Geschäftigkeit?«

Er ging nicht darauf ein. Es lag in der Luft. Ihre außergewöhnliche Wiederbegegnung konnte so schnell das Ernüchternde alltäglichen Tuns annehmen und so banal werden, wie Träume es sind, wenn sie wahr werden.

Er schien sich leicht zu fühlen, ausgelassen, seit sie hier angekommen waren, ohne es sich jedoch zu erlauben, diesen Zustand seiner Umwelt mitzuteilen. Einfach ein freundlicher Mensch zu sein, das schien ihm in dieser Umgebung zu einfach. Er täuschte eine Grimmigkeit vor, eine Mißlaune, womöglich auch, um Senta dazu zu bewegen, von ihrer höflichen und damit oberflächlichen Gastgeberrolle abzukommen. Aber sie fühlte sich zunächst sicher in dieser Rolle, eine andere fand sie nicht. Gregor war ihr Gast, ein fremder Gast, ein doppelt Fremder. Je länger sie sich in ihn umsorgender Kontrolliertheit übte, desto mißmutiger wurde Gregor. Sie spielten ein altes Ehepaar und schauten sich beim Alten-Ehepaar-Spielen zu. Am siebten Tag seiner Anwesenheit auf dem Grundstück – alles Tage mit hellblauem Himmel, klarer Luft, keinem Regen – riß sie sich nicht mehr zusammen. Sie überreichte ihm einen Becher Kaffee am Morgen und sagte: »Wenn du es hier so schrecklich findest, dann ist es wohl an der Zeit, daß du abreist.«

»Ich hätte eine Bitte an dich«, erwiderte er ungerührt.

»Ja?«, fragte sie hoffnungsvoll.

Sie hatte lange ignoriert, daß sie alt wurde, jetzt war sie es. Das Rätsel war intellektuell nicht zu bewältigen. Sie fühlte sich wie die junge Frau, die sie gewesen war, als sie Gregor hatte gehen und sich von Michael hatte heiraten lassen, aber im Badezimmerspiegel sah sie aus, wie eine Frau mit über Mitte fünfzig eben aussieht. Die Zeit nahm die Unterfütterung, das Wasser, als ernähre sie sich kontinuierlich davon. Übrig blieb die gefaltete Haut, Desertifikation, nichts anderes als das, was hier mit dem Boden passierte.

Sie suchte die Utensilien zusammen, duschte, zog ein engeres, knielanges Jerseykleid an, schloß den Gürtel, warf sich eine gleichlange Strickjacke über und ging zurück in die Küche.

Gregor übergab ihr die Schere, die er gefunden hatte. Sie schaute ihm ins Gesicht, soweit sie es unter dem Bart sehen konnte. Sein Blick war ohne Regung, sein Mund kaum sichtbar. Sie tat sehr ernsthaft und konzentriert, dabei hatte eine fast kindliche Freude sie im Griff.

Er blieb unnahbar, beugte sich nur ihren Anweisungen. Auf den Tisch setzen, Handtuch über die Schultern. Dann knickte sie vor ihm ein, setzte die Schere an und schnitt von den flauschigen Backen in Richtung Kinn schurwollfarbene Knäule aus spinnenbeindürren Haaren ab. Er atmete sehr ruhig, er schritt nicht ein.

Langsam schälte sie den alten Gregor heraus. Sie traute sich auch während dieser Arbeit nicht, ihn nach seiner Zeit, seinem Leben zu befragen. Es hing zusammen mit dem Brief und ihrer unterlassenen Hilfeleistung. Sie ahnte, daß sie wieder durch ihr Schweigen einen Menschen von sich wegstoßen würde, aber sie konnte nichts dagegen machen. Ihr kam nichts über die Lippen. Ihr gingen so Sätze durch den Kopf wie, daß in einer Welt ohne Grenzen nur ihre Angst der letzte Schlagbaum sei, aber sie waren unaussprechbar, viel zu viel. Senta schnitt und schnitt, sie arbeitete sich immer näher an Gregors Gesichtshaut heran, die fast farblos war und von der sie sich wünschte, sie könne hier bräunen, sich erholen, unterfüttert werden. Sie brachte seine Lippen zum Vorschein, seine Wangenknochen, seinen Hals. Er schloß die Augen und gab keine Antwort auf ihre Fragen: Bis hierhin? Weiter? Noch weiter?

»Ich hab Hunger, laß uns was essen«, sagte er nur irgendwann, als sie seine Geschichte alles in allem auf einen eher modischen Drei-Tage-Bart zurückgestutzt hatte.

Da saß sie nun, in ihrem Jerseykleid, der weiten Strickjacke, einen getöpferten Trinkbecher in der Hand, nicht mehr jung, nicht mehr ansehnlich, ihr Hinterteil zwar schmalgehungert, aber es hing, es trug jetzt auch noch das Muster des Korbstuhls, auf dem sie gesessen hatte. Im abklingenden Gesang der Zikaden, in der sich verflüchtigenden Lauwärme des Spätnachmittages saß sie da und wußte nicht, wie die Scham überwinden, die aus den vielen Jahren der Fremdheit erwuchs. Sie begriff, vielleicht erstmals, was es bedeutete, jemanden zu lieben. Man war ein schwacher, bedürftiger Mensch. Es gab keinen Zauber, keine Erinnerung, die sie über diese Realität hätte hinwegtäuschen können. Es gab nur ihr Alter und sein Alter, einen unbeantworteten Brief und die lange Geschichte ihrer parallelen Leben. Vielleicht war selbst das schon eine Illusion.

Es dämmerte, die Luft war klar, als riesele Silberpulver durch sie hindurch, die Dunkelheit kündigte sich damit an, daß die Schatten verschwanden. Dann wurden die Dinge, Pflanzen, Mauern, selbst die Geräusche flacher, als schälten sie sich zurück in einen Zustand der Normalität. Die Sonne verschwand. Genauso wie die Pflanzen konnte Senta sich erst abends in etwas hineinbegeben, das jenseits der Selbstbehauptung lag, der Selbstbehauptung in der Hitze, eine Entspannung, die sie immer zu feiern wünschte.

Sie schaltete zuerst das Licht in der Vorratskammer ein und schaute sich um. Sie hörte kein Rascheln, sie roch keine Feinde, sie griff nach einer Flasche, die unten im Weinregal lag. Im Gefühl, das Ende von sieben Tagen Abgewandtheit zu begehen, als Gregor bei langen Spaziergängen im Tal und in den Bergen verschwunden war, selbst zum Essen kam er nie zu ihr ins Haus. Jetzt schien er hier angekommen zu sein, die Tatsache wollte begossen werden. Sie holte gleich zwei weitere Flaschen aus der Kammer.

Mit dem Öffner stach sie den Korken an, wand ihn heraus, er sträubte sich bis zuletzt. Sie goß den Wein nicht um, sie wollte keinen Aufwand machen, Gregor nicht mit Karaffen oder ähnlichem beeindrucken, sie goß zwei Gläser bis oben hin voll.

Sie trank einen ersten Schluck allein, das fruchtige Warme, es fügte sich an den Tag, es trug ein ruhiges Ausatmen in sich, sie spürte, wie ihre Schultern sich ein Stück weit entspannten. Gregor stand in der Küchentür und hatte einen Büschel Salbei in der Hand, hielt ihn ihr entgegen und grinste selbst über das Ungelenke in seiner Geste.

Senta ließ zu, im ersten warmen Zirkulieren des Rotweins, wie Gregor sich ihrer Küche bemächtigte, sie setzte sich auf den hintersten Stuhl am Tisch, schlug die Beine über, legte den Kopf an die Wand. Ohne richtig hinzuschauen, zupfte er die Blätter von den Stengeln, wusch sie unter laufendem

Wasser, die Hände als Sieb, warf sie in die Pfanne, fand im Kühlschrank Butter, knallte die Tür so, daß es klirrte, schnitt die Butter über die Blätter, fast das ganze Paket, wendete das Papier, sagte, »*con* heißt *mit* Salz? Ich brauch Zucker«, Senta nickte zum Regal hin und trank, Gregor trank auch, sein Glas neben dem Herd, er suchte ohne zu fragen einen Topf in einem der Unterschränke, füllte ihn mit Wasser, Salz, Öl, immer nur kurze Blicke, bis er die Zutaten fand, Senta schien wie vergessen auf ihrem Stuhl am Rande der Szene, eingehüllt in den karamelisierenden Salbeigeruch und den Rotwein. Mit beiläufigen Griffen brachte Gregor die Flamme zum Leuchten, das Wasser zum Kochen, die Butter zum Schmelzen, stellte zwei Teller auf den Tisch, zwei Gabeln dazu, goß die Nudeln zwischen Topf und Deckel ab, warf sie in die Pfanne, hob das gußeiserne Ding mit einer Hand hoch und trug es an den Tisch. Er hatte einen Riesenberg Nudeln gemacht, wie für eine Familie. Senta schob die alte Fliese, die am Rand lang, in die Mitte, er stellte die Pfanne darauf ab. Erst jetzt spürte sie, wie sehr sie es genossen hatte, daß er einfach alles gemacht hatte, ohne groß zu fragen, geradeso wie sonst nur ihre Kinder in ihrer Küche kochten, selbstbewußt, ohne Mißverständnisse, wie ab und zu Katarina für sie gekocht hatte, ein Essen zusammen mit der Mutter, ein kleines, geteiltes Glück.

Der Salbei war bitter und auch buttrig-süß, Senta überwand sich und sagte: »Ich bin froh, daß du dieses Mal in meine Richtung mitgekommen bist.«

»Wie Kinder, die losrennen und keine Illusion auslassen«, sagte er, als sei es ein Lob über den Wein.

Senta sog eine hängende Spaghetti ein.

»Schmeckt's anders, ohne Bart?«

»Nicht im geringsten.«

»Ich bin nicht losgerannt wie ein Kind.«

»Ich aber«, sagte Gregor und lächelte zum ersten Mal.

Ihr Leben lang jemanden anders zu spielen, das hatte sie gut hingekriegt. Jetzt schwamm sie im Pool, unter dem schwarzblauen Himmel, nackt, im mildwarmen Türkis. Unter einer Oberfläche, die ihre Silhouette in einem Flimmern verbarg. Gregor war vor ihr von der anderen Seite mit einem Köpper hineingesprungen, er schwamm lange, ruhige Bahnen, er näherte sich ihr, er kreuzte an ihr vorbei. Seine Nacktheit war beunruhigend, und doch gewöhnte sie sich langsam daran. Er kam ihr nicht wirklich nahe. Er hatte sich weggedreht, als sie sich ausgezogen hatte und in den Pool gestiegen war.

Ein Haufen Wespen vor dem gleißenden Licht, ein weiterer Haufen am schnorchelnden Schwimmer der Pumpe. Tropfen auf dem Sandstein der Einfassung, kleine Inseln. Wie hauchzart der Glaube war, die sie fassende Gewißheit, alles richtig gemacht zu haben, das eine Leben.

Senta drehte sich auf den Bauch, die Augen knapp über der Wasseroberfläche, sie sah seine Hände, Arme, seinen Kopf, das seitlich aus dem Wasser gedrehte Gesicht, er kraulte. Sie spürte, daß sie sich ihm nähern wollte. Sie wünschte, daß er sich ihr näherte.

Sie schwammen schweigend, von ferne das Klingeln der Schafsglocken unten am Hang, kein Wind, nur das Glukkern des Wassers, das bleiche Leuchten, die Kühle über ihr, wo ihr Körper der Luft ausgesetzt war, die Wärme im Wasser, ein kuschelweicher Selbstbetrug, sie war nicht dafür gemacht, zu lange im Wasser zu bleiben.

Er hielt am oberen Beckenrand an. Senta schwamm auf ihn zu und sah sein Gesicht, aus dem die Spannung des schnellen Schwimmens abfiel. Einen Ellenbogen auf dem Sandstein, als wollte er gleich hinausklettern. Ihr sofortiger Wunsch, daß sie noch lange so vertraut und ein wenig verschämt – zumindest sie –, so beiläufig und doch zielgerichtet miteinander im Wasser waren. Ihr Rudern mit den Handflächen, ein Kräuseln der Wasseroberfläche, ein Gurgeln, kein Geschrei der Zikaden, die Männchen waren erschöpft, befriedigt, gefressen, wer wußte es schon.

Es wäre so einfach gewesen, das Tau, das sie verband, auszuwerfen, diesen Mann, den sie – das spürte sie gleichbleibend und ruhig wie ihren Herzschlag – liebte und den sie so einfach mit dem einen Satz hätte an Land holen können. Etwas hielt sie davon ab, obwohl sie durch den Rotwein schon nachlässig und weich geworden war. Auf keinen Fall wollte sie, daß er sich ihr in einer Art Mitleid näherte – du hast ein Kind von mir? Wie hast du's geschafft, es aufzuziehen, ach, dafür Michael? Sie wollte, daß er sie sah, die Frau, die er einstmals begehrt hatte, geliebt hatte.

Gregor legte den Nacken auf die Kante, die Finger um den Sandstein und trat bedächtig das Wasser mit den Beinen. Senta sah ihn vom anderen Ende aus an, der Pool, der Garten, die Sukkulenten, selbst die Ölbäume, alles sehr klein unter der nächtlichen Kuppel.

»Ich nehme an, du kannst immer noch an irgend etwas glauben«, begann sie.

Er sagte nichts, er wollte wie sie keine Banalitäten, er ruderte nur mit den Beinen, sie schwamm ein bißchen, bis die Aufregung sich legte, daß sie eine Frage gewagt hatte, die über das, was sie bisher geredet hatten, hinauswies, sie wischte ein, zwei Wespen oder Fliegen zur Seite, er sagte: »Meine Einbildungskraft ist grenzenlos«, und ruderte weiter.

»Ich würd so gern«, sagte sie.

Sie schwamm, den Mund geschlossen, den Blick auf das in der Bewegung des Wassers klappernde Pumpentor gerichtet, wie es ein paar schwarze Flecken verschluckte, sie faßte mit einer Hand den Sandstein der Kante, drehte, stieß sich mit den Füßen an den riffligen Fliesen ab.

»Hattest du meinem Brief nicht geglaubt«, begann er,

weiterhin mit den Beinen rudernd und auf der anderen Seite.

Sie berührte kurz mit den Zehenspitzen den Boden.

Er rutschte zurück in den Pool. Sie stieß mit dem Rücken an die Wand. Er schwamm langsam auf sie zu. Sie sah ihn näher kommen, sie suchte in seinem Gesicht, das immer noch diesen schönen, offenen, schlichten Ausdruck hatte – eine rudimentäre Anmut, sie suchte darin nach etwas, das sie lesen konnte. Er tauchte unter, sein verschwommener Körper, sie wünschte, er bliebe so lang unter Wasser wie ein Fisch, für immer, und sie gleich dazu, Fischen sah man nicht an, ob sie Angst hatten oder sich vor der Wahrheit fürchteten, Fische waren der Inbegriff der Emotionslosigkeit, die maximal ans Glas schwimmen und es küssen konnten.

Gregors flimmernde Gestalt wurde größer, mit weit ausholenden Armen kam er auf sie zu, tauchte auf, machte die letzten Schritte sicher und schnell. Er stand vor ihr, nur eine Armlänge entfernt. »Michael ist immer noch da«, sagte sie mit Blick auf die baden gegangenen Insekten.

»Ich hab auch nichts vor«, entgegnete Gregor.

»Es hat mit etwas ganz anderem zu tun«, begann sie, aber es war, als habe ihr Mann die Ohren im Spionagewald gepachtet, eins der Augen der nahe stehenden Bäume, er leuchtete von oben herab in ihre viel zu helle Nacht, und sie konnte nichts sagen, sie brachte es nicht über die Lippen, sie wünschte nur, sie könnte es, wie er, hineintauchen ins Leben. Er ließ sich hintenüber wieder ins Wasser fallen und schwamm auf dem Rücken von ihr fort.

›Du hast dieses schöne Sofa hier (und so solide)‹, las sie am Morgen auf dem Rand eines Werbeprospektes, der auf dem Küchentisch lag. ›Aber leider mag ich keine Sofas mehr, ich versink nicht gern in ihnen, vielleicht irgendwann, dann kann ich wiederkommen. Ignoranz (oder Überforderung?), was auch immer, es kratzt an meiner Zuversicht, von der ich weiß, daß ich sie mir bewahren will. Ich weiß, daß sich was ändert. Ich habe mehr als deutlich vor Augen, daß im Namen der meisten Ideologien, der mächtigen Religionen Verbrechen verübt werden – und das nicht, weil die Ideologie oder die Religion dies verlangen, sondern weil alle, die mitmachen, gefangen sind in den Denkstrukturen, sie glauben an die vollkommene Wertlosigkeit ihrer Gegner. Aber, was schreib ich dir hier zwischen Orangen für soundsoviel und den saftigen Steakangeboten. All that is solid melts into air – das Gesetz ist noch gültig, finde ich. Und das läßt mich wieder aufspringen und loslaufen. Vielleicht wie ein Kind.‹

Sie drehte den Prospekt, als könne seine Rückseite auf wundersame Weise die gegenteilige Nachricht enthalten. Sie machte sich einen Kaffee, wie immer, sie stand längere Zeit vor dem geöffneten Kühlschrank, kühlte sich in seinem Weiß, bis sie die Milch nahm, die sie gesucht hatte. Sie goß den Kaffee in den gesprenkelten Töpferbecher, ihr Name stand darauf in geschwungener Schrift, mit plötzlichem Widerwillen nahm sie diese Kennzeichnung wahr und auch, daß er seinen Brief nicht unterschrieben hatte. Sie öffnete die Küchentür, trat auf die Terrasse, umschloß mit beiden Händen den Becher, als gelte es plötzlich, ihn zu schützen.

Sie wollte das Wunder der Ruhe wiederhaben, eine Ruhe, die aus Hahnenkrähen, Hundegebell, Vogelzwitschern und Grillenschnarren bestand. Das Wasser im Pool changierte mit den weißen Fugen, als lägen gewundene Fäden auf der Oberfläche. Es ging kein Wind mehr, alles lag still da, nur eine Hummel hockte auf dem Wasser, zwischen den schwarzen Flecken der Fliegen, die voreilig baden gegangen waren. Senta ging aus der Sonne, die selbst im Winter diese besondere Kraft hatte, sie wußte, daß sie es nicht mehr schaffen würde, nicht in einem Land zu leben, in dem das Licht so klar und silbrig wie hier war, und jeder Schatten fast schwarz.

Das ist mein Garten, ging es ihr durch den Kopf, der sich so selbstlos für mich verschwendet.

Die Zikaden hoben an zum Schreien, hörten wieder auf. Ein Auto fuhr die obere Straße entlang, sie schreckte auf, erstaunt, weil sie dachte und zugleich hoffte, es käme jemand aufs Grundstück gefahren. Um sie herum waren nur die Ölbäume, die Pflanzen, das Haus. Und sie stand inmitten der Schönheit, einer fast vollkommenen Gelassenheit, und weinte.

Damit das aufhörte, lief sie los, verschüttete den Kaffee im Gehen, am Baum vorbei mit der knolligen Oberlippe und dem einen Auge. Die zwei weiter unten, die miteinander tanzten. Am anderen, mit den zwei Wegen, die sich in der Mitte trennten und dann wieder fanden. Der dahinter war eine Tür, die halb offenstand, ein schattiges, unordentliches Kinderzimmer.

Am Flachwald der Sukkulenten die Schafsgarben, ihre geflochtenen Haarkränze wie neugierige Nachbarinnen oder spionierende Witwen. Eine Pflanze hängte ihre Elefantenohren in den Wind, wieder eine andere spähte mit tausend

Augen in alle Himmelsrichtungen. Kleine Völker rund um König und Königin Agave, die mit majestätischer Geduld Jahr für Jahr entlang der Trockenheit ausharrten.

Sie rannte vom Pool nach oben, den Weg über die Stufen, am Kräuterbeet vorbei, den geschwungenen Weg, und ein Blitz durchfuhr sie, ein Erschrecken. Da war ein Spalt zwischen Betonplatte und Sockel, an Michaels Grab, eine Handbreit Tiefschwarz, eine Ritze, die es nicht geben durfte. Es dauerte lange, bis sie sich traute, näher zu kommen. Dahinter, zwischen Platte und Steinmauer, lag etwas, es ragte über die Mauer hinweg, in das helle Leuchten der Ebene hinein, das sie nicht erkennen konnte, es sah aus wie eine Statue, ein Betonklotz, ein gestürzter Machthaber, ein Koloß im Gras. Ein umgekippter Lenin, Trotzki oder Marx, vielleicht, wie sie sie im Fernsehen gesehen hatte, mit einem Bronzescheitel gekämmt für die Ewigkeit, mit Bart und buschigen Augenbrauen, ein liegender Kopf so hoch wie sie, sie könnte hingehen und dem Umgekippten aufhelfen.

Sie starrte abwechselnd auf die Ritze im Beton und auf das Ding, was da lag, und erkannte irgendwann, daß es ein sehr dicker, toter Ast war, der von dem nahe stehenden Olivenbaum des Nachbargrundstücks heruntergebrochen sein mußte.

Sie blieb in Michaels Nähe stehen, räumte nichts weg. Sie hatte vor Augen, was hier passieren würde, wenn sie nicht mehr war. Die Natur war die Stärkere, mochte sie sich noch so bemühen; die Natur setzte sich letzten Endes durch.

Sie widmete sich die nächsten Tage, Wochen, Monate dem Unkraut in allen Beeten. Sie arbeitete kopfüber und fiel um acht Uhr abends hundemüde ins Bett. Sie schlief tief, so tief, wie man nur schlafen kann. Als wäre alles überflüssige Denken am Tage aus ihrem Hirn getropft zur Bewässerung der Beete. Sie riß die parasitären Gewächse aus, schnitt alle überflüssigen Triebe ab, die ihren Blumen auf den Leib rückten, stach den trockenen Lavendel aus der Erde, kappte dem Salbei den Flaum. Klappte sich wie ein Taschenmesser zusammen, genoß die Schmerzen im Rücken, während die Beete sauber und übersichtlich wurden, selbst die wuchernden fleischfingerigen Pflanzen unten am Pool wurden auf Treppenhöhe gekappt und flogen mit ihren gummiartigen Gliedern auf den Kompost. Sie schwitzte in der winterlichen Mittagssonne, sie trank literweise Wasser direkt aus dem Plastikkanister, sie aß kaum etwas, es war eher so, als fastete sie. Dann drehte der Wind, und sie spürte die Gnade der Erschöpfung. Sie meinte, das Klingeln der Glocke unten am Tor zu hören, sie ging über die Auffahrt hinunter und sah, daß es offenstand.

Sie lief auf das Tor zu, auf den schmiedeeisernen Duft von Sicherheit. Ihre Plastiksandalen schnalzten an ihren Hacken, und jeder Schritt knirschte im Kies. Das Eisen des Tors war auf der Sonnenseite heiß, sie fügte ihren Schlüssel ins Schloß und brachte an diesem Griff den Rollmechanismus in Bewegung. Das Tor ratterte über seine Schiene, einmal in Fahrt, lief es von allein. Mit beiden Händen federte sie den Knall ab, der gekommen wäre, hätte sie es laufen lassen. Vorsichtig bugsierte sie die Zunge ins Schloß. Mit einem satten Schnappen rastete der Zylinder ein. In diesem Augenblick war ihr, als bewege sich etwas hinter ihr, sie drehte sich um. Ihr weites Grundstück, Terrasse für Terrasse, Baum für Baum, der Hügel dahinter, das angeschmiegte Haus. Sie roch den Sandboden, den trockenen Staub auf den Steinen, das dickflüssige Öl, auf dem die Schiene des Tores lief. Sie roch den Asphalt der Straße. Der Himmel eine Kuppel ohne Ende, das Licht so klar, als habe es jemand mit Spiritus ausgerieben. Hier stand sie, im Aufwallen und Abebben der schnarrenden Rufe, im unermüdlichen Gesang der ewigen Seelen, wenn man daran glaubte. Senta nahm wahr, daß kein Wind mehr ging, kein Blatt sich bewegte. Und sie wußte, daß das ihr Leben war, genau das, kein anderes. Daß eine Wunde nur heilte, wenn man sie nicht berührte. Das Hintergrundgeklingel der Schafe vom Nebengrundstück, weit weg, so weit weg, daß es keine Frage aufwarf. In ihrer Unauffälligkeit waren die Schafe sich zum Verwechseln ähnlich, nur für den Besitzer markiert mit einem roten oder grünen Farbfleck, so wanderten sie über die Berge und fraßen im Schatten der Bäume, ein Leben lang die Beine zusammengekettet, als gelte es vor allem, ihre Flucht zu verhindern.

Hier würde sie bleiben und den Schlaf ihres Mannes bewachen, dafür sorgen, daß alles so blieb, wie es war. Auch, wenn es bedeutete, sich wie die Schafe abzustumpfen, gefühllos zu werden, die Reste Schmerz zu verbannen, die ab und zu ihr Herz aufzurühren imstande waren.

Sie schloß in einer konzentrierten Bewegung ab und ging hoch zum Haus.

III

Die Auguststraße war mittlerweile eine aufgeräumte Straße, nur noch sehr wenige Häuser trugen keine Kaubonbonfarben oder waren eingerüstet, um frisch gestrichen zu werden. Die Übriggebliebenen schienen aus der Zeit gefallen zu sein mit ihren graubraunen kriegsversehrten Fassaden. Angefressen und mißmutig wirkten sie neben all dem Aufbruch, dem verputzten Neuen, irgendwie rauhbeinig, trotzig und ein wenig mitleiderregend, fand Katarina. Das Klingelschild des Hauses, in dem Gregor wohnen sollte, war aus hochpoliertem Messing, die Namen eingraviert, selbst die Schrauben glänzten wie die Knöpfe. Sie konnte erahnen, welch sattes Signal von hier unten nach oben geschickt wurde. Die Fassade des Hauses, aus dessen Balkonen mal Birken gewachsen waren, war eidottergelb.

Katarina zögerte. Sie hatte sich nie vordergründig mit der Suche nach ihrem leiblichen Vater beschäftigt, aber ihre Neugier, und ein gewisses Vakuum an Halt, hatten sie immer wieder vorangetrieben. Es hatte einige Jahre gedauert, bis sie sich getraut hatte, ihre Mutter nach dem Namen des Mannes und seinem möglichen Wohnort zu fragen. Sie nahm von dem Telefonat mit ihrer Mutter vor allem eine Erinnerung mit: wie kühl sie geklungen hatte, wie leidenschaftslos. Weder der Funken einer Anklage noch ein nostalgisches Ausatmen: Ach, damit beschäftigst du dich jetzt. Als handle es sich um eine belanglose Information, die sie ihrer Tochter bereitwillig geben konnte. Katarina ahnte, daß hinter der emotionslosen Fassade ihrer Mutter ein Aufruhr im Gange sein mußte. Der Grund, warum Senta nie früher über diese nicht unwesentliche Tatsache gesprochen hatte, reichte ins Zentrum ihres Charakters, in diese Verschwiegenheit, diese weltabgewandte Verkapselung, an der Katarina schon immer abgeprallt war. Es schien ein Reservoir zu sein, das sich aus dem Glauben speiste, allein durch Schweigen die nächsten Menschen um sich herum an sich zu binden. Im Verschweigen hatte man sie in der Hand. Katarina fand es nicht vorstellbar, daß Senta mit der alten Geschichten so abgeschlossen hatte, daß es keine Erinnerungen, keine Wünsche mehr geben sollte, noch nicht einmal einen Funken Neugier.

Katarina hatte sich lange an das unausgesprochene Gesetz gehalten, das Schweigen fortzuführen. Nachdem sie den ersten Schritt gewagt hatte, konnte sie nicht mehr zurück.

Ein Gedanke verfolgte sie, und sie konnte die Angst spüren, die sich an seinen Saum klammerte, um ihn aufs Gelände des Undenkbaren, des Vergessens zu ziehen. Sollte sie, Katarina, vielleicht auch besser diese Verkapselung lernen, statt immer weiter nach einem Pendant zu suchen, nach einem Mann, der leidenschaftlich genug war, überschwenglich, provokant und beharrlich darin, die Art, wie sie lebte – unauffällig, freundlich, umgänglich, zurückhaltend –, als nur eine Form von Einsamkeit zu entlarven?

Nun hatte dieses diffuse Bedürfnis nach Selbsterkenntnis sie bis hierher gebracht. Was, wenn sie sich nichts zu sagen hatten? Was, wenn er zu diesen verschlossenen, selbstbezogenen Einzelgängern gehörte, von denen es in ihrem Leben nur so wimmelte?

Mit sicherer Hand suchte sie sich die aus, die es zu vermeiden wußten, sich an einen anderen Menschen zu binden. Und immer von neuem war sie überzeugt davon, diese Männer von jedweder Unfähigkeit oder Angst heilen zu können. Wenn so jemand ihr leiblicher Vater war – was konnte bei so einem Experiment herauskommen, außer Schmerz. Wozu suchte sie ihn?

Sie klingelte, und es passierte nichts. Erleichtert drehte sie sich von der Tür weg, folgte dem Impuls, daß es gut sein würde, ihn jetzt nicht getroffen zu haben, ihn für einige Zeit noch nicht zu treffen, überhaupt die ganze Sache ein wenig zu verschieben. Keine Eile, wozu Eile, es hatte ihn Jahre vorher nicht in ihrem Leben gegeben, wozu sollte es ihn jetzt plötzlich geben. Wahrscheinlich sah er das genauso.

Katarina erschrak, wie man erschrickt, wenn plötzlich jemand vor einem steht, den man nicht hat kommen sehen. Ein Mann in ihrem Alter, dunkelgrauer Anzug, weißes Hemd, einen grüngemusterten Schal lose um den Hals geworfen. Es irritierte sie, mit ihm genau auf Augenhöhe zu sein. Er kniff die Augenbrauen ein wenig zusammen, verlagerte sein Gewicht von links nach rechts, als deute er ein Ausweichen an, blieb aber stehen.

»Keine Ursache«, sagte er mit einer fast unwirklich sonoren Stimme.

»Dreitausendneunhundert, no discussion«, schrie jemand in sein Mobiltelefon, während er hinter ihnen vorbeieilte.

»Entschuldigung, ich wollte da runter«, sagte Katarina und zeigte verlegen in Richtung Oranienburger Tor. Die physische Präsenz dieses Mannes mit dem grünen Schal, der ihr – einer großgewachsenen Frau – unmittelbar gegenüberstand, erzeugte in ihr diese verhuschte Haltung. So konnte man Jägern entkommen. Dabei hätte sie, ohne einen Widerspruch darin zu sehen, auch nichts dagegen, Beute zu sein. Keine leichte Beute. Aber sie weckte gern den Jagdinstinkt. Besonders bei diesem Mann.

Er schrieb nicht auf *Der Letzten Seite* einer Zeitung, wie ihr Großvater, mit dem sie noch immer das Eckhaus an der Kopfsteinpflasterstraße im verschlafenen West-Berlin bewohnte. Er schrieb zu dem Zeitpunkt, als sie sich vor der Tür von Gregors Haus das erste Mal trafen, vielbeachtete Artikel im Feuilleton. Erst gegen Mitte des orientierungslosen Jahrtausendwendejahrs, als alle langsam zu begreifen schienen, daß die Welt doch nicht untergegangen war, begann sein beruflicher Niedergang, der über die Kulturseiten zu den Wirtschaftsmeldungen führte bis zur Reisebeilage, um am Ende für die Rubrik *Wohnung & Garten* zuständig zu sein, ein dreimal im Jahr erscheinendes Supplement, das hauptsächlich aus Anzeigen bestand, die von kleinen Texten umrahmt wurden.

Von seinen Kollegen wurde er Richie genannt, von ihr wünschte er sich, mit seinem vollen Namen Richard angesprochen zu werden. Er sagte, aus ihrem Mund klänge Richie wie ein Schimpfwort, das ihn errege aber nicht befriedige. Sie erzählte ihm nichts vom wahren Grund ihrer Anwesenheit am Hauseingang, wenn er den glücklichen Zufall hervorhob, lächelte sie. In all der Zeit, die sie miteinander verbrachten, erzählte Katarina ihm nichts von Gregor. Dabei hatte sie volles Vertrauen zu ihm. Sie vertraute ihm noch, als sie ihm längst schon nicht mehr hätte vertrauen sollen, als das Geflecht seiner Lügen die Qualität eines Jutesackes hatte. Und er weder souverän die Fäden in der Hand hielt noch etwas dagegen zu haben schien, in nicht allzu ferner Zukunft aufzufliegen.

Er trug dunkelgraue Anzüge, immer den gleichen eleganten, fast staatstragenden Schnitt. Er trug weiße Hemden, den obersten Knopf geöffnet. Er hatte ausgeprägte Stirnknochen, überhaupt ein Gesicht mit markanten Konturen, buschiges, fast drahtiges Haar. Sein Lächeln war in der Zeit, in der sie sich kennenlernten, noch geprägt von der Selbstsicherheit seines Erfolges. Nur in Augenblicken hätte Katarina den kalten Zynismus wahrnehmen können, der ihm wohl lebensnotwendig schien, denn Richard wußte schon damals, daß niemand anderes sein Leben in Grund und Boden ruinieren würde als er selbst. Seine Stirn war nicht mehr sorgenfrei und glatt wie früher, als ihm, wie er es selbst sagte, mit Anfang zwanzig sein Staat abhanden gekommen war.

Sie gingen ins Eckhaus und dort durch eine der Türen, hinter denen beim Einzug die eilig zugemauerten Wände gestanden hatten. Seit Senta sie hatte öffnen lassen, waren die Zimmer zwar zugänglich, aber niemand hatte richtig in ihnen wohnen wollen. Richard trug Kissen und Sofapolster in eins dieser Zimmer, sie bauten sich eine Insel des Glücks und liebten sich die nächsten sechs Wochen mehr oder weniger durchgehend. Sie betrachteten ihre Körper in den nächtlich-dunklen Fensterscheiben. Sie schnupperten sich durch die Gerüche des anderen, tranken einander, lösten ihre Lippen nur, um zum Atmen zu kommen, sie schlenderten zweimal am Tag in die Küche und ließen sich von Lydchen stärkende Mahlzeiten servieren. An einem Abend saß Anton in der Küche am Tisch, las in der Zeitung, für die Richard schrieb, die Zeitung war ausgebreitet wie eine Tischdecke, sie stellten ihre Teller mit Suppe darauf ab.

»Wer sind Sie, wenn ich fragen darf?«, fragte Anton.

»Richard Pehl, sehr angenehm«, sagte Richard mit einem angedeuteten Diener statt eines Händedrucks.

»Von Richard Pehl habe ich hier gerade was gelesen«, sagte Anton, »und ich bin vollständig anderer Meinung als er. Die Astrologie gehört nicht ins Feld der Esoterik. In die retten sich jene Zeitgenossen, die zu verzweifelt auf der Suche nach einem Sinn in einer sinnlosen Welt sind. Aber Selbsterkenntnis, wie die Astrologie sie uns ermöglicht, ist keine Sinnsuche. Selbsterkenntnis ist das Gegenteil beharrlicher Oberflächlichkeit. Die Astrologie hilft uns dabei. Ich verstehe durch sie, daß es oben wie unten, hier wie dort, überall gleich ist. Daß wir Menschen alle gleich sind. Diese Einsicht bietet uns die Astrologie, Herr Pehl.«

»Was Sie nicht sagen«, sagte Richard, und Katarina sah im Gesicht ihres Großvaters das Erstaunen über die Präpotenz der Jugend vor dem Alter.

»Ich werde einen Leserbrief schreiben«, sagte Anton.

»Tun Sie das. Nur liest den keiner.«

Anton zog mit einem Ruck die Zeitung zu sich, so, daß die Suppenteller nur kurz ruckten, nichts überschwappte. Er zerknüllte die Seiten und warf das Knäuel in den Korb für das Altpapier. Dann stand er auf und verließ die Küche. Lydchen folgte ihm.

Richard und Katarina gingen zurück in ihr abgelegenes, dunkles Zimmer, sie liebten sich auf den Matratzen und Kissen, nur schien Katarina die Leichtigkeit verschwunden gegangen zu sein. Sie meinte zu ahnen, daß ihr Großvater mit einem Ohr an der Wand stand. Sie bemerkte, daß Lydchen nicht mehr so schmackhafte Suppen kochte, öfter sogar zu Linsen oder Graupen griff, die sie zu einem undefinierbaren Brei verkochte, um auf diese Weise ihre Solidarität mit Anton zu erklären.

In dem Versuch, an die Sorglosigkeit vom Anfang anzuknüpfen, trafen Richard und sie sich nur noch in seiner Wohnung, einem perfekt möblierten, alterslosen Appartement, in dem selbst die Bücher in den Bücherregalen so wirkten, als seien sie als Ausstattungsgegenstände mitgemietet worden. Achmatowa bis Frisch hätte ich gerne, dann Nabokov bis Shakespeare, wenn's geht. Bitte Dickens vollständig, keine Ausnahmen, auch den Goethe komplett und von Christa Wolf bis Zola. Katarina bemerkte, wie sie voller Vorsicht das Treppenhaus hochschlich, bis in den dritten Stock. Warum wollte sie um keinen Preis Gregor begegnen? Der Mann hätte sie weder wahrgenommen noch erkannt. Jedesmal, wenn sie im Treppenhaus unterwegs war wie ein Mensch, der etwas zu verbergen hatte, flüchtete sie auch vor der Ahnung, daß sie ihr Bedürfnis, nach ihrem leiblichen Vater, nach einem Menschen mit Haltung, zu suchen, gegen eine wabernde, undefinierbare Liebschaft eingetauscht hatte.

Richard wohnte im dritten Stock des rechten Seitenflügels, Gregors Name auf dem Klingelschild draußen wies auf den zweiten in eben diesem Seitenflügel hin. Aller Schnelligkeit zum Trotz, mit der sie jedesmal durch den Eingang, den Hof, das Seitenflügeltreppenhaus stob, nahm sie wahr, daß es nur eine Tür in diesem aufwendig, fast mondän renovierten Haus gab, die weder abgeschliffen noch mit honigfarbenem Öl eingerieben war. Diese Tür war ein Flickenteppich aus Grau-, Braun- und Grüntönen, der Rahmen war glänzend karmesinrot gestrichen, aber nur auf einer Seite. Neben der Tür, wo ansonsten die geschwungenen Klingelbretter waren, hing bei Gregor eine kakaobraune Holzplatte mit einem Nagel in der Mitte. An dem Nagel hing ein Bindfaden, daran eine Zettelrolle und ein Bleistift. Katarina hatte beim ersten Vorbeikommen diese altertümliche Möglichkeit, eine Nachricht zu hinterlassen, angerührt. Beim zweiten Vorbeisausen hatte sie den Eindruck gehabt, da hänge eine Zunge aus dem Brett.

Um noch weniger auf ihre Heimatlosigkeit zurückgeworfen zu werden, fuhren sie in den Urlaub. Sie fanden kein Hotel, alle anderen Reisenden hatten ihre Ferien rechtzeitig geplant, und sie mieteten sich in einer abgelegenen Datscha ein, die Wände aus Pappe, der Fußboden hatte den langsam aus der Welt verschwindenden Wofasept-Geruch gespeichert, die parallel zum Boden wachsenden Krüppelkiefern wirkten wie Arme eines geduldigen Riesen und dienten ihnen als Sitzgelegenheit. In der klaren Luft des Nordens, der Unaufgeregtheit der Umgebung verging beiden die Lust an der Liebe, und sie begannen, miteinander zu reden.

»Werner Stiller«, erzählte Richard eines abends in der Dämmerung, »gab sich vor anderen nie als mein Vater zu erkennen. Aber ich hab noch die Briefe, die er an mich geschrieben hat. Eigentlich jeder, der mit ihm zu tun gehabt hat, lernte ihn zu hassen. Verrat vernichtet Vertrauen, nichts vernichtet Menschlichkeit, den Glauben, daß man zusammenleben kann, gründlicher als Verrat. Das Gedemütigtwerden schürt die Wut. Nicht Zorn, Zorn mißt sich an der Größe des Vergehens, wenn das Vergehen verziehen ist, ist der Zorn zu Ende. Aber Wut, die weist über die Demütigung hinaus, über den Verrat, der Wütende bleibt sein Leben lang wütend, die Wut speist sich aus ihm selbst, und so wüten die Männer gegen meinen Vater, ihr Leben lang. Er ist der meistgehaßte Mann in diesen Zirkeln. Aber er zieht daraus nur das Gefühl überdauernder Autorität.«

»Du Armer, welche Zirkel?«, fragte Katarina.

Das nächste Mal, als sie miteinander redeten, weil das Küssen schon von Gewohnheit durchsetzt war, sagte er: »Mein Vater ist im Bett seiner Geliebten gestorben, eine weitere Frau war dabei, die daraufhin sofort verschwand. Die Geliebte, die nicht die Hellste zu sein scheint, saß neben meinem Vater, als er starb. Aber ich kann mir nicht vorstellen, daß sie besonders lange heulte. Wahrscheinlich wird sie sich geekelt haben, so wie ich sie kennengelernt habe. Der Mann neben ihr war tot, und um solche Angelegenheiten hatten sich Ehefrauen zu kümmern, nicht Geliebte.«

»Und deine Mutter?«, fragte Katarina voller Mitgefühl.

Am nächsten Abend – sie schauten schon an die Pappwände, in die Wollmausecken, aus dem Fenster, während sie sich liebten – sagte Richard gleich nach seinem Höhepunkt: »Meine Mutter hat mich angerufen, ich muß zu ihr fahren. Ihr kann jederzeit das Schlimmste passieren.

Sie trinkt, sie säuft, muß man sagen, sie ist eine schwere Alkoholikerin, wenn ich zu ihr fahre, dann muß ich durch das Badezimmerfenster in die Erdgeschoßwohnung, weil die Eingangstür, jeder Quadratzentimeter des Fußbodens, mit Flaschen zugestellt ist. Es sieht aus wie in der Abfüllhalle einer Flaschenfabrik, nur ist es die Wohnung meiner Mutter. Und da sie sorgfältig die Deckel auf alle Flaschen dreht und längst keinen Wein oder kein Bier mehr trinkt, riecht es nach nichts, in der Wohnung meiner Mutter. Überhaupt ist es die aufgeräumteste Wohnung, die ich kenne. Ich muß keinen Schmutz, ich muß nur die Flaschen entfernen.«

Katarina biß in das Brötchen, das sie um die Nürnberger Bratwurst gelegt hatte und kaute beides durch. Sie wartete auf ein Bedauern, eine Geste, die ihr zeigte, daß er nur ungern zu seiner Mutter fuhr. Er schaute nachdenklich in den Wald aus Krüppelkiefern, weiß leuchtete dazwischen der Sand. Sie schluckte das Zerkaute hinunter und sagte, wie leid es ihr tue, daß er so eine fürchterlich traurige Lebensgeschichte habe, aus so einer zerrütteten Familie stamme. Sie bot ihm ihre Hilfe an. Sie küßte ihn. Sie bot ihm ihren Körper an, um zusammen mit ihm das Vergessen zu nähren. Sie kniete sich neben ihn hin und liebkoste sein Gesicht, seine gefurchte, kräftige Stirn, seine wollenen Haare, sie küßte sein linkes Ohr, sie saugte daran, als könne sie alle trüben Gedanken dazu bringen, Richards Kopf zu verlassen. Sie verschränkte ihre Finger in seinen, mit der Präzision einer Architektin, die einem wackeligen Gerüst mehr Stabilität zu verleihen weiß. Sie zog sich selbst aus, weil er es nicht machte. Sie fragte ihn, was sie noch tun könne, um ihn glücklich zu machen. In Gedanken räumte sie schon die Wohnung der Mutter mit ihm zusammen aus, trug die delierende Frau in eine Klinik, bewachte ihren Entzug, päppelte und wusch sie, kleidete sie ein, brachte sie als neuen Menschen nach

Hause, der fortan so zufrieden war – vor allem mit der Liebeswahl ihres Sohnes –, daß es nie wieder einen Zusammenbruch im Alkohol, ein Ertränken ihres Lebensschmerzes geben mußte.

Er sagte: »Ich bin eine ehrliche Haut. Ich sage dir, wie es ist. Ich kann dich nicht mehr in meiner Nähe haben.«

Sie zog in der Nacht aus der Datscha aus, schlief auf Kiefernnadelsand, quer über einer Ameisenstraße; die Fleißigen hatten morgens einen Umweg durch ihre Schenkel, über ihre linke Schulter, am Hals vorbei zurück in den Boden gefunden.

Richard war früh, noch in der Dämmerung, als sie für Minuten eingeschlafen sein mußte, abgereist.

Als Katarina Wochen später das erste Mal ihrem Großvater im gemeinsamen Haus begegnete – sie waren sich schlafwandlerisch aus dem Weg gegangen, immer zu unterschiedlichen Zeiten aufgestanden und zu Bett gegangen, nie hatten sie sich gleichzeitig zum Essen in der Küche eingefunden –, als sie Anton gegenüberstand, er im Streifenpyjama, sie in T-Shirt und Jogginghose, da sagte er: »Bist du endlich aufgewacht?«

»Vielleicht will ich das gar nicht.«

»Dann tu mir den Gefallen, oder deinem verstorbenen Vater. Ja, auch dem.«

»Warum?«

»Wenig richtet mehr Unheil an als Angst vorm Verlassenwerden«, sagte er und ging wieder.

Sie rettete sich ins Klavierspielen, aber sie spielte nicht um des Spielens willen, sie arbeitete, während sie spielte, sie schuftete, wuchtete Berge aus Steinen um, kletterte hoch, räumte sie auf, schüttete neben ihnen neue Berge aus den alten, riß sich die Hände ein, trat sich die Füße wund, es durfte keinen Spaß mehr machen, das Spiel, das sie so liebte, es mußte harte Arbeit sein, immer noch härtere Arbeit, bloß keine Freude durfte sie daran haben, sie drehte sogar den Beethoven auf dem Schrank wieder um, damit er über sie richten konnte, wütend sandte er Blicke wie Nadelstiche und ließ sie mit jedem Tag ein paar Zentimeter kleiner werden.

Glücklicherweise tauchte Richard wieder auf, rechtzeitig, bevor sie auf Augenhöhe mit ihrem altersbedingt schrumpfenden Großvater angekommen war. Unterhalb des Wintergartenfensters im nachtdunklen, verwilderten Vorgarten des Eckhauses stand Richard und rief ihren Namen. Sie öffnete ihm sofort, ließ ihn hineinklettern, machte ihm eine Möhrensuppe, eine Pizza, einen gezuckerten Joghurt, zog sich aus für ihn, richtete ein Kissen unter seinem Nacken, küßte und liebkoste ihn vom Scheitel bis zur Sohle und bewachte den Rest der Nacht seinen tiefen Schlaf.

Am Morgen, über zwei dampfenden Tassen Kaffee, bat er sie um einen Gefallen. Jene Geliebte seines verstorbenen Vaters habe die Möglichkeiten der modernen Medien erkannt und sei gewillt, sie für sich zu nutzen. Sie habe eine Biographie schreiben lassen, in der die letzten Tage des Staatsfeindes Nummer 1 eine nicht unwesentliche Rolle spielten, sie habe einen Verlag gefunden, der dieses Buch veröffentlichen werde, es ginge alles ganz legal zu, keiner könne etwas dagegen tun, die Frau sei nicht mehr zu stoppen, außer jemand gebe ihr 20.000 in kleinen Scheinen, dann werde sie ihren Feldzug der Wahrheit beenden, zu dem sie sich entschlossen habe, nachdem sie erfahren habe, wie viele Menschen und ihre Leben ihr toter Ex-Geliebter mit seinem Verrat vorsätzlich ruiniert hatte.

»20.000 in bar«, wiederholte Katarina in einem Tonfall, als sei sie dank ihres Berufs mit dem Jonglieren von Millionenbeträgen betraut.

»Keine Kleinigkeit«, erwiderte Richard matt.

»Ach«, wischte sie seine Bedenken aus der Luft und nahm telefonisch Kontakt mit der Bank auf, die ihren Teil des väterlichen Erbes verwaltete.

Es war wieder Anton, den sie ein paar Tage später in der Küche beim Frühstück traf, und der zu ihr sagte – als habe er es eben in einer Meldung auf *Der Letzten Seite* gelesen: »Daß dieser Werner Stiller noch lebt, das hätte ich ja auch nicht gedacht. Meiner Erfahrung nach, auch, wenn sie bescheiden ist, das muß ich zugeben, aber meiner Erfahrung nach schaffen es Spione, die so die Seiten gewechselt haben, nicht lange. Er muß ein höchst anpassungsfähiger Charakter sein, der Herr Stiller. Ein guter Spieler, in seinem Feld. Wenn er einen Sohn hätte, der hätte sicherlich vor allem eins vom Vater gelernt: Geschichten zu erfinden, die er zur Realität vervollkommnet.«

»Wer sagt, daß er noch lebt?«, fragte Katarina spitzfindig.

»Du hast recht. Nur die Zeitung. Und wer glaubt schon einer Zeitung.«

Richard blieb siebenundzwanzig Tage verschollen, dann stand er wieder am Ende einer Nacht, im Morgengrauen, unter dem Wintergartenfenster und rief nach ihr. Er benutzte sogar die Koseform ihres Namens. Sie wachte auf davon, daß sie leise ein sonores, »Katjuscha, Katjuscha« hörte. Sie war sofort hellwach, öffnete ihm die Tür, machte ihm eine Kürbissuppe, eine Pizza, einen gezuckerten Joghurt, war in ihrer Freude bereit, ihm Erdbeeren in den Mund zu füttern, zog sich für ihn aus, legte ihm Kissen in den Nacken, kraulte ihn vom Scheitel bis zur Sohle und bewachte seinen unruhigen, von Nervosität gebeutelten Schlaf.

Am Morgen sagte er: »Es tut mir wirklich unendlich leid, daß ich nichts von mir habe hören lassen, Liebste.«

Sie atmete den Satz, das letzte Wort ein, es glühte in ihrer Brust wie ein Schluck Tee, den man zu heiß getrunken hatte, sie spürte, wie die Wärme, die davon ausging, bis in ihren Bauch wanderte. Sie schwor sich, frei von Zweifeln und selbstüberzeugt in dem Gefühl, wirklich gebraucht zu werden von einem Menschen –, daß sie Richard zu jeder Zeit jeden Wunsch erfüllen wollte. Im Grunde nur für die Art, wie er die Entschuldigung und das Wort ›Liebste‹ ausgesprochen hatte.

Vorsichtig und voller Rücksicht bat sie ihn um eine Erklärung. Sie hätte ihn gar nicht bitten müssen, er breitete von allein die Landkarte seiner Verlorenheit aus.

»Meine Mutter. Habe ich dir von ihr erzählt?«

»Ja«, sagte Katarina, »geht es ihr besser?«

»Es ist eine Katastrophe, und ich mache mir Vorwürfe, denn ich hätte es wissen können. Ahnst du, was sie gemacht hat, in der einen Woche, die ich sie nicht besucht habe, weil ich zu einem Dichtertreffen nach Krakau eingeladen war, als alleiniger Berichterstatter. In dieser einen Woche hat sie in einem Einkaufsender eine neue Freundin gefunden und sich zehn bis zwölf Stunden am Tag so gut mit dieser Freundin verstanden, daß sie jedes Produkt, was die ihr im Vertrauen empfahl, gekauft hat. Sie hat drei Bauch-Beine-Po-Trainer, ein 100-teiliges Messerset, zehn japanische Bonsai-Bäume, Haufen aus Wechselleuchtspringbrunnen, einen falschen Diamanten und eine komplette Wohnzimmereinrichtung gekauft. Sie ist unter dem Berg Schulden, den ich ihr vorrechnen mußte, eingeknickt. Seither trinkt sie wieder, obwohl sie seit Wochen, wirklich Wochen, trocken war.«

»Konsum ist das Aspirin der Einsamen«, sagte Katarina und schmeckte sofort das Billige des Tadels.

»Wir müssen ihr helfen«, sagte sie schnell.

»Ja, ich weiß nur nicht wie«, bemerkte Richard, den Blick auf den Fußboden gerichtet. Katarina strich mit einem Finger unter seinem Kinn entlang, sie küßte seinen Mundwinkel, sie flüsterte ihm ins Ohr. Sie sah sein schmales, noch ungläubiges Lächeln. Sie flüsterte weiter. Sie sah, wie er grinsen wollte, lächeln, aber sich das Lächeln zugleich verbat. Sie sah seine Erleichterung, wie er sich für einen Augenblick entspannte und zugänglich, nahbar wirkte. Sie ließ sich von ihm die Kontonummer seiner Mutter nennen und rief ihre Bank an, um eine Summe zu überweisen, die der vorherigen in nichts nachstand.

Anton wirkte am nächsten Tag, als Katarina ihn im Flur des Erdgeschosses traf, so wütend, wie sie ihn lange nicht mehr erlebt hatte. Er sagte: »Katjuscha, hör auf. Hör auf, diese Geschichten zu glauben.«

»Aber nur dazu sind sie da.«

»Nein, sie sind nur dazu da, der trostlosen Wahrheit einen wunderhübschen Anstrich zu geben.«

»Ich will nicht glauben, daß er lügt. Nur ich lüge. Er ist ehrlich mit mir.«

»Ach, Katjuschinka«, sagte er mit nachsichtiger Traurigkeit, »vielleicht bist du einfach nur wie ich, anfällig fürs Verführtwerden, aus Gründen, die der Chiron im Horoskop gut kennt. Vergiß ihn nicht, den Heiler, der sich selbst nicht heilen konnte, aber dafür den Prometheus erlöste.«

»Du mit deinen Sternen«, sagte sie kühl.

Er ging, mit seinem weinrot-grün gestreiften Satinbademantel über dem Pyjama, den Gang hinunter, den Gürtel lose um die Taille, er war so klein geworden, daß der Saum des Mantels einer Schleppe gleich über den Boden zog.

»Dann wiederhol die ganze Geschichte«, sagte er am Türrahmen zur Küche und verschwand.

Sie wartete lange, unendlich lange, so schien es ihr. Sie übte sich jeden Tag ein bißchen mehr im Übergehen ihrer Bedürfnisse und aller Zweifel und ärgerte sich über sich selbst, als sie vor Erleichterung weinte, des Nachts, als sie Richards Stimme hörte, unter dem Wintergartenfenster, und er nach ihr rief.

Sein Gesicht war zerfurcht von Getriebenheit, als er zu ihr ins Zimmer kletterte. Seine Handflächen waren feucht, er roch nach dem Schweiß der Angst, den kein Deodorant zu überdecken vermochte. Er schaute sich oft um. Aber er ließ sich von ihr in den Arm nehmen, er sagte sogar leise: »Liebste, mein Gott, fühl ich mich hier wohl.« Mit der Hingabe und dem Stolz einer Frau, zu der ein verschwunden geglaubter Liebhaber zurückgekehrt war – und sei es nur temporär –, bereitete sie ihm einen Tee, kochte ihm eine Lauch-Ingwer-Suppe, buk ihm eine Pizza, rührte einen gezuckerten Joghurt an. Zum Nachtisch gab es Käse und Weintrauben auf der Matratze unter dem Flügel. Er lag in ihren Armen und atmete ruhiger. Sie liebten sich, und es ähnelte den ersten Malen auf ihrer Insel des Glücks im vormals zugemauerten Teil des Hauses. Er sagte: »Ich will, daß du mit mir kommst.«

»Wohin?«, fragte sie, atemlos.

»Eine Art Reise. Eine Heimkehr. An den Ort, der dir zeigt, wer ich bin.«

»In Ordnung«, sagte sie langsam und genoß ihre Zufriedenheit. Sie schnippte das Unbehagen zur Seite, zusammen mit dem Kern einer Weintraube. Das Unbehagen, das sich am Wort Heimkehr entzündet hatte. Richard hatte kein Heim, in das er kehren konnte. Der Staat, in dem er aufgewachsen war, existierte nicht mehr. Für einen Augenblick mußte Katarina an Nadja denken, an Nadjas Theater, an ihre Bühne in ihrer Heimatstadt; alles hatte sie Zeit ihres Lebens nicht mehr betreten, eine Heimkehr war nicht möglich gewesen. Der Verlust begründete die Einsamkeit, ihre Form von Immigration, die Verkapselung, in der sie ihr Leben verbracht hatte.

Die Wohnung von Richards Mutter – wenn er denn das als sein Zuhause bezeichnen würde – mußte ähnlich unbetretbar sein. Ging es um eine Reise zu seinem Vater? Wo auch immer der Mann jetzt war? Warum überhaupt suchte Richard, der Weltbürger, der durch Zeit und Raum Reisende, der wahrhaft Unsentimentale, nach irgendeiner Art von Heimat?

Katarina zog das schwarze Wollkleid an, das sie bei ihrem allerersten, zufälligen Treffen vor der Eingangstür von Gregors Haus auch getragen hatte. Sie trug Puder und Lippenstift auf, malte sich die Augen rundum schwarz, wie es in ihrer Familie Tradition war. Sie zog die höchsten Schuhe an, die sie besaß. Sie betrachtete sich im Spiegel, den Kajalstift noch in der Hand. Sie malte vorsichtig, in einem einzigen Strich, ihre Silhouette auf dem Spiegel nach. Das war sie, da in diesen Rändern. Wenn sie auch sonst nie Grenzen setzte, aus welcher Angst auch immer, hier fand sie ihre Umrisse dokumentiert. Es half nicht gegen das Gefühl, in Auflösung begriffen zu sein.

Sie ging in den Flur, horchte auf Geräusche im Haus. In Lydchens Hinterküchenkammer, meinte sie nur das Kratzen der Sandpapier-Nagelfeile auf den Hornkuppen der Fingernägel zu hören, dann eine emotionslose Fernsehstimme aus dem ersten Stock – der Acht-Uhr-Nachrichten-Gong. Anton verpaßte an keinem Abend eine Dosis Weltgeschehen, als dürfe sich das Draußen nicht vollkommen seiner Kontrolle entziehen.

Katarina drehte sich um, sah Richard an der Haustür stehen, schon die Klinke in der Hand. Sie griff nach dem schwarzen Tuch, das sie auf der Flurkommode bereitgelegt hatte, hielt es ihm hin. Er faltete es sorgsam auf Kante und band es ihr um. Sie prüfte, daß es vollständig ihre Augen bedecke, dann lächelte sie ihn an und ließ sich hinausbegleiten.

»Bei mir im Haus wohnt ein Mann«, begann Richard, als sie im Taxi saßen und Katarina die Schaltgeräusche – vom ersten bis in den fünften Gang – wie das fragende Seufzen, das ein Mensch manchmal im Schlaf von sich gibt, empfand. »Der wohnt ein Stockwerk unter mir. Ist dir bestimmt schon mal aufgefallen, die Tür, die so oll aussieht.«

»Ja«, sagte Katarina leise, für einen Augenblick überfordert in der Orientierungslosigkeit. Mit Gregor wollte sie sich jetzt auf keinen Fall beschäftigen.

»Ich hab ihn Monate nicht gesehen, ich dachte, der wohnt schon gar nicht mehr dort. So ein Bürgerrechtler, wurde mir gesagt, der noch glaubt, die Welt sei eines Tages zum Guten zu wenden. Letztens haben wir uns beim Müllwegbringen getroffen. Er warf Papier in die Tonne. Ich meinte zu ihm, daß es mir schon einen Stich versetze, was er da mache. Er fragte ganz höflich, was er denn gemacht habe. ›Na, die Ordner‹, sage ich. ›Was ist mit denen?‹, fragt er. ›Aus sozialistischer Produktion‹, sage ich. ›Sie sehen nicht aus wie jemand, der von Nostalgie befallen ist‹, sagt er. Ich mußte ihm recht geben, den Brioni, den ich trug, hatte ich mir erst vor wenigen Tagen gekauft, die Kalbsleder-Church's auch. Wenn man diese Sachen trägt, fühlt man sich frei von der eigenen Vergangenheit. Das ist es, was man hauptsächlich kauft bei solchen Klamotten: eine fremde Tradition und eine vielversprechende Zukunft. Mein Chefredakteur hatte erst eine Woche zuvor gesagt: ›Sie und Kündigung? Pehl, bevor man Sie kündigt, gibt es wieder eine DDR auf deutschem Boden.‹ Ich war noch nie so angekommen, so hier wie jetzt. Aber die alten Dinger – nee, das hat mich schon getroffen. Warum wir so schlappe Verlierer der Geschichte sein mußten.«

»Wie heißt der Mann?«, fragte Katarina mit geöffneten Augen, das Schwarz war undurchdringbar.

»Naumann, glaub ich. Gregor Naumann.«

»Kennst du ihn näher?«

»Nein. Du weißt doch, Menschen mit Überzeugungen machen mich tendenziell nervös.«

Der Fahrer atmete angestrengt durch eine verstopfte Nase, Katarinas Unterschenkel klebten trotz der Seidenstrümpfe, die sie trug, an den Streifenwölbungen des Ledersitzes, ihre linke Hand lag zwischen Richards Fingern. In ihrer Rechten spürte sie die satinierte Haut ihrer Klipphandtasche, den stabilen Corpus darunter. Darin lagen, einzeln und nur für sie hörbar, zwei Kreditkarten, die wie Wanten am Mast klapperten, während sie im Freiraum der Tasche von einer auf die andere Seite fielen.

In jeder Kurve wurde Katarina stärker als sonst gegen Richards Schulter oder gegen die Verkleidung der Innentür gedrängt, was damit zu tun hatte, daß sie die Kurve vorher nicht sah. Es war ein Schwingen von rechts nach links, der Fahrer fuhr so sanft an und bremste so sanft ab, wie es ihm nur möglich schien, vielleicht hatte er Mitleid.

Das Taxi hielt, der Fahrer atmete durch den geöffneten Mund, der feste Stoff einer Windjacke raschelte, etwas piepste mehrere Male, ein hoher, stechender Ton. Die Geldscheine, die Richard aus seinem Portemonnaie nestelte, knarrtschten, wie nur frisch durch den Geldautomaten gebügelte Scheine es können. Die Münzen, die er als Wechselgeld bekam, klangen bescheiden. Richard nuschelte einen Abschiedsgruß, Katarina verkündete laut und deutlich: »Einen schönen Abend noch«, der Taxifahrer sagte voll fatalistischer Abscheu: »Na, ick Ihnen ooch, wa.«

Richards Hand an ihrem Oberarm, sehr fest führte er sie, während sie sich darauf konzentrierte, weder zu tippeln noch zu stolpern –, mit Richard gleichauf zu bleiben. Sie fügte sich in seine Führung, unter ihren Sohlen spürte sie die glatten Betonplatten eines wahrscheinlich frisch verlegten Bürgersteiges. Hinter ihr fuhren Autos, nicht sehr schnell, etwas weiter mußte eine Ampel sein, Motoren liefen leer. Männerstimmen, ein helles Auflachen, zwei die spanisch sprachen, sie spürte, wie Richard seinen Armdruck erhöhte, sie schien zu trödeln vor lauter Geräuschen, auf die es zu hören galt. Eine Tür, die einen Streif Bürstenhaare zur Dämmung hatte, wurde sacht geöffnet, die Stimmen, die Autos, das Knirschen der Sohlen auf dem Asphalt blieben hinter ihnen, die Tür mit ihren Borsten schloß das Draußen aus, eine Atmosphäre wie unter einer Filzdecke umfing sie. Die Menschen, die mit ihnen in diesem Raum waren, flüsterten verhalten. Waren sie zu spät im Theater? Nur waren die Eingangshallen, die Foyers von Theatern keine Orte, an denen geflüstert wurde. Vielleicht waren sie alle zu spät. Aber warum, dachte sie dann, sollte ein Theater der Ort sein, an dem Richard sich heimisch fühlte?

»Gib doch mal einen kleinen Tip«, sagte Katarina, Richard räusperte sich und atmete hinter ihrem linken Ohr durch beherrschte Lippen aus.

Sie ging einige vorsichtige Schritte, spürte den Teppich unter den Sohlen, opulent und zum Einsinken wie ein Golfrasen, über den man barfuß ging. Warum flüsterten alle so beharrlich? Vor wem galt es sich hier zu ducken? Auf wen sollte man Rücksicht nehmen? Die Bewegungen der Menschen im Raum, ihre Schritte, wurden vom Teppich geschluckt, sie spürte nur, daß einige Körper um sie herum waren. Hier und da der Windhauch eines getuschelten Satzes, das changierende Rascheln eines Chiffonkleides, das Schnarren einer festen Strumpfhose zwischen den Oberschenkeln. Neue, ungetragene Ledersohlen, die noch Quietschten beim Biegen. Also Männer und Frauen. Anzüge und Halbdurchsichtiges. Endlich, von weiter weg, ein verschämtes Kichern, die Nervosität einer Frau, die das, was sie hier an diesem Ort zu tun bereit war, eher als etwas Verbotenes, Ungehöriges zu empfinden schien, oder es zum ersten Mal machte. Ein nicht minder nervöses, aber herrschsüchtiges Husten vom anderen Ende, dann zwei vertraut miteinander Flüsternde, dann Richard, der Katarina ihre Handtasche aus der Hand nahm, die verschlungenen Metallköpfchen klackten, sie sagte, wenn er ein Taschentuch brauche, könne er sie auch gerne fragen. Er sagte: »Ach, ich habe nur einen Stift gesucht, Liebste, kannst du hier mal eben deinen Namen aufschreiben, damit alle wissen, wer du bist?« Er führte ihre Hand, sie schrieb. Sie lächelte, wer auch immer ihr dabei zusah.

»Bitte, mein Herr«, sagte eine Sekretärinnenstimme. Etwas scharrte, Plastik auf Holz, Katarina meinte, Richards plötzlich eilige Bewegungen neben sich zu spüren, sie wollte ihn beruhigen und tastete nach seinem Gesicht. Aber da stand sie wohl schon allein mit der Hand in der Luft, aufrecht und unbeirrbar, eine Königin, die von einem Balkon ein nicht vorhandenes Volk grüßt.

Da sie niemanden mehr in ihrer Nähe spürte, fragte sie laut: »Und wo gehe ich jetzt hin?«

»Da hinten, hinter Ihnen, nicht zu verfehlen«, sagte die Sekretärinnenstimme, und Katarina war sich plötzlich sicher, daß diese Frau jenseits einer Trennwand saß, vielleicht in einem Glaskasten, einem Schalterraum, von so weit weg kam sie zu ihr herüber.

Sie drehte auf der Hacke um, so wußte sie, daß sie da war, wo sie sein sollte, und setzte einen Schritt vor den nächsten, in einer Art konzentriertem Frohsinn, um nicht wie ein besoffener Matrose gegen Wände zu laufen.

Es waren die Geräusche, das leise Klimpern, das Plätschern unversiegbarer Springbrunnen. Der Teppich unter den Sohlen blieb behaglich und schluckte. Das Flüstern der Menschen, das ersetzt wurde durch präzis formulierte Befehle, und plötzlich wußte sie, wo sie war. Jetzt hörte sie das Klappern des Plastikgeldes, das immergleiche Kreisen des Spiels.

Der Springbrunnen, der alles in Fluß hielt. Die mechanische Perfektion des Kessels, darin eine Perle, die das Geheimnis des Glücks enthielt. Die Jetons am verlängerten Messingarm, wie sie sich leichtfüßig dem Einsammeln fügten. Klappklapp, die Türmchen aus Plastik, auf- oder abgebaut, auseinander- oder zusammengesetzt, ein kleiner Lauf, wie einige von ihnen in einer Hosentasche durch die Finger rauschten, als bete einer sie als Rosenkranz gegen die Nervosität. Dieses lustige Plastikgeld, das so wunderbar seinen wahren Wert verbarg, seine fröhlichen Farben konnte Katarina im Schwarz vor Augen sich denken.

Die Menschen schienen verstummt im Angesicht des Spiels, konzentriert mit dem Hoffen, Gewinnen und Verlieren beschäftigt. Sie dachte das erste Mal darüber nach, wie es wäre, wenn sie das Tuch von den Augen nähme, aber sie wußte sofort, sie wollte Richard hören und riechen, ihn gar nicht sehen, sie war sich sicher, sie würde ihn finden, im Saal. Sie setzte einen Schritt vor den nächsten, weg vom Kreisrund und der Perle, hin zu einem Ort, wo Papier schnalzte, Karten auf Grün oder Schwarz. Auch hier trug sie die Musik des Spiels über ihre Beschränktheit hinweg. Schlitten um Schlitten, die aus einer Eisbahn herausschossen. Dann wieder mürbes Papier, das paßgenau auf den Filz flappte. Der knappe Befehl einer Bankangestelltenstimme auf französisch, so klang es romantisch und ungefährlich, ein genuschelter Einsatz, eine Wagemutigkeit zwischen den Zähnen herausgepreßt. Sie roch den Schweiß, der durch Membrane sorgfältig aufgetragener Deodorants diffundierte. Sie roch Männer bei der Arbeit. Goldene Zimtparfüms, so trocken, daß sie in der Nase kitzelten. Und immer wieder feuchtwarme Hände und das Papier, das an ihnen klebte. Sie hörte eine Frau mit sächsischem Akzent, sie gurgelte einen fröhlichen Satz. Kurz darauf Richards Stimme, zwischen dem Schlitten, dem Klappern, dem Schnalzen, dem unter allem liegenden Springbrunnenrauschen, und wie er leise »Kaufen, kaufen« sagte, das K ausgespuckt wie zu hart gewordenes Kaugummi.

Kleine Schreie der Angst, ein Stöhnen der Lust, da hatte jemand gewonnen, die Sächsin lachte, von Richard war nichts zu hören. Katarina flüsterte seinen Namen, sie roch ihn kurz darauf. Eine glühende Beherrschung dünstete er aus. Sie meinte das Adrenalin zu riechen und seinen Herzschlag unter all dem feinen Zwirn zu hören, sie ließ ihre Nase ihre Hand lenken und fand seinen Körper. Sie umstreifte ihn. »Laß«, sagte er, das nächste Kaugummi ausgespuckt. Sie konnte es nicht lassen. Sie flankierte ihn zum Trost. Dabei wußte sie, so vollkommen klar, wie sie sonst beim Improvisieren um den nächsten Ton wußte, was er hier gerade verspielte.

Sie liebte diesen Mann nie mehr als in diesem Moment, als seine Schwäche ruchbar wurde. Als seine Einsamkeit weit zu ihr hinüberreichte, wie ein Steg weit hinein ins Wasser reicht und das Ankommen erleichtert.

Er hatte sie ihr zeigen wollen, nur ihr, seine Heimat, wo ihm kein Regelwerk und kein Mensch diktierte, an was er zu glauben, wie er zu leben habe. Wo die Illusion von Kontrolle herrschte, die pure Einbildung, daß das Spiel immer weiterging und das Ende gut sein würde. Er fühlte sich nicht fremd damit, den Zufall, der Gesetz und Grenze war, im Griff zu haben. Der Zufall konnte eine Heimat sein. Denn wer auf ihn vertraute, wer für ihn Partei ergriff, kam ja auch in den Genuß, immer wieder einen Fitzel Glück zu ergattern. Wie verlockend diese Heimat war, das wurde ihr klar. Denn wenn es Nachschub gab, brach hier nichts zusammen. Wenn es Nachschub gab, war hier die Welt in Ordnung.

Daß am Ende dieser Nacht ihr Erbe verspielt war, hatte den Vorteil, daß ihr dahintreibendes Leben ein Ende hatte und sie endlich arbeiten gehen mußte. Sie traf Anton, ihren dinosauriergleichen Großvater im halbdämmrigen Flur des Hauses – zwischen den Wandmalereien ihrer Brüder drehte er sich um zu ihr und fragte fast höflich, als frage er nach ihrem Befinden: »Ich hab's nicht hingekriegt, Katjuscha. Aber wenn ich noch an etwas glaube, dann daran: Daß es nur Sinn macht, ehrlich mit sich selbst zu sein.«

»Er hat mich nicht belogen«, sagte sie in einer ersten Lust am Widerspruch. »Er hat mir die Wahrheit gezeigt.«

»Es geht nicht um ihn, es geht um dich.«

Sie zog ihren Mantel an, sie mußte gehen, ihre Abendschicht im Hotel begann, hier würde sie von nun an mit Klavierspiel ihr Geld verdienen.

»Katjuscha«, begann er mit wütendem Unterton, aber da war sie schon aus der Tür. »Auch ich glaubte mein Leben lang ein Fixstern, ein Unzerstörbarer zu sein«, rief er ihr hinterher, aber da fiel die Tür schon ins Schloß.

Das Zittern kehrte in seinen Körper zurück. Eine Zeitlang hatte er es geschafft, die Anfänge davon, seine Rückkehr zu ignorieren. Er wußte genau, woher es rührte und daß es keine Abhilfe gab, warme Handschuhe, eine Decke für die Füße. Es kam von tief drinnen, es war die gewachsene Angst, daß plötzlich einer dieser gleichgesichtigen Männer vor seiner Tür stehen konnte und er ins Hintertreffen geriet, weil er denjenigen nicht gleich erkannte. An Herrn Brehm meinte er sich ganz gut erinnern zu können – er hatte durch Unauffälligkeit bestochen, durch seine höfliche, aufmerksame Art. Es war lächerlich, ihn so beharrlich mit dem Namen in Verbindung zu bringen, es war schließlich eine Tarnung. Das Gesicht des anderen konnte Anton nicht mehr rekonstruieren, er schien alle Anhaltspunkte vergessen zu haben, wie ausradiert, gerade noch die strenge Stimme meinte er wiederhören zu können, das abschätzige Gerede über die Berliner. Hatte er den Namen des anderen in Erfahrung gebracht? Die fliederfarbene Pelzstola, 139 Mark, gebügelte Scheine. Die Stola, die jetzt seine Enkeltochter trug – nonchalant, unwissend –, um in der Lobby eines dieser neuen, herausgeputzten Hotels für leichte Klavierunterhaltung zu sorgen. Dieses Stück Fell hatte das Zittern ausgelöst. Und die Wahrheit, die für ihn unablösbar daran klebte. Daß er von seiner Enkelin etwas forderte, was er, genau er, gar nicht fordern durfte.

Das Fell zusammen mit der stoischen, kühlen Zurückweisung, die Katjuscha kultivierte und in der sie Nadja ähnelte. Wie sie ihr überhaupt im Einsamsein ähnelte, zusammen mit der Fähigkeit, andere durch musikalische Darbietungen zu unterhalten. Als ließe sich der Makel der Einsamkeit darin vergessen machen. An allem prallte er ab, so schien es ihm, an der Erinnerung an Nadja, an dem Schmerz darüber, daß er ihr nie die Wahrheit gesagt hatte, an der Verhinderung ihres Glücks, das er sich zuschrieb.

Nie wünschte er mehr, die Sortiertheit der Sterne, die einfache Schönheit der Bilder, das Leuchten der Illusion bewahren zu können. Warum hatte das nicht geklappt? Warum war seine Fähigkeit zum Ignorieren und Übersehen nicht standfest geblieben? Was brachte es jetzt, jetzt noch? Er schlich in die Küche, in der Hoffnung, dort Lydia anzutreffen, um mit dem Essen einer ihrer warmen Speisen das Zittern zu beruhigen.

Während Katarina in der holzgetäfelten Bar des Fünf-Sterne-Hotels spielte, gab es für sie keine Möglichkeit, die Stimme ihres Großvaters auszublenden. Sein Ton war brüchig und farblos geworden, müde und irgendwie schreckhaft auch, und dennoch sprach er unablässig mit ihr und immer höflich. Gagarin hatte keinen bärtigen Gott im Weltall gesehen. War das ein Beweis für die Sinnlosigkeit von allem? Wie oben, so unten. Wenn's hier unten nichts gab, konnte es oben auch nichts geben. Aber, Katjuschinka, die Sehnsucht, verstehst du, zumindest ein symbolisches System zu haben, das ein bißchen Orientierung bietet, meinst du nicht, wir brauchen so was? Wir brauchen etwas, das uns davon erzählt, wer wir wirklich sind?

Anton, sagte sie leise beim Spielen, ich bin gleich wieder zurück.

Mach dich auf den Weg, hörte sie ihn deutlich sagen.

Aber du bleibst bei mir, entgegnete sie, und weil gerade ein letzter Akkord ausklang, schaute sie auf, unsicher, ob sie laut mit sich geredet hatte. Keiner der Gäste in der warmglänzenden Bar – ein Aquariumschaufenster mit träge dahinschwimmenden Popfarben-Fischen, niedrige Polstersessel, in denen immer nur ein Mensch sitzen konnte, mildes Licht –, keiner der Gäste schaute zu ihr herüber. Eher schien der eine oder andere irritiert wegzuschauen, aber das wollte sie nicht so genau sehen.

Wo sonst soll ich hin, meldete sich Antons Stimme zu Wort. Ich bin bei euch geblieben, ihr seid bei mir geblieben. Aber ist es das, Katjuscha, ist das nicht viel zu wenig.

Sie sah deutlich, wie die Lupinen vor dem Haus blühten, ein Augenmeer in der Nacht, als sie gegangen war. Der Backstein des Windfangs, das Riffelglas, die rissige

Fassade des früher weißen Hauses im Straßenlaternenlicht. Der altersmüde Zaun mit seinen unwehrhaften Spitzen.

Wie soll ich es anstellen?, fragte sie leise ihren Großvater und spielte darüber hinweg, als wäre es eine unerlaubte Frage gewesen.

Sie merkte nicht, daß jemand eine Hand auf ihre Schulter legte. Sie merkte es erst, als der Druck der Hand größer wurde und sie ihren Arm nicht mehr zum Spielen bewegen konnte. Der Hotelchef und die Concierge standen hinter ihr, die Concierge schaute bittersüß, der Hotelchef lächelte, nur seine Hand auf ihrer Schulter zeigte, wozu er wirklich fähig schien.

»Frau Müller-Bredow. Unsere armen Gäste.«

»Entschuldigung«, sagte sie, »ich rede manchmal, während ich spiele.«

»Nein, Sie spielen, als würden Sie von einem Einsatzkommando gejagt.«

»Ist das so?«

»Gibt es einen sichereren Ort als diesen hier?« Sein Lachen verzog sich zu einem aufmunternden, nicht ungefährlichen Grinsen.

Sie schaute den Hotelchef an, der Hotelchef schaute die Concierge an, die Concierge schaute nicht mehr bittersüß, eher überfordert, fast ein bißchen angewidert.

»Jeder, der hierherkommt, bezahlt viel Geld für Ruhe, Entspannung und das Vergessen des Wahnsinns da draußen. Das ist die Aufgabe, die wir hier haben. Und wir können uns glücklich schätzen, weil es keine schönere Aufgabe gibt. Bitte sehen Sie mich an, wenn ich mit Ihnen rede«, sagte die Concierge. Katarina drehte sich nicht um, stand nicht auf und schaute ihre Vorgesetzten nicht an. Sie wollte nah beim Flügel bleiben, das einzige Ding, über das sie die Kontrolle hatte.

»Es wäre nett von Ihnen, wenn Sie aufhörten, unsere selige Insel in Schutt und Asche zu legen.«

»Ich war mir sicher, ich spiel ein Konzert.«

»Eher ein Kettensägenmassaker«, sagte der Hotelchef.

»So funktioniert das nicht«, sagte die Concierge.

»Aber ich schein so zu funktionieren«, sagte Katarina leise.

Sie stand draußen vor der goldglänzenden Tür, und ihr Blick wurde geschient durch die Glasfassaden, hoch zum Himmel, der eine geometrische Form zwischen Giebeln, Rundbögen und langen Spitzen war. Kein Mond, nur ein paar Sterne, deren Lichtpunkte sie verbinden konnte, um einen Bären, einen Wagen oder sonst eine auf der Erde bekannte Form zu konstruieren. Da fiel ihr Chiron ein, den ihr Großvater besonders verehrte, den er mit größter Gewissenhaftigkeit in jedem Sternenbild, das er zeichnete, lokalisierte. Halb Pferd halb Mensch, halb Planet halb Fixstern, ganz weit hinten im Himmel, nie sichtbar mit bloßem Auge. ›Chiron‹, hatte ihr Großvater unzählige Male zu ihr gesagt, ›ist unser verletzlichster Punkt. Wo wir Mavericks sind, Einzelgänger, wo wir meinen, allein sein zu müssen, damit niemand unsere Schwäche sieht. Der Punkt, der uns sagt, daß wir nur halb geboren und unfertig geblieben sind, aus Angst. Immer nur die Angst, wenn die ganze Wahrheit ans Licht käme. Als Chiron, der Heiler, erkannte, daß er sich selbst nicht heilen konnte, schlug er vor, für Prometheus einzustehen, und erlöste ihn vom Hängen am Berg. Gerade den überheblichen Prometheus, der den Menschen das Feuer gebracht und die Götter verärgert hatte. Der sich für unverwundbar hielt. Der Hochstapler. Der versprach, während er wußte, daß er log. Der es aber immer wieder schaffte, daß ihm alle seine Lügen glaubten.‹

Die künstliche Gesamthelligkeit des Platzes wirkte beruhigend. Katarina verlor die fernen Leuchtpunkte aus dem

Blick, Antons symbolisches Immunsystem. Hier unten war eindeutig mehr Licht.

Sie stand am Rand der Straße, vor ihr die großflächige Kreuzung, und sie hatte keinen blassen Schimmer, wie sie ihrem blinden Fleck auf die Spur kommen konnte. Von dem sie sich selbst nicht heilen konnte, denn schließlich war es der Punkt, an dem sie sich so beharrlich selbst belog.

Lydchen erwartete sie schon am Eingang des Hauses, sie trug ihre Küchenschürze über dem knöchellangen Rüschennachthemd, und ihr Gesicht wirkte das erste Mal, seit Katarina sie kannte, ratlos und von einem diffusen Erschrekken getrieben. Noch nie zuvor hatte sie sie klagen gehört ob ihres Schicksals. Jetzt machte sie jeden Handgriff in größtmöglicher Eile, gesteuert nur durch Gewohnheit und Beherrschung, und sagte leise und unablässig »Liebergottstehunsbei«. Dabei raste sie in die Küche, raste mit einer Thermoskanne die Treppe hinauf, hielt erst vor der Tür zum grünen Kinderzimmer an, um dann voll Selbstbeherrschung und mit Haltung einzutreten.

Katarina ging Stufe für Stufe nach oben, an den gemalten Gesichtern ihrer Eltern vorbei. Das Holz des Handlaufs war warm, die Drahtfäden des Läufers stachen in ihre nackten Fußsohlen. Sie hatte den Klang ihres Endlosschleifenspiels im Ohr, samt unfertigem Ende, und ahnte kurz, daß der Chef und die Concierge recht gehabt hatten. Sie hatte gespielt, als wäre sie auf der Flucht. Vor wem auch immer.

Sie nahm die letzte Stufe, ging auf dem Bambusläufer den Flur entlang, erinnerte, wie die Borsten ihren Brüdern und ihr, als sie Kinder gewesen waren, in Handflächen und Knie gestochen hatten, womit sie die Vorstellung nähren konnten, sich in einem gefährlichen Dschungel zu befinden, dessen Boden mit Skorpionen und Ameisen übersät war.

Sie kam im grünen Zimmer an, als Lydchen damit beschäftigt war, Antons geschrumpften Körper aufzuwuchten, aber Anton wehrte sich, indem er seine Hüfte versteifte, seinen Nacken geradehielt. Er fluchte und schimpfte, er sprach Russisch und Deutsch durcheinander. »Ich bin ein Lügner«, sagte er, und Lydchen wischte mit protestantischer Unnachgiebigkeit durch die Luft: »Nein. Du mußt nur was essen.«

Katarina suchte einen Platz – sie wollte nicht herumstehen, ihre Fremdheit kultivieren –, sie hob einen Teller mit gebutterten Weißbrotscheiben auf, die Thermoskanne, einen Becher mit Strohhalm, und setzte sich an die Stelle, wo alles gestanden hatte. Sie neigte den Kopf, um mit ihrem liegenden Großvater auf Augenhöhe zu kommen. Er drehte das Gesicht zur Wand und schimpfte leise auf Russisch. Lydchen bot ihm immer wieder ein Butterbrot an, das er irgendwann mit der Hand erwischte. Es landete neben dem Bett auf dem Boden.

Als Katarina den Eindruck gewann, Lydchen bei ihren Versuchen im Weg zu sein, stand sie auf und ging zur Balkontür. Zog die Gardinen zur Seite, öffnete die Türen, die Nacht draußen war noch dunkel, klar und kühl. Der Balkon war das Dach des Wintergartens, quadratisch und solide, eine Terrasse mehr als ein Balkon, weit über dem Garten. Katarina hörte Antons Schimpfen und wie Lydia sagte, »Mach sofort wieder zu, Kind, er holt sich den Tod in der Kälte.«

Mit einem Mal war Katarina froh, daß ihr Großvater russisch schimpfte. Daß keiner verstand, was er sagte.

Katarina ging nach draußen, klappte den an die Wand gelehnten Liegestuhl auf, schob die rostigen Gitterstühle daneben, holte Kissen, eine Decke aus dem Schrank, roch den Staub in den Stoffen und schüttelte ihn nicht aus. Sie betrachtete den Liegestuhl, umrahmt von den Gitterstühlen, und setzte sich auf den rechten Stuhl, spürte seine Wackeligkeit, die losen Schrauben, und legte die Füße trotzdem aufs

Balkongeländer. Der Horizont der Stadt war angereichert mit Licht. Die Mitte des Himmels noch blauschwarz und Nacht. Anton schien mit dem Schimpfen aufgehört zu haben, auch Lydchens Klagen waren verstummt, kein Auto fuhr, kein Vogel, kein Wind ging in den Kieferkronen.

Erst nach einer Weile hörte sie das Rascheln, das Zusammenpacken, den Aufbruch und sah plötzlich Anton, wie er neben ihr stand. In das Federbett gewickelt, von Lydchen flankiert. Er schaute Katarina an, direkt und mit wütender Entschlossenheit, dann schaffte Lydia es, ihn zu drehen, als wolle sie ihn wieder hineinbegleiten, aber er entzog sich ihren Händen, stand für Sekunden frei und allein in seine Daunendecke gehüllt, mit Blick in den Garten, und knapp hinter ihm der Liegestuhl.

Katarina erwartete, daß er etwas sagen würde. Aber er sagte nichts.

Er klappte nur ein, knautschte sich in seiner Hülle zusammen, Lydchen griff nach seinen Schultern, Katarina dirigierte den Liegestuhl unter den abstürzenden Körper, das Holz knarrte, die Scharniere knirschten. Lydchen schickte ein schicksalsergebenes Seufzen gen Katarina, dann zog sie die dünnen Eisenbeine des Gitterstuhls schnarrend über den Boden, nah zu ihm hin.

Nie fiel Katarina deutlicher auf, wie sehr sie die Tochter ihrer Mutter war. Genau wie Senta wußte sie nichts zu sagen, fühlte sich eingeengt durch ihre Ernsthaftigkeit, ständig beschäftigt mit dem Versuch, das Leben zu begreifen, während sie mit großem Abstand davorstand und meinte, es nur ausgiebig betrachten zu müssen. Ohne es ihrem Großvater mitzuteilen, beschloß sie, seine Mahnung nicht in den Wind zu schlagen. Zumindest versuchen konnte sie es. Um nicht mit verbundenen Augen weiter im Kreisrund um ihre blinden Flecken, die Flecken der Angst, zu laufen.

Statt zu reden, schienen sie auf ihre gemeinsamen Atemgeräusche zu lauschen, wobei Lydchen noch mehr auf Antons Atem zu achten schien als auf ihren eigenen. Und wie jeder Mensch mit schwindender Hoffnung hofften sie, durch diese Verlangsamung die Zeit anhalten zu können, das Aufgehen der Sonne, die Vögel, den Tag. »Was zu trinken?«, unterbrach Lydchen die Stille, und Katarina war erleichtert, daß das einzige, was hier gesprochen wurde, eine so pragmatische, lebensnahe Aufforderung war.

Kein Essen, kein Trinken, er wischte alles nur mit einem Zucken des Kinns aus der Luft. Lydchen starrte vor sich auf ihre Hände, Katarina rutschte im Stuhl hinunter, so daß sie dem Himmel beim Aufhellen zusehen konnte, den letzten dunstmatten Sternen beim Verschwinden.

Anton öffnete seine reptilienkleinen Augen, das Lid schon vom Apfel abgelöst, er hatte seine Zähne eingebüßt und das Futter in den Wangen. Das Tuch über ihnen verlor seine Schwärze, zuletzt seine blaue Tönung, es löste sich auf. Lydchen suchte nach Antons Hand unter dem Daunenfedermantel, er kam ihr nicht entgegen, aber er ließ es zu. Seine andere Hand kroch unter dem Weiß hervor und legte sich an seinen Hals, als prüfe er den eigenen Puls. Katarina legte ihre Finger auf seine, er griff nach ihr.

Er nahm einen tiefen Atemzug, schaute ein letztes Mal in den Himmel.

Sie blieben bis über Sonnenaufgang dort sitzen. Dann stand Katarina auf, ging hinein und rief ihre Mutter an.

Epilog

Die Türen zum Saal wurden fast gleichzeitig von den Ordnern geöffnet, aus dem Saalinneren war Applaus zu hören, Rufe, auffordernde Pfiffe, dann eine Zugabe, die Katarina und Gregor bis hier ins Foyer hörten. Es war das Lied der Zikaden, dazu eine Musik, wie sie im Sommer aus dem Nichts zu kommen scheint, wenn die Sonne hoch steht. Die durch die Büsche wandert und von Baum zu Baum. Hier bestand sie vor allem aus erhitzten, rasenden Tönen, nur kurz gestrichen auf gespannten Saiten. Und dann kam der Gesang, der davon erzählte, daß die Zikaden einmal Menschen gewesen waren, die aufhörten zu essen, zu trinken und einander zu lieben, weil sie immer nur singen wollten. Während sie sangen, wurden sie schmaler und kleiner, bis sie dürr und trocken waren, unfähig, sich von ihrer Sehnsucht zu lösen. Dabei wurden ihre Stimmen unmenschlich, und keiner mochte sie mehr recht hören. Denn der schönste Moment an einem Ort, an dem sie zahlreich vorhanden sind, ist der Moment, wenn sie aufhören zu schreien. In dieser Stille zieht sich alles zusammen, kommt alles, was weit weg war, sehr nah heran. Eine Wohltat ist diese Stille und das Gegenteil von Schweigen.

Katarina spürte die Kälte der Marmortreppe unter ihrem Hintern. Gregor schien es ähnlich zu gehen. Sie standen beide fast gleichzeitig auf. Das Licht in den Gängen leuchtete milchweiß, die ersten Besucher kamen heraus, betraten das Foyer. Katarina griff nach Gregors Hand, lachte ihn an, nicht ohne Unsicherheit. Er drückte ihre Hand, er hätte sie in den Arm genommen, das spürte sie, aber sie wandte sich ab, ohne genau sagen zu können, warum sie die Nähe zu ihrem leiblichen Vater nicht zulassen konnte. Sie gingen einen Schritt auseinander, ließen sich los. Sie lachte weiter über die hilflose Geste hinweg und merkte, daß sie die fliederfarbene Pelzstola ihrer Großmutter auf der Treppe hatte liegenlassen. Sie hob sie auf, klemmte sich das Fell unter den Arm und sah, wie Gregor in Richtung des Ausgangs ging, ruhig, selbstgewiß, wie ein Kapitän, der sein Schiff besteigt.

Er hatte vorhin gesagt, er liebe diese Fähigkeit, aufs Leben zu schauen wie ein höflicher Paparazzo, der sich vom Geschehen nie überrumpeln ließe. Er aber bleibe einfach einer dieser Phantasten, die raus aufs Wasser müßten im festen Glauben, es gäbe noch etwas Unbekanntes zu entdecken.

Er schob eine der Flügeltüren des Ausgangs mit der Schulter auf, trat hindurch, und das messingbeschlagene Holz wedelte knapp und kontrolliert nach, wie die solide Variante einer Western-Salontür, und kam wieder zur Ruhe.

Das Foyer füllte sich, und Katarina streifte durch die Herumstehenden, ging an Gruppen und Paaren vorbei, leicht dahinklimpernde Reden, die Beschwingtheit nach dem Auftauchen aus der anderen Welt. Sie mischte sich unter die Besucher, umrundete einige miteinander plaudernde Frauen, darunter eine Schwangere, alles Töchter wie sie. Die sich nicht so verzweigen, wie Söhne sich verzweigen. Sie bleiben nah bei sich stehen und sind sich nicht fremd in ihren Wünschen, Hoffnungen, in ihrer Art, enttäuscht zu werden, enttäuscht zu sein, und den Variationen, manchmal das Wesentliche zu verschweigen. Sie teilen ähnliche Formen von Einsamkeit. Manchmal verhindert das das Verstehen. Manchmal liegt darin aber auch das Glück, das Verzeihen.

Katarina trat nach draußen, in die Spätsommernacht. Die Lichter der Stadt fügten sich zusammen zu einem Dunkelorange, eine unaufgeregte, ruhige Atmosphäre auf dem Platz, und Gregor kam auf sie zu, streckte ihr das Foto entgegen, das sie ihm ohne Absender, nur mit dem Hinweis in den Briefkasten gesteckt hatte. Ein Foto von Senta und ihr, auf dem sie beide eng beieinanderstehen, hinter ihnen der Pool, der Hain, das Haus, der Himmel und der Berg. Auf die Rückseite des Fotos hatte sie den Titel der Revue, *Das Glück der Zikaden,* geschrieben, die Uhrzeit und den Tag.

Er sagte: »Danke dafür.«

Sie sagte: »Gern geschehen.«

Er sagte: »Komm, laß uns gehen.«

Mein Dank gilt der Familie Clausing für ihre warmherzige Aufnahme in ihrem Haus, wo der erste Teil des Buches entstanden ist. Ich danke Peter Matussek für seine unendliche Großzügigkeit, ohne seine motivierende und unterstützende Art würde es das Buch nicht geben. Außerdem hat die Landesregierung Schleswig-Holstein das Projekt in einem frühen Stadium gefördert, dafür möchte ich mich bedanken.

Alain Claude Sulzer, Zur falschen Zeit. Roman